FVA

Demian Lienhard

Ich bin die, vor der mich meine Mutter gewarnt hat

Roman

FRANKFURTER VERLAGSANSTALT

Für Alba Doppler

Eins

Ich habe Jack an jenem Tag kennengelernt, als hinter unserem Haus ein Achtundzwanzigjähriger vom Himmel gefallen ist.
Jack kann sich mehr Zitronensaft in die Augen spritzen als jeder andere, den ich kenne. Jack sammelt die Flusen aus seinem Bauchnabel und bewahrt sie nach Farben getrennt in kleinen Weckgläsern auf. Jack hupt an der Kreuzung, wenn die Ampel auf Orange steht und der Vordermann noch nicht losgefahren ist. Keine Frage, Jack ist beliebt. Alle mögen ihn. Außer meine Mutter vielleicht. Immer wenn ich Jack erwähne, sagt sie nur Schlechtes über ihn. Ein einziges Mal hat sie sich gefreut über eine Nachricht, die mit Jack zu tun hatte. Das war, als ich ihr sagte, dass ich nicht schwanger bin von ihm.
Natürlich stimmte das nicht so ganz.

Als es passierte, lag ich im Krankenhaus. Der Mann neben mir, mein Zimmernachbar, war um die siebzig. Hatte irgendein Prostataleiden. Er sagte nichts, ich sagte nichts, wir schwiegen uns an. Ich würde sagen, wir mochten uns. Jeder ließ den anderen in Ruhe. Keine blöden Fragen. Das ist schon viel in einem solchen Krankenhaus.

Meine Mutter hat mich oft besucht in der Zeit. Am Anfang zumindest. Meine Mutter arbeitet am Flughafen, fertigt die Leute ab, die danach vom Himmel fallen. Das ist gut so. Wenn alles in die Luft geht, muss einer am Boden bleiben. Ich bin froh, dass das meine Mutter ist.

Irgendwann, als sich die Sache allmählich zum Guten wandte, haben sie mich auf den Flur gelassen. Stets mit von der Partie: Hugo. Sicher, Hugo war ungefähr so cool wie ein offener Wadenbeinbruch, aber er war mein bester Freund, bevor ich Jack kennengelernt habe. Hugo ist das Stahlgestell, mit dem ich die Kochsalzlösung neben mir herschob.

Hugo und ich waren unzertrennlich. Manchmal habe ich ihn ausgeführt. In die anderen Stockwerke. Chirurgie, Onkologie, Dialyse. Ab und an haben wir uns ein paar Fritten gegönnt in der Cafeteria. War natürlich verboten, aber musste ja keiner wissen. Hugo jedenfalls hat eisern geschwiegen.

Und dann steht da auf einmal Jack. Es ist einer der ersten Sonnentage. Obwohl die Wege noch vereist sind, schleiche ich hinaus in den Park. Und unten an der Bushaltestelle, da glitzert ein metallicgrüner Flitzer in der Haltebucht. Jack, so der Lässige, lehnt dagegen und zwinkert mir zu. Dann geht sein Blick eine Etage tiefer.

– Happiness is my blue potato, sagt er und deutet auf meine Brüste.

Ich schaue ihn fragend an.

– Steht auf deinem Pulli.

Ich nicke. Das heißt ungefähr so viel wie: Schon klar, du Depp.

– Was dagegen?, frage ich.

Jack schüttelt den Kopf. Er überlegt. Er sagt nichts. Dann sagt er doch etwas:

– Willst ne Runde?

– Mit dieser Rostlaube?

Jack zuckt mit den Schultern.

– Na und wenn schon.

Das überzeugt mich.
Wir wollen uns also hineinsetzen, Hugo und ich, aber Jack hat was dagegen. Jack, muss man wissen, ist eher einer von der eifersüchtigen Sorte.
– Hugo ist mein bester Freund. Uns gibt's nur im Doppelpack, sage ich und schlage mit meiner Rechten freundschaftlich gegen die Stahlstange.
Jack sieht: Da ist nichts zu machen. Er hebt die Schultern. Das soll wohl heißen: Von mir aus.
Und dann geht's also los. Ich auf dem Beifahrersitz, Hugo auf der Rückbank. Im Affenzahn blochen wir ein paar Runden um die Wäscherei, dass die Reifen qualmen. Das letzte Mal ging mein Herzschlag so hoch, als ich im Krankenwagen lag und das Leben vor meinen Augen vorbeizog.
Nach ein paar Minuten bringt Jack den Käfer zum Stehen.
– Mehr geht nicht, sagt er und zeigt was weiß ich warum auf den Zigarrenanzünder. – Keine Kohle für Sprit.
Jack lässt uns also aussteigen und begleitet uns zum Eingang. Er bietet mir seinen Arm zur Stütze an, aber meine Linke deutet auf Hugo. Jack tut wie geheißen: Er schiebt Hugo vor mir her, und das, obwohl er ihn nicht besonders gerne mag.

Dann, ein paar Tage später, fängt das mit den Geschichten an. Uns ist langweilig, Jack und mir. Aber das, was man normalerweise tut, wenn man erwachsen ist und gelangweilt, dafür kennen wir uns noch zu wenig. Und das, was man sonst noch so macht, wenn man nichts zu tun hat, war gerade vorbei: Jack steht in der Tür, als ich eben mit dem Mittagessen fertig bin.
– Erzähl mir etwas, sagt er.

– Gut, sage ich, ohne nachzudenken, aber dann muss ich es trotzdem. Ich überlege ein paar Sekunden und dann noch ein paar, und dann erzähle ich ihm von Viktor. Viktor war mein Lieblingsukrainer. Und vor allem war Viktor mein Stiefvater. Gut, er war der einzige Ukrainer, den ich damals kannte, und die Ukraine, die gab es noch gar nicht. Aber angenommen, es hätte sie gegeben und von den Leuten dort wären so viele hergekommen wie von den Italienern, sodass ich viele gekannt hätte von ihnen, so hätte ich ohne weiteres gesagt: Viktor ist mein Lieblingsukrainer.
Aber das ist es nicht, was ich Jack erzähle. Ich erzähle ihm davon, wie Viktor geflohen ist von hinter dem Eisernen Vorhang und was er dabei erlebt hat, ich erzähle von Viktors Meinungsverschiedenheiten mit der Polizei und dann überlege ich mir auch zu erzählen, wie es dazu kam, dass Viktor nicht mehr mein Lieblingsukrainer ist. Aber das interessiert Jack alles nicht.
– Erzähl mir was anderes, sagt er. – Irgendwas, woran ich nicht die ganze Zeit denken muss danach.
– Okay, sage ich.
Aber dann sage ich nichts, denn als ich durch meine Erinnerung gehe, sind da nur Schritte, die leise hallen in ihr und doppelt.

Jack heißt eigentlich René. Mit Betonung auf der ersten Silbe, das erste E als Ö ausgesprochen, wie es hierzulande üblich ist: Rönee. René will, dass ich ihn Jack nenne, weil die Dinge, die ihm zustoßen, normalerweise nur den Figuren eines grellen amerikanischen Roadmovies passieren. Und René, sagt er, das würde eben nicht dazu passen.
Ich finde, *Jack* klingt richtig mies, aber wenn einer so sehr mit den Wimpern klimpert wie Jack, während er dich

um irgendwas bittet, dann erfüllst du ihm jeden noch so dämlichen Wunsch.

Also gut. Ich meine, das mit den Geschichten. Angefangen hat das eigentlich später. Einen Tag vielleicht. Oder eine Nacht. Wenn man's genau nimmt.

Aber will man das?

Es ist nur: Wenn es etwas gibt, was ich nicht ausstehen kann, dann sind das Anfänge. Ich verabscheue den Morgen und ich verabscheue das Neujahr. Immer sind die Leute begeistert und immer sind sie randvoll mit Hoffnung deswegen. Dabei ist es doch genau umgekehrt, das mit der Hoffnung.

– Erst wenn du am Ende bist und der letzte Ausweg versperrt, solltest du dich aufs Hoffen verlegen, hat Viktor einmal gesagt.

Ich habe darüber nachgedacht, ob es mir besser ginge mit diesen Anfängen, wenn der Tag erst um elf beginnen würde und das Jahr erst im März.

– Es ist müßig, sich darüber Gedanken zu machen, sagt Jack, – du kannst ja doch nichts daran ändern.

Natürlich hat er recht.

Aber deshalb habe ich nicht darüber nachgedacht. Ich habe darüber nachgedacht, *weil* ich nichts ändern kann an der Situation und gefangen bin in ihr.

Jedenfalls. Ich liege im Bett und denke nach. Es ist der Abend des Tages, an dem Jack diese Geschichten hören wollte. Doch in meinem Kopf gibt es gerade keine Geschichten. Es gibt nur Unruhe und es gibt Leere in ihm. Aber davon kann ich Jack nicht erzählen.

Dann fällt mir doch etwas ein. Mir kommt in den Sinn, warum mir nichts in den Sinn kommt: Als Hilde so spät noch ins Zimmer gekommen ist, um mir den Blutverdünner zu spritzen, ist es vergessen gegangen, das mit den Füßen. Ich mache das Licht an, werfe die Decke zurück, steige in die Pantoffeln und gehe ein paar Schritte umher, aber nur so weit, dass ich Hugo nicht wecken muss, der tief und fest schläft am Rand. Dann setze ich mich wieder aufs Bett, streife die Pantoffeln ab, strecke mich aus und decke mir die Beine zu. Ich merke sofort, wie es ruhiger wird in meinem Innern. Bevor ich ins Bett steige, muss man wissen, dürfen meine nackten Füße den Boden nicht berührt haben. Das Gefühl des kalten Bodens unter meinen Sohlen lässt alle Gedanken einfrieren in mir.

Am nächsten Tag ist alles besser. Jack ist wieder da und ich komme ins Erzählen. Die ganze Nacht über habe ich nachgedacht und den ganzen Morgen, und als ich damit fertig war, habe ich mir eine Dose Cola gekauft in der Cafeteria. Es muss Cola sein und es muss eine Dose sein. Wenn ich es mit den Nerven zu tun kriege, muss ich mich irgendwo festhalten können.

Wenn der Wind nicht weht, erzähle ich, ist er in den U-Bahntunneln versteckt. Bevor die U-Bahn auf den Kontinent kam, hat es keinen Wind gegeben in Europa. Bienen gehen am Durchfall zugrunde, wenn sie vom Nektar der Kornelkirsche trinken. Die UdSSR ist der einzige Staat auf der Welt, dessen Hauptstadt nicht im eigenen Land liegt, sondern in Südafrika.

– Soweto – Sowjetunion ... Verstehst du?

– Klar, sagt Jack, und: – Hast du noch mehr davon?

Aber hallo.

Und dann erzähle ich ihm vom Boden in meinem Zimmer, einem Dielenboden aus zweiter Hand. Meine Mut-

ter hat ihn auf Raten gekauft, in einem Pfandleihhaus, sage ich, und als es zu Ende war mit dem Geld, haben sie ihn wieder abgeholt. Seither kann ich den Nachbarn unter mir beim Schlafen zuschauen, wenn ich durch mein Zimmer gehe, und sie sehen meine Füße von unten, können mich im Grundriss betrachten.
– Echt?, fragt Jack.
Ich schüttle den Kopf. Natürlich nicht.
Jack verwirft die Hände.
– Schade, sagt er.
– Schade?
– Schade, dass das nicht wahr ist.

Von nun an hat mir Jack jeden Tag etwas mitgebracht. Unter seinem Alpacaponcho hat er einen Rucksack voller Fritten aufs Zimmer geschmuggelt. Manchmal auch Schokolade, dann sogar eine Flasche Champagner. Der Alte hat immer dichtgehalten. Aber Jack mag ihn trotzdem nicht. Ihm passt nicht in den Kram, dass wir das Zimmer teilen. Er ist eifersüchtig, glaube ich.

Auch meine Mutter hatte was gegen den Alten in meinem Zimmer, da war sie für einmal einig mit Jack. Natürlich hat sie ihm das nicht gesagt, ist ja nicht so, als ob deswegen gleich ... Egal. Jedenfalls hat sie dem Chefarzt alle Schande gesagt, hat sie. Von wegen Geschlechtertrennung und Privatsphäre, und ob das alles nichts mehr gelte in diesem Sauladen. Ja, Sauladen sagte sie, aber viel drauf gegeben hat der Doktor nicht. Irgendwas von Wunschkonzert hat der gesagt und Auslastung und ökonomische Zwänge und das ganze Brimborium, das man veranstaltet, wenn dir einer blöd kommt wegen ein paar Wachteleiern, du ihm aber keine reinhauen darfst. Statt

einer ordentlichen Abreibung also die Frage, ob sie schon mal über eine Privatversicherung nachgedacht habe.
– Und sonst gibt's ja immer noch das Katholische, schiebt der Chefarzt nach und verlässt das Zimmer.
Das zeigte Wirkung. Zu den Katholen oder Privatversicherung? Dann doch lieber die Tochter mit einem Wildfremden im Zimmer.
Mir sollte es egal sein. Wenn dein Leben an einem dünnen Silikonschlauch hängt, hast du echt andere Sorgen als das Geschlecht deines Zimmernachbarn.

Einmal wollte Jack wissen, warum ich im Krankenhaus bin. Natürlich habe ich ihm nichts gesagt.
– Ist doch egal, habe ich gesagt, – jetzt geht's mir wieder gut.
Jack zuckte mit den Schultern, wie er das immer tut, wenn er sagen will: Okay.
Aber lassen konnte er's dann trotzdem nicht, hat überall herumgefragt. Aber die Schwestern: Haben sich dumm gestellt. Die Ärzte: Fehlanzeige. Meine Mutter: Wo denkste hin. Und Hugo: Erst recht nicht.
Blieb einzig, den Alten abzuklopfen, während ich auf Toilette war.
Als ich die Tür öffne, hebt der gerade seine Lider, mühevoll und unendlich langsam, und seine dünnen Lippen spalten sich. Es hüstelt in seiner Brust, dumpf und fern, als würden irgendwo dort unten die letzten Ausläufer eines Feuerwerks explodieren. Von den Händen, die auf der gestreiften Decke nebeneinanderliegen wie zwei rückwärts geparkte Autos, hebt sich einer der dünnen Finger.
Jack und ich – jetzt ist uns beiden klar: Die Sache ist raus.
Aber der Alte: sagt nichts.
Jack wiederholt die Frage, doch das Geräusch, mit dem

sich die Zunge des Schlosses hinter mir in den Türrahmen streckt, schreckt ihn auf.

Jack kam jetzt jeden Tag vorbei. Meistens um zwanzig nach drei, manchmal auch um halb vier. Wenn er um viertel vor noch nicht aufgekreuzt war, wurde ich nervös. Aber irgendwann vor Ende der Besuchszeit kam er trotzdem. Um fünf wurde er normalerweise weggeschickt. Hilde drückte auch mal ein Auge zu, ließ ihn bis zum Abendessen bleiben. Jack kam mit allen gut aus, aber Hilde, das ist die, mit der er sich am besten verstand. Man hatte das Gefühl, die beiden kannten sich schon länger.

Und dann war da dieser Mittwoch mit dem Seidenschal. Das war nicht irgendein Seidenschal und schon gar nicht meiner. Aber ein Frauenschal war's jedenfalls, den Jack da in seinem Rucksack hatte. Ich hab's ganz genau gesehen, als er den kühlen Champagner hervorzauberte. Ich meine, ich bin nicht eifersüchtig oder so. Aber wenn dein Typ einen Frauenschal mit sich herumträgt, dann musst du dir einige Fragen gefallen lassen. Es sei denn, er schenkt ihn dir. Dann ist es was anderes. Aber das hat er nicht getan. Also hat er eine andere. Oder er ist schwul. Du denkst: Ja klar, diese gewollte Vernachlässigung seiner Eleganz, die gezierten Wendungen seines Kopfes und vor allem: sein Alpacaponcho. Also schwul. Das ist scheiße. Nicht das Schwulsein an sich, wir verstehen uns. Aber ausgerechnet Jack. Der hat nicht schwul zu sein. Punkt. Jack entkorkt inzwischen die Witwe und gießt galant zwei Gläser ein. Und schwupp, sind die auch schon leer. So geht das den ganzen Nachmittag. Jack ist guter Laune. Aber ich, ich bin irgendwie nicht bei der Sache. Und be-

trunken bin ich auch nicht. Da ist dieser Seidenschal in meinem Kopf und Hugo in meiner Vene, der ständig Kochsalzlösung nachschiebt, dass es mich fröstelt im Unterarm.
Keine guten Voraussetzungen also. Aber Jack pfeift drauf. Er zieht meinen rechten Arm zu sich und beginnt weiß der Geier weshalb an Hugo herumzufummeln. Ich frage ihn, was das soll, aber er antwortet nicht, also ziehe ich den Arm wieder weg.
Und dann geschieht es: Jack küsst mich.
Oder er versucht es zumindest, berührt aber nur meine Zähne, denn ich reiße meinen Mund auf.
– Hugo!, schreie ich.
Der baumelt nämlich frei in der Luft, und über meinen Arm läuft's kalt und heiß. Jetzt ist auch Hilde im Zimmer, und wie sie die Sauerei sieht am Boden, da reißt ihr der Geduldsfaden. Sie zeigt auf die Tür, ohne etwas zu sagen, und Jack kapiert's sofort. Ist ja nicht dumm, der Junge.

Und dann fing das mit dem Warten an. Am nächsten Tag war Jack auf einmal nicht mehr da, und auch am übernächsten nicht. Dann sagte ich mir, dass er nach dem Wochenende wiederkommt. Montag ist er wieder da, sagte ich mir, bestimmt.
Aber das war er nicht. Auch am Dienstag nicht. Am Mittwochnachmittag habe ich es nicht mehr ausgehalten. Ich habe Hugo genommen und mich zur Bushaltestelle aufgemacht, aber vom Käfer keine Spur.
Keine Frage, ich war traurig und ich war allein, mutterseelenallein. Um mich herum war nur noch die Luft des Krankenzimmers und dieses Desinfektionsmittel, das einem in die Nase wabert andauernd und sticht über den Augen.

Doch dann fällt mir plötzlich auf, dass er anders ist, der Flur und die Leute, die sich bewegen auf ihm. Es ist Freitagmorgen. Normalerweise gleitet lautlos ein Bett übers Linoleum, in seinem Schlepptau der müde Pfleger. Vor der Station verstopfen die Angehörigen irgendwelcher Neulinge den Durchgang und bestürmen die Schwestern, dass die mit der Bullerei drohen müssen. Im Wartezimmer läuft ein Radrennen der letzten Saison.
Aber an diesem Tag hatte sich etwas verändert. Natürlich war da noch der Pfleger, der das Bett über den Flur schob, aber auf seinen Lippen zuckte ein Lächeln und um die Winkel seiner Augen. Und die dicken Winterjacken und Mäntel zeichneten sanftere Silhouetten auf die Schultern der Angehörigen, die sich brav auf den Plastiksitzen hielten heute.
Mir war sofort klar: Heute würde es passieren.
Jack tauchte gegen halb zehn auf, obwohl ich ihn nicht vor halb vier erwartet hatte. Der Alte mit der Prostata wurde gerade operiert, also setzte sich Jack aufs Bett gegenüber. Jack – man kann gar nicht so recht sagen, wie er ausgesehen hat an diesem Tag. Die Haare ducken sich zu einem bierfarbenen Scheitel und über seiner Nase balanciert eine viel zu große Hornbrille mit Fensterglas. Der Rest von ihm steckt in einem schwarzen Anzug, der so eng ist und so kurz, dass man den Eindruck nicht los wird, dass es der Anzug ist, der Jack trägt und nicht umgekehrt.
Zufrieden stellt er fest, dass Hugo nicht mehr im Zimmer ist.
– Manchmal vermisse ich ihn, sage ich.
Das hätte ich lieber nicht getan. Jacks Blick verfinstert sich. Er sagt nichts.
Die Eifersucht.

Natürlich.
Aber er tut ja auch nichts dagegen, um nicht als Idiot dazustehen. Als er nämlich den Champagner aus dem Rucksack holt, blitzt da wieder der Seidenschal hervor. Und er schenkt ihn mir auch dieses Mal nicht.
– Was tust du hier?, frage ich.
Jack zögert. Er bringt seine Kiefer nicht auseinander. Ist irgendwie von der Rolle heute. Irgendwann sagt er doch etwas:
– Meine Schwester ...
Ja, seine Schwester. Wo kommt denn die auf einmal her? Hat er mir nie erzählt von. Aber ich kapiere: Jetzt ist nicht der Moment, um dumme Fragen zu stellen.
– Sie ist ..., stammelt Jack, aber weiter kommt er nicht. Er schmiert irgendeinen Haken in die Luft, der entfernt an ein Kreuz erinnert. Ich begreife sofort. Bin ja nicht auf den Kopf gefallen.
Jack langt nach der Flasche auf der Ablage und nimmt einen großen Schluck. Verdutzt schaue ich auf die leeren Gläser und begreife: Es ist keine Zeit mehr für Umwege. Ich ziehe an seiner Hand, die ich die ganze Zeit gehalten habe, und lasse nicht nach. Da kapiert es auch Jack. Wir biegen und strecken und krümmen uns im Bett wie die beiden Enden eines zerteilten Regenwurms.
Die Küsse, die Berührungen, alles spüre ich einzeln, nacheinander und unendlich langsam. Und ich sehe das Neonlicht des Krankenwagens vor mir, wo mein Leben hinter den Augenlidern hellrot vorbeieilte, während der Tod auf mich wartete, und jetzt weiß ich, dass es nur richtig ist, dass in dem Moment, in dem ich endlich zu leben anfange, jede Empfindung einzeln und unendlich langsam auf mich kommt.

Zwei

Und dann fing das mit dem Rauchen an. Und das mit Eulalia.

Ich fing es an.

– Und du, Alba?, fragt sie.

– Ich?

Eulalia nickt. Und während ihr der Rauch langsam und blau aus dem Mund sprudelt, schneidet sie eine Grimasse, als wäre ich es, die gerade raucht und ihr den Qualm ins Gesicht bläst, und sie müsste gleich kotzen deswegen. Sie schiebt ihr Kinn nach vorne, wie sie das immer tut, wenn sie etwas von dir will. Ich starre auf den Glimmstengel zwischen meinen Fingern, die vor Kälte zittern, schaue am Filter auf das Braun der Verästelungen, die sich durch das Dunkelrot von Eulalias Lippenstift ziehen, folge dem dünnen Faden, der sich über unseren Köpfen in bläulichen Schwaden verliert, und spüre, wie sich die Härchen auf den Armen im Pulli verkrallen und die Haut sich aufstellt um sie.

– Na, was ist?

Ich weiß nicht. Ich schaue Hugo an, aber der ist mir irgendwie auch keine Hilfe.

– Nimm ruhig n Zug von meiner, das ekelt mich nicht. Oder willst du dir eine eigene anzünden?

Ich zögere. Ich schüttle den Kopf. Ich starre noch immer auf dieses dunkelrote Ende der Zigarette.

– Also?

Ich fühle einen Blick auf meinen Schultern. Es ist Hugo. Ein Windstoß lässt mich zittern vor Kälte.

Hugo schüttelt den Kopf. Das will heißen: Nein.

Und dann denke ich an Viktor, an die Schule und an

Marcel, ich denke an die Chemieprüfung und den Abend ohne Softeis, und weil ich mir endlich einen Neuanfang wünsche, jetzt in diesem Moment, führe ich den Filter an meine Lippen und ziehe.

Natürlich war ich nicht mutterseelenallein, als ich im Krankenhaus lag.
Habe ich das gesagt?
Ja, das habe ich.
Gut. Meinetwegen.
Aber was ich meinte damit, ist, was jeder damit meint, wenn er sagt, er sei mutterseelenallein: Er *fühlt* sich mutterseelenallein. Und das ist es doch, was zählt in dem Moment.
Jedenfalls, da waren noch andere. Zum Beispiel die schlechte Schwester, die mir jeden Morgen einen anderen Finger zerstochen hat, um dann das Zeug, das sie rausgezogen hat an der Hand, doppelt und dreifach wieder hineinzuspritzen in den Oberschenkel. Natürlich nicht dasselbe. Aber so in etwa. Bisschen Blut gegen einen Haufen Verdünner. So.
Da war außerdem die gute Schwester, Hilde, die auch mal ein Auge zudrückte, wenn man keine Lust hatte auf den Krankenhausfraß und die Hauptmahlzeit durch drei Becher Softeis ersetzte. Da war der gute Assistenzarzt, der immer nach künstlicher Minze roch und mit dem ich gerne gevögelt hätte, und da war Eulalia.

Eulalia, das ist die andere Patientin im Krankenhaus, die gerne mit dem Assistenzarzt vögeln würde. Aber ihre Arme – sie waren gebrochen. Beim Skifahren. An einem Ort, wo sie die Cafés noch Tea Room nennen. Rutscht mit den Skischuhen aus und stürzt die Treppe hinunter,

bleibt unten vor dem Herrenklo liegen. Als sie wieder zu sich kommt, haben es sich ihre Unterarme auf der Treppe bequem gemacht. Schmiegen sich an die unterste Stufe wie ein Winkeleisen und stellen sich schlafend. Sie schaut hin, schaut weg und dann wieder hin: Und schon knallt ihr Kopf zum zweiten Mal auf die braunen Fliesen. Woher ich das weiß? In Tea Rooms sind die Fliesen immer braun.
Noch dazu holt sie sich eine Gehirnerschütterung. Als ihr Kopf zum zweiten Mal auf die Fliesen prallt oder auf der Treppe schon, das weiß ich nicht und Eulalia schon gar nicht. Eulalia, muss man wissen, hatte keinen Helm auf. Aber das ist die Zeit, als nur die allergrößten Idioten einen Helm tragen beim Skifahren. Also, sagen wir, fünf auf tausend. Und auf dem Weg zum Klo – dazu gibt es wahrscheinlich sowieso keine Zahlen.
Der Rest ist das, was immer geschieht, wenn man in solchen Gegenden ist und ein Krankenhaus braucht: Man findet keins. Also lässt man sich an einem Ort behandeln, von dem jeder sagen würde, wenn er zu Hause mit einer Tasse Früchtetee am Tisch sitzt und sich nebenbei die Nägel lackiert: Nie im Leben. Denn: Während die Schamanen des Provinzlazaretts irgendwas an deinen Armen herumkleistern, hörst du, wie im Nebenzimmer die Kuh muht und mit den Hufen ausschlägt, weil sie gerade dabei sind, ihr die Hörner auszubrennen.
Und wenn alles vorbei ist, kommst du nach Hause und willst dir eigentlich bloß den Gips wechseln lassen nach ein paar Tagen, aber die Ärzte im Krankenhaus schlagen nur die Hände über dem Kopf zusammen, als sie die Buckelpiste unter deiner Haut sehen, und trommeln gleich die ganze Chirurgie zusammen. Und dann fängt alles wieder von vorn an, nur schlimmer. Mit Schrauben

diesmal und diesen langen Narben mit den seitlichen Stichen, dass es aussieht, als hätte sich ein Langläufer einmal quer über deinen Unterarm gestoßen. Und du schwörst dir, dir die Knochen beim nächsten Mal zu Hause zu brechen, oder am besten direkt vor der Notaufnahme.
So war das bei Eulalia. Ja.

Wenn du einen Film schaust, von dem du vergessen hast, dass du ihn schon einmal gesehen hast, und dann irgendwie voraussiehst, was jeden Moment geschehen wird: diese Vorahnung, so war das mit Eulalia. Ich komme aus dem Aufzug, mache mich klein vor dem Empfang, um dem bohrenden Blick der Schwester auszuweichen, und noch bevor ich Hugo bei der Yuccapalme um die Ecke schiebe, weiß ich: Wenn du jetzt in die linke Ecke schaust, dann sitzt da Eulalia.
Natürlich wusste ich nicht, dass es Eulalia sein würde. Oder, dass da jemand sitzen würde, der Eulalia heißt. Aber ich wusste, dass es jemand wäre, den ich kennen würde. Nicht gut, aber Parallelklasse. Immerhin.
Turnunterricht.
– Der fällt erst mal flach für uns, was?, sagt sie und hebt den Daumen. Weil sie das tatsächlich gut findet oder weil es die einzige Bewegungsmöglichkeit ist, die der Unfall ihren Armen gelassen hat.
Ich nicke. Ich sage nichts. Ich überlege. Dann sage ich doch etwas:
– Ja, sage ich.
Und dann will ich noch etwas sagen, aber da ist ihr Blick, der sich in Hugo verbeißt und nicht mehr ablassen will von ihm. Der Länge nach mustert sie ihn, von unten nach oben und wieder zurück.

Und gleich noch einmal.
Es ist nicht zum Aushalten.
Irgendwann gleitet er trotzdem ab, ihr Blick, aber nur, um dann umso länger auf mir zu verharren. Auf mir, meinem Handgelenk und dem Verband, auf der Schiene und der künstlichen Sehne, an der er so fest zerrt, dass sich mein Daumen krümmt davon.
– Kompliziert, hm?
Blut steigt mir in die Wangen und unter den Scheitel. Ich zwinge meinen Blick auf den Boden, aber bald ertappe ich ihn, wie er hinübergleitet zum Zeitungsständer, zur Essensausgabe, zum Empfang. Dann geht er durchs Fenster hinaus in den Schnee, huscht über Wege, Büsche und Bäume, aber er findet keinen Halt: Das Weiß hat den Dingen die Umrisse genommen und das Glas die Geräusche.
Ich zögere. Wieder will ich etwas sagen. Ich tue es nicht. Dann sehe ich Eulalia an. Unsere Blicke treffen sich. Ich schaue an ihr herunter, und sie tut es. Beide starren wir auf ihre Arme, die so zufällig vor ihr auf dem Tisch drapiert sind, als hätten sie überhaupt nichts zu tun mit dem Körper, vor dem sie liegen.
Sie räuspert sich.
– Meiner auch, sagt sie. – Splitterbruch. Auf beiden Seiten. Stell dir vor.

Wenn man sich Freunde machen will, habe ich in einer der Frauenzeitschriften gelesen, die hier an jeder Ecke herumliegen, soll man die Leute ausquetschen wie eine Zitrone und man soll sie nicht ausquetschen wie eine Zitrone. Wenn es ums Geld geht, ist Zurückhaltung angesagt, hieß es da, aber nach ihrer Geschichte könne man die Leute gar nicht oft genug fragen.

Zwar weiß ich nicht, ob ich auf eine neue Freundschaft aus bin in diesem Moment, dafür ist mir umso klarer, dass ich nicht die geringste Lust verspüre, Eulalia von meinem Unfall zu erzählen. Und um das zu verhindern, eignen sich die Ratschläge aus diesen Zeitschriften mindestens genauso gut. Also setze ich für eine Weile die nachdenklichste Miene auf, die sich nur finden lässt in meinem Repertoire, und sage: – Aha, und: – Splitterbruch, und: – Uff. Und dann frage ich sie, wie das passiert sei und wo und wann genau und wer denn dabei gewesen sei und was man halt so fragt, wenn man nicht will, dass der andere wieder herausfindet aus seinem Erzählen. Und als mir langsam die Fragewörter ausgehen, schwenke ich über auf andere Themen, ich frage sie nach Klassenkameradinnen, Lehrern und Wahlfächern, Geschwistern, Haustieren und der Anzahl der Großeltern, die noch leben, aber irgendwann senkt sich wieder ein Schweigen zwischen uns.

Aber wenn ich nicht in die Cafeteria gekommen bin, um mich über meinen Unfall ausfragen zu lassen, dann schon gar nicht, um eine ganze Weile vor mich hinzuschweigen und den anderen beim Essen zuzuschauen: Wenn ich etwas am Zoo verabscheue, dann ist es genau das. Einen Tag nichts Rechtes zwischen die Zähne zu kriegen und hinter Gittern stehend irgendwelchen Tieren mit viel zu gescheckten Fellen dabei zuzusehen, wie sie sich jede Menge köstlicher Huftsteaks und Lachs und Thunfisch in den Rachen stopfen, wofür du auch noch bezahlt hast mit deinem Eintrittsgeld.

– Warum isst du nichts?, frage ich.

– Essen ist mir nicht so wichtig.

Unweigerlich schiebe ich meinen Kopf nach vorn, biege die Rechte zur Muschel und halte sie mir ans Ohr, wie

Jack es tut, wenn er dir nicht direkt ins Gesicht sagen will, dass du lauter Schmu erzählst und deswegen so tut, als hätte er sich verhört. Andere Leute würden einfach fragen: Wie bitte? Aber deshalb sind die anderen Leute eben nicht Jack, sondern die anderen Leute, und deswegen mag ich ihn so gerne und die anderen Leute eben nicht.
Aber noch bevor ich etwas hinzusetzen kann, gibt Eulalia mit einem mehr als deutlichen Kopfnicken zu verstehen: Du hast schon richtig gehört.
Ich bin entsetzt. Geradeso gut hätte sie mir erzählen können, dass ihr das Atmen nicht so wichtig sei.

Ich meine, das Essen. Ich würde sagen, es ist für mich das, was man *Lieblingsbeschäftigung* nennt. Aber ernster. Ich verstehe die Leute nicht, die die Intelligenz der Mäuse in Frage stellen oder der Ratten, die wegen eines Stückchens Speck in die Falle gehen. Oder vielmehr: Die Leute verstehen die Mäuse nicht. Es geht hier nicht um Intelligenz. Es geht darum, dass es Dinge gibt, die man fürs Leben gern tut. Und wenn's der Speck ist oder der Käse, der dich voll und ganz ausfüllt von innen, dann spielt es überhaupt keine Rolle, wenn du im Gegenzug etwas früher aus dem Programm genommen wirst.
Ich denke, diese Vorliebe fürs Essen liegt in der Familie. Meine Mutter, muss man wissen, ist ein Kriegskind, und ich, ich bin so was wie eine Kriegsenkelin. Im Krieg, oder in diesem sonderbaren Zustand von Frieden inmitten eines zerbombten Europas, den hier alle Krieg nennen, gab es nichts zu essen. Wenn trotzdem einmal eine Kuh geschlachtet wurde, weil sie sich nicht mehr auf den Beinen halten konnte, musste alles aufgegessen werden, auch wenn es so viel auf einmal war, dass bald keiner mehr konnte.

Fett und Öl und Zucker. Sie sind in meinen Lieblingsspeisen zuhauf enthalten. Und deswegen komme ich so gerne in die Cafeteria. Wenn die in der Krankenhausküche immer nur diese geschmacklose Rohkost zubereiten, dann ist es in der Cafeteria das genaue Gegenteil. Warum das so ist, darüber gehen die Meinungen auseinander. Manche Leute hier glauben zu wissen, es sei einfach billiger, weil man schlechtere Zutaten verwenden könne, deren mieser Geschmack unter einer knusprigen Haube aus Frittenfett versteckt werde. Ich bin der Ansicht, dass da ein ausgeklügeltes Geschäftsmodell dahintersteckt. Dass die Patienten hier auf etwas anderes Lust haben als auf gedämpften Kohlrabi, ist schließlich ein offenes Geheimnis. Das Seltsame an der ganzen Sache mit dem Fett und dem Öl und dem Zucker ist nur: Wie viel ich auch esse, ich werde nicht dick davon. Auch das ist ererbt, wenn man meiner Großmutter glauben darf. – Und leider ist es das Einzige, sagte meine Mutter, als die Bestatter den Sarg in den Leichenwagen schoben, und wischte sich eine Träne aus dem Auge.

Aber vielleicht gibt es ja andere Dinge, die Eulalia mag, und alles ist halb so schlimm. Und deswegen stelle ich ihr eine zweite Frage, die, wie ich meine, ein ziemlich faires Angebot ist, mit einer einigermaßen befriedigenden Antwort den Schlamassel wiedergutzumachen, den sie gerade angerichtet hat.
– Und Kaffee?, frage ich.
– Auch nicht.

Eulalia. Eine Freundin wie sie habe ich noch nie gehabt zuvor. Eulalia traf im Krankenhaus mit einem blutroten Mund und vier Taschen ein, wovon eine allein für diese

halbdurchsichtigen Seidenfantasien vorgesehen ist, die sie zum Schlafen anzieht. Ihre braunen Haare trägt sie schwarz und meistens hochgesteckt, die braunen Augen sind immer geschminkt und die Wangen sind es. Weiß man dazu, dass sie nicht will, dass man ihr für ein neues Gericht den Teller wechselt, wird einem auch klar, woher sie kommt, die Eulalia. Eitelkeit und Bescheidenheit: Das sind die Eigenschaften, die nur deshalb zusammenpassen, weil sie aus einer dieser Villen am Schlossberg stammt und die Bescheidenheit eigentlich falsch ist. Trotzdem, ich mag Eulalia. Sie weiß, was sie tut, und sie ist nie um einen Spruch verlegen oder zwei. Sie macht, würde ich sagen, dass ich mich schlagfertiger fühle und weniger einsam.
Anfangs habe ich geglaubt, Eulalia esse nicht viel, weil sie abnehmen will. Viele Mädchen in meinem Alter wollen abnehmen, die wesentlich schlanker sind als sie. Aber Eulalia will das nicht, im Gegenteil. Sie gehört zu der Sorte Frau, die schon früh erkannt hat, dass es viel zu viele Typen da draußen gibt, die auf so was stehen, als dass sie sich schämen müsste dafür. Und die zudem weiß, wie sie es anstellen muss, dass auch die Typen darauf stehen, die es eigentlich gar nicht tun.
Ich glaube, dass das eines meiner Probleme war.

– Magst du was haben?
Ich weiß nicht, warum ich das vorschlage. Vielleicht weil ich das Gefühl habe, dass ich, wenn ich den ersten Ratschlag aus der Zeitschrift ernst nehme, auch den zweiten beherzigen muss. Ich bin ja schließlich keine dieser Katholinnen, die zwar nicht verhüten wollen, aber dann doch wieder zweimal im Jahr in irgendeinen düsteren Hinterhof rennen müssen, und das noch vor der Ehe.

Vielleicht habe ich aber auch einfach nur Hunger und will mir endlich was holen.
– Ich weiß nicht so recht.
– Ich geb' dir was aus.
– Na wenn du meinst ...
– Klar doch. Was willst du?
– Hm, was gibt's denn so?
Und schon wendet sich das Blatt. Ich weiß nicht. Eulalias Ratlosigkeit. Das löst etwas aus bei mir. Eben noch: Mein ... Unfall. Und plötzlich fühle ich mich unanfechtbar wie der Kronprinz. Es ist ein wenig wie am Morgen in der Schule: Ich ertrage ihn einfach nicht. Aber wenn ich jemand anderes sehe, wie er leidet und schlecht gelaunt ist und auf seine Tasse Kaffee herabschweigt, hast du keinen Menschen gesehen, der aufgestellter ist als ich.
– Alles.
Meine Rechte deutet auf die Kaffeemaschine, die Essensausgabe und die Plexiglasscheiben mit dem Gebäck dahinter.
Eulalia schaut mich an. Ihr Blick senkt sich und bleibt auf ihren Armen haften. Sie zögert. Ich sage:
– Ich meine, ich kann dir was mitbringen. Du bleibst hier sitzen, ich hol uns was. Ja, so.
Ich ertappe mich dabei, wie ich mein bestes Lächeln aufsetze und beständig nicke, so wie man es tut, wenn man mit seiner Oma spricht, die nicht mehr alle Tassen oder einfach alt oder so. Aber bei Eulalia, ich meine, es sind ja nur ihre Arme.
– Meinetwegen.

Dieses Krankenhaus ist voller Irrer. Und das Schlimme daran ist: Damit meine ich nicht die Patienten. Wenn du Fotos von der Klapse machst und die Negative, die sie

nach dem Entwickeln mitliefern, gegen die Sonne hältst: So muss man sich das hier vorstellen. Wie eine Klapse, einfach hässlicher.
– Wir hätten gerne einen Tee, einen Kaffee und zwei Croissants, sage ich an der Theke, aber der komische Kauz dahinter denkt gar nicht dran, das Zeug einfach rauszurücken. Stattdessen spreizt er Daumen und Zeigefinger und fährt sich damit gleichmäßig übers Kinn, als wüsste er weder ein noch aus. Natürlich tut das kein Mensch, das tun nur die Figuren im Trickfilm. Allenfalls. Und jetzt weißt du auch schon, was das für ein Typ ist, der hinter der Theke.
– Wir, ja, sagt er und kratzt sich am brotblonden Kopf, um sich von einem Jucken zu erleichtern, das er sich gerade ausgedacht hat.
Ich nicke.
– Ja, wir.
Aber der Typ tut so, als würde er an mir vorbeischauen, links und rechts, hebt dann die Arme und winkelt dabei die Hände ab. Nach ein paar Sekunden, als sein Blick auf Hugo fällt, klatscht die Hand gegen seine Stirn. Er zeigt abwechselnd auf mich und auf die Kochsalzlösung.
– Du – er; er – du, erklärt er und setzt so eine saudumme Heurekavisage auf. Und als wäre das noch nicht genug, tippt sein Zeigefinger einmal gegen die Stirn und zeigt dann senkrecht zur Decke.
Ich halte den Blick auf ihn gerichtet. So einen muss man im Auge behalten. Immer.
– Verstehe, ja, sagt er.
– Was gibt's denn da zu verstehen?
Der Kerl weicht einem unsichtbaren Degen aus, aber es hilft alles nichts: Er hält sich die rechte Seite wie getroffen und kreischt.

– Touché!
– Touché du kannst mich mal! Kriegen wir jetzt unsere Getränke und die Croissants?
Der Typ lacht und reißt dabei den Mund so weit auf, dass für einen Augenblick das Dunkel in seinem Rachen rot wird und fleischig.
– Hältst dich fürn Sonnkönig, ja.
– Steck dir deinen Sonnenkönig sonst wohin! Dieser Aasgeier mit seiner abgeschmackten Perücke geht mir am Arsch vorbei.
– Was gehtn dir nicht am Allrwertestn vorbei, ja. Meine Nummr zum Beispiel, ja.
– Und dann hebt dein Mütterchen ab, und ich muss dir was ausrichten lassen?
– Probiern geht über Studiern, ja.
Der Typ zwinkert mir zu und fingert in seiner Hosentasche nach einem Kugelschreiber.
– Das hätte gerade noch gefehlt. Lass den Stift da, wo er steckt: in deinem Arsch.
Er grinst und zeigt auf seinen Arm. Das will heißen: Ein As im Ärmel hab ich noch. Er deutet auf meine Schiene und krümmt sich schon vor Lachen, bevor er den Satz überhaupt losgeworden ist:
– Bist heut mitm linkn Arm aufgstandn, ja.
Ich schaue Hugo an, er schaut mich an. Wir fragen uns: Echt jetzt? Aber der Lackaffe will sich gar nicht mehr erholen.
– Meinst du das eigentlich ernst, wenn du so saudumm vor dich hin schwadronierst, oder ist das irgendso 'ne Art Zirkusnummer, in der du dich selbst durch den Kakao ziehst?
– Das is hier nich die Frage, ja.
Er zwinkert. Natürlich. Und schnalzt mit der Zunge.

– Wenn du jetzt drauf wartest, dass ich dich nach der Frage hinter der Frage frage, dann hast du dich aber geschnitten.
Der Kerl zuckt mit den Schultern. Aber er lächelt. Das ist einfach nicht aus seinem Gesicht zu kriegen, dieses Lächeln. Wie im Sommer die Fruchtfliegen in der Küche. Ekelhaft.
– Die Frage is, ja, beantwortet er sie also selbst, während sich um sein Auge die ganze Visage zusammenzieht, – ob's mir gelingt, dich zum Lachn zu bringn, ja.
Ich lache laut auf.
– Siehst du, ja, verkündet er stolz.
– Also das ist so, meldet sich jetzt die Kassiererin zu Wort, die gerade noch eifrig damit beschäftigt war, gar nichts zu tun, aber sich plötzlich für das Hin und Her zu interessieren beginnt: – Er meint es nie ernst. Und dann, etwas nachdenklicher: – In Wirklichkeit meint er's manchmal ernst und manchmal wieder nicht.
– Wirklichkeit, ja. Was willstn du schon von der Wirklichkeit wissn, ja, sagt jetzt der Kerl hinter der Theke. – Was für dich wirklich is, ja, muss es noch lang nich für mich sein, ja, flüstert er geheimnisvoll und macht ein Gesicht, das er für das irgendeines Philosophen hält, was aber nur wieder zeigt, wie blöd er eigentlich ist.
So geht das zu und her hier. Jeden Tag. Sag ich doch: ein Irrenhaus.

– Ist der vielleicht heiß, sagt Eulalia, als ich ihr die Tasse von den Lippen nehme. Sie rollt mit den Augen.
Ich runzle die Stirn.
– Hätte ich den Tee kalt bestellen sollen?
Ich nehme einen Schluck aus ihrer Tasse. So heiß ist der nicht.

– Ich meine den Typen, mit dem du so lange geschäkert hast.
Zwei Augenblicke lang verstehe ich nichts. Ich überlege. Ich schaue zur Theke. Dann trifft es mich wie ein Leichenwagen in der eigenen Hauseinfahrt.
Ich spucke den Tee über den Tisch.
– Du meinst doch nicht den widerlichen Typen dahinten?
Eulalia nickt.
– Ganz schön süß, nicht?
Im Ernst? Gut, das mit den Patienten nehm ich zurück. Dieses Krankenhaus ist voller Irrer. Punkt.
– *Süß*? Du meinst *süß* wie ... *attraktiv*?
Eulalia nickt und lächelt.
Süß also. Sie findet ihn *süß*.
Gut, so erstaunlich war es dann auch wieder nicht. Eulalia, muss man wissen, fand jeden Typen süß. Und das war das viel größere Problem.

– Ich will mir eine rauchen.
Eulalia schaut mich mit großen Augen an, und ich, ich schaue einfach nur zurück.
– Du weißt schon: quarzen. Einen Lungentorpedo, einen Sargnagel, ein Erfrischungsstäbchen.
Ich zögere. Ich nicke. Ich sage nichts.
– Eine Nikotinspargel, eine Tabakwurst, ein Lungenbrötchen.
Ja, schon verstanden. Bin ja nicht schwer von Begriff. Doch ich sage: nichts.
– Ja, was ist denn jetzt? Kommst du mit?
Ich senke den Blick, betrachte lange und aufmerksam die leere Tasse, die zwischen ihren Armen steht. Dunkelrote Halbmonde hängen vom Rand, einer neben dem ande-

ren. Ich denke an einen hochgezogenen Samtvorhang, ich denke an Kronleuchter unter einer türkenhonigfarbenen Stuckdecke, an gedimmte Leuchtäpfel über den Emporen und an ferrarirote Plüschsessel zum Einklappen. Und jetzt frage ich mich, wie Eulalia sich eigentlich geschminkt hat mit diesen Armen und wozu.
– Ich weiß nicht.
– Komm schon.
Ich blicke durch die Fenster auf den Parkplatz. Es hat wieder angefangen zu schneien. Nass fallen die Flocken herab und in dünnen Strichen und schräg.
Ich versuche, mit den Zähnen zu klappern, verschränke, so gut es eben geht, die Arme und deute ein Reiben an an meiner Schulter.
– Sei kein Feigling!
Ich seufze. Kann sie denn nicht alleine gehen? Ich schaue Eulalia ins Gesicht, dann schaue ich auf ihre Arme. Nein, kann sie nicht.

– Und du, Alba?, fragt sie und nimmt einen Zug. Zwischen meinen Fingern glimmt hell die Zigarette und dann wieder dunkel.
– Ich?
– Ja. Wen findest du denn süß?
Ich nehme ihr die Zigarette aus dem Mund und ziehe langsam daran. Und weil Eulalia danach immer noch auf eine Antwort wartet, nehme ich einfach noch einen Zug und hoffe darauf, dass diese saublöde Frage vergessen geht währenddessen, und diese Hoffnung, die erfüllt sich auch fast, weil ich nämlich einen Hustenanfall kriege, und zwar nicht absichtlich, wie man jetzt meinen könnte, sondern weil ich meine Gedanken zu sehr auf diese Hoffnung richte und zu wenig auf das Rauchen.

Aber Eulalia interessiert das überhaupt gar nicht mit meinem Husten.
– Den Müller vielleicht?
– Den Fußballer?
Eulalia schüttelt heftig den Kopf.
– Was denn bitte für ein Fußballer? Ach so! Nein! Den Müller aus der 3c mein ich doch.
– Welcher denn?
– Was welcher? Sag mal ...
– Es gibt zwei Müller in der 3c.
– Na der blonde.
– Hättest du aber auch gleich sagen können!
– Hab ich doch.
Ich schaue zu Hugo. Der wackelt mit dem Kopf: Hat sie nicht.
Eulalia schiebt wieder das Kinn nach vorn.
– Also?
Gerade hebe ich zur Antwort an, als plötzlich eine Hand zwischen uns auftaucht und hin- und herzeigt zwischen Eulalias Armen und meiner Schiene.
– Untr Amputiertn ist der Einarmige Athlet, ja, höre ich es grölen in meinem Rücken.
Gar nicht nötig, sich umzudrehen, um zu wissen, dass das der Volltrottel aus der Cafeteria ist.
– Wer hat dich denn herbestellt?
– Ist ein freies Land, ja. Und wir sind freie Menschn, ja, verkündet er und setzt so eine staatsmännische Miene auf wie der Bronze-Escher, der in Zürich so gebieterisch auf die Bahnhofstraße glotzt, dass er nicht einmal merkt, dass ihm andauernd die Tauben in den Bart scheißen und ins Gesicht.
– Frei am Arsch!, sage ich, während Eulalia mich ansieht mit so einem Blick, der in etwa heißt: Halt die Klappe.

Aber ich, ich denke gar nicht dran. Ich puste den Rauch so heftig in die Luft, dass er sich in Wirbeln überschlägt über unseren Köpfen.
Der Typ zuckt mit den Schultern und schlurft zum Aschenbecher. Er quetscht die Kippe aus, kramt eine Weile in der Tasche, fischt umständlich nach der Zigarettenschachtel, klappt den Deckel weg, steckt sich eine neue Kippe in den Mund.
– Hat jemand Feuer, ja.
Eulalia nickt eifrig.
– Wie hast du denn die von eben angezündet?, frage ich.
– Geheimnis, ja.
Er zwinkert mir zu. Schon wieder. Wenn ich es nicht besser wüsste, ich würde sagen: Der Kerl hat ein ernsthaftes Problem mit seinem Augenlid. Aber das stimmt nicht. Es liegt ein paar Zentimeter weiter hinten bei ihm, sein Problem.
– Find's doch raus, ja.
Schon wieder so ein dämliches Zwinkern.
– Hättest dir die Zigarette halt an deiner alten anstecken sollen.
Eulalia rammt mir ihren linken Gips in die Rippen. Wie so ein Kaltwachsstreifen klebt ihr Blick auf meiner Wange, das spüre ich ganz genau, aber ich schaue nicht hin. Wenn man hinschaut, tut's nämlich nur noch mehr weh.
– Na gut.
Ich halte ihm das Feuerzeug hin. Der Clown höhlt seine Hände zum Windlicht, steckt seine Zigarette hinein und zieht.
– Danke, ja, sagt er und schiebt den Rauch ganz langsam aus dem Mund.
Ich sage nichts.
– Gerold, ja, sagt er dann und zeigt auf sich.

– Eulalia, sagt eine Stimme neben mir.
Und ich, ich halte schön die Klappe.
Aber der Typ zeigt auf mich mit seinem Griffel und fragt oder sagt oder was er auch immer tut mit seinen Sätzen, die keine Höhen haben und keine Tiefen:
– Und du, ja.
Ich zögere. Ich denke an meinen Namen und an den meiner Schwester, aber dann fällt mir ein: Nein, der ist viel zu ähnlich. Und dann denke ich an eine Geschichte, die wir vor kurzem gelesen haben im Englischunterricht, und die eigentlich gar keine ist, sondern wahr, und das weiß ich deshalb so genau, weil sie wie meine Geschichte ist, und die ist das ja auch, wahr. Wirklich, wenn ich mich daran erinnere, fühlt es sich an, als würde ich mich die ganze Zeit im Spiegel betrachten, dieses wenn du hineinschaust und merkst: Die auf der anderen Seite, das bin ja ich, einfach spiegelverkehrt.
Natürlich denkt das keiner, wenn er nach seinem Namen gefragt wird, und ich tue es ebenso wenig da vor dem Krankenhaus. Ich suche einfach nur nach einem anderen Namen, und dabei kommt mir diese Geschichte in den Sinn, und deshalb sage ich dann:
– Sylvia.
Natürlich klebt da sofort wieder Eulalias Blick auf meiner Wange, aber ich lasse mir nichts anmerken, und das geht deshalb so gut, weil der Typ jetzt eine ganze Menge Fragen stellt, die er zwar von mir beantwortet haben will, die ich aber allesamt und eifrig Eulalia überlasse mit meinem Schweigen. Als er endlich geht, allerdings nicht, ohne mir einen Zettel mit seiner Nummer zuzustecken, da findet Eulalia, ich hätte mich nicht gut geschlagen.
– Sag mal, bist du bescheuert?, fragt sie.
– Warum?

– Schnapp ihn dir, sonst ...
– Sonst was?
– Sonst tu ich es.
Das, denke ich, wäre gut so. Ich will Jack. Und ich will, dass sie ihn nicht will.
Und dann lasse ich den Zettel mit Gerolds Nummer auf den Boden fallen.
– Heb das wieder auf!, zischt Eulalia.
Ich zögere einen Moment. Aber dann greife ich nach dem Zettel und stecke ihn in meine Tasche.

Drei

Ich habe Lea kennengelernt, als ich Jack zur Beerdigung begleitet habe. Ich mochte sie auf Anhieb. Lea ist Jacks Schwester. Und es war ihre Beerdigung.

Es ist einer dieser viel zu schönen Märztage, auf die dann wieder zwei Wochen Regen folgen und Schnee. Der Himmel ist blau oben und an den Rändern weiß schattiert. Oder das Gegenteil davon.
– Jetzt kann man sehen, dass er rund ist, sagt Jack.
– Ja, sage ich.
Dabei ist er das doch gar nicht.

Die Beerdigung findet im engsten Kreis der Familie statt. Bei Jacks Familie bedeutet das: eng wie wenn ein dreihundert Pfund schwerer Kerl seinen Hintern in eine XXL-Hose zwängen muss. Alle anderen sind sich sicher: Sie haben noch nie eine so große Hose gesehen.

Eine Zeit lang mochte ich Begräbnisse nicht. Gut, wer tut das schon, sagt jetzt sicher wieder irgendwer, aber ich mochte sie *wirklich* nicht. Ich meine damit, dass ich sie einfach nicht *ertrug.*
Schon beim Aufstehen war mir sterbensübel an diesen Tagen. In der Kirche saß ich deshalb immer abseits, damit ich schnell hinaus konnte, wenn ich bemerkte, wie sich das Gewölbe über meinem Kopf zu senken begann und die geschwulstigen Pfeiler und die Kapellen mit ihrem ganzen stacheligen Zierkram sich mir entgegenschoben und meinen Leib zu zerdrücken drohten und zu zerstechen und zu zerstampfen. Sofort schleppte ich mich hinaus ins Freie,

bevor ich es gar nicht mehr schaffen würde aus eigener Kraft. Und dann überkam mich auch schon die Übelkeit, in diesen kleinen, heimtückischen Wellen, die so heftig sind und so schnell aufeinander folgen, dass sie dir keine Zeit lassen, um zu atmen zwischen ihnen. Ich schnappte nach Luft wie ein Fisch, der unweigerlich ertrinken muss in ihr. Mein ganzer Körper zitterte vor Anstrengung und hatte keine Ruhe, bevor sie mein Magen nicht gab. Meine Mutter musste mir den Kopf halten, damit er nicht aufs Pflaster schlug. Ich habe so viel gekotzt damals und so lange, dass ich Angst hatte, mit der Galle auch noch den Dünndarm zu verlieren und die Nerven.

Meine Mutter hat mich zum Seelendoktor geschickt damit. Und der so: – Alba hat Angst vor dem Tod. Oder vielleicht ist es ihre Seele, die damit zum Ausdruck bringen will, dass sie etwas verloren hat. Ja. Hundert Franken die Sitzung, und dann das. Vielleicht hast du Cholera. Aber vielleicht ist es auch Krebs.

Mein Stiefvater hat einmal Fußball gespielt, in Zürich war das, und dann hatte er Blutergüsse am Knie, bunt wie ein Kindergeburtstag sah das aus. Er geht also zum Hausarzt, und der sagt ihm: – Ein Kreuzbandriss ist es nicht. Als die Beschwerden nicht abnehmen, geht er wieder hin. Nochmals: Verband für fünfunddreißig Franken, bisschen Salbe fünfzehn und die Diagnose – kein Kreuzbandriss – achtzig. Nach dem vierten Mal wechselt er den Arzt. Ein Sportmediziner. Der schaut sich zwei Minuten das Knie an und sagt: – Kreuzbandriss, ganz eindeutig. Nächstes Mal kommst du zu mir, habe ich Viktor gesagt, und gibst mir hundert Flöhe die Sitzung. Wenn ich nach dem vierten Mal immer noch danebenliege, kannst du ja immer noch zu einem anderen gehen. So einer war das, dieser Doktor mit der Seele.

Wir stehen auf dem Parkplatz, Jack und ich, und warten auf die Leute. Wenn tatsächlich so viele kommen, wie Jack gesagt hat, dann dauert das noch eine ganze Weile. Bis jetzt steht da nur eine viel zu pralle Sonne über den Bäumen und ein paar vereinzelte Menschen unter ihnen, die nicht so recht zu einer Gruppe zusammenfinden wollen.
Ich weiß nicht, wie es um Jack steht, aber ich für meinen Teil habe Hunger. Es ist noch etwas vor der Zeit, in der Jack normalerweise die warmen Fritten unter seinem Poncho hervorholt, aber für ein Softeis oder zwei wäre jetzt ohne weiteres Platz. Ich meine, ich habe seit dem Frühstück nichts mehr gegessen. Kein Wunder, dass sich die Erde allmählich zu drehen beginnt um mich. Ich denke an Hugo und wie sehr er mir fehlt in meiner Vene. Und ich denke an den Leichenschmaus.

Das mit den Begräbnissen war nicht immer so. Das heißt, erst war es nicht so, dann war es so, dann wieder nicht mehr. Als ich klein war, da habe ich mich immer gefreut, wenn es zu einer Beerdigung ging. Ich mochte Erdbestattungen, weil man Blumen hinabwerfen konnte in die Grube und Erdklumpen, wenn keiner hinschaute, sodass sich der Sarg dumpf beschwerte unter mir. Ich mochte die endlosen Pausen zwischen den Gängen des Leichenschmauses, in denen ich mich hinter den Zimmerpflanzen vor niemandem versteckte oder die feinen Zeichnungen auf dem weißen Damasttischtuch mit meiner Ölkreide verschönerte, jedes Feld in einer anderen Farbe, bis es aussah wie ein Perserteppich. Das würde man heute gar nicht mehr sauber kriegen, sagt meine Mutter manchmal, wenn sie sich daran erinnert, und dann sagt sie immer: Aber früher ging das noch,

als Waschmittel noch Waschmittel waren und Umweltschutz noch Umweltschutz und der eine dem anderen nicht andauernd in den Kram pfuschte.
Die Beerdigung von Lea fällt in eine Zeit, in der ich mich bereits wieder freute auf diese Anlässe. Oder sagen wir, ich hatte mich ans Schlechte gewöhnt und gelernt, mich aufs Gute daran zu freuen. Das Gute ist das Essen danach, das man nicht bezahlen muss, und bei dem immer Dinge serviert werden, die ich nicht kenne, Bergseekaviar und kaltes Pferderoastbeef und Straußenfilet mit Preiselbeerkonfitüre und Räucherlachs mit dänischem Meerrettichschaum, weil der Gastgeber sich nicht von der geizigen Seite zeigen will. Ein Unglück, dass ich ausgerechnet das Essen nach Leas Beerdigung verpasst habe.

Jack trägt einen schwarzen Anzug und die anderen tun es. Sie sind so schwarz, dass der Leichenwagen irgendwie blass aussieht daneben.
– Für Lea haben sie das getan, sagt Jack.
Er streicht sich eine Träne aus dem Auge.
– Was denn?
– Sich neue Anzüge gekauft.
Ich schaue mich um. Ich weiß nicht. Vielleicht hat er recht.
Ich denke: Neue Anzüge für Lea. Und: Absurd. Und: Hätten sie sich auch ein wenig früher entschließen können dazu. Ich weiß, dass sie gemein sind, diese Überlegungen, aber ich weiß auch, dass die anderen nicht besser sind in ihrem Denken.
Und dann, von einem Moment auf den anderen, gerinnen die blubbernden Gedanken in meinem Kopf plötzlich zu dickflüssiger Marmelade.

– Jack ..., sage ich und: – Ich ..., und: – Mein ..., und: – Mir ist ...
Ein Wort und dann noch eins und dann noch eins, jedes sehr einzeln und umgeben von nichts und lauter Stille, schwappt über meine Lippen, tropft schwer auf den Asphalt und bleibt dort ungehört liegen. Der Blick, der eben noch auf den Anzügen klebte und den Leuten, die in ihnen stecken, treibt ab nach oben und das wenige Schwarz in ihm findet zusammen zur Nacht.
Als ich wieder zu mir komme, ist noch immer all dieses Schwarz um mich, aber aus ihm glotzt mich eine ganze Menge Augen an. Jemand ruft nach einer Flasche Wasser oder zwei.
Mein erster Gedanke: Lea. Lea und das Kleid.
Jack fragt:
– Wie geht es dir?
Ich frage:
– Wie geht es dem Kleid?
Jack winkt ab.
– Alles gut.
– Es tut mir leid.
Das tut es mir wirklich. Aber Jack sagt nichts. Er streicht mir die Haare aus dem Gesicht und küsst mich. Dann hilft er mir auf, und eine ganze Menge Hände tun es, nur meine Knie, die tun es nicht. Kaum ist das eine durchgestreckt, gibt das andere nach. Ich fühle mich wie eine dieser traurigen Ölpumpen. Die aus den Filmen, in denen irgendwelche postnuklearen Motorradfahrer auf der Suche nach einer Tankstelle durch den Mittleren Westen knattern.
Das kann ja heiter werden, denke ich. Da hat die Beerdigung noch nicht einmal angefangen, schon kündigt mein Kopf seinen Vertrag mit der Wirklichkeit auf. Ich

schäme mich vor den Leuten, aber ich bin auch froh und ein bisschen stolz. Ich weiß, dass ich das nicht sein sollte, aber: Ich bin Jacks Freundin, und jeder kann es sehen.

Was niemand sehen kann: Es ist wieder Leben in mir. Seit heute Morgen. Das ist gut so. Dass es wieder in mir ist und dass sie uns dabei nicht gesehen haben. Wäre einer reingeplatzt ins Zimmer, hätte er auch sehen können: Ich bin Jacks Freundin. Oder, wenn er es leise getan und durch den Türspalt geschielt hätte: Gerade noch ist sie nicht Jacks Freundin, und jetzt ist sie Jacks Freundin. Er hätte uns beim Werden beobachten können.
Oder sie.
Hilde zum Beispiel.
Aber die ist im Bild. Sie weiß von mir und sie weiß von Jack, der in meinem Zimmer ist, dabei hat die Besuchszeit noch gar nicht angefangen. Und sie weiß von der Beerdigung seiner Schwester, und dass mich Jack mitnehmen will dahin.
– Ist alles abgesprochen, sagt er. Und dann, indem er warum auch immer zur Decke zeigt: – Mit den Ärzten. Hilde, allen.
Ich zögere. Ich schaue Jack an in seinem schwarzen Anzug und dann schaue ich an mir herunter. Ich schaue auf eine fliederfarbene Pyjamahose und ich schaue auf ein hellblaues T-Shirt. Über der linken Brust krallen sich meine Augen fest: Garfield.
– Können wir noch was holen bei mir zu Hause?
Jack schiebt seinen Ärmel zurück und schaut auf sein Handgelenk, wo eine silberne Uhr mit Datumsanzeige, Mondphasen, schlangenledernem Armband und dem ganzen Schnickschnack fehlt. Er überlegt. Dann schaut

er mich an und sagt, indem er auf das ausgedachte Zifferblatt tippt:
- Okay. Aber schnell.
- Gut, sage ich.
Doch dann kommt mir in den Sinn: Das geht ja gar nicht. Auf keinen Fall geht das. Mein Zimmer, muss man dazu sagen. Also, seit dem Unfall bin ich nicht mehr in ihm gewesen.
Ich meine: Sicher würde ich das Kaff, in dem ich wohne, gerne wiedersehen. Auch wenn es nichts zu sehen gibt dort. Eine Autobahn, die es in der Mitte zerschneidet, eine Bahnstrecke ohne Haltestelle, ein vergifteter Stausee, an dessen Oberfläche die Forellen ihre blassen Bäuche sonnen, eine Hauptstraße mit künstlich aufgeschütteten Schallschutzhügeln zu den Seiten und jeder Menge Arbeiterschließfächern aus Stahlbeton. Überhaupt ist hier eigentlich alles aus Beton gemacht, sogar die Kinderspielplätze sind nicht mehr als ein paar wahllos durcheinandergeworfene Zementröhren. Die Sowjets, hat mein Stiefvater einmal gesagt, haben den Eisernen Vorhang gebaut und die DDR die Mauer, weil sie Angst haben, dass ihnen die Leute davonrennen, in Neuenhof haben sie einfach keinen Bahnhof gebaut. Er hat es im Scherz gesagt, der Viktor, aber es ist einer, bei dem dir das Lachen im Hals stecken bleibt.
Ich habe von Leuten in Neuenhof gehört, die verlassen nur mit nüchternem Magen das Haus, weil sie sonst kotzen müssten, wenn sie frühmorgens durch die Straßen gehen und nicht einer dieser vielen Tage ist, an denen der dichte Nebel, der vom Stausee heraufsteigt, die Sicht auf das Schlimmste nimmt. Und jetzt versteht man auch, warum es so viele Magersüchtige gibt dort und warum so viele Selbstmörder.

Trotzdem. Ich wäre gerne nach Hause zurückgekehrt. Auch wenn meine Mutter gar nicht da war. Aber das wäre gar nicht nötig gewesen. Es hätte mir gereicht, barfuß über das Fischgrätparkett zu gehen im Wohnzimmer und in der Ecke neben dem Fernseher auf die losen Lamellen zu treten, immer und immer wieder, die dann knarren wie die Spechte, die es hier nicht mehr gibt. Ich wäre in die Küche gegangen, um dem knirschenden Klicken der Sicherung zuzuhören, wenn man das Licht aufdreht, und hätte dieses unentschiedene Flackern beim An der Leuchtstoffröhren über der Ablage beobachtet. Den Herd hätte ich aufgedreht und mich hingesetzt. Ich könnte das stundenlang tun, einfach nur in der Küche sitzen und dem Gas beim Flüstern zuhören. Leider ist das zu teuer und saugefährlich. Um zu verhindern, dass es das ist, saugefährlich, könnte man es anzünden, aber damit verliert das Geräusch seine gesamte Unschuld. Das gierige Fauchen, die blaue Flamme, sie haben nichts Beschauliches an sich, sie sind aufdringlich, dumpf und hohl und einfach nur bedrohlich.

Ich hätte nach Mister Freitag geschaut zu Hause, natürlich. Wie es ihm geht in seinem Käfig. Mister Freitag ist mein Papagei und heißt nur heute so. Morgen heißt er Mister Samstag, übermorgen Mister Sonntag, überübermorgen Mister Montag und so weiter. Und wenn einmal die Reihenfolge der Wochentage durcheinandergeraten sollte oder Leute wie Viktor auf die Idee kommen, ihre Namen zu vertauschen, dann heißt er eben anders. Keine Frage, den armen Vogel verwirrt das ungemein. Er ist ein Graupapagei, muss man wissen, ein Wildfang aus dem Kongo. Die Geschichte, wie er zu mir gekommen ist, ist mindestens so abenteuerlich, wie es gewesen sein muss, das Tier im Urwald zu fangen. Aber hier ist nicht der Ort dafür und nicht die Zeit.

Jack überlegt.
– Wirklich nicht?
Meine Finger nesteln heftig am Bund der Pyjamahose herum. Blut schießt in mein Gesicht, dass es heiß und kalt wird in ihm.
– Ich ... Ich habe keine schwarzen Klamotten.
Jack wirft mit einem dieser Blicke um sich, bei denen man nicht so recht weiß, was der jetzt bedeuten soll. Er sagt nichts.
– Außer Socken, sage ich dann, um wenigstens irgendetwas zu sagen.
– Und Unterwäsche, sagt Jack.
Und dann, nach einer Minute oder zwei, in denen wir uns anschweigen und es mir nicht gelingt, den Blick vom braunen Linoleum zu lösen, sagt Jack:
– Ich hab einen Plan. Versuchen wir's bei mir zu Hause. Ich glaube, da liegt noch was rum. Was meinst du?
Ich nicke heftig mit dem Kopf. Alles lieber, denke ich, als mit Jack zu mir nach Hause zu fahren. Aber dann, als wir im Käfer sitzen, bin ich trotzdem etwas traurig, weil ich an Mister Freitag denke und ans Fischgrätparkett und an den Specht unter ihm.

Hätte ich gewusst, was *bei uns* eigentlich heißt, wäre ich vielleicht noch einmal umgeschwenkt. Wir fahren lange, und das will was heißen bei Jacks Tempo. Das Haus seiner Eltern nämlich ist ziemlich abgelegen. Zum ersten Mal in meinem Leben überquere ich den Berg, hinter dem die ganze Zeit die Postautos verschwinden. Ich habe mich immer gefragt, warum andauernd Busse dahin fahren, aber eine Antwort habe ich nie gekriegt. Jetzt weiß ich: Ein nebliges Tal gibt es dort und eine Handvoll Dörfer und ein armseliges Flüsschen, das nie ein Schiff

gesehen hat auf seinem Wasser und kein Mühlrad in ihm. Es ist das einzige Tal in diesem Land, in dem bis ins neunzehnte Jahrhundert hinein die Juden leben durften. Und da weiß man auch schon, was das für ein Tal ist, wenn man damals sogar Juden geduldet hat in ihm, und die Juden, die wussten's auch. Kaum wurden die Niederlassungsbeschränkungen aufgehoben im Land, haben sie das getan, was jeder getan hätte an ihrer Stelle: Sie haben samt und sonders Reißaus genommen.
Und nun liegt also dieses schwarze Kleid vor mir auf dem Bett. Wir sind nach oben gegangen, in ein viel zu aufgeräumtes Zimmer, in dem die Rollos heruntergelassen sind und irgendwelche Bandposter hängen, von Secret Service ein riesiges und von Blondie eins und was weiß ich von wem nicht noch alles. Sofort verschwindet Jacks Oberkörper in einem riesigen Schrank, der aussieht wie ein Zimmer, und zwar deshalb, weil da so viele und so große Spiegel hängen an den Türen, dass sich das ganze Zimmer spiegelt in ihnen. Nach ein paar Minuten, in denen er die gut zwei Dutzend Bügel vielleicht etwas häufiger als nötig auf der Kleiderstange hin- und herschiebt, holt Jack ein Kleid heraus und legt es sorgfältig aufs Bett.
– Gefällt's dir?, fragt er und setzt ein Lächeln auf, das man gar nicht anders bezeichnen kann als traurig.
Natürlich gefällt es mir. Es ist ein schönes Kleid, eines mit Puffärmeln, das herrlich glänzt unter der Lampe wie in der Nacht die Straßen, wenn Regen auf sie fällt. Aber es gibt ein Problem damit: Das Kleid gehört Lea. Deswegen bin ich auch dagegen, dass ich es anziehe. Und dafür, dass wir trotzdem noch zu mir fahren. Andererseits: Ich weiß nicht, wie ich es Jack beibringen soll. Dass ich Leas Kleid nicht tragen will und dass ich gelogen habe vor-

hin. Ich weiß nur: Unter keinen Umständen ziehe ich das Kleid einer Toten an.
Aber dann, als ich gerade die Worte bereitlege, um Jack klar zu machen, dass das nicht geht, ist da wieder dieses traurige Lächeln in seinem Gesicht.
Er sagt:
– Es gefällt dir nicht, nicht wahr?
– Im Gegenteil, ich brenne darauf, es anzuprobieren!, höre ich jemanden rufen, und ich wundere mich über diese Worte und über die Begeisterung im Gesicht dieses Mädchens mit dem dunkelblonden Haar, das mir von der Schranktür entgegenlacht und das ich nicht bin in diesem Moment.
– Gut, sagt Jack und verlässt aus irgendeinem Grund das Zimmer.
Ich schaue auf die Tür, die sich hinter ihm schließt, und auf Leas Kleid, das so etwas wie auffordernd schimmert unter der Lampe. Ich erinnere mich an ein ähnliches Kleid, das ich getragen habe und das auch nicht meins war. Es hat meiner Schwester gehört, es war rosa und hatte auch solche Puffärmel an den Seiten und einen Ausschnitt mit Knöpfen, und dann habe ich es gekriegt. Ich mochte es sehr, aber es machte mich traurig, dass ich es nicht geschenkt bekommen habe und meine Schwester schon, und dass ich es erst gekriegt habe, als es ihr nicht mehr passte. Und dann kommt mir in den Sinn, dass es doch immer so gewesen ist, dass ich immer nur die getragenen Kleider meiner Schwester bekommen habe und nie was geschenkt.
– Bist du fertig?, fragt Jack durch die Tür.
Ich schaue auf das Kleid und dann schaue ich auf die Schiene an meinem linken Arm und den bleichen Daumen. Ich denke: Bist du blöd eigentlich?

– Kann ich reinkommen?, fragt Jack schon wieder.
– Ja, sage ich, – du musst.
– Okay, sagt Jack, und ich glaube, da steckt so eine Vorfreude in seiner Stimme oder auf ihr oder dahinter oder wie man das auch immer nennt. Jedenfalls hört man das jetzt.
Aber als er dann die Tür öffnet: großes Traritrara.
– Du hast dich ja noch gar nicht umgezogen, und: – Gefällt es dir also trotzdem nicht?, und all so ein Zeug.
Ich zeige auf meinen linken Arm.
– Mal daran gedacht?
– Stimmt!
Ja und jetzt zieht er mir das Jäckchen aus und streift mir das T-Shirt über den Kopf und über die Knie die Pyjamahose. Eine Weile stehen wir so da, ich, weil mir nicht viel anderes übrigbleibt als zu warten, Jack, weil er irgendwie verlegen ist. Dann fischt er plötzlich eine halbe Schachtel Parisienne aus der Hosentasche, fingert mühsam eine Zigarette daraus hervor, macht sie an und zieht heftig daran. Er reicht mir den zur Hälfte abgebrannten Stengel, von dem ich zwei, drei Züge nehme, als mich Jack plötzlich umarmt. Und mit seiner Umarmung lösen sich hinter meinem Rücken mit einem Klicken die Häkchen des BHs und vom Boden her starren mich große Augen an aus einem Brillengestell aus schwarzer Spitze. Und dann liege ich auch schon auf dem Rücken, vor mir meine kleinen Brüste, die wegkippen nach links und nach rechts, und das krause Dreieck und Jacks Scheitel, der darin versinkt und wieder auftaucht, und seine Küsse auf meinem Bauch und unter meinem Kinn und in meinem Mund, der jetzt salzig wird davon, und vor allem seine Augen, diese auffordernden und dann wieder bremsenden und alles bestimmenden Augen und diese warme Flüssigkeit

zwischen meinen Beinen, die herauskommt aus mir und wieder hineingepresst wird und wieder herausfließt. Und dann ist da mein schweißverklebtes Gesicht, meine geschwollenen Augen, das Gellen in den Ohren.
Ja.
Ich denke: Und das am Tag von Leas Beerdigung. Es ist *ihr* Tag. Und dann denke ich: Aber es ist auch mein Tag.

Jack hat es jetzt eilig mit dem Friedhof. Wie ein Besessener rast er los, und er lässt sich auch dadurch nicht entmutigen, dass ich ihm nach zehn Minuten bedeute, er soll rausfahren bei der ersten Tankstelle, und mir absichtlich Zeit lasse auf dem Klo. Als wir auf dem Friedhof anlangen, ist es nämlich früher, als es sein wird, wenn wir sein Haus verlassen haben werden, sodass wir jetzt wieder jede gewonnene Minute mühsam vertrödeln müssen.
Wir steigen aus und drehen eine Runde über den Friedhof. Jacks Schuhe stapfen knirschend über den Kies und so schnell, dass alles zerfließt zu einem pochenden Rauschen. Er klingt wie dieser Mann, der auf der Stelle zu rennen anfängt in meinem Kopf, wenn nachts das Kissen gegen ihn drückt oder meine Hände gegen die Ohren, und doch nie vom Fleck kommt. Man könnte jetzt denken, Jack sei auf der Flucht vor mir, aber das tue ich nicht. Da ist nämlich meine Hand fest in seiner und mein Körper, der ihr folgt, so gut es eben geht mit dem wenigen Blut, das jetzt in die Beine fließt und fehlt im Kopf. Jack tut das nur, weil er glaubt, dass die Zeit schneller vergeht, je schneller man läuft.

Dieser Friedhof ist der größte, den ich bisher gesehen habe in meinem Leben. Ich meine, ich habe nicht viele gesehen, aber der in Baden ist kleiner. Und er ist vor allem

voller. Hier dagegen kann man Hunderte Meter gehen und kriegt kein einziges Grab zu Gesicht.
– Man kriegt fast den Eindruck, sagt Jack, – in Zürich werde zu wenig gestorben.
Natürlich sagt Jack nichts dergleichen. Es ist der Tag, an dem seine Schwester begraben wird. Aber wenn wir sonst auf den Friedhof gekommen wären, an einem anderen Tag – ich bin mir sicher, er hätte das so gesagt.
Stattdessen sagt er:
– Ich habe hier schon viele Spaziergänge gemacht.
Und dann, nach einer Pause:
– Um mich daran zu gewöhnen.
– Ich auch, sage ich, und denke an den Friedhof in Baden.
– Ich habe das auch getan.
Jack schweigt. Er antwortet nichts.
– Aber man gewöhnt sich nicht daran, sagt er dann.

Wir stehen schon eine ganze Weile auf dem Parkplatz. Alles wartet. Die Sargträger warten, Leas Onkel und Tanten warten, ihre Cousins und Cousinen warten, Jack und ich warten, Lea wartet.
Wir warten auf ihre Eltern und einen Onkel.
Als sie endlich vorfahren im Taxi, geht die eine Tür im Fond schon auf, da hat der Wagen noch gar nicht gehalten. Heraus steigt ein bellender Wortschwall, und dicht hinter ihm folgt Jacks Vater. Er flucht so laut, dass man gar nichts versteht davon.
– Personenunfall und Streckensperrung, verdammte, sagt dann Jacks Onkel, der sich hinter seinem Bruder aus dem Taxi müht, aber auch hier kein *Hallo zusammen* oder wenigstens ein Winken.
Nachdem er sich etwas erholt hat, aber noch immer mit hochrotem Kopf, sagt Jacks Vater:

– Lea war so jung. Und dann gibt es da Leute, die schmeißen ihr Leben weg wie Taschentücher.
Er spuckt auf den Asphalt.
Und schaut in unsere Richtung, zu Jack und mir, mit diesem Blick, der mir immer ein schlechtes Gewissen macht, wenn ihn jemand aufsetzt in meiner Gegenwart.
Natürlich fühle ich mich irgendwie schuldig. Aber für die Streckensperrung kann ich wirklich nichts.
Dann steigt Jacks Mutter aus, bleibt stehen und schaut in die Runde. Die Trauergäste nähern sich nur langsam, keiner will sich aufdrängen, niemand der Erste sein. Nur Jack und ich, wir bleiben sitzen auf dem Mäuerchen im Schatten, bis meine Beine wieder das tun, wozu sie gemacht sind: stehen. Jacks Eltern nehmen unterdessen Umarmungen entgegen, schütteln Hände, lassen sich zentnerweise Beileid auf die Schultern laden. Bei all dem hört Jacks Mutter nicht auf, Ausschau zu halten in den Augenblicken zwischen einer Umarmung und der nächsten. Wonach, das weiß ich erst, als sie die Sonnenbrille hebt und aus ihren eng zusammenliegenden, geröteten Augen einen verlorenen Blick auf uns, in den Schatten, richtet, in dem ein Begrüßen liegt, ein wenig vordergründige Freude und ein ganzer Haufen Traurigkeit. Langsam kommt sie auf uns zu, in gleichmäßigen, ruhigen Schritten, sodass sich ihr Körper kaum bewegt und ihre Schultern nicht. Nur in ihrem Gesicht herrscht ständig Bewegung, Mienen werden durcheinandergeworfen von Freude, Rührung und Traurigkeit. Dann, als sie vor uns steht, steigt ihr das Wasser in die Augen, die glasig werden deswegen und anschwellen. Tränen ziehen schwarze Schlieren über die Wangen, ein Tropfen fällt ihr von der geröteten Nasenspitze.
– Du siehst aus wie Lea, sagt sie.

Ich – was? Meine Wangen flimmern von der Hitze, und meine Stirn tut es. Ich spüre, wie sich die fünf Fingernägel einer Hand in meinem linken Oberarm vergraben, dass ein Stechen zu spüren ist bis ins Handgelenk und ein Rauschen im Handteller. Die fünf Fingernägel einer rechten Hand. Meiner Hand. Ich schaue an mir herunter. Ich will etwas sagen. Ich will alles sagen. Ich sage:
– Tut mir leid.
Das ist der einzige Satz, den ich jetzt so zustande bringe auf die Schnelle.
Ich schaue Jack an, aber der weiß gerade auch nicht so recht, was er sagen soll.
– Du siehst wunderschön aus, sagt seine Mutter dann, und bevor ich irgendetwas entgegnen kann, finde ich mich auch schon in ihren Armen wieder.
Ich fühle meine Haut wie heißen Asphalt, der Blasen wirft unter der Sonne. Das hat noch nie jemand zu mir gesagt. Wirklich, alles wird froh in mir, wie Popcorn in der Pfanne ein bisschen, während Jacks Mutter weint über meiner Schulter. Ich bin irgendwie glücklich und ich fühle mich schlecht deswegen, ich denke an Lea und dass heute ihre Beerdigung ist, aber dieser Gedanke kommt nicht an gegen die Erleichterung, und das macht mich irgendwie trübsinnig. Ich stelle mir vor, wie es wäre, wenn zu meiner Beerdigung jemand gekommen wäre, der eines meiner Kleider getragen hätte, von meiner Mutter mit mir verglichen worden wäre und sich darüber auch noch gefreut hätte, aber es nützt alles nichts. Ich bin so erleichtert, dass alles lachen will in mir. Ich zwinge mich, das Zucken in meinem Hals hinunterzuschlucken und das Drücken. Doch je häufiger ich daran denke, umso stärker ist der Drang, laut herauszuplatzen mit meinem Gekicher. Keine Minute vergeht, und ich habe Tränen in

den Augen und unter den Lidern jede Menge Blut. Jack nimmt mich in den Arm, und seine Mutter tut es.

Wir haben Aufstellung genommen. Da ist der weiß lackierte Sarg in unserer Mitte und da ist diese rechteckige Grube daneben, die so sorgfältig in den Rasen geschnitten ist, dass es aussieht, als hätte jemand eine Tür offen gelassen in ihm.
Eine Weile geschieht gar nichts.
Dann hält irgendwer eine Rede. Dann ein zweiter. Und dann noch einer.
Die Leute in ihren schwarzen Kleidern und schwarzen Anzügen brechen reihenweise um, mit nassem Gesicht.
– Zusammen, flüstert Jack. – Oder fallen.
Schon klar. Sag ich doch.
Aber das sage ich nicht.
– Weil es zu heiß ist, flüstere ich.
– Weil sie weinen, flüstert Jack.

Und dann, als sich Lea langsam senkt an den Seilen, frage ich mich, wie es wohl ist, wenn man da unten liegt in der Grube und um einen herum dieser Sarg und diese Wände aus Lehm, die haltlos sind und glatt wie die Ewigkeit, sodass man nicht mehr aus ihr herauskommt.
Und dann denke ich, dass ich das alles schon einmal gesehen habe. Und noch nie. Und dass ich weiß, warum ich es noch nie gesehen habe. Und dass ich nicht weiß, warum nicht.

Lea.
Sie hat allen Facetten ihres Lebens einen Sinn gegeben, ob in guten oder in schlechten Zeiten.

Sie war eine, die mit dem Kopf durch die Wand ging und ihre Ziele mit Hochachtung erreichte.
Für die Familie war sie nicht nur Schwester, Tochter und Enkelin, sondern auch Freundin. Für ihre Freunde war sie eine Schwester, die immer zuhörte und immer für sie da war.
Sie war immer sehr ehrlich und sie war für alle ein Vorbild.
Sie war stets offen und geradeaus und scheute sich auch nicht, ihre Meinung zu sagen, auch wenn sie darauf Gegenwind bekam.
Man hört sich das alles an und denkt: Jemanden wie Lea habe ich nie gekannt. Und: Hätte ich sie doch früher getroffen. Und vor allem: So möchte ich auch sein.
Und dann schaue ich wieder in die Grube hinab und denke, dass es nun dieses Bild von Lea in mir gibt, dass es bleiben wird und dass es gut ist. Und ich schaue zu Jack und denke, dass ich auch von ihm ein Bild in mir trage, und dass es ebenfalls gut ist, aber dass es sich ändern kann. Lebende, denke ich, verändern sich die ganze Zeit. Sie werden geiziger mit dem Alter oder lassen sich die Spendierhosen an den Körper nähen, sie werden sturer oder nachgiebiger, umtriebiger oder schlaffer. Sie brechen plötzlich die Treue, fangen auf einmal zu lügen an und zu täuschen, fallen dir in den Rücken. Aber ein Toter, das ist etwas Endgültiges.

Als wir wieder auf dem Parkplatz stehen, ist es schon spät geworden, sehr spät. Jack schiebt den Ärmel seines Jacketts wieder nach oben und führt sich seinen linken Arm mit Schwung unter die Augen, um ihn im selben Moment wieder wegschnellen zu lassen, so als hätte der Blick auf das Zifferblatt so ganz und gar nicht das ergeben, was er sich von ihm erhofft hatte.

– Wir müssen, sagt er. – Ich habe versprochen, dich um fünf wieder im Krankenhaus abzuliefern.
Ich grinse, erst lautlos und verhalten, dann, als auch Jacks Mutter in Gelächter ausbricht, gebe ich mir keine Mühe mehr, irgendetwas zurückzuhalten.
– Das macht er schon seit dem Kindergarten, sagt Jacks Mutter. Ich spüre ihre Hand auf meinem rechten Oberarm. – Alba, wir sollten ihm eine Uhr schenken, endlich.
Jack reißt den Mund auf und die Augen und schaut verdutzt auf sein Handgelenk, so als würde er erst jetzt, nach all den Jahren, bemerken, dass da gar keine Uhr ist an seinem Arm.
– Ja, er kommt nie rechtzeitig zu mir ins Krankenhaus. Meistens kommt er zu spät und heute, ja heute war er zu früh.
Eine Sekunde später wird mir klar, was ich da gerade gesagt habe, und schon werde ich wieder rot im Gesicht, aber seine Mutter lacht, und Jack tut es.
– *Grandios!* Lea hätte das wirklich gefallen, sagt sie, aber es ist kein Zittern mehr in ihrer Stimme wie vorher. Sie ist irgendwie ruhiger geworden und ein wenig zufrieden vielleicht.
– Das heißt, du kommst also nicht mehr mit uns mit? Zum Essen?
Natürlich gibt es nichts, was ich jetzt lieber tun würde. Wegen Jacks Familie und wegen dem Essen auch.
Ich schaue zu Jack: Der schüttelt den Kopf. Dann schaue ich wieder seine Mutter an:
– Ich fürchte nicht. Wenn ich die Geste Ihres Sohnes richtig deute.
– Deines Sohnes, Alba, Du. Und dann, indem sie mir die Hand hinstreckt: – Ich bin Elisabeth.
Sie blickt zu Jack auf:

– Ist wirklich keine Zeit mehr?
Jack schüttelt heftig den Kopf: nichts zu machen.
– Schade. Aber übermorgen. Magst du dann zu uns zum Essen kommen?
Und, indem sie Jacks Vater heranwinkt:
– Alba wird uns übermorgen besuchen.
Der weiß gerade nicht so recht, wohin mit dem Gesagten. Er stottert vor sich hin. Er will etwas sagen. Es gelingt ihm nicht.
Elisabeth fasst sich an die Stirn.
– Übermorgen? Habe ich übermorgen gesagt? Übermorgen haben wir noch zu tun.
Ich spüre wieder ihre Hand auf meiner.
– Tut mir leid. Aber Montag, Montag geht doch, nicht wahr, Walter?
Jacks Vater nickt, überlegt sich, noch etwas hinzuzusetzen und – entschließt sich dagegen.
– Ja, komm zum Essen am Montag, ruft sie dann aus, und bevor ich etwas hinzufügen kann: – *Großartig!* René wird dich abholen.
Ich wechsle einen Blick mit Jack, der nickt: Ja, das wird er. Ich bin – ich weiß gerade nicht so recht, was ich sagen soll. Jedenfalls: so viel Freundlichkeit auf einmal. Ich meine, Schwiegermütter. Man hört immer nur Schlechtes über sie. Aber Jacks Mutter, ich mag sie sehr. Vom ersten Moment an ist sie da, obwohl ihre Tochter seit gerade eben – weg ist. Sie muss voll von Traurigkeit sein, denke ich mir, bis obenhin. Aber sie: Wenn du da bist, dann versucht sie, es dir angenehm zu machen, das Dasein meine ich. Andauernd sagt sie Dinge wie *fabulös, fantastisch, genial* und *bombastisch*, auch wenn sie sich nicht danach fühlt vielleicht, und überall hängt sie diese Ausrufezeichen an, einfach um dir zu sagen: Du bist hier willkommen.

Vier

Also gut. Vorher gab es diesen Versuch. Aber wie fing das an? Mit meiner Mutter, als die meine Polenta wegfrisst. Fast alle meine Geschichten fangen mit meiner Mutter an oder mit Polenta, aber damals kam alles zusammen. Meine Mutter hatte das, was man Leben nennt. Sie hatte ein Reihenhaus im Grünen, sie hatte mich, sie hatte einen Papagei. Und endlich wieder einen Freund, nachdem sie sich noch vor meiner Geburt von Uli getrennt hatte. Uli war ihr Typ, aber bei meiner Geburt war er es nicht mehr. Als ich Uli irgendwann kennenlernte, war er einfach nur mein Vater.

Und dann kommt also dieser Tag mit der Polenta. Nur eben ohne sie.

Der Freund meiner Mutter – man mag ihn sofort. Klar, dass er *Klärchen* sagt und *Moinsen* und *Alles Roger in Kambodscha* und *Bis Baldrian*, damit ist der Bogen überspannt. Aber Viktor ist eben auch einer, der die Gurke als *Gärtnerwurst* bezeichnet, statt Gemüse widerwillig *Gestrüpp* isst und im Biergarten einen *Hopfentee*, eine *Vollkornschorle* oder eine *Maurerbrause* bestellt. Kurzum, Viktor ist einer, der nicht anders kann, als den Wörtern andauernd ihre Namen streitig zu machen und ihre Bedeutungen. Ich habe mir einiges abgeschaut von ihm, und in der Schule, muss ich sagen, kamen die Sprüche gut an. Und einmal war sogar Jack beeindruckt davon. Aber das mit Jack ... das kam später.

Viktor stammt aus irgendeinem schizophrenen Dörfchen in der Hinterukraine. Aber die Leute dort, die bezeichnen sich als Moldawier. Eigentlich wollten sie das

Dorf am Dnjestr gründen, sagt Viktor. Aber einer hat die Karten vertauscht, oder er hat sie falsch gelesen, und dann sind sie am Dnjepr gelandet.
Bevor Viktor zu uns kam, war er arbeitslos. Und danach – auch. Das ist gut so. So hat er mehr Zeit für mich. Wann immer Viktor eine Pause braucht von seiner Freizeit, besichtigen wir Wohnungen zusammen. Wir nehmen jeden Termin wahr, selbst wenn sie bereits vergeben sind. Es geht Viktor nicht um die Wohnung, es geht ihm ums Besichtigen. – Vierzig Jahre Kommunismus, sagt er, – ich will wissen, was ich verpasst habe im Leben.

Die Polenta hatte auf der Küchenablage gestanden, in einem gelben Karton, und plötzlich war sie nicht mehr da. Das war die gute Polenta aus Venetien, die feine ohne Klümpchen, und deswegen war es besonders schlimm.
Als ich am Nachmittag nach Hause komme, rieche ich den Braten sofort. Und dass es dazu meine Polenta geben soll, ist mir auch augenblicklich klar.
– Aber Viktor hat doch heute Geburtstag, sagt meine Mutter und hebt die Hände wie der Torwart, der den Ball vor dem Linienaus nicht berührt haben will und gleich auf Abstoß pochen wird. – Und du, du isst doch heute bei Kathi.
Ich bin fassungslos. In einem Anflug von Bolschewismus hat meine Mutter die Polenta doch tatsächlich zum Allgemeingut erklärt.
– Aber das ist doch meine Polenta, sage ich, und: – Guck, jetzt ist sie leer. Zum Beweis halte ich die Packung über Kopf, und einzelne Körner fallen auf die grauorangen Fliesen, wo sie einsam und traurig leuchten wie die Sterne hier an den viel zu hellen Nachthimmelstreifen, wenn sie kreuz und quer über den Häusern hängen.

– Am Montag kaufe ich dir neue.
– Darum geht es nicht.
Meine Mutter rührt unbeirrt weiter in ihrem Topf. Nach einer Weile lacht sie.
– Das Lachen wird dir noch vergehen!, schreie ich.
Ich wünschte, ich hätte das nicht getan.
Sie holt aus. Eine Sekunde später drängt sich mir der harte Boden ins Gesicht.
Als ich wieder zu mir komme, sehe ich doppelt. Da bin ich und da ist dieses Mädchen im Spiegel, dem traurig das Haar über dem Gesicht hängt und Tränen vom Kinn. Ich reiße meine Jacke vom Haken, stürze aus der Tür, renne davon. Hinter mir höre ich meine Mutter rufen, aber ich reagiere nicht, renne einfach weiter. In meinem Kopf brennt ein Feuer, das alle anderen Gedanken weggesengt hat.

Am frühen Abend kommt Viktor nach Hause. Er legt seine Tasche ab, zieht die Schuhe aus. Er hört das Rauschen der Abzugshaube in der Küche, und als er ins Esszimmer tritt, sieht er die dampfenden Töpfe, die beiden Gläser und eine Karaffe Wasser auf dem Tisch. Meine Mutter tritt ins Esszimmer und bittet ihn, eine Flasche Rotwein vom Dachboden zu holen. Viktor nickt, dreht sich um und steigt die Treppe hoch. Während meine Mutter den Braten aufschneidet, glaubt sie, einen dumpfen Schlag zu hören, aber sie ist sich nicht sicher. Als Viktor nach fünfzehn Minuten noch immer nicht zurück ist, beschließt sie, nach ihm zu sehen. Während sie die letzten Sprossen der Leiter nimmt, erkennt sie ihn am hinteren Ende des Dachbodens, mit hängenden Schultern, im Dunkeln. Vor ihm das Weinregal und in einer großen Lache die Scherben einer zerbrochenen Flasche.

Er scheint ratlos, aber im Profil trägt sein Gesicht auch Spuren von Anstrengung. Meine Mutter fragt, ob er Hilfe brauche, aber Viktor gibt keine Antwort. Auch, als sie ein zweites und ein drittes Mal fragt: Nichts. Jetzt wird sie stutzig, tritt auf den Dachboden und macht Licht. Und da sieht sie das Seil, das aus dem Dunkel des Gebälks herabhängt und eng um seinen Hals liegt wie ein Schal im Dezember.

Meine Mutter – ich wusste nicht, was ich sagen sollte. Irgendwie hatte ich ein schlechtes Gewissen wegen der Polenta. Also wegen Viktor. Und dass ich davor ...
Hat ihm das jemand zugetraut? Ich habe herumgefragt in der Nachbarschaft, aber wenn man das tut, ist es doch immer dasselbe. Keiner hat es ihm zugetraut. Natürlich. Sonst wäre er noch am Leben. Liebenswürdiger Nachbar, haben sie gesagt, freundlich, haben sie gesagt, hat immer gegrüßt auf der Straße. Und sonst – fand sich auch nicht viel. Er trank nicht, nahm keine Medikamente, keine Drogen. Er ist – soweit das dort, wo er herkommt, möglich war – in guten Verhältnissen aufgewachsen, seine Eltern, hat Viktor immer gesagt, seien fürsorglich gewesen und so weiter. Eigentlich fand sich überhaupt nichts, nicht einmal ein wirklicher Abschiedsbrief, lediglich, Tage später, eine kurze Notiz auf seinem unordentlichen Schreibtisch: *Die Lücke, die ich hinterlasse, ersetzt mich vollkommen.*

Warum ich das erzähle? Keine Ahnung. Vielleicht, weil es mir leid tat. Das alles. Für meine Mutter. Denn mit Viktor ist der Efeu in meinen Kopf gewachsen. Der Samen davon war schon vorher da, aber noch verborgen damals. Irgendwo vorm Rücken. Da, wo Lungen und Herz ... Unter stapelweise anderer Sorgen, verheddert in Gedanken.

Und manchmal gibt es ja auch noch die guten Dinge, Softeis zum Beispiel oder Schifffahren oder Mister Wochentag, wenn er wieder irgendeinen Unsinn plappert auf meiner Schulter. Aber wenn sich diese Idee nach oben schmuggelt ... und das hat sie. Die Ranken waren jetzt überall. Dicht war es unter meinem Schädelknochen und voll und es raschelte die ganze Zeit. Und dann braucht es nur noch einen Tag, der so richtig scheiße ist. Und der davor war es auch. Und der davor: sowieso. Manch einer geht ins Flüssige, verdünnt seine Lebenslügen Tag für Tag mit irgendwelchen Wodkaimitaten. Andere wählen die schnelle Variante. Sie klappern die Apotheken ab, gehen in den Eisenbahntunnel oder auf die Hochbrücke und kehren nicht mehr zurück. Für mich war das keine Option. Ich hatte Höhenangst. Und Tabletten, die bringe ich nicht runter.

Ja. Das mit dem Efeu in meinem Kopf, das war Viktor. Viktor oder – Rolf. Viktor und Rolf. So.
Es ist ein schöner Montagmorgen, beinah zu schön für einen Tag im frühen März. Die große Pause ist fast zu Ende, als ein Junge die breite Betontreppe betritt, die zum Schulhaus hochführt. Rolf ist fast sechzehn, nur noch einige Tage sind es bis zu seinem Geburtstag. Ein Fest oben in der Waldhütte wird vorbereitet, ohne ihn, versteht sich. Er soll nichts davon erfahren.
Rolf ist spät dran. Er hastet die Treppe hoch, nimmt zwei Stufen auf einmal. Doch dann, als er das Ende beinah schon erreicht hat, wird er auf einmal langsamer, bleibt auf der zweitletzten Stufe stehen. Plötzlich dreht er sich um und schlägt die Richtung ein, aus der er gekommen ist. Entschlossen nimmt er den Weg zurück zur Kreuzung, überquert die Straße und den kleinen Platz vor der

Brücke, wo er Minuten zuvor sein Fahrrad abgestellt hat. Er lässt seine Handfläche über den Sattel streichen – liebevoll, wird später einer sagen – und betritt die Brücke. Fast schwebend schreitet Rolf dahin, sein federnder Gang wirkt leicht, unbeschwert, in regelmäßigen Abständen lässt er seine Handfläche auf den Handlauf klatschen. Er weicht einer schmalen Pfütze aus, die sich um eine Nahtstelle im Asphalt gebildet hat, macht einige taumelnde Schritte, bis er sich wieder fängt. Dann hält er inne, lässt den Rucksack von seinen Schultern gleiten und lehnt ihn sorgfältig gegen einen Laternenpfahl. Er stellt sich ans Geländer, sein Blick geht nach unten, auf den Kanal und die Straße, die so heißt, auf das Mehrfamilienhaus, das die beiden voneinander trennt, das Kraftwerk und die Sporthalle, wo die Straße endet. Er zögert eine Sekunde, zieht sich dann am Laternenpfahl hoch und hebt ein Bein nach dem anderen über den Handlauf, erst das rechte, dann das linke. Während er sich mit der Rechten am Geländer festhält und mit der Linken den Laternenpfahl umklammert, lässt er langsam seine Beine hinuntergleiten, und als er den schmalen Vorsprung unter seinen rechten Zehen spürt, lässt er den Fuß sinken, bis er sicheren Halt findet, um dann erst den anderen abzustellen. Jede Bewegung kontrolliert, als hätte er sie schon hundertfach ausgeführt, alles behutsam und bedacht, so als fürchte er, im falschen Augenblick abzurutschen. Dann bekreuzigt er sich kurz und undeutlich, als würde er eine Fliege verscheuchen, und zwei Sekunden später ist er auch schon tot.

Die Hochbrücke ist 21,3 Meter hoch. Bei Windstille fällt man 2,08 Sekunden und trifft mit einer Geschwindigkeit von 73,6 km/h auf den Asphalt. Die Straße unter der

Brücke ist eine verkehrsarme Sackgasse, rund 500 Meter lang, die erlaubte Maximalgeschwindigkeit beträgt 60 km/h. Bis zum Jahresende stürzten sich fünf weitere Menschen hinunter, im vorletzten Jahr waren es vier, im Jahr zuvor drei. Null Komma acht sieben Todesopfer pro hundert Meter und Jahr, statistisch gesehen ist die Kanalstraße damit die tödlichste der Schweiz. Auf keinem Streckenabschnitt des Landes kommen mehr Menschen um pro hundert Meter.

Was übrig bleibt, ist immer gleich: ein Haufen Fragen und ein Haufen zerkratztes Fleisch, ein paar Spinnfäden im Straßenbelag vielleicht, die im Herbst gekittet werden müssen, weil sie sich sonst mit Wasser füllen und Löcher in den Asphalt sprengen beim ersten Frost.

Rolf wurde an seinem sechzehnten Geburtstag beigesetzt. Die Abdankung hat vorher stattgefunden, in der Waldhütte, die man für die Überraschungsfeier hergerichtet hatte, irgendwie fanden seine Eltern das originell. Stück für Stück zog irgend so ein Pfarrer winzige Zettel aus einem dieser Plastikbehälter, in denen man Lebkuchen aufbewahrt normalerweise, las sie vor und warf sie anschließend ins Feuer. Es waren Erinnerungen, die wir aufgeschrieben hatten zuvor und die von seiner Schwester eingesammelt worden waren. Die Bergwanderung zu zwei Dreitausendern, der Abscheu vor dem Schlossbergtunnel, der Ohnmachtsanfall auf der Schulreise zum Lago Maggiore und andere Belanglosigkeiten, zusammenhangslos wie Rolfs Leben. Der Pfarrer stockte, räusperte und wiederholte sich ständig. Die Erinnerungen ergänzte er nach Belieben, manche hat er frei erfunden. Er war weitsichtig, muss man wissen, und hatte seine Lesebrille vergessen.

Das war knapp drei Monate, bevor Martina von der Brücke gesprungen ist und sechs Monate vor Kai. Unsere Klasse hatte damit bereits während des ersten Jahres drei Schüler verloren.

Ganz schön viele Tote auf einmal, könnte man jetzt denken, aber das denke ich nicht.
Im Tal, aus dem ich komme, ist das normal.

Fünf

Morgen ist heute. Wenn sich einer einmischt in etwas, wo er nicht hingehört: Das ist das Problem. Die Zukunft ins Jetzt.

– Morgen gehst du wieder zur Schule, sagte meine Mutter und hielt mir das Thermometer hin: – 36,5 Grad, sagte sie.

Dieses Morgen ist jetzt.

Gestern habe ich gesagt: – Okay.

Aber heute ist alles anders. Auch das Problem, weshalb ich nicht zur Schule gehen kann, ist ein anderes. Aber es bleibt eines. Und deswegen will ich nicht.

In dreißig Minuten fängt die erste Stunde an. Wenn sich bis dann die drei Pickel nicht vollständig dahin zurückgezogen haben, wo sie hergekommen sind, setze ich keinen Fuß vor die Tür.

Nach dem Aufstehen leuchten mir die Dinger im Spiegel entgegen wie Pistenfeuer. Drei Stück, auf der linken Wange. Ich kneife die Augen zusammen. Aber das hilft nicht. Sie sind noch immer da. Eins, zwei, drei. Groß und rund und prall. Das Ende einer gottverdammten Fonduegabel.

– Du übertreibst, sagt meine Mutter.

Da hat sie recht.

– Stecknadelköpfe, sage ich.

Meine Mutter lässt das Brot aus der Hand fallen. Es bleibt auf dem Teller liegen, mit der bestrichenen Seite nach unten. Als sie es aufhebt, liegt die Marmelade in gekräuselten Wellen über der Butter. Dazwischen kleben hellbraun die Brosamen.

Meine Mutter seufzt.
– Alba, du hast doch jetzt schon eine ganze Woche gefehlt.
Das stimmt. Die Sache ist nur: Wenn deine Fieberkurve nach oben ausschlägt wie ein durchbrennendes Pferd, kannst du dich trotzdem ins Klassenzimmer setzen. Ich meine, das macht keiner und ich schon gar nicht. Aber du kannst. Und die Leute, die finden das gut. Deine Mutter findet das gut, der Lehrer findet das gut, sogar die Klasse findet das gut. Du schluckst eine Ponstan 500, die mit der hübschen Kerbe in der Mitte, und setzt dich ins Klassenzimmer. So einfach geht das. Mit Pickeln nicht.
Aber das sage ich nicht. Ich sage:
– Wenn du die Leute rausholst aus dem Tal, weil der Staudamm einen Riss hat, und dann reparierst du ihn und setzt einen Termin fest für die Leute, damit sie wieder zurückkehren können, wenn dann kurz vorher der Damm bricht, weil Unwetter ist oder irgendein Verrückter draufgeschossen hat mit seiner Panzerfaust, hältst du dann immer noch an deinem Termin fest?
Der sitzt. Bestimmt. Wenn nicht, dann weiß ich auch nicht.
Na ja.
Meine Mutter schüttelt den Kopf.
– Was sollen denn die Lehrer denken?
– Was die denken sollen? Das ist denen doch so egal wie der Weltmarktpreis für Yakbutter ...
Meine Mutter springt auf und stößt den Tisch von sich weg.
Sie brüllt:
– Dass du schwänzt, und dass ich dich schlecht erzogen habe, das denken sie!

Gut, das tut sie nicht wirklich, aber ich weiß, dass sie das denkt, und sie stößt auch den Tisch nicht weg. Nur ihre Lider fangen zu beben an, und ihre Lippen tun es. Was andere Menschen die Mienen durcheinanderwerfen lässt im ganzen Gesicht, führt bei meiner Mutter nur gerade dazu, dass sich ihr der Mund kräuselt und um die Augenwinkel die Haut. Damals zumindest noch.
Und dann sagt meine Mutter das, was sie immer sagt, wenn sie gleich platzt vor Wut.
– Alba, sagt sie, Alba ...
Meinen Namen sagt sie.
Sonst sagt sie nichts.
Also. Es ändert sich nichts an der Tatsache: Meine Mutter besteht darauf, dass ich in fünfzehn Minuten das Haus verlasse.

Ich meine, diese gelben Dinger und der rote Krater ringsum. Vielleicht, dass sie einem Farbenblinden nicht aufgefallen wären. Aber Marcel ist nicht farbenblind. Und damit ist die Sache ausdiskutiert.
Marcel. Damals, vor einem Jahr oder anderthalb, gehörte er zu den Kleinsten seiner Klasse. Aber als er zu uns kommt, fängt das mit dem Wachstum an. Er wächst und wächst und wächst und will gar nicht mehr aufhören damit. Er ist jetzt größer als alle anderen, die Lehrer eingeschlossen. Mit Marcel ist es so: Du schaust ihn an und denkst: Mann, ist der groß geworden. Und dann schaust du kurz weg, und wenn du wieder dahin blickst, wo eben noch seine Augen waren, schaust du auf einen zuckenden Adamsapfel. So schnell geht das. Man hat das Gefühl, Marcel ist sich selbst über den Kopf gewachsen.
Marcel kümmert sich um gar nichts. Die Schule ist ihm egal. Und die Lehrer – erst recht. Seine Baumwolltrainer-

hosen trägt Marcel weiterhin, da kann der Rechsteiner noch lange herumfranzen an der Wandtafel vorne. Marcel sagt dann den einzigen Satz, den bis jetzt nicht einmal die drei Öfen pro Tag aus seinem Kopf gekriegt haben: – Je ne comprends pas. Er spricht dabei ziemlich vorsichtig und etwas unbeholfen, tastet sich Wort für Wort vor, als sagte er den Satz zum ersten Mal. Und der Rechsteiner streckt die Waffen.

Jedenfalls: Mit der französischen Sprache hat's Marcel nicht so. Aber mit der deutschen dafür umso mehr. Reden kann der Marcel, da kommt man aus dem Staunen nicht mehr heraus. Und gleichzeitig gut aussehen dabei. Das Sprechen, das ist ihm angeboren. Und das werfen ihm auch die Lehrer vor. Wiederholen haben sie ihn lassen. Erst Anfang August ist er zu uns gekommen, die Dritte macht er jetzt zum zweiten Mal. Fragt sich nur, wie lange noch. Denn: Des Wortwitzes wegen krümmt er gerne mal die Wahrheit. Daher auch das mit den Noten.

– Die heißen so, sagt er, – weil sie *not*wendig sind, verstehst du?

Ich nicke. Klar verstehe ich. Und ich verstehe auch, dass ich, wenn Marcel meine Mutter wäre, ganz sicher nicht mit drei Sprengkörpern im Gesicht zur Schule gehen müsste. Allerdings – es gäbe in diesem Fall auch weniger Anlass zu schwänzen, weil es dann keinen Marcel in der Schule gäbe. Und ich mit dem Marcel daheim nicht das ..., was ich eigentlich ...

Ja.

Also: Es gibt zwei Möglichkeiten, dieses Problem zu lösen. Der Vorschlag meiner Mutter fällt da nicht hinein.

Entweder drücke ich meine linke Gesichtshälfte wäh-

rend neun Lektionen gegen die Wand oder: Ich bleibe zu Hause. Ich entscheide mich für Letzteres. Ich bin Realistin, muss man wissen.
Das kann man von meiner Mutter leider nicht behaupten. Aber das ist es nicht, was mich beunruhigt. Es ist etwas anderes: Sie will mich zur Schule fahren.
– Nicht, dass du dir gleich wieder was einfängst auf dem Weg, sagt sie und legt mir den blau-gelb gestreiften Wollschal um den Hals, streicht mir übers Haar und schiebt mich hinaus in die Dunkelheit, damit ich das Tor schließen kann, wenn sie aus der Garage gefahren ist.
Vielleicht ist sie wirklich etwas in Sorge, aber vielleicht befürchtet sie auch einfach, dass ihre Tochter genau das vorhat, was sie nämlich vorhat: pünktlich die Wohnung zu verlassen und genauso pünktlich nicht zum Unterricht zu erscheinen.

In ihrer Bestürzung, dass man das Autonome Zentrum in Zürich geschlossen hat, ist eine junge Frau an einem Freitagmorgen zum Bellevue gegangen, hat sich mit Benzin übergossen und angezündet. An jenem Nachmittag, an dem sie im Krankenhaus an ihren Verletzungen starb, habe ich Marcel kennengelernt. Das war vor sechs Wochen. Das heißt, ich *kenne* Marcel vielleicht seit fast einem halben Jahr, aber *kennengelernt* habe ich ihn erst an jenem Freitag.
Vorher wusste ich nur, dass er sitzengeblieben war und dass er sich angeblich zusammen mit Albert Hofmann höchstpersönlich einen LSD-Trip geschmissen hat oben auf der Allmend. Jetzt weiß ich, dass er Bananen liebt, die so braun sind, dass es für die Gesundheit bedenklich wird, dass er *Olympic Decathlon*, *Space Invaders* und *Battlezone* spielt und dass das mit dem Trip Quatsch ist. – Das

war gar nicht auf der Allmend, sagt er, – sondern drüben auf dem Chrüzliberg.
Ich würde sagen, die beiden wollten's wissen. Ganz schön gefährlich mit all den Felsabbrüchen ringsum.
Die Sache mit Marcel war ziemlich heikel, weil: Ich bin nicht so der Typ, der dem anderen einfach einmal die Hand hinstreckt und sagt: – Hei, ich bin Alba, wie geht's denn so? Also warte ich, bis sich Franz mit ihm angefreundet hat und stelle mich dann, während der Pause, unauffällig in die Runde. Und als Franz einen Witz reißt, den ich vergessen habe, sage ich ... Das habe ich auch vergessen, und zwar deshalb, weil jetzt genau das geschieht, was mich hat vergessen lassen, was ich zuvor gesagt habe: Marcel schaut mich an, schiebt die aufeinandergepressten Lippen vor und nickt anerkennend. Und dann zeigt er seine riesigen Zähne, groß und vom Rauchen verfärbt wie von einem alten Klavier die gelben Tasten, und ein Röhren und Glucksen kommt ihm aus der Kehle, als hätte man irgendwo in der Gegend eine Hirschkuh angefahren und am geteerten Rand liegen gelassen, ohne dem Wildhüter Bescheid zu sagen. Sofort weiß ich: Den Typen werde ich lieben bis ans Ende meines Lebens. Und so falsch lag ich damit gar nicht.
Also: Ein Vierteljahr warten und dann gut anderthalb Monate harte Arbeit, da denke ich gar nicht erst daran, mir an einem einzigen Tag alles wieder zunichte zu machen.

Sicher, meine Mutter fährt mich zur Schule. Aber ich, ich habe vorgesorgt. Ich lasse mich nämlich an der Bushaltestelle beim Altersheim absetzen, halte ihr das präparierte Absenzenheft unter die Nase, damit sie ihre Unterschrift draufsetzen kann, und danach, hinter dem Erdwall, geht's ab durch die Hecken: auf dem Trampelweg durchs Dickicht hinter dem Sportplatz, dann in einem großen Bogen hinab zum Schloss, über die hölzerne Brücke und wieder hinauf in die Stadt.

So stelle ich mir das zumindest vor. Aber der Plan haut nur gerade hin bis zum Punkt mit dem Absenzenheft. Meine Mutter nämlich setzt ihre Unterschrift drauf, kratzt mir mit ihren spröden Lippen einen Kuss auf die Stirn und zieht den Riegel hoch an der Beifahrertür. Ich steige aus, den Stift noch in der Hand und den linken Daumen zwischen die Seiten geklemmt, wo jetzt die Manipulation fällig ist. Ich nehme die beiden Stufen hoch zum Durchgang, öffne hinter der ersten Biegung das Heft und setze den Stift da an, wo die zweite Zwei so klein geschrieben ist, dass sie aussieht wie hochgestellt, und lasse so mit einem winzigen Häkchen, das ich unten anfüge, vierundzwanzig Stunden verfliegen, mache aus dem 22. einen 23. Januar.

Und dann, als ich die Ziffer noch einmal überprüfe, geschieht es: Hinter der Biegung taucht der Rechsteiner auf. Gut, es hätte schlimmer kommen können. Wenn er die Aktion mit dem Absenzenheft beobachtet hätte zum Beispiel. Aber dass er weiß, dass ich hier bin und das noch nicht einmal sterbenskrank, ist schlimm genug.

– Bonjour, mademoiselle Alba, sagt er, und: – Comment allez-vous? Und: – J'espère que vous êtes complètement rétablie. Und während er mir Löcher in den Bauch fragt wegen meiner Grippe, begleitet er mich bis ins Schulzimmer.

Ich sitze in der Falle.

Aber immerhin: Zwar ist das Schulzimmer nicht leer, wie ich mir das wünsche, als der Rechsteiner mit mir im Schlepptau den Raum betritt, aber wenigstens ist Mar-

cel nicht da. Und das bleibt auch für die nächsten drei Stunden so.
Bis zur großen Pause.

Als sie mich gefragt haben einen Tag oder zwei danach, weshalb das alles passiert sei, sagte ich, ich wüsste es nicht, oder ich sagte irgendetwas, was wahrscheinlich klang. Aber ich wusste nicht, weshalb das geschehen war, was dann geschah.
Gründe kommen einem erst Jahre später in den Sinn. Viele, nicht einer, so wie es eben auch nicht nur der Torwart ist, der für die letzte Schande im Letzigrund verantwortlich ist, auch wenn das alle sagen, und es fallen einem auch nicht alle Gründe auf einmal ein, sondern erst einer und dann noch einer und dann wieder einer.
Wenn man also etwas gewartet hätte mit den blöden Fragen damals im Krankenhaus, wenn man zwei oder drei oder fünf oder sieben Wochen gewartet hätte, dann hätte ich ihnen von dieser großen Pause erzählt. Es war eigentlich eine Pause wie immer, und weil Winter war, haben sie alle drinnen verbracht, im Bunker, vor der Mensa. Nur die Raucher, die standen draußen unter dem Vordach oder vor den Seitentüren des Bunkers, aber ich habe ja noch gar nicht geraucht damals.
Der Bunker. Wenn die übrigen Schulgebäude lichtdurchflutet sind und hell, wenn sie leicht sind und durchsichtig, wenn das Glas und die Stufen der breiten Treppen, die frei hängen, Licht einlassen und Einblicke zu-, wenn sie durchschaubar sind, wenn man hineinschauen kann in den Hallerbau, in die Turnhalle, in die Aula, in die Pavillons und die lockeren Alleen, dann ist der Bunker das genaue Gegenteil. Der Bunker heißt so, weil er ein Klotz ist und viel zu sehr aus Beton besteht, weil er

grau und fest und dunkel ist, weil seine Gänge eng und schummrig, seine schmalen Treppenschächte beinah absatzlos sind und so eng, dass sich gerade einmal zwei oder vielleicht drei Menschen kreuzen können in ihnen. Und weil es nur zwei Treppenschächte gibt und drei Etagen, und weil im ersten Stock die Bibliothek untergebracht ist und die je zwölf Klassenzimmer erst auf der zweiten und der dritten Etage, also bei jeder Pause um die vierundzwanzig Klassen mit zwanzig Schülern einmal hinab in die Mensa und wieder hinauf wollen, gehen von den dreißig Minuten Pause fünf Minuten für den Hin- und fünf Minuten für den Rückweg verloren. Und wie das dann erst gehen soll, wenn's einmal brennt im Bunker, will man sich gar nicht vorstellen, aber man tut's dann eben doch. Erst schrillt die Alarmglocke los und du denkst: Fehlalarm. Aber dann riecht einer den Rauch und dann ein Zweiter und dann ein Dritter und dann sieht ihn der Erste auch schon und dann noch einer und dann alle. Man bewahrt Ruhe in den Klassenzimmern, so gut sich die Ruhe eben bewahren lässt, wenn man mit fünfhundert Leuten in einem Gebäude feststeckt, wenn die Decke psychedelisch flackert von der Feuerwehr, der Polizei und was sich sonst noch alles ums Gebäude herumtummelt und dabei doch nichts tut, außer zuzuschauen, wie alles seinen Lauf nimmt. Man bewahrt Ruhe, obwohl überall Rauch ist und man weiß, dass die Fluchtwege verstopft sind, weil der Plastikboden im Treppenhaus und die Gase, die sich aus ihm lösen, dir die Lunge zerfressen würden, wenn du sie einatmest, dass sie dir hochkommt in Stücken und vor dir auf dem Tisch blutig liegen bleibt. Und irgendwann bricht der Tumult los, weil die zunehmende Hitze jemandem die Sicherungen hat durchschmelzen lassen und dann einem Zweiten in der Klasse und dann einem Dritten. Und dann stürmt die Menge auf den Flur und schießt hinaus zu den Treppenhäusern, drängt sich zusammen und auseinander, drückt sich gegen das Glas und die Wände und die Betonstützen und auf den Boden, und wenn einer gefallen ist, rücken die nachfolgenden Schüler sogleich nach in die Lücke, die sich vor ihnen aufgetan hat, und steigen einfach über den Liegenden hinweg. Und als man die Feuerschutztüren erreicht, bleiben die Vordersten stehen vor Grauen und Entsetzen und brechen in Geheul aus und Geschrei. Hinter dem Drahtglas ist der Qualm so dicht, dass jede Flucht unmöglich erscheint, vielleicht sind die Türen sogar defekt und lassen keinen Ausweg, nicht einmal den tödlichen hinein in den Rauch. Doch von hinten schiebt die Menge, die flucht und weint und spuckt und einfach nur hinauswill, und sich gegen das heiße Drahtglas quetscht, das krachend birst unter dem Druck und die Vordersten zerschneidet und zerteilt und zerreißt, dass ihre Körper ins Treppenhaus hineinhängen und gleichzeitig nicht hineinhängen. Sofort suchen sich der Rauch und das Gas und die Hitze einen Weg in den Flur hinein, drücken in die entgegengesetzte Richtung, sammeln sich an den Decken und füllen langsam den Raum von oben nach unten, und bald sieht man die Hand vor Augen nicht mehr, so dicht ist der wabernde Qualm. Scheiben werden jetzt eingeschlagen, man hält sich an den Fensterrahmen fest und streckt den Kopf ins Freie, um nach Luft zu schnappen, einige fallen schreiend in die Tiefe, regnen schwer aufs Pflaster wie Hagelkörner an einem lauen Sommerabend, begleitet vom Kreischen der im Innern feststeckenden Menge, das immer lauter wird und verzweifelter, nach einigen Minuten aber abnimmt und abnimmt und abnimmt und schließlich verstummt. Und wenn das Feuer endlich gelöscht ist und die ersten Feuerwehrleute auf der Suche nach Überlebenden über die vereinzelten Leichen im Treppenhaus steigen und schließlich in die oberen Stockwerke vordringen, bleiben sie auf den Treppenabsätzen stehen mit starrem Blick und wie festgeklebt. Hüfthoch angehäuft liegen die Kadaver in den Fluren, mit schmutzigen Kleidern und schwarzen und blauen und violetten Gesichtern, mit aufgesperrten Mündern, in denen weiß die Zähne leuchten, und aufgerissenen Augen, mit geschwollenen, vom Rauch aufgedunsenen Köpfen, mit gebrochenen und zerdrückten und zerstampften Gliedmaßen, mit blutig zerkratzter Haut, zusammengeschmolzen und verbacken zu einer Masse aus schmutzigem Fleisch. Aber das Schlimmste am Bunker ist, dass sie die Klos vergessen haben. Im Erdgeschoss keine Toiletten, im ersten Stock keine Toiletten, im zweiten Stock keine Toiletten, im dritten Stock keine Toiletten. Nur im Untergeschoss, vor der Dreifachturnhalle, da gibt es fünfzehn Stück für jedes Geschlecht, aber die sind immer leer. Erst später hat man in den winzigen Räumen, die als Abstellkammern für den Abwart vorgesehen waren, noch ein Klo auf jedem Stock eingerichtet, im Osten eines für die Frauen, im Westen zwei Pissoirs für die Männer. *Nur* zwei Pissoirs. Wenn von den Jungs einer mal nicht nur Kaffee getrunken hat oder einem Erstklässler übel wird, weil er alle Warnungen in den Wind geschlagen hat und etwas anderes als die Fritten gegessen hat in der Mensa – Pech gehabt. Drei oder vier Stockwerke muss der dann rennen. Überhaupt: Der Bunker ist eine verkehrte Welt. Wir Mädchen gehen nie zusammen auf Klo im Bunker, weil es keinen Vorraum gibt, in dem wir reden könnten, oder weil der Vorraum ganz einfach das Treppenhaus

ist, sodass jeder mithören kann, wenn er will, aber dann braucht man sich auch nicht ins Klo zurückzuziehen für ein geheimes Gespräch, weil das Gespräch ja dann nicht das ist, was es sein soll, nämlich geheim. Die Jungs dagegen müssen immer zu zweit hin, damit dann einer vor der Tür wartet und zusieht, dass keiner reinkommt. Die Toiletten nämlich sind so klein, dass die Tür genau so breit ist wie der Raum, und wenn du hineingehst, dann schaust du geradeaus aufs Waschbecken, während du die beiden Pissoirs rechts an der Wand erst dann bemerkst, wenn du die Tür hinter dir geschlossen hast. – Und wenn du mit offener Hose vor dem Pissoir stehst und dir einer von hinten die Tür in den Rücken stößt, sagte Marcel einmal in der Pause, – dann wirst du nach vorne geschubst und pinkelst dir auf die Hose.
Und diesen abbruchreifen Neubau haben sie gleich vier- oder fünfmal gebaut im Kanton. Aber das ist eine andere Geschichte.

Jedenfalls: Ich stehe mit Franz und den anderen in der Runde, aber ich schaue mich andauernd nach Marcel um, weil ich möchte, dass Marcel kommt und weil ich nicht möchte, dass Marcel kommt. Und irgendwie macht mich der Gedanke, dass er kommen und meine drei Pickel sehen könnte, nervös. Aber auch der Gedanke, er könnte nicht kommen, lässt mir keine Ruhe. Mittlerweile habe ich in den allermeisten großen Pausen mit ihm geredet oder habe wenigstens in der Runde gestanden, wenn geredet wurde, und eine große Pause ohne Marcel war so etwas wie eine verlorene Pause für mich.
Und dann, als die Pause zu Ende ist und ich mich aufmache zum Hallerbau, begegne ich ihnen in dem Moment, als ich den Bunker über die Seitentür verlasse, die

bei den Treppenhäusern, die immer zuschnappt und die man von außen nicht öffnen kann.
Ihnen, das ist Marcel und das ist Corinne, wie ich später erfahre, und sie wollen hinein in den Bunker und nicht hinaus, obwohl der Marcel doch mit mir in der Klasse ist und nicht mit der Corinne. Gut, die beiden haben zwar nicht Händchen gehalten und sie haben sich auch nicht geküsst, aber sie haben auch nicht nur geredet. Die haben ... Ach, das muss man jetzt auch nicht breittreten. Ich jedenfalls wusste: Das war's.

Und am Nachmittag kommt das mit der Chemieprüfung. Ich bin immer gut gewesen in Chemie. Ich bin schlecht in Mathe, ich bin schlecht in Physik, ich bin mittelmäßig in Biologie, aber ich bin gut in Chemie. Ich habe immer Bestnoten geschrieben, eine Sechs nach der anderen. Keine Frage, ich habe den Dreh rausgehabt mit den Prüfungen.
Bei den Notenbesprechungen hat das für lange Gesichter gesorgt. Es gibt nämlich vier Sorten Schüler, aus der Sicht der Lehrer, meine ich. Es gibt die, die überall gut sind und es gibt die, die überall schlecht sind. Dann gibt es noch die zwei Gruppen mit einer einseitigen Begabung. Die einen sind sprachbegabt und haben gute Noten in Geschichte, in Geografie manchmal, in Wirtschaft und Philosophie, aber können nicht einmal einen Spitzwegerich von einer Rotbuche unterscheiden. Und es gibt die Mathematikbegabten, die gute Prüfungen schreiben in Physik, in Biologie und in Chemie, aber nach acht Jahren Unterricht noch immer keinen geraden Satz auf Französisch herausbringen und die Kommas im Aufsatz nach dem Zufallsprinzip verteilen. Ich, muss man sagen, gehöre zur dritten Gruppe. Oder hätte gehört. Wenn da

nicht die Chemie gewesen wäre. Der Schwarz, der Büttikofer und der Wullschläger, sie alle wittern eine Unregelmäßigkeit, weil ich in ihren Prüfungen lauter unzusammenhängenden Unsinn aufs Blatt werfe, aber in Chemie nur Sechsen schreibe. Aber der Novak, der hat mich immer verteidigt, hat mir der Rechsteiner einmal erzählt, als er ins Plaudern kam. Für Novak bin ich das hochbegabte Mädchen, das überall gute Noten schreiben würde, wenn es nur gewollt hätte. Oder wenn der Unterricht gut gewesen wäre. Dass ich in den anderen Naturwissenschaften nur schlechte Noten schreibe, hänge entweder mit meinem Desinteresse oder mit den inadäquaten Unterrichtsformen zusammen – *inadäquat*, betonte der Rechsteiner, habe der Novak gesagt –, wobei das eine letztlich auch der Grund für's andere sei. Jedenfalls seien meine Bestnoten in Chemie und in den ganzen geisteswissenschaftlichen Fächern Beweis genug, habe der Novak gesagt, dass es mir nicht an Intelligenz fehle. An meinen schlechten Noten seien, wenn es nach ihm ginge, die Lehrer der anderen Naturwissenschaften vor allem selbst schuld.

Natürlich hatte der Novak unrecht. Sicher, seine *Analogien aus dem zwischenmenschlichen Bereich*, mit denen er uns erklärte, was freie Elektronen sind und was Wasserstoffbrücken, haben sich immer gut angehört und manchmal waren sie sogar hilfreich fürs Verständnis. Dass ich so gute Noten schrieb bei ihm, hatte damit allerdings nichts zu tun. Es hing einzig und allein mit der Prüfungsform zusammen: Novak machte offene Prüfungen. – Ihr sollt nicht auswendig lernen, sagte er mit einem Akzent, dem man die böhmischen Hügel auch zwölf Jahre später noch anmerkte, – ihr sollt denken lernen. Und weil wir nicht auswendig lernen sollten, durften wir alles mitneh-

men, was wir wollten: Bücher, Ordner, Taschenrechner. Das klingt einfacher, als es war: Die Fragen, die waren wirklich schwer. So mancher aus meiner Klasse hat eine schlechte Prüfung nach der anderen geschrieben.
Ich hatte Glück. Eine Nachbarin von mir, die einige Jahre älter ist als ich, ist bei den Pfadfindern gewesen. Sie und einige ihrer Leiterinnen hatten alle beim Novak Chemie gehabt und dabei sämtliche Prüfungen gesammelt, die sie zusammenbringen konnten. Als ich die Sammlung erhalten habe, umfasste sie bereits mehrere Ordner. Zwar waren die Prüfungen selten identisch, doch weil der Novak meistens nur die Zusammenstellung der Fragen und einige Zahlen verändert hatte in ihnen, in den Ordnern meiner Nachbarin für jedes Thema aber mehrere Prüfungen abgelegt waren, konnte man in der Sammlung jede der fünf Aufgaben finden.

Also: Weil ich die Woche zuvor gefehlt habe, muss ich am Nachmittag die Prüfung nachschreiben. Keine große Sache, denke ich. Novak reicht mir das Aufgabenblatt, schickt mich in ein leeres Zimmer. Den Ordner habe ich dabei, die alten Prüfungen sind hinten eingeheftet. Ich fühle mich unfehlbar wie der Papst.
Doch als ich die Fragen durchgehe, wird mir klar: Irgendwas ist anders diesmal. In vier von fünf Aufgaben sind die Zahlen verändert, und das kostet Zeit. Dazu kommt, dass zwei Aufgaben, die ich zwar in meinem Ordner finde, von keiner meiner Vorgängerinnen richtig beantwortet wurde: Überall das unleserliche Rot von Novaks Sauklaue. Als ich nach fünfundvierzig Minuten abgebe, weiß ich: Das war nichts. Die Note wird nicht ungenügend sein, aber das ist es nicht, was mich traurig macht. Wenn du immer erste Klasse fährst und dann plötzlich

zweite, zählt der Umstand, dass du gleich schnell ans Ziel kommst, wenig. Dass deine Handflächen den Plüsch vermissen an den Armlehnen und deine Beine die Freiheit, das ist es, was schmerzt.

Marcel, die Chemieprüfung und am Abend, als ich endlich zu Hause anlange, die Schmerzen unter dem Haaransatz. Es kommt alles zusammen. Als ich die Tür hinter mir schließe, ein paar Kerzen anzünde, das Radio einschalte und mich aufs Bett fallen lasse, ist mir schwindlig.

Etwas liegt in der Luft, trällert einer im Hintergrund, ob ich geliebt werden könnte, fragt ein anderer. Normalerweise singe ich mit, wenn Phil Collins singt oder Bob Marley, und wenn ich den Text nicht mehr weiß oder ihn nicht verstehe, dann bewege ich zumindest den Mund dazu. Aber diesmal liegen mir die Gedanken zu schwer auf der Kehle und im Hals stauen sich eine ganze Menge Fragen: Liebt mich jemand? Meine Mutter vielleicht, aber das zählt nicht. Marcel? Nein. Janine? Nein. Muriel? Schon gar nicht. Else? Die war doch nur darauf aus, von mir abzuschreiben in Latein. Was ist mit den guten Noten? Pff. Bin ich beliebt? Fehlanzeige.

Ich stehe auf, mache das Radio aus. Auf der Stelle schwappt Stille ins Zimmer, füllt jeden Winkel aus. Ich reiße die Fenster auf, dass die Scheiben zittern im spröd gewordenen Kitt, und lehne mich mit verschränkten Armen auf den Sims. Weiße Flocken fallen lautlos aus dem schwarzen Himmel. Vor mir ein Feld und dahinter, aufgereiht wie auf einer Perlschnur, Laternen und unter ihnen gelbe Indianerzelte aus Licht, die in der Nacht hängen mit ihrem steilen Dach. Alles ist still, alles ist dumpf, nur ab und an trägt ein leichter Luftzug das Rauschen eines Baches aus dem Wald heran und bricht in die Stille ein für eine Sekunde oder zwei, dann ist es wieder still draußen und dumpf und dumpf und still ist es auch in mir drin. Ich versuche, mit dem Blick den brüchigen Stäben auszuweichen, die sich vom Boden hinauf bis unter den Himmel stapeln und weiß flimmern vor mir und schwarz wie im Wald die Birken, und jetzt erinnere ich mich, dass ich mich früher mit meiner Schwester hinaus auf die Wiese gelegt habe, auf eine andere Wiese als diese, und dass wir, wenn es regnete, stundenlang in den grauen Himmel starrten, bis es uns unsere Mutter verboten hat, weil ich mir eine Lungenentzündung geholt habe. Und weil wir nicht mehr hinausdurften, wenn es regnete, blieb uns nichts anderes übrig, als mit einem Taschenspiegel am Fenster zu sitzen und den Tropfen zuzuschauen, wie sie hinauffielen und uns ins Gesicht, das nie feucht wurde davon. Ich denke daran und ich denke an meine Schwester und darüber wird mir das Dasein übel. Ich bin allein, denke ich, umgeben von dieser Schicht aus ewiger Gegenwart, aus der ich nicht herauskann. Ich bin allein, denke ich und drehe mich um. Ich schaue ins leere Zimmer und sehe meinen Schatten, der da gefangen ist in ihm. Er tut mir leid, wie er da an der Raufasertapete hängt und weder ein noch aus weiß, so unendlich leid, dass ich ihn umarme.

Und weil ich einfach nicht weiß, was ich dagegen tun soll, mache ich, was man tut, wenn man nicht weiß, was man tun soll.

Was hält einen am Leben? Die Familie, wird mancher sagen, die Kinder, die Glotze, Pizza mit doppelt Mozzarella, Softeis, Skirennen, Gott. Aber das stimmt nicht. Es ist der Brechreiz, der dich nicht sterben lässt.
Vor Kotzen nicht sterben können.
Das muss man sich einmal vorstellen.

Nicht dass mir am Abend, als es geschah, schon übel gewesen wäre. Ich habe frische Klingen eingesetzt ins Japanmesser und ziemlich viele wirre Worte auf zwei Zettel gekritzelt und in Umschläge gesteckt, ich habe ein paar Flaschen Bier eingepackt und einen Strick zur Not, falls das mit dem Messer in die Hose ginge, ich habe mich warm angezogen, die Tür hinter mir abgeschlossen, den Brief eingeworfen an der Tanke und dann bin ich hinausgegangen aus den Häusern, alles ohne Übelkeit. Wäre mir schlecht gewesen dabei, dann wäre es gar nicht so weit gekommen. Wem übel ist, fasst keine solchen Pläne. Wer kotzen muss, will gesund werden, nicht sterben. Auch das stimmt wieder. Selbst wenn es mir nicht darum geht. Es geht mir um das Nicht-Sterben-Können, nicht um das Nicht-Sterben-Wollen.
Ich bin also hinaus in den Wald gegangen, habe mir eine Flasche Bier geöffnet und mich auf eine Bank gesetzt, und dann habe ich über mein Leben nachgedacht, ein wenig. Wenn du dir diese Situation davor durch den Kopf gehen lässt oder danach, dann stellst du dir immer vor, dass man in einem solchen Moment viel und lange und gewichtig und tiefgründig und vor allem bewusst über das eigene Leben nachdenkt, dass man sich eine Stunde

nimmt oder zwei, um innezuhalten, dass man Für und Wider abwägt, um dann zu einer Entscheidung zu gelangen oder auch nicht, aber das ist Blödsinn. Ich denke nur ein wenig nach, ein paar Minuten vielleicht, und als es mir zu blöd wird, über mein Leben nachzudenken, beschließe ich, heute Nacht abzutreten. Ich trinke mein Bier aus, schmeiße einen ganzen Haufen Tabletten ein, hole das Messer aus der Tasche und gehe ein paar Meter durch den Schnee, der unter meinen Sohlen wehmütig knirscht zum Abschied. Ich nehme eine Handvoll Schnee und drücke ihn aufs Handgelenk, und während ich jetzt warte, bis die Haut betäubt ist von der Kälte und die Adern und Sehnen und das Fleisch darunter, gehen mir dann doch noch ein paar Gedanken durch den Kopf. Das ist das letzte Mal, dass du den Schnee knirschen hörst, denke ich mir, und auch dass du jetzt den bitteren Nachgeschmack vom Bier im Mund hast, ist das letzte Mal. Aber das zählt jetzt nicht mehr, es ist entschieden, denke ich mir, aber fast gleichzeitig frage ich mich, wer genau das eigentlich entschieden hat. Bist du das, Alba, die das entschieden hat, frage ich mich, oder sind es die Umstände, die darüber entschieden haben? Ist es Marcel, ist es die Chemieprüfung, sind es die Kopfschmerzen? Eine Minute denke ich nach oder zwei, aber dann merke ich, dass ich nervös werde darüber, nervös und ungeduldig und ängstlich, und das ist es, was mir noch viel mehr Angst macht. Ich habe keine Angst vor dem Tod und auch keine vor dem Sterben. Ich habe Angst vor der Angst vor dem Tod. Und dann sage ich mir, dass das jetzt egal ist: Das ist jetzt egal, Alba, sage ich, wenn du tot bist, spielt das alles keine Rolle mehr.

Und dann habe ich das Messer angesetzt und ins Fleisch geschnitten, und als dunkel die erste Wunde klaffte darin und das Dunkel immer größer wurde wie der Fleck unter einem umgestoßenen Tintenfass, ging alles wie von selbst. Ein zweites Mal schneide ich und ein drittes Mal, immer tiefer, bis es sprudelte und gurgelte für eine Zeit. Und dann wurde ich gelassen, seltsam gelassen, während mein Herz und mein Kopf und mein ganzer Körper sich ausdehnte und zusammenzog und sich ausdehnte und zusammenzog, jedes Glied für sich, jedes, als ob es jeden Moment platzen oder in sich zusammenstürzen müsste, sich aber nicht entscheiden könnte zwischen den beiden Extremen und deswegen immer zögerte, kurz bevor es zum Äußersten kam. Ich war gelassen und ruhig und froh in diesem Moment, in dem mein Körper mit aller Kraft kämpfte und ums Überleben, und ich denke an Viktor und an Novak, der die Prüfung vergebens korrigieren wird, ich denke an Mama, die mutterseelenallein sein wird von heute Nacht an, jetzt, da ihre beiden Töchter gestorben sein werden und ihr Freund tot ist, ich denke an die riesigen Mengen Softeis, die jetzt alle ohne mich gegessen werden müssen, ich denke an Rechsteiner mit seinem gottverdammten Subjonctif und daran, dass man da, wo ich jetzt hingehe, keinen Subjonctif mehr braucht und dass das alles völlig für die Katz war, dieser Subjonctif und dieses Passé simple und dieses Imparfait und überhaupt, und ich denke an Marcel und die Abschiedsbriefe, die ich geschrieben habe für ihn und für meine Mutter, und dass sie erst jetzt zur Wahrheit werden, dass sie bis vor einer Minute oder zwei noch Lügen, noch vage Behauptungen waren, aber dass das Geschriebene jetzt, in diesem Moment, daran ist, wahr zu werden. Ich sterbe, habe ich Marcel geschrieben, ich sterbe in diesem Moment. Du merkst es nicht, dass ich sterbe, für dich lebe ich noch, jetzt, in meinem Jetzt, das dein Gestern gewesen sein wird. Erst wenn dein Jetzt gekommen ist, wenn diese Zeilen eine Brücke schlagen von meinem Jetzt zu deinem, die nie mehr ein gemeinsames sein werden und für immer, erst dann werde ich gestorben sein für dich. Was auch immer du gerade tust jetzt, dieser Moment wird sich hineinfressen in dich. Den Kaffee, den du trinkst am Frühstückstisch, wirst du nicht mehr vergessen oder das Baby, das im Bus schreit hinter dir, du wirst die unförmigen Herzen nicht mehr vergessen, die die Kinder vor dir auf die angelaufenen Scheiben schmieren mit ihren patschigen Händen. Du wirst dich daran erinnern bis zu deinem eigenen Tod, dieses Bild lässt sich nicht herausmeißeln aus dir, weil es eine Lücke ist, die sich in dir aufgetan hat, und es lässt sich nicht überdecken, weil es alles andere überlagert gleichzeitig, alles. Nur noch ich werde da sein, in deinem Kopf und in deinen Gliedern, in dir bis zu deinem eigenen Tod. Daran denke ich, während das Blut in den Schnee sickert, und ich fühle mich froh und glücklich und erleichtert, dass jetzt alles vorbei ist, und auch ein bisschen neugierig, wie es sich wohl anfühlen wird, dieses Sterben, der Moment davor und der Moment danach, und wie es so sein wird, einfach tot zu sein. Und dann denke ich wieder an Viktor, dass er es mir sicher erzählen würde, wenn er könnte, und ich weiß, dass ich ihm gerne zuhören würde, weil er immer so gut erzählt hat. Aber ich bin auch wieder ein wenig ängstlich, dass dieser Tod nicht kommt, solange ich bewusst auf ihn warte, so wie ich ja auch keinen Schlaf finden kann, wenn ich zu schlafen versuche mit aller Kraft und deswegen die ganze Zeit denke an ihn. Ich hafte deshalb meine Gedanken an Viktor, aber mir kommt dieser Abend in den Sinn, dieser Abend vor zehn Jahren oder neun oder auch nur acht, weil man es

ja doch nicht fertigbringt, nicht an das zu denken, woran man nicht denken will. Damals hat mir meine Mutter nach dem Abendessen aufgetragen, die Brosamen vom Tischtuch zu entfernen. Wir hatten ein Gerät dafür, so ein Kästchen aus Plastik mit einer Bürste drin, und die schob nun die Brosamen ins Kästchen, wenn man es übers Tischtuch zog. Aber irgendwie ist es mir nie gelungen, sauberzumachen auf dem Tisch, weil jedes Mal, wenn ich eine Pause gemacht oder versucht habe, es umzudrehen, nachdem ich fertig war, die Brosamen alle wieder herausfielen. Nachdem Viktor ins Esszimmer gekommen war und mir eine Weile zugeschaut hatte, nahm er mir das Kästchen aus der Hand und sagte: – Du musst es dann umdrehen, wenn es am wenigsten damit rechnet. Du musst es auf andere Gedanken bringen, du musst es in Sicherheit wiegen, es darf nicht damit rechnen, dass du es umdrehen könntest. Und tatsächlich: Das hat immer funktioniert.
Und so versuchte ich, nicht an das Sterben zu denken, sondern an etwas anderes, und dabei fiel mir auf, dass das Blut versiegt war an meinem Handgelenk und dass ich alles andere war als tot und noch nicht einmal schwach. Das war der Moment, in dem ich es mit der Angst zu tun bekam, mit der Furcht, nicht sterben zu können. Jedem Idioten gelingt es, zu sterben, dachte ich mir, überall kratzen sie ab, reihenweise kommen sie um vor Hunger und Bomben und Verkehrsunfällen und Krebs und bei Flugzeugabstürzen und wegen irgendwelcher Tropenkrankheiten, obwohl sie gar nicht wollen, Kinder, Alte, Frauen, Männer, alle ohne Unterschied, aber du bringst nicht einmal das zustande, was für ein verpfuschtes Leben. Und dann steigt plötzlich dieser Gedanke in mir auf, dass vielleicht nicht mein Unvermögen

daran schuld ist, sondern dass ich dazu verdammt bin, für immer zu leben, dass zwar die Leute, die leben wollen, dahingerafft werden von Seuchen und so, aber dass die Menschen, die einfach nur gehen wollen, dass *die* gezwungen werden, weiterzuleben, dass die Welt voller Ungerechtigkeit ist und es schon immer war und es immer sein wird und das alles nur Sinn ergibt und einfach nur Sinn.

In diesem Moment wurde mir schlagartig bewusst, dass ich mehr Blut aus meinem Körper kriegen müsste, doch ich wusste nicht wie. Aber plötzlich erinnere ich mich an den Religionsunterricht, mir kommt in den Sinn, dass die Juden ihre Tiere verbluten lassen und die Moslems, und dass sie sie aufhängen über Kopf, um das Blut aus der Schlagader am Hals sickern zu lassen bis zum letzten Tropfen, und in diesem Moment war ich zum ersten Mal dankbar über den Religionsunterricht und dass ich von meiner Mutter dazu gezwungen worden bin, und ich war der Religionslehrerin dankbar, dass sie uns das mit dem Schächten erklärt hat, obwohl es ja verboten ist in der Schweiz, der erste Erfolg der Demokratie, hat sie gesagt. Das alles ging mir durch den Kopf, während ich mich in den um mich herum dunklen und feuchten, sonst hellen und weißen oder grauen, aber um mich herum nur noch dunklen und geschmolzenen und matschigen Schnee legte und dabei den linken Arm die Böschung hinab in die Tiefe hielt und den rechten Arm in die Höhe streckte, bis ich das Plätschern wieder hörte, das mir immer ferner schien wie ein Bach, der irgendwo vor sich hin fließt unter schattigen Bäumen. Aber irgendwann, lass es zwei, lass es drei Minuten gewesen sein, ebbte es wieder ab, dieses Plätschern, mit einem leisen Gurgeln und Blubbern zunächst, und dann war Stille. Und ich, ich war noch immer nicht tot und würde es auch nicht werden, und das machte mich traurig, unendlich traurig. Und dann sagte ich mir, dass ich jetzt tapfer sein müsste, mit diesen Worten sagte ich das: – Jetzt musst du tapfer sein, Alba, sagte ich mir, weil ich wusste, dass ich jetzt auf die Kälte hoffen müsste und auf ihre tödliche Wirkung, und es war ja auch wirklich kalt draußen und einiges an Blut verloren hatte ich ja dann trotzdem, aber ich wusste nicht, wie lange so etwas gehen würde und ich wäre froh gewesen um jemanden, der mir etwas Mut gemacht und mir gesagt hätte, wie viele Stunden das noch dauert mit dem Erfrieren. – Drei Stunden geht's noch, Alba, das schaffst du, das hätte ich mir gewünscht, dass das jemand sagte, aber dann dachte ich mir, dass es doch besser war alleine zu sein, weil dieser Jemand wahrscheinlich nur wieder am falschen Ende geholfen und einen Krankenwagen gerufen hätte. Und als ich dalag und die Augen schloss und wieder öffnete und wieder schloss, da wurde mir auf einmal komisch im Magen und der Kehle, in wenigen Sekunden wird mir furchtbar schlecht und ich übergebe mich. Aber damit ist es nicht getan, der Würgereiz bleibt und bleibt und bleibt, mein ganzer Körper und mein ganzes Ich sind nun ein einziges Würgen, und da wird mir klar, dass es nicht geht, dass ich das Warten darauf, dass die Kälte endlich ihre Arbeit täte, nicht aushalte, und dann fing ich zu weinen an, vor Schmerz, der mir im Hals steckte, und vor Erschöpfung und vor der Angst, dass ich nicht sterben könnte mit dieser Übelkeit, die in der Kehle steckte und im Bauch und im Schnee und den Bäumen und ihren Kronen über mir, alles war Übelkeit. Und während der Matsch unter mir und die Luft und der Wald mit aller Kraft auf meinen Magen drückten und gar nicht daran dachten, damit aufzuhören, da bin

ich aufgestanden und losgelaufen, zwischen den Bäumen hindurch und immer den Lichtern entgegen, die zwischen den Stämmen flackerten, und dabei ist mein Körper immer wieder ohnmächtig geworden und zusammengebrochen, während ich einfach weitergelaufen bin, den schlaffen Leib hinter mir zurücklassend, und als ich dann wieder von der Übelkeit geweckt wurde, lag ich irgendwo zwischen Schnee und Laub und Reisig, an dem Ort, wo ich meine Hülle zurückgelassen hatte. Und so ging das, lange, aber ich kann nicht sagen, wie lange, und irgendwann lag ich auf der Straße und Autofahrer standen neben mir, nachdem sie angehalten hatten, weil sie nicht weiterfahren konnten, weil ich und mein Körper den Weg versperrten, und diese Autofahrer haben mich dann ins nächste Haus gebracht, um von da den Krankenwagen zu rufen. Das heißt, sie haben zuerst alle möglichen Nummern gerufen, den Wetterdienst und die Fußballresultate und die sprechende Uhr und die Verkehrsinformation, bis ich ihnen endlich die richtige Nummer sagte, ein Glück, muss man sagen, hatten sie mich dabei, die die richtige Nummer wusste, ein Glück, sonst wäre ich ihnen nämlich abhandengekommen da auf dem Teppich, so unbeholfen wie sie sich aufgeführt haben in ihrer Aufregung.
Und als dann die mit dem Krankenwagen kommen, fragen sie nach dem Verletzten, in meinem Beisein fragen sie nach dem Verletzten, und die Autofahrer oder die Bewohner des Hauses oder alle zusammen zeigen auf mich und die Sanitäter meinen: – Ach, das ist ja gar nicht so schlimm. – Brauchen wir dazu die Bahre, fragen sie dann, brauchen wir wirklich die Bahre, Sie können doch sicherlich gehen, sagen sie und ich sage, dass ich es nicht weiß: – Ich weiß nicht, sage ich, weil ich es wirklich nicht weiß,

ich meine, es ist ja nicht so, als ob ich schon häufiger gestorben wäre und das dann einfach so sagen könnte auf einer Skala von Eins bis Zehn, aber die, die müssten es doch wissen, die haben doch schon manch einem zugeschaut beim Abkratzen. Natürlich sage ich das nicht, und ich weiß auch nicht, ob ich das damals wirklich gedacht habe, wahrscheinlich habe ich einfach nur *Ich weiß nicht* gesagt und mir den Rest vielleicht bloß eingebildet. Jedenfalls waren die Sanitäter sicher, dass das auch ohne Bahre geht, und weil ich mich doch immer von so viel Zuversicht anstecken lasse, bin ich aufgestanden, aber in dem Moment lässt irgendwer die Pferde los, die brennen durch, die Pferdchen auf dem Perserteppich, als hätte ihnen einer die Gerte doppelt und dreifach über die Backen gezogen, um mich galoppieren die Pferde und denken gar nicht daran, aufzuhören mit dem Unsinn, es ist Zürcher Sechseläuten, es ist Bonzenfasnacht, und ich bin der Böögg auf dem Scheiterhaufen, und mir brennen die eisigen Füße und gleichzeitig platzt mir der Kopf, weil der gesamte Leib und die Beine und die Arme hochsteigen in ihn und doch gar nicht alle gleichzeitig hinauspassen durch den Mund. Und als ich wieder aufwache, liegt mein gesamter Körper vor mir ausgebreitet auf dem Teppich, gelb und flüssig und brockig wie eine Suppe mit viel eingeweichtem Brot darin, und daneben fluchen die Sanitäter und neben mir steht auch die Bahre, auf der sie mich dann in die Dunkelheit schieben und schließlich im Neonlicht versorgen, dass schmerzhaft grell ist wie diese widerlichen Häuser auf der anderen Straßenseite, wenn man in der Küche die Fensterläden aufstößt im Sommer und am Morgen. Ich will jetzt nur noch schlafen, denke ich mir, aber das lassen sie nicht zu, Name, Adresse, Schuljahr wollen sie wissen, fragen

Löcher in den Bauch, der doch schon lange leer ist, so oft wie ich mich übergeben habe. Und dann, kurz vor dem Krankenhaus, bin ich trotzdem weggedämmert, ich bin stillgestanden und mein Leben ist an mir vorbeigezogen, es ist mitgegangen mit dem Krankenwagen, aber ich, ich habe mich irgendwo auf dem Weg davongemacht. Getroffen haben wir uns erst wieder in der Notaufnahme, danach.

Eine Woche später brannte eine Sonne ab am Nachthimmel. Sie erbrach sich in zuckenden Blitzen und stieß Sterne aus, die ringsum weiß und grau und schwarz verpufften. Eine der Leuchtkugeln, die tropfenweise erloschen, traf den riesigen weißen Champignon, der hoch am Himmel hing. Der Fallschirm geriet in Brand und mit ihm stürzte der Pilot auf den Acker und blieb liegen, als fleischiges Häufchen und sehr für sich.
So erzählt es mir meine Mutter am nächsten Morgen, während mein linker Daumen wie ein wildgewordener Sisyphus gegen die künstliche Sehne arbeitet, die außen über die Schiene gespannt ist und so lange die meine ersetzt, bis aus dem Hackfleisch im Handgelenk wieder eine neue entstanden ist.
Und dann begleite ich meine Mutter zum Ausgang und verabschiede mich von ihr. Aber ich gehe nur zum Schein zurück ins Krankenhaus, wo ich mich in die Cafeteria setze und einige Minuten warte, um danach über den Hinterausgang hinaus in den Park zu gelangen.

Sieben

Es gibt Tage im Leben, an denen man schon vor dem Aufwachen vergessen möchte, was bis zum Abend geschehen wird.
Deshalb habe ich vorgestern meine Uhr um achtundvierzig Stunden vorgestellt, nachts und ganz leise, damit das Maschinchen am Arm nichts mitkriegt davon. Auch ich habe keinen Unterschied festgestellt, ein gutes Zeichen.
– Dein Leben ist ein chronischer Selbstbetrug, sagte meine Mutter vorgestern, aber das machte mir nichts.
– Der einzige Betrug in ihm bist du, antwortete ich.
Sie schmierte mir eine. Und mit einem Schlag wurde ich um zwei Tage zurückgeworfen und bin wieder gefangen in der schmerzhaften Gegenwart. Und jetzt kann man sich auch schon in etwa vorstellen, warum das so ein Tag ist, den man besser zu vergessen anfängt, bevor er überhaupt begonnen hat. Dabei habe ich das noch nicht einmal deswegen gesagt.

Beim Aufwachen ist da diese Gewissheit: Ich will nicht, dass dieser Tag beginnt. Und dann ist da Jack, oder eben nicht. Nein, so war es nicht. Zuerst ist da Jack in meinem Kopf und dass er nicht kommt heute, und erst danach beschließe ich, den Tag gar nicht erst anzufangen. So war das, in dieser Reihenfolge. Nicht umgekehrt.
Jedenfalls, dass Jack nicht vorbeischaut heute und auch morgen nicht, das macht mich ängstlich und auch ein bisschen traurig, aber nur, weil es das tut, heißt das noch lange nicht, dass das nicht gut ist, so wie es ist. Als ich gestern Abend aus dem Aufzug steige, über den Flur gehe

und ins Zimmer zurück, fühle ich mich seltsam. Die ganze Freude hat mich ganz leer gemacht und hohl und zerbrechlich wie ein ausgeblasenes Ei. Das bin nicht ich, die den Schwestern auf der Station zuwinkt, als sie vorbeigeht, das ist eine Hülle von mir. Aber als ich mein Zimmer betrete, liegt da rechts der Alte auf seinem Bett und links ein Strauß Blumen auf meinem. Die Farben sind unmöglich, so als wäre jemand in den Laden gegangen und hätte einfach eine Blume von jeder Sorte verlangt, aber ich freue mich trotzdem, weil er von Jack ist. Oder auch nicht, wird mir augenblicklich klar, wann hätte er die Blumen denn dahin legen sollen.
– War meine Mutter heute Abend hier?, frage ich, aber man hätte geradeso gut fragen können, ob die Grashoppers Meister werden dieses Jahr: natürlich nicht.
Der Alte schüttelt langsam den Kopf, ohne ihn vom Kissen zu heben.
– Seit ich wieder aus der OP zurück bin, nicht, nein, liebe Alba. Das tut mir leid, sagt er, und er ringt so sehr mit seiner Stimme und faltet die Hände so sorgsam ineinander, dass ich ihm das wirklich abnehme, das mit dem Leidtun, meine ich. Vielleicht sind es aber auch nur die Nachwirkungen von der Narkose.
Und jetzt schaue ich den Strauß an und den alten Mann und dann wieder den Strauß und dann verstecke ich ihn schnell unter meiner Decke. Erst als die Lichter gelöscht sind, da nehme ich ihn unter der Decke hervor und lege ihn auf den Boden, weil er mich sticht die ganze Zeit und viel zu viel Platz wegnimmt in meinem Bett. Also: Was passiert, wenn Jack diese Blumen sieht, das will man sich gar nicht ausmalen.

Gegen acht wird das Frühstück gebracht, ein Haufen viel zu trockenes Rührei, das in feinen Klümpchen auf dem Teller liegt, und eine Scheibe Brot.
Ich schiebe von rechts die Gabel in den Haufen und durchsteche mit den Zinken ein Kügelchen und dann noch eins und dann noch eins, und dann streife ich sie an einer anderen Stelle des Tellers wieder ab. So geht das eine Weile, bis ich irgendwann denke, dass ich vielleicht doch etwas essen sollte. Ich nehme die Gabel, häufe Rührei auf, dass es aussieht wie ein kleiner Kieshaufen, und esse – nichts.
– Iss, Alba, so iss doch. Du musst wieder zu Kräften kommen, sagt Hilde, – schau dich doch nur einmal im Spiegel an.
Ich senke den Kopf. Mein Blick verharrt auf dem hellgelben Rührei. Mir wird heiß in den Wangen und über der Stirn spüre ich die Schweißtropfen mit ihrer Kälte.
– Okay, sage ich.
Aber ich denke: Im Spiegel anschauen. Als ob ich das nicht andauernd würde. Aber wie soll man denn wieder zu Kräften kommen bei so einem Saufraß? Und dann denke ich wieder an Jack, und darüber vergeht mir der Hunger endgültig. Ich frage mich, warum er nicht kommt und ob vielleicht doch. Sie hätte noch zu tun, hat seine Mutter gesagt gestern, aber ob das auch auf Jack zutrifft, das weiß ich nicht. – Morgen und übermorgen, also da kann ich nicht, hat er gestern gesagt, vielleicht, weil das stimmt, vielleicht war er aber auch nur sauer wegen gestern und der Cafeteria. Denn Jack, muss man wissen, ist eigentlich zwei Personen. Da ist der eifersüchtige Jack, der dir mit allem und jedem eine Affäre andichtet, und der mehr über dich wissen will, als du es selbst tust. Und da ist der liebenswürdige Jack, der nie um eine Antwort

verlegen ist, der den Autonomen in Zürich für lau subversive Handzettel druckt, mit so kryptischen Parolen drauf, dass er sie nicht einmal selbst versteht, der einem Fritten aufs Zimmer schmuggelt und Softeis und der stundenlang in einer Ecke sitzen kann und dabei ganz leise diese französischen Volkslieder vor sich hin pfeift, bei denen man nie so recht weiß, ob es jetzt an ihnen liegt, dass sie so falsch klingen, oder an Jack. Doch dann war da nach der Beerdigung gestern Nachmittag plötzlich wieder der eifersüchtige Jack, als wir an der Cafeteria vorbeigingen, und da war vor allem Gerold und auch Eulalia. Erst sehe ich sie nicht. Und dann sehe ich sie doch, aber ich erkenne sie nicht. Und dann erkenne ich sie, aber ich weiß es noch nicht, dass ich sie erkannt habe.

Jedenfalls: Ich schaue viel zu lange hin. Und Jack sowieso.

– Wer ist das?

Ich schiebe Jack vorwärts und steuere geradewegs die Aufzüge an.

– Niemand.

– Das stimmt nicht.

– Warum?

– Wenn du *niemand* sagst, heißt das, dass da jemand ist.

– Was?

– Wenn *niemand* da wäre, hättest du gesagt: Da ist keiner.

– Den ich kenne, meine ich.

– Kann jeder behaupten.

Ich sage nichts. Allmählich wird mir das zu blöde. Mag sein, dass Jack die Wahrheit sagt. Aber nur, wenn ich das auch zugebe. Und deshalb tue ich das nicht. Ich meine, es gibt Menschen, die glauben, bloß weil etwas geschehen ist, sei das auch wahr, aber das ist natürlich Blödsinn. Diese Leute, sagte Viktor, haben die Welt nicht verstanden. Wenn in Sibirien ein Langstreckenbomber abstürzt

mit einem Haufen Atombomben drin, die sie einfach nicht mehr finden können, aber die Zeitungen schreiben, dass nicht, dann ist es das auch nicht. Was geschrieben steht, sagt Viktor, wird wahr. Oder eben: Was du sagst. So einfach ist das.
Doch Jack lässt nicht locker.
– Ich dachte, du kennst keinen hier.
– Tue ich auch nicht.
– Und dann grüßen dich plötzlich wildfremde Typen?
– Na ja, man kennt mich halt. So vom Sehen.
Jack schweigt.
– Bin ja nicht erst seit gestern hier. Ich meine, er stand hinter der Theke, als ich mit Eulalia einen Kaffee getrunken habe in der Cafeteria. Und dann noch ein zweites Mal. Um ehrlich zu sein, er ist immer da, wenn Eulalia da ist.
Jack schaut mich an. In seinem linken Mundwinkel ist ein Zucken zu sehen und runde Fältchen werfen sich auf, wie wenn man einen Stein ins Wasser wirft die Wellen.
– Eulalia? Wer ist denn jetzt das schon wieder?
– Parallelklasse. Turnunterricht.
– Hast mir nie von ihr erzählt.
Ich zucke mit den Schultern. Ja. Warum eigentlich nicht? Schwierig zu sagen. Vielleicht, weil wenn man auf jemanden eifersüchtig sein wollte, das viel eher Eulalia wäre. Ich meine, nur mal angenommen.

– Läuft da was zwischen euch?, hat mich Eulalia einmal gefragt, nachdem sie gesehen hatte, wie ich Jack zum Parkplatz begleitet habe, noch mit Hugo im Schlepptau damals.
Diese Frage. Man kann sie aus reinem Interesse fragen oder aus einem anderen. Sicher, Eulalia ist so was wie meine Freundin, aber sie ist eben auch Eulalia.

– Natürlich nicht, sage ich.
– Wenn du das sagst …
Aber ich sage nichts. Eulalia lächelt.
– Kannst ihn mir ja bei Gelegenheit mal vorstellen.
Ich dachte: Siehst du, da ist es wieder. Und: Ihr Jack vorstellen? Besser nicht. Was der Bauer nicht kennt, das frisst er nicht.
Andererseits, ging mir dann durch den Kopf: Ihre beiden Arme sind gebrochen.
Fragt ein Kind ohne Arme seine Mutter: – Gibst du mir bitte die Schokolade aus dem Küchenschrank? Sagt die Mutter: – Keine Arme, keine Schokolade.
So in etwa stellte ich mir das damals vor, wenn ich an Jack dachte und an Eulalia mit ihren Armen.

Aber jetzt, vor dem Aufzug, denke ich an heute Morgen vor der Beerdigung und weiß: Man braucht gar keine Arme dafür.
Ich überlege. Jack wartet. Er will eine Antwort hören, das ist klar.
– Eulalia? Wurde operiert hier. Hat sich beide Arme gebrochen. Hie und da kommt sie vorbei und besucht mich.
– Mhhm.
– Ja. Ich habe den Verdacht, dass sie vor allem wegen Gerold vorbeikommt.
– Gerold?
– Der Typ von der Cafeteria.
– Aha.
Jack glaubte mir nicht. Ich hätte ihm auch nicht geglaubt. Aber was blieb mir anderes übrig?
Vor den Aufzügen bleiben wir stehen. Jack küsst mich.
– Also, ich hol dich ab am Montag.
Ich schaue ihn an, ich sage nichts. Er sagt:

– Morgen und übermorgen, also, da kann ich nicht.
Und dann saugt sich die Tür auf, mit diesem Geräusch, bei dem ich immer an den Flipper denken muss, wenn eine neue Kugel nachgeschoben wird, und dann schiebt sie sich auch wieder zu hinter mir und ich werde schwerer und dann wieder leichter.

Und jetzt, da ich vor dem kalten Rührei sitze und zum Alten hinüberschiele, der mit geschlossenen Augen in seinem Bett liegt, da muss ich an Viktor denken und an meinen Vater, der nie da war und dann plötzlich weg, und da wird mir auf einen Schlag klar: Ich werde Jack nie wiedersehen. Mir rinnen die Tränen über die Mundwinkel und tropfen vom Kinn und in den Teller, und der Blick zerfließt mir vor den Augen und meine Nase schwillt an oder auch umgekehrt oder alles gleichzeitig. Irgendwann spüre ich eine Hand auf meiner Schulter und die Wärme eines Mundes beim Flüstern und Hildes Locken an meinem Hals. Ich zwinge die Tränen zurück und will irgendetwas sagen, aber es gelingt mir kein Satz, und da rötet sich meine Haut auch noch, deswegen oder weil ich mich schäme vor Hilde und weil ich weiß, dass der Gedanke, dass Jack nie mehr wiederkommt, und dass ich darüber traurig werde, eigentlich lächerlich ist. Aber wenn du jetzt hier bist in dieser Gegenwart, aus der du nicht herauskommst, während es Jack nur in der Zukunft gibt, ist das eben alles leichter gesagt als getan.
Ich greife nach der Gabel und esse nun doch ein wenig Rührei, um Hilde nicht allzu große Sorgen zu bereiten. Und dann esse ich noch ein bisschen und noch ein bisschen Rührei, das irgendwie besser schmeckt und nicht mehr so fade und trocken, und dabei kommt mir eine Geschichte in den Sinn von Ägypten und so einem Tier,

die ich mal erzählt habe oder die man mir erzählt hat oder die ich erzählen werde, aber ich weiß nicht mehr, welche.

Samstag. Draußen heißt das ausschlafen, dann irgendwann gegen Mittag hinaus in die Stadt, eine Kalbsbratwurst in schnellen Schlucken hinunterknacken, durch die Ladenstraßen flanieren mit einem Eis, das man kühl über die Hand rinnen fühlt, zum Fußball gehen im Esp oder draußen im Letzigrund, dabei den Schaum vom kühlen Bier wegschlürfen und die Mannschaft zum Sieg schreien, am Abend irgendeine Bar oder im Freien ein Bier oder im Fernsehen das Samstagabendprogramm.
Aber im Krankenhaus, da gibt es nichts Schlimmeres als den Samstag. Vielleicht noch den Sonntag. Die Leute kommen einen nicht besuchen, obwohl sie Freizeit haben, aber die pachten sie lieber für sich selbst. Es gibt keine Termine, auf die man warten kann, keine Ärzte, die man sehen muss, alle machen Pause, nur die Pathologie nicht und die Geburtsabteilung nicht und der Notfall nicht. Aber für Patienten wie mich, die nicht gerade sterben und auch nicht gebären, gibt es nichts zu tun hier an einem Samstag. Ich habe die Leute sagen hören, dass hier am Wochenende schon so mancher aus Langeweile aus dem Fenster gesprungen ist oder schwanger geworden.
Also: Die Sekunden tropfen wie aus einem undichten Hahn. Mir ist langweilig, aber irgendwie bringe ich mich nicht dazu, etwas zu tun, überhaupt und dagegen. Das Nichtstun nimmt mich so sehr ein, dass mir jede Tätigkeit in diesem Augenblick als vollkommen unmöglich erscheint. Meine Mutter hätte jetzt gesagt, ich solle rausgehen und spielen, mit den Nachbarskindern, aber das tut

sie ja nicht. Sie kommt nur vorbei vor der Arbeit, sagt, ich sei eine Betrügerin, haut mir eine runter und verschwindet dann wieder. Und jetzt ist mir nicht nur langweilig, sondern ich muss auch noch daran denken die ganze Zeit. Man denkt, das geht gar nicht gleichzeitig, aber ich sage: Doch, das geht. Und um diese Gedanken aus dem Kopf zu bekommen, denke ich darüber nach, was ich tun könnte, um mich abzulenken, und das lenkt mich auch schon ein bisschen ab. Und weil ich dort besser nachdenken kann über die Welt, gehe ich auf die Toilette und zähle die Schritte unterwegs, die es braucht, bis man vor der Tür steht (neun), ich zähle die Fugen zwischen den Linoleumbahnen (vier) und die Falten und Ausbuchtungen meiner Jacke, die neben der Tür am Haken hängt (achteinhalb beziehungsweise sieben). Dann, nachdem ich die Tür hinter mir geschlossen habe, mache ich mich daran, die Anzahl Blätter einer Klopapierrolle zu zählen. Stück für Stück reiße ich sie ab und sage dazu: *Jack liebt mich, Jack liebt mich nicht*, wobei ich nur das Erste laut sage und das Zweite eher denke, leise für mich und in mir drin. Aber als ich mit den verklebten Blättern am Anfang das Schwierigste hinter mir habe, fallen mir oben auf der Ablage Ersatzrollen auf und die Folie, in die sie eingeschweißt sind. Und dort steht alles drauf, 3 Lagen à 16 g/m² +/– 5 %, Rollen à 200 Blatt zu 9,6 × 12,0 cm +/– 2 %, Rollenlänge 24 m +/– 2 %, und das auch noch dreisprachig, und das macht mich wütend. Ich höre augenblicklich auf damit und schmeiße die Rolle gegen die Wand, weil ich mit *Jack liebt mich* angefangen habe und es absehbar ist, dass diese Scheißrolle doch also behaupten wird, Jack liebe mich nicht, und weil es ja auch überhaupt keinen Sinn macht, Dinge zu zählen, von denen man die Anzahl sowieso schon kennt.

Und als ich wieder ins Zimmer zurückkomme, das weiß ich irgendwie schon, als ich den Riegel mit dem Schloss zurückdrehe, steht da plötzlich Gerold in ihm, mit so einem viel zu weiten Pulli und diesen türkis glänzenden Trainerhosen an den Beinen aus Ballonseide, dass alles abgleitet von ihnen und abperlt, auch der Blick. Und einen Bart, einen richtig langen Bart trägt er, sodass er irgendwie so aussieht wie einer dieser Typen, die in Zürich herumrennen und Pflastersteine schmeißen und Molotowcocktails und Dinge sagen wie *Macht aus dem Staat Gurkensalat* und *Freier Blick aufs Mittelmeer, sprengt die Alpen* und *Freiheit für Grönland, weg mit dem Packeis*, nur dass die mit solchen Ballonseidehöschen, wie sie der Gerold um die Beine trägt, keinen Schritt vor die Tür machen würden, sondern nur mit dunklen Jeans oder hellen, die sie aus irgendeinem reaktionären Warenhaus geklaut haben zum Wohle des Sozialismus.
– Was willst *du* denn hier?
Gerold grinst. Und wie auf Befehl gehen seine Hände hoch und fassen an die Stelle, wo sein Herz in seinem Leib steckt. Er versucht, das Blut zurückzuhalten, das aus seiner ausgedachten Schusswunde zuckelt.
Gerold, sollte man wissen, ist einer, der den Worten nicht so recht traut. Wenn er traurig ist, dann kann er nicht einfach sagen: Ich bin traurig, sondern er muss dann immer noch sein Gesicht verziehen, als hätte er seit drei Tagen Zahnschmerzen. Ich dachte am Anfang, dass er mich einfach für dämlich hält, aber er macht das bei allen so. Vielleicht hält er alle für dämlich.
– Was ich will, ja. Mal schaun, wie's bei dir so läuft, ja. Das wollt ich, ja.
Ich verziehe keine Miene.
– Siehst du doch, wie's läuft, oder?

– Sehn, ja. Tu ich jetzt, ja. Aber deswegen wollt ich ja schaun kommn, ja.
Na gut. Jetzt muss ich trotzdem lachen. Über ihn, versteht sich.
– Is nich so bei euch, die Stimmung, ja.
– Ganz recht gesehen.
– Mit nem Stimmungsaufhellr, ja. Wie wär's damit, ja.
Und da holt er einen Becher Softeis hinter seinem Rücken hervor, mit zweifarbig ineinanderverzwirbeltem Vanille- und Erdbeereis, das aussieht wie einer der Türme von dieser Kirche, die immer in der Tagesschau und hinter dem Reporter zu sehen ist, wenn er auf dem Roten Platz steht, und einem puffrosa Becher, mit feinen Tröpfchen von der Kälte.
Ich staune Klötze. Es stellen sich eine ganze Menge Fragen, die sich unter dieser einen zusammenfassen lassen: Woher zum Geier weiß Gerold das mit dem Softeis? Ich überlege. Wahrscheinlich hat ihm Eulalia davon erzählt. Jack ja wohl nicht. Und von mir hat er es ganz bestimmt nicht. Das ist natürlich so was wie Bestechung. Mir ist klar: Ich muss das jetzt mit Entrüstung zurückweisen. Aber dann, als ich sehe, wie das Eis langsam zu schwitzen beginnt vor Anstrengung und sich das Rosa und das Gelb allmählich zu vermischen anfangen, denke ich: Das Softeis kann ja nichts dafür. Also lasse ich das mit dem Zurückweisen und nehme es mit Entrüstung an.
Ich schlinge das Eis so schnell runter, dass die Reihenfolge von Schlucken, Mundöffnen, und Löffel-zum-Mund-Führen durcheinandergerät. Als ich Gerold mit einem Kopfnicken bedeute, dass er mal den Becher festhalten soll, damit ich mit dem Löffel besser in sein Inneres komme, zieht er eine Flasche Mineralwasser aus seinem Militärrucksack, die klar aussieht wie Obstler.

– Das *ist* Obstler, ja, sagt Gerold und macht irgendeine blöde Geste, die wahrscheinlich eine Kirsche darstellen soll oder eine Pflaume.
– An Gläser, sage ich, und dann sage ich erst mal nichts, weil ich schlucken muss, hast du ... (noch mal schlucken) wahrscheinlich nicht ... (schon wieder) gedacht, was?
Aber so dämlich ist der Gerold dann trotzdem nicht: Schwupp, klackern zwei Gläser auf dem Tisch. Und mit einem Schwung macht er sie voll, bis zum Rand. Ich denke: Der Trottel hat wohl im Sinn, mich abzufüllen. Aber nicht mit mir. Ich sauf dem den Schnaps weg und dann kann er wieder abhauen, kann er. Das denke ich mir, und dann denke ich auch, dass es irgendwie Spaß macht, sich über den Gerold aufzuregen, und dass das noch allemal besser ist, als an einem Samstag alleine im Zimmer herumzusitzen und einfach gar nichts zu tun. Und manchmal sagt er ja auch gar nicht so verkehrte Sachen, der Gerold, nur das mit den Gesten, das könnte er sich wirklich sparen. Das meine ich ganz im Ernst.
Und dann palavern wir irgendwas herum und trinken noch ein Glas und noch eins, und dann kommt irgendwann Hilde rein, und ich schäme mich ein bisschen, aber Gerold hat zum Glück den Schnaps weggepackt, auch wenn der ja sowieso in einer Mineralwasserflasche steckt. Aber Hilde, die weiß Bescheid, denn sie hält sich die Nase zu, und zwar so, als wären ihre beiden Finger eine Wäscheklammer, also genau so, wie es jemand tut, der sich nicht wirklich die Nase zuhält, sondern nur will, dass die anderen sehen, dass er sich die Nase zuhält.
Und dann gehen wir hinaus in den Park, hinten zu diesem widerlichen künstlichen Teich, der im Sommer voller Schlamm ist und im Winter voll mit vereistem Dreck. Wir setzen uns auf eine Bank und trinken wei-

ter. Ich habe ein schlechtes Gewissen, ich denke, ich sollte das nicht tun, ich denke an die vielen Tabletten damals und meine ramponierten Nieren jetzt und meine Leber und dass ich das deswegen eigentlich lassen sollte mit dem Schnaps. Aber Gerold hat so ein Getränk zum Mischen dabei, das gelb ist und milchig wie vollgepinkelter Schnee, Pepita heißt das. Und das macht mich irgendwie glücklich, weil da so ein Papagei drauf ist auf der Flasche, der ein wenig aussieht wie Mister Samstag, nur bunter. Und weil man den Alkohol nicht schmeckt, der ja auch verdünnt wird dadurch, denke ich mir, dass es so schlimm gar nicht sein kann. Wir sprechen über ziemlich viel, der Gerold und ich, aber ich kann mich an gar nichts mehr erinnern, was wir da gesagt haben, weil wir immer betrunkener werden, jedenfalls ich, so viel ist klar. Aber irgendwer hat schließlich den Einfall, in die Stadt zu fahren, und der andere findet das eine saugute Idee, und dann brechen wir auf und gehen Gerolds Karre holen auf dem Parkplatz. Und als ich sie sehe, bin ich ganz erstaunt, weil die so neu ist, so ein hässlicher Golf, der mit den eckigen Kanten überall und dem schwarzen Kühlergrill aus Plastik und den doppelten Scheinwerfern vorne, aber jetzt ist so was ja Mode und deswegen finde ich das auch cool oder weil ich betrunken bin oder beides. Aber nur, weil das Ding neu ist, heißt das noch lange nicht, dass es anspringt. Einmal dreht der Gerold den Schlüssel im Zündschloss, zweimal und dann noch einmal, aber der Motor wiehert nur in seinem Innern und schnattert. Erst nach einigen Versuchen scheint die Karre anzuspringen, sie ruckelt und bewegt sich und fährt gegen den Bordstein und bockt herum und dann röchelt der Motor und ist auch schon wieder tot und tut keinen Wank mehr.

Wir beschließen also, den Bus zu nehmen in die Stadt, und das ist keine schlechte Idee und überhaupt nicht langsamer als mit dem Auto, weil am Samstagnachmittag ja jeder Idiot meint, er müsse unbedingt in die Stadt fahren und man deswegen schon im Stau steckt, kaum dass man das Krankenhausgelände verlässt, während der Bus bei den Weihern ja hintenrum fährt statt über die Hauptstraße, sodass du die ganzen Idioten, die auf ihr stehen, überholen und ihnen auch noch beide Mittelfinger zeigen kannst, weil du ja das Lenkrad nicht halten musst in deinen Händen.
Natürlich kommt dann zuerst einer der Linie drei, ein kurzer Zweiachser mit zwei Türen, dessen Unterboden immer rasselt, wenn er anhält, als baumelten da jede Menge Schneeketten herum, weswegen ich mal einen Fahrer gefragt habe, ob das tatsächlich so ist, aber der meinte: – Nein. Gerold jedenfalls möchte den Dreier nehmen, weil es ja auch der erste ist, der kommt, aber ich will lieber auf den Zweier warten, und Gerold findet das dann irgendwie auch gut und so weiter, wahrscheinlich, weil er heute alles gut findet, was ich sage und vorschlage und ja. Ich meine, ich habe nichts gegen den Dreier und das sollte man auch nicht, aber ich fahre einfach viel lieber mit dem Zweier, oder mit dem Einser oder dem Vierer oder dem Siebener, nur dass die eben nicht zum Krankenhaus fahren, weshalb jetzt halt nur der Zweier in Frage kommt. Jedenfalls sind das alles orange Gelenkbusse mit drei Achsen und so einem grauen Faltenbalg in der Mitte oder eher ein wenig hinter ihr, und wenn man sich da hineinstellt und an den Stangen festhält mit beiden Armen, dann fühlt man sich wie im Innern eines Akkordeons, weil man in den Kurven zusammengestaucht und auseinandergezogen wird die ganze Zeit. Aber als

wir dann einsteigen in den Zweier, wird mir plötzlich klar, dass das gar nicht geht mit meiner Schiene, weil es mir ja die ganzen Sehnen und Nerven wieder auseinanderreißen würde im Handgelenk, die sich jetzt gerade so mühsam zusammengefunden haben, und deshalb setzen wir uns einfach nur in ein leeres Viererabteil, einander diagonal gegenüber, ich am Fenster und vorwärts, weil ich sonst kotzen muss, und Gerold rückwärts am Gang, damit er seine ballonseidenen Beine ausstrecken kann. Ich habe also vor mir einen leeren Platz oder vielmehr die Hälfte einer Sitzbank, die mit diesen Bezügen, die aussehen wie ein Schwelbrand, so orange und rot und schwarz sind sie, und oben ein halbrunder Abschluss aus beigem Kunstleder, das in den hintersten Reihen, wo früher die coolen Leute saßen, immer aufgerissen war, dass der gelbe Schaumstoff nur so herausquoll aus ihm wie das Innere, wenn man eine Blutwurst aufsticht. Ich habe mich immer geekelt davor und vor den Kaugummis, die da überall klebten, mit diesen furchigen Zahnabdrücken, sodass sie aussahen wie kleine Stücke eines Gehirns, das jemandem geplatzt ist dahinten, aber das sage ich natürlich nur als Vergleich, weil es ja gar nicht sein kann, weil von denen, die dahinten sitzen die ganze Zeit, sicher keiner auch nur annähernd so viel Gehirn hat im Kopf, dass es ihm platzen könnte, das ist die Wahrheit. Und dann war da noch die schwarze Fensterabdichtung aufgerissen, angekokelt, aufgeritzt und aufgeschnitten, und alles war vollgeschrieben mit dieser widerlichen Tipp-Ex-Flüssigkeit und mit mindestens genauso widerlichen Botschaften, sodass man gar nicht so recht wusste, was davon man jetzt eigentlich widerlicher finden sollte. Ja, und deshalb habe ich nie hinten gesessen, denke ich mir jetzt, nicht weil ich nicht auch cool gewesen wäre

und beliebt damals, sondern weil mich das alles anekelte dort, ja.
Wir fahren an den Weihern vorbei und unter der Bahnlinie hindurch und an der Bibliothek vorbei und an einem dieser abscheulichen Hochhäuser aus den Sechzigern, als die Welt einen Wettbewerb am Laufen hatte, wer das hässlichere Gebäude hochzieht, ohne damit gleichzeitig einen Volksaufstand zu provozieren. Und dann, als wir an der Kreuzung halten, sieht man auch schon die Altstadt vor uns, die allerdings nur noch dem Namen nach eine ist. In Wirklichkeit stehen da überall neue Häuser, die so tun, als wären sie alt, dabei sehen sie einfach nur beschissen aus. Diese Altstadt hat sich langsam selbst gefressen, wie alles hier, und trotzdem mag ich sie, und ich kann noch nicht einmal sagen, warum.
Wir steigen in der Weiten Gasse aus, weil der Gerold sagt: – Jetzt, und weil ich nicht überlege oder mitdenke und weil ich den Schnaps dann doch schon ziemlich spüre in meinen Adern, die davon warm sind an ihren Rändern. Und als der Bus davonheult mit schwarzer Wolke und ich direkt gegenüber auf das Bernerhaus blicke, frage ich mich, warum zum Geier da eigentlich ein Bernerhaus steht. Ich habe das nie verstanden, aber das steht sogar drauf auf dem Gebäude, ungelogen, und über der Tür prangt noch das Wappen, rot-gelb-rot mit diesem geistesgestörten Schwarzbären drauf, der verzweifelt versucht, aus der Bildfläche zu verschwinden, aber es seit Jahrhunderten doch nicht weiter geschafft hat als bis in die Mitte und seither irgendwie nicht mehr vom Fleck kommt, der Arme, und dem deshalb auch schon die rote Zunge aus dem Mund hängt, als müsste er gleich kotzen. Und ich verspüre eine so große Traurigkeit in diesem Moment und ein so großes Mitleid mit diesem einsamen

Bären, dass ich sogar Gerold davon erzähle, aber der versteht mich irgendwie nicht.
– Wappntier, ja, sagt er und: – Könnt man ja mit jedm Mitleid hamn, ja.
Und ich sage:
– Ja, natürlich.
Aber warum da so ein Bernerhaus steht, das weiß er dann trotzdem nicht, der Gerold, auch wenn er so dumme Kommentare abgibt und das ins Lächerliche zieht, aber ich frage mich das wirklich. Ich meine, die Berner kann jetzt wirklich niemand leiden, und dann gibt es ja auch kein Bernerhaus in Zürich und keines in Basel und es gibt auch kein Baslerhaus und kein Zürcherhaus und auch kein Aarauerhaus hier, obwohl alle mindestens so saudumm sind wie die Berner, vor allem die Aarauer, die kann ja wirklich keiner ausstehen. Aber die Berner, die haben sich hier eingenistet, aber nur die, das ist doch seltsam, das ist ein bisschen so, als würde plötzlich Jack einziehen bei mir und meiner Mutter oder sie mit mir bei Jack.
Wir gehen vor zum Löwenbrunnen und unter dem Stadtturm durch, der aussieht, als hätten sie ihn beim Landesmuseum in Zürich mitgenommen und hier wieder aufgebaut, aber das stimmt nicht, sie haben ihn nur kopiert, weil wenn man wirklich zum Landesmuseum geht, dann sieht man: Er ist noch dort. Und dann stehen wir auch schon auf dem Schlossbergplatz, was mich irgendwie stutzig macht.
– Warum sind wir denn nicht einfach durchgefahren, frage ich Gerold, und der antwortet allen Ernstes:
– Dacht, ist vielleicht romantisch, so n Spaziergang durch die Altstadt, ja.
Und schlägt verträumt die Augen auf. Also wirklich.

Ich meine, dieser Schlossbergplatz. Da denkt man an Schlösser und einen Berg und einen Platz, das klingt irgendwie nach Versailles, mindestens. In Wirklichkeit ist es nur eine nach allen Regeln der Kunst verschandelte Kreuzung, an der ein riesiges Warenhaus steht und ein Stadtturm, in dem ziemlich viele Knastis einsitzen, die sich die Zeit damit vertreiben, dass sie zwischen den Gittern Schnüre herabhängen lassen und darauf hoffen, dass unten auf der Straße einer eine Zigarette anbindet oder zwei, ja, und dann endet da auch noch ein widerlicher Straßentunnel und eine Parkgarage steht da und ein Puff. Das Warenhaus, den Vilan, brauchen wir zum Schnapskaufen und Bier, und früher für Süßigkeiten und so, als wir das Bier noch klauen mussten wegen der Alterskontrollen.

Und auch Gerold und ich kaufen uns jetzt einen Karton mit zehn Fläschchen und setzen uns auf die Ruine, die oben über der Stadt sitzt und die wir *Schloss Stein* nennen, obwohl da schon lange kein Schloss mehr steht, weil es die Zürcher irgendwann weggebombt haben. Nur noch ein Haufen überwucherter Steine steht da und eine Kapelle, in die sie was weiß ich warum niemanden hineinlassen, und ein Turm, auf den sie auch niemanden hochlassen, ein schlanker, hoher Turm, der irgendwie noch ganz ist, nur dass er oben, da, wo die Schweizerfahne an einer Stange flattert, so schräg abgesägt ist. Er ist ziemlich ganz, dieser Turm, und dann auch wieder ein bisschen nicht, sodass es aussieht, als hätte jemand absichtlich eine Ruine gebaut. Das muss man sich einmal vorstellen, etwas Kaputtes zu bauen, das ist doch ungefähr so blöde, als würde man absichtlich Alkohol trinken, wenn man schwanger ist, und rauchen, obwohl man es sonst nicht tut, aber ich erzähle keinen Unsinn, das gibt

es wirklich, bei irgendwelchen deutschen Königen und österreichischen gibt es das, dass die sich so kaputtes Zeug in ihre Schlösser und Parks haben stellen lassen, und das alles nur, weil sie nicht mehr wussten, wohin mit ihrem ganzen Geld, die armen Schweine.
Wir setzen uns auf eine Bank im Schatten einer Kastanie, von wo man auf Baden heruntersieht und auf Neuenhof und auf Wettingen und auf das ganze Tal bis nach Zürich. Ab und an sieht man zwischen den Häusern die Limmat, hellbraun und in der Sonne glitzernd wie das Tonband, wenn man es aus der Kassette gezogen hat. Gerold stellt den Bierkarton auf die Mauer vor uns und holt zwei Flaschen heraus. Es ist die Mauer, erinnere ich mich, von der ein Mädchen gefallen ist, als sie ungefähr so alt war wie ich oder ein Jahr jünger oder zwei. An einem Samstagabend ist sie über diese Mauer gelaufen, betrunken war sie und hatte beide Arme ausgestreckt wie ein Seiltänzer von denen im Zirkus, und dann ist sie die sieben Meter hinuntergefallen ins Gebüsch oder sechs. Sie hat sich den Arm gebrochen und ein paar Kratzer geholt, nichts weiter. Und sechs Wochen später, der Gips ist noch immer dran, fällt die Trulla tatsächlich schon wieder von der Mauer und bricht sich den anderen Arm.
– S glaub ich nich, ja, sagt Gerold und wackelt mit dem Kopf.
– Was denn?
– Das mit dem Mädchen, ja.
– Ist aber so.
– Zweimal hintreinandr, ja. Wem bitte schön passiert n so was, ja.
– Na, das habe ich doch gerade gesagt.
– S gibt's doch nur im Film und Büchrn, so was, ja.
– Als ob du Bücher lesen würdest.

Gerold protestiert heftig. Mit Armen und Beinen. Sein ganzer Körper protestiert. Dann fällt ihm ein: Er liest tatsächlich keine Bücher.
– Trotzdem, ja, sagt er nach einer Weile. – Zufall kann das ja nich sein, ja. Also ...
– Was willst du damit sagen?
– Is vielleicht *absichtlich* zweimal von der Mauer gfalln, ja.
Ich denke: Tja. Was weiß ich. Vielleicht ist sie, vielleicht ist sie nicht. Aber ich weiß natürlich, weshalb der Gerold das denkt: Weil es alle denken. Ganz einfach. Wenn es um den Tod geht, glaubt hier schon lange keiner mehr an Zufall. Oder an die Natur. Wie auch immer man es nennen will. Da musst du schon handfeste Beweise haben, für den Zufall, meine ich, und die Natur.
Jetzt hebelt Gerold das zweite Fläschchen auf. Er zeigt hinüber nach Wettingen, auf irgend so einen zwanzigstöckigen Kaninchenstall aus grindigem Beton, bei dem dir schon klar ist, wenn du ihn von außen siehst, dass du in ihm vor deinem Mund den Atem sehen kannst im Winter und im Sommer nach dem Duschen nicht weißt, ob du immer noch nass bist oder schon wieder. Da wohne er, sagt er stolz, in einer eigenen Wohnung. Und dann sagt er noch etwas, eine ganze Menge sogar, aber ich höre nicht mehr hin, denn ich suche mein Zuhause, aber ich kann es nicht sehen, weswegen ich dann wieder auf die windschiefen Dächer der Altstadt blicke und diese riesige Kreuzung davor, auf die Hochbrücke auch, die von ihr wegführt, über den Fluss und auf die Schule zu, auf meine. Und ich denke daran, dass ich jetzt einige Wochen nicht mehr in diesem Glasklotz gesessen habe beim Rechsteiner und auch nicht hinten in den Pavillons beim Novak und nicht im grauen Bunker dahinter. Gerold, als würde er gerade meine Gedanken erraten, fragt:

– Is das deine Schule, ja.

– Ja, sage ich, das ist sie, und dann höre ich mich von Rolf erzählen und von Martina und von Kai, so ganz ohne Überleitung. Ich erzähle, dass ich da drüben am Fenster gesessen habe, im zweiten Stock, und gesehen habe, wie Rolf gesprungen ist. Ich erzähle ihm, dass Martina an einem Dienstagmorgen nicht mehr aus der großen Pause zurückgekehrt ist, und dass bereits zu Beginn der Mittagspause in der Stadt hie und da das Gerücht zu hören war, jemand habe sich von der Brücke gestürzt, und dass es umso konkreter wurde, je mehr es sich verbreitet hat. Als es gegen vier Uhr bei uns auf der anderen Flussseite anlangte, war es bereits zur Wahrheit geworden: Martina ist tot. Ich erzähle Gerold davon, dass der Abwart den Tisch aus dem Zimmer holt, wenn wieder ein Schüler gestorben ist, und dass der Rechsteiner an einem Morgen um halb acht, als einer fehlte, Witze darüber gemacht hat, dass sich wahrscheinlich schon wieder einer umgebracht habe. Bis dann um acht Uhr der Rektor persönlich vorbeikam und von Kai erzählte, der sich am Abend zuvor von der Brücke hatte fallen lassen.

– Hm, sagt Gerold und nippt an seinem Bier, aber mehr sagt er nicht.

– Man schaut in dieses Tal hinaus, sage ich, und fragt sich, warum sich so viele umbringen hier. Oben auf den Hügeln ist es doch so schön, alles, was über unseren Köpfen und über sie hinauswächst, ist schön, aber selbst sitzt man im hässlichsten Tal des Landes.

– Es ist ein bisschen wie beim Fußball, ja, sagt Gerold. Seine Hände formen einen Ball, den er mit dem rechten Fuß in die Weite kickt. – Du schreist: *Gib doch ab*, und: *Da hintn ist doch einr frei*, und: *Den hätt meine Oma noch verwandelt*, und: *Du stehst doch drei Metr im Abseits!*, ja. Aber das

schreist du nur, weil du das von den Rängn herab siehst, ja. Wenn du einr der Spielr bist, ja, odr der Schiedsrichtr, ja, und mittn auf dem Feld stehst, dann is es ebn was andres, ja.
Ich denke darüber nach und irgendwie leuchtet mir das ein, was Gerold sagt, vielleicht, weil es wirklich einleuchtend ist, vielleicht, weil ich betrunken bin und er wahrscheinlich auch.
– Man müsst was tun gegn, ja, sagt Gerold dann. Seine Finger schneiden einen unsichtbaren Strick durch, an dem mit rot angelaufenem Kopf irgendein Verzweifelter baumelt.
– Was denn?
– Na ja, was ... Mauern zum Beispiel, ja. Netze, wie sie in Bern überall hängn, ja.
– Und dann? Dann gehen sie einfach hoch zur Eisenbahnbrücke oder zur Staumauer.
Gerold zuckt mit den Schultern.
– Aber man müsst was tun gegn, ja.
– Aber es tut keiner was.
– Nö, natürlich nich, ja.
– Natürlich?
– Schon mal drübr nachgedacht, wer alles Kohle macht damit, hast du, ja.
Nein, habe ich nicht.
– Steinmetze, sagt der Gerold, indem er sie alle an seinen Fingern abzählt, – Bestattr, ja. Totngräbr, ja, Krematorien, Schreinr, Floristn, ja, Gärtnr, Restaurantbesitzr, Zeitungn, ja. Druckerein, Anwälte, ja.
– Hm.
– Und an Gescheitertn verdien Ärzte und Seelenklempnr, ja, die Apothekn und die Klapsn, ja.
– Ein Land, das vom Tod lebt?

– Ganz recht, ja.
– Ganz schön bescheuert, wenn du mich fragst.
– Sag ich doch, ja.

Als sich die Sonne hinter den Wald gesenkt hat, wird es kalt. Auf den Treppen, die in die Altstadt hinunterführen, bietet mir Gerold seine Jacke an, aber ich lehne ab. Ich friere lieber, muss man wissen, als blöd auszusehen. Ich besitze deshalb auch keine Winterschuhe. Es gibt leider nur hässliche Winterschuhe auf der Welt.
Während wir durch die Weite Gasse gehen, rollt mir Gerolds letztes Wort durch den Kopf, schlägt immer wieder gegen die Schädeldecke und klimpert hinter meinen Augen. *Jacke*, denke ich, wenn man es ausspricht, wie Gerold es tut, dann wird das *Jack* geschrieben. Daran denke ich und ich frage mich, ob das jetzt was heißt für mich. Gerold, der irgendwann heute Nachmittag ganz im Stillen die Spendierhosen angezogen hat, kauft mir unterdessen ein Billett zum Krankenhaus und zieht mich in den Bus hinein, was ich erst bemerke, als wir schon in einem Viererabteil sitzen. Ich sehe: Es ist der Zweier. Der kommt als erster, jetzt, da wir nicht darauf gewartet haben. Klar.
Er begleitet mich bis ins Zimmer, auch wenn ich nicht so recht weiß, wieso. Ist ja nicht so, als ob ich es nicht finden könnte alleine oder Probleme hätte beim Gehen. Wir kommen an der Station vorbei, und in der Tür steht Hilde – hat die immer noch Schicht? – und mustert mich. Ich schaue ihr in die Augen und da schaut sie irgendwie bedeutungsvoll zurück und schüttelt den Kopf wie so ein blöder Wackeldackel von denen, die immer auf der Hutablage stehen in den Autos, und ich weiß nicht, ob sie das jetzt tut wegen ihrer Überstunden oder weil ich betrun-

ken bin oder weil ich mit Gerold rumhänge, während sie doch mit Jack verbündet ist, aber sie sagt ja nichts, sondern macht einfach nur hin und her mit ihrem Kopf. Ich hasse das, wenn die Leute irgendeine Grimasse schneiden oder eine Geste machen oder irgendwas, was sie für bedeutungsvoll halten, das aber kein Mensch versteht, und sie nichts sagen dazu, weil ich es dann immer auf mich beziehe. Aber was soll man tun dagegen, ich mache es ja auch nicht anders.
Jedenfalls. Vor meinem Zimmer winke ich zum Abschied. Nicht so richtig, eher so mit angezogenem Arm und nur mit den Fingern. Aus dem Innern zieht der Geruch von Fenchel. Ich hoffe, es ist der mit den Speckwürfelchen, der mit Käse überbacken ist.
– Bis dann, sage ich. – Das Abendessen ist da.
Gerold zögert. Irgendetwas ist in ihm. So ein seltsamer Blick sticht aus seinen Augen. Als würde er noch etwas sagen wollen.
Und dann sagt er:
– Bis dann.

Natürlich ist es nicht der mit den Speckwürfelchen. Und er ist so weichgekocht, dass er nach allen Seiten hin auseinanderfällt, wenn man ihm mit der Gabel zu nahe kommt. Dazu gibt es Nudeln, die so verstreut auf dem Teller liegen, als hätten sie sich rein zufällig verirrt darauf. Als ich mir zwei Nudeln in den Mund schiebe, merke ich, dass sie kalt sind und schon wieder al dente außen. Und jetzt, da meine Gabel in den Nudeln herumstochert und im Fenchel, und alles zu einem Matsch mit dieser blasshellgrünen Farbe wird, die den Leuten ins Gesicht steigt, kurz bevor sie kotzen müssen im Bus, wünsche ich mir Essen, gutes Essen, und deshalb freue ich mich

auf Montagabend. Ich weiß zwar nicht, ob Jacks Mutter gut kocht oder Jacks Vater, aber schlimmer werden als hier kann es eigentlich nicht mehr. Ich freue mich auf Jack und auf den Moment, in dem ich mich in seine Arme graben kann, und ich wünschte, er wäre hier. Und in diesem Augenblick höre ich ein Zischen von der Tür, und dann sehe ich auch schon einen langen Bart im Türspalt und den Kopf, an dem er klebt. Gerold. Herauskommen soll ich, winkt er verschwörerisch. Ich seufze. Es ist schon seltsam, denke ich. Immer, wenn man sich wünscht, dass Jack da ist, ist er nicht da. Und Gerold ist immer da, selbst wenn man es sich nicht wünscht.
– Was denn?, zische ich, und: – Ich esse noch.
Natürlich stimmt das nicht. Aber Gerold ist das sowieso egal. Er antwortet nicht. Stattdessen winkt er die ganze Zeit wie so eine japanische Glückskatze.
– Ich komm ja schon!
Und dann führt er mich ins Wartezimmer und zaubert schon wieder so ein Softeis hervor.
Ich bekomme ein schlechtes Gewissen wegen Jack, aber dann bekomme ich auch ein schlechtes Gewissen wegen meinem Magen, der sich heute schon wieder mit so widerlichem Zeug zufrieden geben musste.
– Mann, Gerold, sage ich.
Und dann reiße ich den Eisbecher an mich, meiner Gesundheit zuliebe.
– Du sagst immer *und dann*, ja, sagt Gerold.
– Und jetzt?
– Nein, *und dann*, ja.
– Ja, und was ist damit?
– Keine Ahnung, ja.
– Soll ich was anderes sagen?
– Wie wär's, wenn du mal gar nix sagn würdest, ja.

– Sagst du mir gerade, ich soll meine Fresse halten?
Und dann – also jetzt – legt er mir seinen Zeigefinger auf die Lippen, und weil ich den ein oder anderen amerikanischen Streifen gesehen habe in meinem Leben, weiß ich jetzt auch, was kommt. Und da erstaunt es mich auch nicht mehr, als sein Kopf plötzlich viel größer wird vor mir und ich die Wärme seines Atems spüre und das Menthol von irgendeiner billigen Zahnpasta rieche und Bier und Obstler, und wenn in diesem Moment Eulalia nicht ins Wartezimmer gekommen wäre, dann hätte der Gerold mich jetzt geküsst und was weiß ich nicht was alles.

Acht

Und dann kam auch schon der Sonntag. Und da trifft jetzt wirklich alles zu, was ich gesagt habe vorhin zum Samstag: Weil ich sowieso wusste, was geschehen würde, habe ich schon am Morgen damit angefangen, alles zu vergessen.

Und deshalb sieht es, wenn ich durch meine Erinnerung gehe, ungefähr so aus:

Neun

Und dann wirbelt mir auf einmal der Wind das Haar durcheinander, und vorne klicken die Scheibe und die Haube, lustig und leise und jedes Mal unerwartet, weil Fliegen auf ihnen zerplatzen und Mücken, und wir fahren zusammen durch den warmen Montagabend, Jack und ich, und hören Radio, das verbotene vom Schawinski.

Ja, so plötzlich war er da, der Jack, als gäbe es kein Gestern und kein heute Morgen mehr. Natürlich stimmt das nicht, der gesamte Morgen und der gesamte Nachmittag sind doch ein Kribbeln in meiner Erinnerung und ein Zucken, das ich gespürt habe in der Zimmerecke rechts oben und in der Toilette über dem Spiegel, als ich ins Bad ging. Ich habe mich auf den Abend gefreut, aber dann hatte ich auch Angst, ein bisschen. Angst wie vor Weihnachten damals, als wir noch in dem kleinen Haus gewohnt haben mit Viktor und am Waldrand. Ich wusste, dass das Fest vorbeigehen würde, dass es in ein paar Stunden schon vorbei und dann nicht mehr sein würde für ein Jahr, und das dann hieß: zweiundfünfzig Wochen warten, bis wir wieder eine Familie sind. Und wenn ich es mir recht überlege, dann ist es doch immer so gewesen bei mir. Immer wenn ich glücklich gewesen bin für einen Moment oder froh oder auch nur zufrieden, dann reichte es, dass ich daran dachte, dass es bald zu Ende sein würde damit, diese Freude und dieses Glück, meine ich, sodass ich auf einen Schlag nicht mehr zufrieden war oder glücklich, sondern nur noch traurig und niedergeschlagen.

Seit Lea tot ist, liest Jack seine Bücher nicht mehr zu Ende. Also – nicht alle, aber die, die er begonnen hatte, als sie noch lebte.
– Diese Bücher ..., sagt er, während sein Käfer gerade über die Hochbrücke knattert, – Wenn ich sie wieder aufschlage, ist es in meinem Kopf, als wäre Lea noch da. Etwas in mir sagt: Solange du noch in ihnen liest, ist sie noch nicht abgeschlossen, die Geschichte mit Lea. Verstehst du?
Natürlich verstehe ich.
Davor hat Jack eine ganze Weile nichts gesagt. Ich auch nicht, aber ich hätte gerne. Doch während der Fahrt vom Krankenhaus hierher war es wie mit diesen durchsichtigen Klebstreifen: Ich konnte den Anfang einfach nicht finden.
– Was wünschst du dir am meisten?, frage ich dann.
– Dass Lea zurückkommt.
– Ich meine, für dein Leben.
Jack schaut mich an. Sein Blick ist leer und irgendwie finster wie bei diesen Statuen, die überall in den Museen herumstehen aus Bronze und denen die Zeit die Augen ausgekratzt hat.
– Dass Lea zurückkommt.
Und dann, nach einer Weile, setzt er hinzu:
– Oder jemand wie Lea.
Ich meine, was kann man dazu sagen? Genau. Also halte ich den Mund und öffne einen Knopf an meinem türkisfarbenen Kleid und schließe ihn wieder und öffne ihn.

Wie eine kleine Schuhschachtel mit Schiffsbullaugen sieht es von weitem aus, das Haus von Jacks Eltern. Aber wenn man vor ihm steht, merkt man: Es ist eine große Schuhschachtel mit Schiffsbullaugen. Größe 120, min-

destens. Amerikanische Zählung. Es ist so ein Ding, wie es in den Neunzigern überall gebaut wurde, nur dass dieses hier eben aus den Siebzigern stammen musste, und zwar, weil die Achtziger ja gerade erst begonnen hatten, so einfach ist das.
– Ein Spätwerk von ... (irgendein Name), sagt Jacks Vater ein bisschen stolz.
– Ist der berühmt?, frage ich.
Walter lacht auf:
– Ha!
So in etwa.
Und dann zählt er zum Beweis die Bauten auf, die dieser Typ, irgend so ein grauer Star der Architektur, den man kennen sollte, es aber doch nicht tut, geplant und verändert und renoviert und neu gestrichen und wärmegedämmt hat.
– ... (Irgendein Gebäude irgendwo) hat der gebaut, sagt Jacks Vater, – und ... (irgendein anderes Haus anderswo) renoviert und die Fassadenneugestaltung von ... (irgendwas mit Basel) und ... (noch etwas).
Ich kann mir natürlich kein einziges dieser Gebäude merken, aber wenn man das Freibad in Unterlunkhofen, das Klärwerk in Turgi und die Besucherparkplätze vor der Finnenbahn in Gipf-Oberfrick in die Lücken einfüllt, kommt das in etwa hin, glaube ich.
Jedenfalls: Die Leteliers bewohnen das modernste Haus im Dorf. Das ist schade, denn das heißt ja auch, dass sie nicht in einem dieser Häuser im Dorfkern wohnen, in einem der alten, die da stehen. Das sind nämlich lange Häuser mit zwei Eingängen, muss man wissen, direkt nebeneinanderliegenden Eingängen, die auf eine gemeinsame Treppe führen dahinter. Juden und Christen, hat mir Jack einmal erzählt, durften zwar gemeinsam unter

einem Dach wohnen damals, aber denselben Eingang benutzen durften sie nicht. Das ist natürlich bescheuert, das Ganze, aber genau das hätte mir gefallen. In einem Haus zu wohnen, das so ist, wie es ist, weil die Leute, die es gebaut haben, bescheuert waren oder die, die das Sagen gehabt haben damals.

Elisabeth und Walter stehen oben am Hang und winken wie zum Abschied, als wir heranfahren. Das ist das Gute daran, wenn dein Sohn einen Käfer fährt: Die Karre ist so laut, dass du immer weißt, wo er sich gerade herumtreibt. Das Schlechte: Wenn er spätabends nach Hause kommt damit, stehst du in der Falle, aber kerzengerade. Jacks Eltern sehen aus wie ein riesengroßes Missverständnis. Sein Vater, wie er da auf dem Garagenvorplatz steht in diesen knöchelhohen Adidas-Schuhen, den weißen, mit den Händen in den Hosentaschen seines Nadelstreifenanzugs und der Hals versteckt in so einem existentialistischen Rollkragenpullover und sein Gesicht unter einem langen Vollbart und einer Nickelbrille, wie sie John Lennon getragen hat seinerzeit. Und dann ist da Elisabeth, deren schmale Beine uns in diesen fliederfarbenen Karottenhosen links rechts links rechts links über den Vorplatz entgegengelaufen kommen, sodass die eiskrembunt bedruckte Seidenbluse aufgeregt glänzt mit ihren Schulterpolstern, die man gar nicht sieht letzten Endes, weil einer dieser Afghanenmäntel über ihren Schultern hängt, die immer aussehen wie ein nach außen gekehrtes Schaf an den Menschen. Kurzum, sie sehen aus, als hätten zwei Goldküstenbewohner eine Philosophen-WG überfallen in Zürich und deren Garderobe geplündert. Trotz allem schimmert der bürgerliche Glanz aus ihrer Kleidung, vielleicht viel zu sehr, um es

sich wirklich einzugestehen. Irgendwie schade, denke ich. Auch ohne dieses ganze Zeug, mit dem sie zeigen wollen, wie jung sie geblieben sind, und das sie nur wieder älter aussehen lässt, weil das kein Mensch mehr trägt heutzutage, würde man sie mögen. Ich zumindest, und darum geht es ja jetzt hier.
Jacks Mutter öffnet die Beifahrertür und verstaut mich in ihren Armen, kaum dass ich auf meinen beiden Füßen stehe. Dann schiebt sie mich wieder so weit weg von sich, wie es nur geht, ohne meine Arme loslassen zu müssen, und sagt: – *Fantastisch* siehst du aus, Alba, und vergräbt mich gleich wieder in ihren Armen.
Dann habe ich die Hand von Jacks Vater in meiner und gleich darauf irgend so einen italienischen Aperitif, der ein bisschen bitter schmeckt und ein bisschen aussieht wie diese hellorangen Pfützen, die neben den Sondermülldeponien hier, wenn es stark geregnet hat, und der deshalb niemandem schmeckt, den aber alle mögen, einfach weil er aus Italien stammt. Jacks Vater nimmt uns mit auf eine Hausführung, während Elisabeth wieder in der Küche verschwindet, vielleicht, weil sie wirklich etwas im Ofen hat, wie sie sagt, vielleicht kann sie aber auch nur all die Sätze nicht mehr hören, die Walter so von sich gibt und die sie schon alle auswendig kennt. So geht es mir jedenfalls, wenn meine Mutter Gäste empfängt. Zum Glück tut sie das nur noch selten.
Natürlich kann ich mir das Lächeln nicht verkneifen, weil ich dieses Haus ja schon kenne, und Jack kann es auch nicht. Aber wir lassen uns nichts anmerken und folgen seinem Vater von Raum zu Raum wie die Augen einem Kopf, also dem eigenen, meine ich. In jedem Zimmer erzählt er irgendwas vom Licht und von der Oberfläche und von den Materialien und jedes Mal weist er

auf die *tollen Details* hin, aber ich verstehe immer nur *Küche* und *Wohnzimmer* und *Schlafzimmer* und *Treppenhaus* und *Flur* und danach verstehe ich gar nichts mehr. Nur etwas kann ich mir merken, und das sind die Wände im Wohnzimmer, die alle in einem anderen Weiß gestrichen sind. Das klingt jetzt, als würde ich hier irgendwas vom Pferd erzählen, aber das ist wirklich wahr. Da sind vier Wände oder fünf und alle sind weiß, aber dann haben sie vor dem Streichen überall einen Tupfen Grün oder Rot oder Gelb oder Blau reingemacht ins Weiß. Wenn du in diesem Raum stehst, dann siehst du das nicht, aber wenn du ganz nah rangehst in einer Ecke und dann mit dem Kopf hin- und hermachst zwischen den beiden Flächen, dann siehst du es eben doch. Ich weiß zwar nicht, wozu so was gut sein soll, aber abgefahren ist es irgendwie schon.
– Nicht wahr?, fragt Jacks Vater und lächelt.
Vielleicht dafür ist es gut. Um die Gäste zu beeindrucken. Ist jedenfalls allemal besser als die Alben hervorzukramen mit den peinlichen Kinderfotos drin. Weil: Ich bin wirklich beeindruckt. Auch wenn der italienische Klärschlamm sicher auch seinen Beitrag leistet dazu in meinem Glas.
Und dann hängen da überall Fotos von solchen Gemälden hinter Glas, die ein bisschen aussehen, als hätte Jack seine Farben ausprobiert oder Lea oder ihr Vater oder ihre Mutter, die sind nämlich alle rot oder dann etwas blau oder rot und orange zusammen, alle Farben ein wenig, aber immer nur eine oder vielleicht zwei pro Bild und vor allem rot, und der Titel dieser Bilder ist meistens auch *Rot* oder *Grün* oder so oder *Ohne Titel*, und so heißt der Typ auch irgendwie, der sie gepinselt hat, also Rot-irgendwas. Das waren nämlich gar nicht Jack oder

Lea, und das habe ich ja auch nicht wirklich geglaubt, weil wer würde denn Fotos von den Bildern seiner Kinder an die Wand hängen, wenn er die Originale zu Hause stehen hat? Eben.
Und irgendwie ist dann der Gesprächsfaden abgerissen, weil keiner etwas sagt und auch nicht fragt und Walter sich irgendwie leer geredet hat, und man hört schon die Stille aus ihren Löchern kriechen und unter dem Schrank und zwischen den Büchern hervor, die in den Regalen stehen und auf Stapeln liegen auf dem Parkett, was mir irgendwie seltsam vorkommt, weil noch überall Platz ist in den Regalen und es deshalb gar keinen Grund gibt, die Bücher auf dem Boden zu stapeln wie Leute, die zu wenig Geld haben für Regale. Nur von der Küche her kommt sie nicht, die Stille, denn da hantiert Jacks Mutter herum und der Dampfabzug brummt und deswegen traut sie sich nicht heraus von dort, die Stille, meine ich.
– Hast du das studiert mit der Malerei?, frage ich dann.
Walter winkt ab, mit einem nicht so recht durchgestreckten Zeigefinger und einem breiten und ovalen Mund, aus dem wie bei den Ziegen ein *Öhöhöh* stoßen würde, wenn Walter wirklich etwas sagen würde, aber das tut er nicht, das geht ja ganz lautlos vor sich. Und das alles legen ihm die Leute wahrscheinlich als Bescheidenheit aus, denke ich, aber in Wirklichkeit ist es diese Handbewegung und dieser offene Mund und dieser etwas gequälte Gesichtsausdruck, den sich die Leute gerne geben, wenn sie möchten, dass man sie für bescheiden hält, obwohl sie in Wahrheit ziemlich stolz sind auf die ganze Sache.
– Ich habe Germanistik studiert, sagt er. – Germanistik, und füllt die Gläser nach. – Aber wenn ich jetzt vielleicht nochmals jung wäre, ja dann ...
Und das bringt ihn dazu, uns dann doch noch einmal

ins obere Stockwerk zu führen, wo wir gerade eben schon waren, und uns ein Zimmer zu zeigen. Lauter Gemälde stehen da und Farben und Pinsel und der ganze Boden ist mit einer Plastikplane abgedeckt, wie der Maler es macht, wenn er vorbeikommt. Und auf diesen Bildern sind auch wieder solche farbigen Flächen wie vorhin auf den gerahmten Postern, und jetzt weiß ich auch schon, was gleich kommt.

– Das ist mein Atelier, sagt er und hebt irgendeine Leinwand vom Boden und erzählt etwas darüber. Und dann die nächste. Und so fort. Ich nicke beständig. Und nehme mir vor, nicht mehr als einen Schluck zu nehmen pro Bild, weil ich sonst schon vor dem Essen betrunken bin. Wenn Leute mir etwas erzählen und nicht aufhören wollen damit, betrinke ich mich immer heillos. Keine Ahnung, woher das kommt.

Jedenfalls geht das jetzt eine Weile so, bis auf einmal Elisabeth in der Tür steht.

– Walter, langweilst du mir die Kinder wieder mit deiner Pinselei?

Ich zucke zusammen. Mein Herz zappelt wie so ein Philipp, und nüchtern fühle ich mich auf einmal wieder. Mir ist es immer peinlich, muss man wissen, wenn fremde Leute streiten vor mir, und solche, die ich kenne. Und ich bin mir sicher: Das muss Streit geben, dieses *langweilst* und diese *Pinselei* und dieses *mir*, als wäre sie persönlich betroffen von dieser Hausführung, die Elisabeth. Und tatsächlich, Walter stülpt ja auch die Lippen nach außen wie so ein ertapptes Kind. Aber dann, eine Sekunde später oder ein paar, lacht er schon wieder.

– Die Kinder haben doch sicher Hunger, sagt Elisabeth und hat recht damit. Sie legt ihre beiden Hände auf meine Oberarme und zieht mich aus dem Zimmer.

Und tatsächlich: Was da aufgetischt wurde, hätte man auf keinen Fall verpassen dürfen. Kleine Lachsschnittchen auf dänischem Meerrettichschaum, mit einigen Tropfen Balsamico-Essig und Kapern am Rand, ganze, mit den Stielen und allem. Daneben grüne Avocadohälften, vor Neid in der Höhlung bereits gelb angelaufen, gefüllt mit Ziegenfrischkäse. Filet Stroganoff mit Eierspätzli. Crevetten an einer Honig-Zitronen-Soße. Japanischer Baumkuchen. Zimteis. Und das alles auf Porzellan, das so hell ist und so weiß, dass ich jedes Mal von neuem die Augen zukneifen muss, kaum habe ich sie wieder geöffnet. Und dann doch wieder verschiedene Gabeln und verschiedene Messer, das eine, das neben Walter liegt, mit einem eckigen Griff und das andere bei Jack mit einem runden, und meines ein bisschen kleiner, aber alle aus Silber, und die Weingläser, fällt mir jetzt auf, haben auch nicht alle dieselbe Form. Aber *Kristallglas* steht drauf auf meinem, und ich frage mich, warum man nicht einfach acht gleiche kauft oder zehn oder zwölf, wenn man so viel verdient wie Jacks Eltern, damit es nicht aussieht wie das Geschirr im Brocki oder in irgendwelchen Ferienheimen oder Studenten-WGs, die letzten Endes auch wieder nur aussehen wie ein Brocki im Kleinen, weil das Zeug, das in ihnen steht und mit dem gegessen wird in ihnen, ja auch wieder nur aus dem Brocki stammt oder von der Oma oder von beiden.
Daran denke ich ein wenig, als ich das Geschirr unter den Speisen sehe, aber dann sehe ich wieder nurmehr die Speisen auf ihm und das Geschirr nicht mehr, das mich auch gar nicht mehr interessiert, sondern nur noch das Essen und vor allem die Crevetten.
Wenn es etwas gibt, das man mit Softeis vergleichen kann, dann sind das Crevetten. Scampi. Shrimps. Über-

haupt: Krustentiere. Ich denke, Crevetten sind vielleicht nicht die schlausten Tiere von allen und auch nicht unbedingt die schönsten, aber sie gehören mit Sicherheit zu den niedlichsten. Ich meine, diese schwarzen Knopfaugen, die dich so dümmlich vom Teller anstarren die ganze Zeit, als wären sie verdutzt darüber, dass das jetzt doch ziemlich schnell gegangen ist mit dem eigenen Tod. Die winzigen Beinchen und der rosarote Panzer, und das weiche Fleisch darunter, das so weiß ist, als hätten sie das ganze Leben lang nur Milchreis gegessen die Tierchen. Einfach entzückend. Sag ich doch.
Ich habe nicht oft Crevetten gegessen, als ich klein war und auch nicht in meiner Jugend. Meine Mutter bringt die feste Vorstellung nicht aus dem Kopf, man dürfe Crevetten nur essen, wenn man am Meer ist. Weil sie sonst nicht frisch seien oder so. Ich meine, die Dinger, die sie in Italien verkaufen, die sind doch auch nur aus Thailand importiert und aus Panama, weil sie in Italien das Meer schon lange leergemacht haben außer dem Wasser, das haben sie nämlich dringelassen, weil es ihnen zu dreckig war. Jedenfalls, wir haben auch am Meer keine Crevetten gegessen, und zwar deshalb, weil wir nie ans Meer gefahren sind mit meiner Mutter. Da in Italien ist alles überfüllt mit Touristen und in Spanien und in Portugal, hat meine Mutter immer gesagt, die Strände sind gepflastert mit nackten Bäuchen und verbrannten Gesichtern und die Kirchen und die Klöster und die Burgen, die sieht man gar nicht mehr unter all diesen Menschen, alles wird überrannt und wegfotografiert, sodass nichts mehr steht in diesen Städten, in Venedig ist das so, sagte meine Mutter, und in Verona ist das so und in Barcelona ist das so und in Lissabon ist das so. Das hat meine Mutter gesagt, auch wenn sie es natürlich nicht *so* gesagt hat, sondern ich.

Deshalb also hat es keine Crevetten gegeben bei uns zu Hause. Weil andere Leute Venedig mit nach Hause genommen haben und Barcelona. In Wahrheit hatten wir einfach zu wenig Geld. Zu wenig Geld fürs Meer und zu wenig Geld für Crevetten. Nur mein Großvater hatte genug Geld für Crevetten und er hat es auch ausgegeben dafür. Wenn er uns eingeladen hat zu seinem Geburtstag, hat es Crevetten gegeben oder Hummer oder Krebse und jede Menge Straußenfilet zum Mittagessen, und ich habe mich immer gefreut auf diese Essen, weil sie gut waren und weil mir mein Großvater immer fünfzig Franken geschenkt hat danach oder hundert. Leider hatte mein Großvater nicht allzu oft Geburtstag und irgendwann gar nicht mehr.

Jetzt ist es aber so: Die Lachshäppchen, die gehen ja noch. Aber wie soll man Crevetten pellen mit einer Hand? Oder das Filet Stroganoff zerschneiden? Ich stelle mich ungefähr so geschickt damit an wie Mister Montag, wenn er die Alufolie von einer Schokoladentafel abzuziehen versucht mit dem Schnabel.
Die heimlichen Seitenblicke machen es deutlich: Jacks Mutter bemerkt es schon ziemlich bald, aber sie sagt nichts, weil sie höflich sein will. Meine Mutter hätte mir schon lange auf die Hand geschlagen und mich aufs Zimmer geschickt oder was weiß ich. Aber Jacks Mutter, sie schielt hinüber und dann schielt sie wieder zurück auf ihren Teller, hin und her, sodass ihr davon die Augen schmerzen müssen in den Höhlen, so unentschieden, ob sie mir jetzt helfen soll oder ob ich mich deswegen gekränkt fühle oder beleidigt oder so ein Unsinn.
Irgendwann fällt mir dann die Gabel aus der Hand und rutscht vom Tellerrand und verhakt sich dabei mit einer

Crevette, und weil ich sie aufzufangen versuche, aber irgendwie daneben greife und dabei auf die Gabel schlage, entreißt sich die Crevette meiner Kontrolle und tut das, was Crevetten normalerweise nicht tun: Sie fliegt. Und zwar quer über den Tisch und fällt bei Jack neben den Teller. Jack schaut die Crevette an und die Crevette ihn und dann schaut Jack mich an und dann nimmt er die Crevette und steckt sie sich in den Mund und sagt:
– Danke.
Und dann kann er es nicht mehr zurückhalten, das Lachen, und dann lacht auch seine Mutter und sein Vater und schließlich auch ich.
– Ach Kindchen, komm, ich helf dir, sagt Elisabeth und greift nach meinem Besteck, und dann schneidet sie mir Dinge auf meinem Teller in kleine Stücke und entschuldigt sich dabei andauernd, obwohl sie doch gar nichts gemacht hat, Schlimmes.
– Alba ist also auch eine Bewegte, sagt Walter und zwinkert mir zu.
Ich verstehe nicht, was er meint, aber ich lächle vorsichtshalber.
– Alba eine Steinewerferin?, fragt Elisabeth. – Das kann ich mir nun wirklich nicht vorstellen, sagt sie und ich merke, wie ihr Blick auf meine Oberarme schielt. Und zu mir: – Du wirfst doch keine Steine, oder?
Steine? Ich schüttle heftig den Kopf. Und frage mich noch einmal: Steine?
– René wirft Steine, sagt sein Vater und klappt seinen linken Daumen nach Jack aus.
– Das kann man so nicht sagen, hebt Jack zu einer dieser ziemlich komplizierten Rechtfertigungen an, wie er das immer tut, wenn er weiß, dass du vollkommen recht hast, er dich aber vom Gegenteil überzeugen will. Und diese

Leier kennt natürlich auch der Walter und lässt deshalb seinen Sohnemann gar nicht erst ausreden.
– Natürlich wirfst du Steine. Vor dem Opernhaus letztes Jahr hast du Steine geworfen und vor dem AJZ hast du Steine geworfen im September und dann am Helvetiaplatz.
– Aber nicht nur. Ich denke, man darf das nicht auf die Steine reduzieren. Man muss das differenziert anschauen, muss man.
Reduzieren sagt er. Und *differenziert*.
– Was wirfst du denn noch? Molotowcocktails?
Jack grinst.
– Ich mache auch Logistik. Und Propaganda. Handzettel drucken vor den Demos und die Plakate. Oder glaubst du, die Leute kommen einfach so dahin?
– Jaja, „Propaganda", sagt er verächtlich und setzt Schweinefüßchen hinter das Wort und vornedran. Aber dann ist auch ein Lächeln um seine Lippen zu sehen, das dann irgendwie wieder freundlich wirkt.
– Warst du auch schon einmal demonstrieren?, fragt mich Elisabeth.
Ich schüttle mit dem Kopf.
– Demonstrieren wofür?
– Für Freiraum, sagt Jack, – für Jugendkultur, für die Wiedereröffnung des AJZ.
– AJZ?
– Alternatives Jugendzentrum Zürich, sagt Elisabeth, indem sie jedes Wort betont und alle getrennt voneinander spricht, sodass sie sehr alleine stehen und für sich.
– Autonomes, korrigiert Jack.
– Alternativ – autonom, das ist doch ein bisschen dasselbe, nicht?, fragt Walter.
Jack schüttelt heftig den Kopf und sagt:

– Du klingst schon wie einer vom Stadtrat oder von der Gemeinde, so wie du sprichst.
Und dann treibt das Gespräch flussabwärts und verfängt sich irgendwo beim Letten im Rechen und geht im Strudel dieses AJZ unter. Dass es im letzten Herbst geschlossen wurde, das Zentrum hinter dem Bahnhof, und dass es jetzt, vor einer Woche oder so, wieder besetzt und wieder geräumt und wieder besetzt und wieder geräumt wurde von der Schmier, und dass jetzt die Kirchen und die Pro Juventute und irgendwer sonst den Laden übernehmen wollen und dass es so aussieht, als würde es jetzt wieder aufgehen, dieses Ding, aber dass man nicht sicher sein kann und was weiß ich nicht noch alles.
Ich nicke bei all dem, aber ich sage nichts dazu. Eigentlich gibt es auch nichts zu nicken, aber irgendwas musst du ja tun, wenn alle sprechen über etwas, von dem du nichts verstehst. Ich meine, natürlich habe ich mitbekommen, dass sie sich fast jede Woche die Köpfe einschlagen in Zürich und in Basel und in Bern, die Polizei und die anderen, die nicht bei der Polizei sind, und dass andauernd Häuser angezündet werden und Autos und Leute festgenommen werden, und ich wusste auch, dass Jack etwas zu tun hat damit, aber ich wusste nicht, weshalb er das tut und diese ganzen Autonomen und wofür, und es hat mich auch nicht so richtig interessiert und dafür schäme ich mich jetzt ein wenig, obwohl ich mich noch immer nicht so recht interessiere dafür, wofür ich mich auch wieder ein wenig schäme, was mich wiederum traurig macht, weil ich doch nur hier sein möchte und zufrieden, was ich ja eigentlich auch war und dann plötzlich nicht mehr so.
Und plötzlich fragt Walter:
– Was erhoffst du dir denn von der Politik?

Ja, was erhoffe ich mir davon? Ich weiß es nicht. Wahrscheinlich erhoffe ich mir gar nichts von ihr. Kann man sich überhaupt irgendetwas erhoffen von der Politik und den Menschen in ihr?
Ich überlege. Eine Leere macht sich breit über dem Tisch. Ich sage nichts, Jack sagt nichts, Elisabeth sagt nichts, Walter sagt nichts. Ich starre auf den Teller und das Tischtuch, an dessen Rand Jacks Vater neuen Wein einschenkt in die Gläser, um wenigstens irgendeine Leere zu füllen zwischen uns.
Nach langem Zögern sage ich:
– Ich bin für den Weltfrieden.
Das hatte ich irgendwo aufgeschnappt.
Stille. Jacks Vater überlegt. Dann sagt er:
– Also eher links.
Jack macht ein Gesicht, als würde er nachdenken.
– Und deine Eltern?, fragt Elisabeth.
– Mein Stiefvater war Kommunist.
Walter pfeift durch die Zähne. Er schaut Elisabeth an und sie ihn. So lange und bedächtig und ein bisschen mit einem Wundern in den Augen. Ich glaube, das ist jetzt so eine Situation, in der die Leute *bedeutungsvoll* sagen würden, obwohl niemand etwas damit anfangen kann, wenn man *bedeutungsvoll* sagt, weil schließlich niemand über diese Bedeutung Bescheid weiß außer man selbst, aber dann kann man es auch gleich lassen, denn es bringt nichts, etwas zu sagen, was man nur selbst versteht, aber die anderen nicht, außer man ist so ein bescheuerter Dadaist von denen im Cabaret Voltaire früher, die sich gleich nach dem Aufstehen mal zwei Karaffen Beaujolais reintrichterten und den hochgradigen Schmu, den sie da den ganzen Nachmittag lang aufs Papier kackeierten, für Poesie hielten mit Sinn oder ohne, auf dass man dann

wieder doppelstundenweise die Schüler im Gymnasium damit nervt und sie zwingt, sich irgendeinen altklugen Schrott auszudenken dazu, zum Beispiel mich, und dabei gibt es gar nichts dazu zu sagen, und das ist eigentlich auch am besten, wenn man einfach seine Klappe hält zu diesem Mist.
Ja.
Ich schweife ab.
Jedenfalls.
Bei Viktor waren wir und beim Kommunismus.
– Und jetzt?, fragt Walter. – Was ist er jetzt, dein Stiefvater?
– Jetzt ist er tot.
– Oh, sagt Walter und wechselt wie so ein Chamäleon die Farbe seines Gesichts, und auch Elisabeth sagt: – Oh, und hält sich die Linke vor den Mund, während ich ihre Rechte über meiner Schiene spüre.
– Aber deine Familie, hör mal, sagt Elisabeth nach einer Weile. – Ist sie eher rechts oder ist sie links?
Links oder rechts, denke ich, was ist denn das jetzt wieder für eine Frage. Ich weiß nicht, was meine Mutter ist. Wahrscheinlich ist sie nichts davon. Wahrscheinlich ist sie unten. Da, wo es keine Rolle mehr spielt, ob du nun links unten oder rechts unten bist, weil es keinen Unterschied für dich macht. Das denke ich, aber ich sage das nicht. Ich sage:
– Meine Familie? Ich habe keine Familie.
Und jetzt tritt ein, was schon vorher hätte eintreten können: Stille, und zwar eine betretene. Und augenblicklich tut es mir leid, so was gesagt zu haben. Ich meine, die Eltern von Jack: Sie mühen sich doch die ganze Zeit ab mit mir, versuchen irgendwie, mich einzubinden ins Gespräch. Und ich, ich trotze herum wie eines dieser blöden

Kinder, wenn es nicht genau die Eissorte kriegt, die es haben wollte. Und dabei weiß ich davon ja noch gar nichts, von der falschen Eissorte, meine ich.
– Also, versuche ich zu beschwichtigen, – das heißt, mein Stiefvater ist tot und meine Schwester ist es. Bleibt noch meine Mutter. Aber die, die arbeitet meistens.

Und dann setzen wir uns um auf das Sofa, das in einer Ecke des Wohnzimmers steht, und Walter räumt die zwei bis drei Bildbände weg vom Couchtisch, die wie zufällig auf ihm herumliegen, um Platz zu schaffen für den Nachtisch, den Elisabeth aus der Küche hereinbringt. Braun und rechteckig schwitzt es vor sich hin, das Zimteis, auf kleinen Tellern, und auf ihm reckt sich ein schneckenförmiger Turm aus Schlagsahne in die Höhe, aber mit jeder Sekunde weniger.
– Jack hat gesagt, dass du Eis so magst, sagt Elisabeth und lächelt und zeigt dabei ihre weißen Zähne, und ich schaue Walter an und dann wieder sie, und dann denke ich, dass ich Elisabeth sehr lieben würde, wenn ich an seiner Stelle wäre, und auch wenn ich nicht an seiner Stelle wäre.
Ich nehme einen Löffel voll und dann warte ich ein wenig und dann schiebe ich mir den ganzen Block in den Mund, mit zwei, drei Bewegungen. Elisabeth freut sich, sie steht bereits wieder, um neues Eis zu holen aus der Küche, aber ich wehre ab und zeige auf meinen Bauch: voll.
Natürlich ist das gelogen. Aber dieses Zimteis – man kann es nicht anders beschreiben als widerlich. Hart ist es und staubig im Mund, als wärst du von ein oder zwei Metern herabgefallen und genau auf dein Kinn, sodass die Zähne sich sandig ausbreiten in deinem Mund nach

allen Richtungen hin. Das macht mich traurig, und zwar nicht, weil ich mir ein gutes Eis gewünscht hätte. Oder doch, ich hätte mir ein Eis gewünscht, das mir geschmeckt hätte, aber nicht wegen dem Eis oder wegen seinem Geschmack, sondern weil ich Elisabeth dann hätte sagen können, in aller Ehrlichkeit: Das schmeckt wirklich gut! Aber jetzt muss ich sie anlügen, als ich sage:
– Das schmeckt wirklich gut!
Und das macht mich noch viel trauriger, denn so selten ist doch jemand nett zu dir und einfach so, und gerade diese Leute muss ich nun anlügen, obwohl ich es gar nicht will und dann doch. Und jetzt weiß ich auch, warum die Menschen lügen die ganze Zeit.
Und dann bietet sie mir auch noch an, bei ihnen zu schlafen, die Elisabeth, und ich würde so gerne, aber es geht leider nicht wegen dem Krankenhaus.

Wenn du die Videokassette zu Ende geschaut hast und dann zurückspulst und alles noch einmal siehst, einfach verkehrt herum und schneller: So ist die Rückfahrt. Wie die Hinfahrt, nur dass wir in die andere Richtung fahren eben. Jack steht wieder neben sich, irgendwie. Also ungefähr so, als wäre die Person, die gerade auf dem Beifahrersitz sitzt und die Beine hochgezogen hat an die Brust – also ich – er. Wieder fragt Jack nichts und wenn er Antwort gibt auf eine meiner Fragen, bleibt er einsilbig wie sein Name.
Keine Frage: Er denkt an Lea.
– Erzähl mir etwas, sagt er nach einer Weile.
Ich schaue ihn fragend an.
– Zur Ablenkung, erklärt er.
– Bist du nicht schon genug abgelenkt?
Jack, sollte man wissen, ist der Meinung, die Geschwin-

digkeitsbegrenzung sei in Meilen angegeben. Und er ist der Überzeugung, die durchgezogene Linie in den Kurven zeige die Ideallinie an, die man nur im äußersten Notfall verlassen darf. Wenn der Gegenverkehr nicht ausweicht zum Beispiel.
In meiner Rechten schmerzt der Haltegriff, weil sie sich so fest verkrallt in ihn, dass er übergeht in sie, und vom Mitbremsen schmerzt der rechte Fuß.
– Zu *deiner* Ablenkung, sagt Jack. Er grinst.
Ich seufze. Nach dem Unfall fühlte ich mich eine ganze Weile unsterblich. Wenn du das überlebt hast, dachte ich mir, überlebst du alles. Aber in dem Moment, in dem du bei Jack im Auto sitzt, weißt du, dass das alles Unsinn ist.
– Jack, fahr langsamer.
Er zögert.
– Egal wie du fährst, wir kommen so *oder so* ins Krankenhaus.
Jack zögert immer noch. Er scheint zu überlegen. Dann bremst er.
– Okay, sagt er. Und nach einer Weile, mit Nachdruck irgendwie: – Okay, habe ich gesagt.
Ich schaue Jack an. Ich bin sauer.
– Was willst du eigentlich von mir?
– Na, die Geschichten.
– Ach so, sage ich und nicke.
Und dann erzähle ich ihm von dieser hochverschuldeten Stadt in den Bergen, deren Bewohner die Anzahl der Ämter in der Regierung reduzieren wollten, und von genau dieser Regierung, die den Beschluss hätte umsetzen sollen und als Erstes ein Amt für Ämterabbau geschaffen hat. Ich erzähle ihm von diesem Typen, der fünfzig Franken bezahlen sollte, weil er beim Hupen erwischt wurde

und der, weil die Polizisten nicht herausgeben können auf seinen Hunderter, gleich noch einmal hupt und sagt: – Stimmt so. Ich erzähle ihm, dass Zitronenfalter deshalb so heißen, weil sie Zitronen falten.
Aber Jack, der verzieht keine Miene.
Also erzähle ich ihm von meinem Vater, der auf See gestorben ist. Wir haben einen Sarg gekauft, sage ich, meine Mutter und ich, und sind damit nach Genua gefahren. Aber als wir an Bord gehen, ist kein Toter mehr da. Irgendwo vor Brasilien ins Meer haben sie ihn geworfen oder hinter den Kanaren. So sind wir mit leeren Händen nach Hause gefahren, ohne meinen Vater und ohne den Sarg. Den haben wir einem Trödelhändler verkauft. Es ist einer der seltenen Fälle, sage ich, dass man einen Sarg aus zweiter Hand kaufen konnte, und streiche mir eine ausgedachte Träne aus dem Auge.
Jack räuspert sich, und dann nimmt er meine Hand.
– Das tut mir leid, sagt er, und: – Das wusste ich gar nicht.
Und jetzt versucht Jack, mich abzulenken. Das ist gut so. Denn damit lenkt er sich selbst ab. Ich bin der Meinung, man kann Leute trösten, wenn man sagt, dass es noch viel schlimmer kommen kann. Jedenfalls habe ich bemerkt, dass sie sofort aufgehört haben zu weinen, wenn ich ihnen erzählt habe, dass mein Vater im Mittelmeer ertrunken ist oder im Atlantik und dass wir noch nicht einmal ein Grab haben, an dem wir trauern können um ihn. Und ich meine, das ist noch nicht einmal gelogen. Mein Vater ist ja gar nicht tot.

Und dann geht mir dieser Gedanke durch den Kopf, der eher eine Frage ist oder zwei. Ich frage mich, ob Jack wirklich deshalb so ist, wie er gerade ist, weil er Lea vermisst oder ob ich vielleicht was falsch gemacht habe beim Essen vorhin oder weil er sich doch nicht so sicher ist mit mir. Und die Antwort liefert er gleich selbst, so, als wären wir Seelenverwandte oder so ein Unsinn.

– Sag mal, diese Eulalia ..., sagt er.

– Ja?

– Hat die nicht auch Vater und Schwester verloren?

– Ja. Warum?

– Irgendwie erinnert mich das an ...

– An was?

– Egal.

Ja. An was erinnert er sich? Daran, dass er Eulalia getroffen hat, wahrscheinlich. Bevor er mich abgeholt hat vorhin. Und jetzt trifft es mich wie ein zweiter Streifen, wenn du den Schwangerschaftstest machst: Natürlich. Eulalia hat gesagt, sie wolle mich besuchen kommen heute Nachmittag. Und ist sie gekommen? Eben. Das heißt, natürlich ist sie gekommen, und dann hat sie Jack getroffen auf dem Parkplatz oder unten in der Cafeteria, und dann hat sie sich nicht mehr hochgetraut zu mir und deshalb ist auch Jack so seltsam gewesen zu mir vorhin und ist es jetzt wieder.

Zehn

Irgendwer sammelt Pflastersteine. Irgendwo in einem Raum, von dem ich nicht sagen darf, wo er liegt, weil sonst vielleicht Irgendwer in Schwierigkeiten gerät. Und deswegen kann ich auch nicht verraten, seit wann er das tut und woher diese Steine stammen und wann ich genau da war. Eigentlich dürfte ich auch nicht sagen, was ich gesehen habe dort, aber das ist so abwegig, dass man es mir sowieso nicht glaubt, wenn ich das einfach so erzähle. Gut, nachdem ich das gesagt habe, glaubt es vielleicht doch wer.

Jedenfalls. Zu irgendeiner Tageszeit oder Nachtzeit komme ich rein in diesen Raum.
– Hier entlang, sagt Irgendwer, geben Sie auf die Bierflaschen acht. Nicht, dass einer darauf ausrutscht.
Dann macht es klick und das Licht geht an. Nicht eines über allem, sondern viele kleine und nacheinander, wie bei einem nächtlichen Stromausfall in einer großen Stadt ein bisschen, einfach umgekehrt. Der Raum ist trotzdem dunkel, trotz der vielen Lämpchen und der schmalen Kegel, die hängen unter ihnen.
– Also, beginnen wir hier vorne links.
Der Finger von Irgendwem sticht in einen Lichtkegel. Vor der Kuppe liegt einsam und sehr grau ein mächtiger Klotz, der hie und da glänzt wie ein Stück Sternenhimmel.
– Darf ich ... also ..., fragt Einer.
Irgendwer schaut ihn an im Halbdunkel.
Der Eine hält seine Polaroid in die Höhe.
– Von den Exponaten gerne. Aber keine Gesichter! Weder von mir noch von irgendjemandem sonst hier.

Der Eine nickt.
– Bitte sehr, treten Sie näher. Schauen Sie sich dieses Modell an. Claraplatz 1919. Gegen unten leicht verjüngt. Trapezförmige Seitenflächen. Messerscharfe Kanten. Feinster Granit. Liegt vorzüglich in der Hand. Hohe Durchschlagskraft. Ziemlich offensives Modell, hat noch jedes Kordon gesprengt. Kurzum, der Grand Cru Classé unter den Pflastersteinen. Die Basler sind gesegnet, glauben Sie mir. Nicht jede Landschaft gibt solches Material her. Man sieht: Nicht selten ist es die lokale Geologie, die über Erfolg oder Misserfolg entscheidet. Der Klassenkampf ist ein kompliziertes Geschäft, das ist die Wahrheit.
Dann gehen wir weiter und stellen uns vor dem nächsten Stein auf, als plötzlich ein Anderer seine Pfoten nicht mehr zurückhalten kann. Irgendwer ist sauer. Das sieht man ihm an. Gleich schreit er los.
– Bitte nicht anfassen.
Okay, doch nicht.
– Ist leider nur bedingt säureresistent, das Exponat. Witterungsanfälliger Kalkstein. Modell Paris 1871. Wird kaum mehr verwendet heute. Saurer Regen und so, Sie kennen die Geschichte … Bemerken Sie bitte auch den großformatigen Schnitt. Schwierige Handhabung, um nicht zu sagen, benutzerunfreundlich. Außerdem niedrige Dichte, Verunreinigungen im Gestein, schlechte Kohäsion. Hat deshalb eher defensive Stärken, kann allenfalls in vertikalen Gefechten als Projektil Verwendung finden.
Dann kommt eine Frage.
– Die dunklen Flecken? Blut.
Wieder eine Frage.
– Nein, in diesem Fall von einem Kommunarden.

Nochmals eine Frage. Oder so was. Sagen wir: ein Zwischenruf.
– Tatsächlich, das hat Seltenheitswert. Meist stammt es ja von Staatsorganen. Manchmal auch ein Kollateralschaden. Journalisten. Kinder. Hunde. So was halt. Aber in diesem Fall stammen die Flecken tatsächlich vom Blut eines Revolutionärs. Kein Wunder, das Ding kommt direkt von der Place Clichy. Sie wissen schon, der 24. Mai 1871. Die Versailler Truppen stürmen die Barrikaden aus Pflastersteinen, schießen die Kommunarden zusammen. Ein Soldat hat den Stein aufgehoben, zum Andenken. Über Generationen vererbt, ist er erst vor kurzem in meine Sammlung gelangt. Eine wirklich großzügige Spende, ein wahrer Glücks...
Schon wieder eine Zwischenfrage.
– Das hier? Mein ganzer Stolz. Modell Zürich 1980. Gräulicher Kalkstein. Wurde dem Pflaster zwischen Bellevue und Seeufer entnommen. Als Zolliker oder Herrliberger verkleidet hat sich der spätere Werfer am Opernhaus hinter die feindlichen Linien geschlichen. (Anerkennendes Nicken.) Wirklich ein fantasievoller junger Mann, nicht wahr? Von der Schmier nicht beachtet, kam er auf einmal aus vielversprechendem Winkel zum Wurf. Und dann, Volltreffer. Geht sofort zu Boden. Gesichtsfraktur, Schädel-Hirn-Trauma, alles, was dazugehört. Hei, das war ein Fest! Der Pflasterstein, merken Sie sich das, ist immer noch das beste Therapeutikum gegen die Fehler unserer Gesellschaft!
Zwischenfrage.
– Festgenommen? Wo denken Sie hin! Der Werfer war in jeder Hinsicht ein Meister seines Fachs. So lautlos und unbemerkt, wie er aufgetaucht ist, verschwindet er auch wieder in der Menge. Aber damit nicht genug. Der Werfer

legt eine bemerkenswerte Weitsicht an den Tag, als er das Geschoss vorgängig mit wasserfestem Filzstift markiert. Nur so ist es ihm möglich, den Stein wiederzufinden am nächsten Tag. Was glauben Sie wohl, wie viele Leute derart weitsichtige Vorbereitungen treffen, bevor sie sich, oder zumindest den Pflasterstein, dem Feind entgegenwerfen?
Ich stelle irgendwelche Vermutungen an. Aber ich hab's bekanntlich nicht so mit den Zahlen. Irgendwer schüttelt heftig mit dem Kopf, droht die Fassung zu verlieren, einen Moment. Dann findet er wieder in seine Lehrerrolle zurück.
– Das war eine rhetorische Frage. Ich wollte damit lediglich zum Ausdruck bringen, dass wir den Erhalt dieses außerordentlichen Zeitdokumentes einzig und allein der Voraussicht und dem Edelmut des Werfers zu verdanken haben, der auch gleichzeitig der Spender des Objektes ist.
Wieder: anerkennendes Nicken.
– Los, lassen Sie sich weitere Höhepunkte zeigen. Hier zum Beispiel das Modell Globus 1968 aus lokalem Gneis. Man sagt ihm Rauscheffekte nach ... ähnlich denen einer Muschel, wenn man sie sich ans Ohr hält ... etwas ganz Besonderes, wirklich ...
Okay, jetzt redet er Quatsch. Und das merkt Irgendwer wahrscheinlich selbst, sonst hätte er wahrscheinlich kaum die Brauen bemerkt, die sich mir kräuseln vor Befremden über den Augen.
– Du glaubst mir nicht? Siehst du den Gneis? Schau, nur kurz gegen die Schläfe geschlagen, und schon hörst du das Rauschen des Wasserwerfers, hörst das Säuseln der Sirenen in deinen Ohren, das Zerplatzen und Klirren der Molotowcocktails, bis du endlich das Gehör verlierst, für

einen kurzen Moment freilich nur. Wirklich, es braucht nur einen winzigen Schlag gegen die Schläfe, schau, in etwa so, und scho...

...ne Sorgen zu machen. Das geht vorbei. Etwas Übelkeit wird noch bleiben, aber das ist normal. Aber los, es geht weiter. Das Modell Quartier Latin 1968! Auch das ein Rolls R...
Schon wieder eine Zwischenmeldung. Ein Herr um die fünfzig. Große Brillengläser mit dünnem Rand. Schmaler Schnäuzer. Fliege.
– Wie, Sie haben sich das anders vorgestellt? Was meinen Sie damit?
Irgendein Erklärungsversuch. Vollkommen unverständlich.
– Sie hätten die Steine gerne im Ensemble gesehen? Wie bitte soll ich das verstehen?
Schon wieder irgendein Herumlavieren.
– Ach, der Kontext! Nun gut, mein Herr, der geht verloren, sobald man mit dem Herausreißen der Steine beginnt. Das liegt nun einmal in der Natur der Sache. Aber das darf Sie nicht beirren. Im Gegenteil. Aber erst dann

erlangen sie doch ihre herausragende sozialgeschichtliche, politische, ja militärhistorische Bedeutung! Oder etwa ...

Irgendein Einwand.

– Wie? Kunsthistorisch wertlos? Nun ja, vielleicht ist Ihr Urteil etwas hart, aber im Grunde genommen ...

Abwehrende Geste.

– Bitte, keine Ursache. Und sollten Sie auf Ihren Forschungsreisen einen interessanten Pflasterstein finden, würden wir uns sehr darüber freuen, auch wenn uns leider keine Mittel zur Verfügung stehen, um einen allfälligen finanziellen Aufwand, der Ihnen dabei entsteht, angemessen zu entschädigen. Ja, so ist das nun einmal. Sie wissen ja, wir werden vom Staat in keiner Art und Weise unterstützt, eher im Gegenteil. Aber das soll Sie nicht von einer Spende abhalten. Bitte zögern Sie also nicht, uns interessante Objekte zukommen zu lassen, wir sind stets bemüht, unsere Sammlung zu vervollständigen.

– Die Adresse? Nun ... die ändert sich ständig. Sie verstehen schon. Versuchen Sie es also gar nicht erst über den Postweg. Dafür ... nun, dafür gibt es andere Wege.

Elf

Und dann geht alles plötzlich ganz schnell. Eulalia kommt noch einmal vorbei im Krankenhaus und Gerold ein paar Mal und die Ärztin von den Nieren und der von der Leber ein paar Mal und Jack einmal und dann kommt auch noch seine Mutter einmal vorbei. Nur meine Mutter, die kommt nicht.

Jack: – Das AJZ ist wiedereröffnet worden.
Elisabeth: Bringt frische Blumen und Süßigkeiten.
Gerold: Bringt Softeis ein paar Mal. Und: – Hast du Lust auf Kino am Wochnende?
Eulalia: – Hallo.
– Hattest du nicht gesagt, dass du vorbeikommen wolltest, am Montag?
Eulalia räuspert sich.
– Ich habe Jack getroffen, sagt sie, und du hast recht: Er ist wirklich *süß*. Also, was ich sagen will: Er hat mich im Aufzug erkannt, Jack, irgendwie, vielleicht hat er gesehen, dass ich zu dir wollte. Seine Augen und sein Lächeln, wirklich. Jedenfalls, ich bin dann nicht mehr vorbeigekommen, weil ich euch nicht stören wollte, du weißt schon, und weil Jack meinte, es sei schon spät. Deshalb bin ich nicht gekommen. Ja.
Hm. Kann man das glauben und wer?
– Ehrenwort?, frage ich.
Eulalia hebt die linke Hand, sodass ich den Teller sehen kann mit den Linien in ihm, spreizt drei Finger ab wie ein frischgebackener Bundesrat und schließt meine Rechte in ihre.
– Beste-Freundinnen-Ehrenwort.

Ich lächle. Natürlich glaube ich es ihr trotzdem nicht, das mit Jack, meine ich, und das mit dem Beste-Freundinnen-Sein.

Eulalia hat Angst. Andauernd. Wenn du kurz auf Toilette gehst: Dass du inzwischen gestorben sein könntest. Auch wenn du dich einen Tag nicht meldest: Tot. Eulalia, sollte man wissen, hat ihren Vater verloren und ihre Schwester.
Dass sie alleine leben müsste, denkt man manchmal, damit sie niemanden mehr verlieren kann. Aber das Gegenteil ist der Fall. Sie schart Menschen um sich, braucht von allem zwei. Zwei beste Freundinnen, zwei Väter, zwei Cousinen, die ihr die Schwester ersetzen. Für den Fall, dass ihr einmal jemand abhandenkommt. Eulalia versucht, so viel Zuneigung anzuhäufen und so viel Liebe, dass es für ihr ganzes Leben reicht und für mich noch dazu.
– Zwei Vätr, ja, sagte Gerold einmal, als ich ihm davon erzählt habe.
– Na ja, Väter von Freundinnen und so. Ein Onkel, was weiß ich.
– Und sonst so, ja.
– Was sonst?
– Hat sie auch zwei Typn, ja.
– Das weiß ich nicht, sage ich und lache.
Aber eigentlich ist das nicht zum Lachen.

Ich meine, dass Eulalia so was wie meine beste Freundin ist, ist irgendwie klar: Ich habe keine andere. Aber umgekehrt, also da habe ich so meine Zweifel. Die will mich doch nur in Sicherheit wiegen, denke ich manchmal, um dann umso leichter an Jack heranzukommen.

Und deshalb schlage ich vor, uns zu beweisen, dass wir beste Freundinnen sind, wir beide.
– Klar, sagt Eulalia. – Und wie stellst du dir das vor?
Ich schnippe die Zigarette weg, die erlischt mit einem Gurgeln im schlammigen Teich und mit einem Zischen, stecke mir eine neue in den Mund und zünde sie an. Einen Moment lang starre ich auf das glühende Ende, das unentschieden hin- und herzuckt zwischen einem ziemlich aufgeregten Orange und einem gelangweilten Rot.
– Lass uns unsere Namen auf den Körper schreiben. Gegenseitig, meine ich. Also, dass du meinen auf dir trägst und ich deinen.
Mühsam kramt Eulalia einen Stift aus der Tasche und zeigt mit der anderen Hand drauf. Ich betrachte ihre Arme, die von den Wochen unter dem Gips weiß sind wie genau so einer und wie meine immer. Eulalia sagt nichts, aber ihr ganzes Gesicht verzieht sich zu drei Wörtern, und ihre Stirn zu einem Fragezeichen: Mit dem hier?
– Nein, sage ich, hebe die Hand, aus der sich in kleinen Verwirbelungen der Rauch kräuselt, und zeige mit meinem Kinn darauf.
Eulalia schaut auf das glühende Ende der Zigarette herab und sagt nichts. Das heißt, sie gibt irgendwelche Laute von sich, aber die bedeuten nichts.
– Du kneifst doch nicht etwa?
Immer noch tropfen schwer die Silben aus Eulalias Mund, und sie weicht zurück, einen Schritt oder zwei.
– Ich weiß nicht, sagt sie. Und dann, nach einer Weile:
– Also gut.
Und dann ziehe ich mir also die Hosen vom linken Oberschenkel, dass blass meine Haut frei wird über dem Knie und leuchtet in der Sonne und strahlt, als würde sie sich freuen ein wenig, endlich etwas Sonnenlicht abzu-

bekommen und etwas Wärme nach so langer Zeit. Weich ist sie unter meinen Fingern und weiß wie beim frischen Toastbrot das Innere, aber das macht es nur schwieriger, die Zigarette hineinzudrücken dort. Und dann kommt mir der Gedanke, dass es irgendwie ungerecht ist, dass Eulalias Name so viel länger ist und meiner so kurz, und ich blicke auf zu ihr, die schon fast fertig ist, weil es ja nur vier Buchstaben sind. Aber dann geht dieser Gedanke auf im Heiß und Kalt der Zigarette, die Punkt für Punkt den Namen meiner besten Freundin in meine Haut schreibt, der dort weiß auf weiß leuchtet wie unter der frisch gestrichenen Wand die alte Farbe manchmal, und den ich auch dann lesen kann, wenn ich nicht hinschaue, mit dem Fleisch unter meiner Haut und alle Buchstaben gleichzeitig.
Und als wir zurückgehen ins Krankenhaus, da hinken wir beide oder gehen verdreht, weil wir nicht wollen, dass über der Haut am Oberschenkel die Hose reibt. Aber dann geht der Schmerz zurück und ist vergangen, das heißt, erst nimmt er noch zu, weil sich Blasen aufwerfen auf den Buchstaben wie im Sommer der Asphalt an der Stelle, wo der Bus immer drüber fährt mit seinen schweren Reifen, diesen doppelten. Aber dann nimmt er nach und nach ab und verschwindet ganz, und irgendwann ist da nur noch Eulalias Name, wenn ich auf Klo gehe oder zu Bett, und die Erinnerung an diesen Nachmittag und die Gewissheit, dass es gut ist, dass wir das getan haben, weil ich weiß, wer meine Freundin ist und wessen Freundin ich bin, wenn ich einmal alleine bin in der Welt oder mich so fühle.

Und dann sind sie auch schon da, Jack und der Tag des Abschieds. Es ist Samstagnachmittag und draußen geht so ein Nieselregen nieder, der irgendwas mit der Luft zwischen ihm macht und mit den Geräuschen, dass die sich zurücknehmen und andächtig schweigen wie in der Kirche die Leute immer. Jack hat meine Sachen genommen und bringt sie zum Wagen, während ich mich auf der Station von den Schwestern verabschiede.

– War eine lange Zeit, sagt Hilde. – Aber ich denke, das hat sich gelohnt.

– Ja, sage ich und lächle, aber mir ist gerade zum Weinen, irgendwie.

Dann gehe ich noch einmal zurück ins Zimmer, um mich vom Alten zu verabschieden, der in seinem Bett sitzt, fast aufrecht, einen ganzen Haufen Kissen im Rücken.

– Ich gehe.

– Du gehst also.

– Ja.

– Schade. Das heißt, ich freue mich für dich. Mach was aus deinem Leben.

– Mach ich, sage ich. – Ich komme Sie besuchen, sage ich dann, obwohl ich weiß, dass das nicht stimmt. Ich bin mir sicher, dass ich ihn nie wiedersehen werde. Ich bin traurig darüber, aber auch erleichtert. Der Alte ist die Person, die mehr weiß über mich als alle anderen hier und draußen, mit Ausnahme von Jack vielleicht und meiner Mutter. Aber da ist auch dieser Krebs in ihm, und dann wird es ihn nicht mehr geben, den Alten, denke ich, und das schon sehr bald.

Ich drücke ihm die Hand, die kalt und schwach in meiner liegt und schlaff aus ihr rutscht und schwer auf die Decke klatscht wie ein toter Fisch, drehe mich um und versuche, so viel mitzunehmen in meiner Erinnerung wie nur möglich. Aber bei allem, was ich anschaue, denke ich: Ach, das kenne ich. Oder: Das vergess ich schon nicht.

Aber dann vergisst man sie eben doch, diese Details. Und im Nachhinein muss man sich mühsam daran erinnern oder Dinge erfinden und sie sich solange ins Gedächtnis rufen, bis man vergessen hat, dass man die wirklichen Dinge, die da waren, vergessen hat und die anderen, die erfundenen, für wirklich hält.
Und dann schaue ich ein allerletztes Mal ins Zimmer zurück, das schon gar nicht mehr meines ist, so leer wie es zur Hälfte ist, und muss daran denken, dass in wenigen Wochen oder Monaten, wenn der Alte gesund geworden ist oder gestorben, nichts mehr in ihm bleibt von mir.

Das klingt jetzt so, als ob das alles ganz mühelos gewesen wäre, wenn ich einfach so dahersage, dass Jack meine Taschen genommen und sie zum Wagen gebracht hat, aber das war es natürlich nicht. Bei mir kann nie etwas einfach sein.
Eigentlich habe ich zuerst meine Mutter gefragt, ob sie mich abholen kommt im Krankenhaus. Also, nachdem sie mir gesagt haben, dass ich nach Hause kann, die Ärzte, oder wer auch immer es dann war, der es mir gesagt hat.
Jedenfalls. Angerufen habe ich, und dann hat sie gesagt, dass sie nicht kann, weil sie arbeiten muss am Nachmittag.
– Gut, dann frage ich Jack, sage ich.
Ich höre ein Räuspern am anderen Ende der Leitung. Und plötzlich ist ihre Stimme ganz anders.
– Vielleicht kann ich die Schicht verschieben, sagt sie.
– Ist nicht nötig, wirklich.
– Wann sollst du denn entlassen werden?
– Mittag, haben sie gesagt. Gegen eins oder halb zwei vielleicht.

– Ich habe Schicht bis sechs, aber vielleicht kann ich tauschen mit Helen, dann müsste ich nur bis vier arbeiten. Kannst du warten bis halb sechs?
– Halb sechs?
– Na ja, bis ich den Wagen geholt habe und dann der Stau am Samstagnachmittag, du weißt doch, dass dann die Leute alle vom Einkaufen nach Hause fahren, die Idioten.
Ich zögere. Dann drücke ich ein Husten aus meinem Hals und sage:
– Ich frag Jack, ja?
– Kannst du nicht den Bus nehmen?
– Ma, ich hab einen ganzen Haufen Zeug dabei und nur eine Hand zum Tragen. Falls du's vergessen hast …
Jetzt zieht meine Mutter den rechten Winkel hoch vom Mund, dass der in der Luft hängt wie beim Hund so eine von diesen Lefzen. Da braucht man sie noch nicht einmal anzusehen, um zu wissen, dass sie das jetzt wieder macht mit ihrem Mundwinkel.
– Okay, dann warte auf mich. Ich komme so gegen sieben, vielleicht auch schon um zehn vor.
– Okay, sage ich und hänge auf.
Dann hebe ich den Hörer wieder ab und wähle Jacks Nummer. Ob er mich am Samstag gegen halb zwei abholen kommt, will ich wissen.
– Klar.

Und dann fahren wir nach Hause. Also zu Jack. Der startet den Motor und macht das Radio an und dann sucht er erst einmal fünf Minuten nach der richtigen Frequenz. Er will immer diesen Sender vom Schawinski hören, weil er den besonders gerne mag, also den Sender, nicht den Schawinski. Trotzdem, die Frequenz ist jedes Mal wieder

verstellt. Keine Ahnung, was Jack die ganze Zeit anstellt mit diesem Knopf.
Der Schawinski jedenfalls ist so ein schleimiger Typ mit einem selbstzufriedenen Lächeln, dem sie keine Erlaubnis gegeben haben für seinen Sender, *Radio 24* heißt der, und dann hat er einfach eine Antenne auf irgend so einem italienischen Berg aufstellen lassen und ein Studio an der Grenze, und weil sie von dort bis nach Zürich senden und der Bundesrat was dagegen hat, hat der Schawinski das *Piratenradio* genannt, einfach weil alles geil klingt, was mit Piraten zu tun hat, und rebellisch, ein wenig. Jedenfalls hat er die ganze Angelegenheit ziemlich persönlich genommen, der Schawinski, und so war's ja auch gemeint. Ich meine, man muss auch den Bundesrat verstehen. Wenn so ein selbstverliebter Typ bei dir auftaucht mit halb offenem Hemd und irgendeiner Idee im Schlepptau, dann sagst du einfach Nein, egal wie gut sie ist. Auch wenn die Lieder, die sie spielen dort, echt schlechter sein könnten. Aber darum geht es ja jetzt gar nicht.
Aber fast.
– Können wir uns selbst genügen?, fragt Jack.
– Der Schawinski schon, sage ich und zeige mit dem Finger auf das Radio, der für solche Dinge da ist: der Mittelfinger.
– Nein, im Ernst jetzt.
Ich schaue Jack an und schiebe auf meinem Hals den Kopf zurück.
– Ich meine das ernst.
Jack rollt die Augen.
– Alba.
– Ja.
– Nur mit sich selbst und von sich selbst. Das meine ich. Keine Ahnung.

Ich schiele auf die Tankanzeige.
– Wie ein Auto ohne Benzin?
Jack verdreht schon wieder die Augen und seufzt laut:
– Szhaaa, macht er, oder so ähnlich.
– Alleine, sagt er dann. – Ohne Freunde, ohne Familie. Brauchen wir die anderen?
Denkt er wieder an seine Schwester? Das brauche ich ihn gar nicht erst zu fragen. Selbstverständlich denkt er wieder an Lea.
– Ich weiß nicht. Ich denke nicht, sage ich, um irgendetwas zu sagen. Und dann kommt mir diese Geschichte von diesem Matreas von Alexandria in den Sinn, die ich aufgeschnappt habe irgendwo, und die erzähle ich jetzt. Dieser Ägypter nämlich hat bei Griechen und Römern für ziemlich viel Furore gesorgt, weil er mit diesen Tieren durch die Gegend gezottelt ist, die sich selbst aufessen konnten, restlos. Das muss man sich einmal vorstellen. Und das tut jetzt Jack.
– Klingt ziemlich unglaubwürdig, sagt er.
– Eben, sage ich.
Aber das denke ich eigentlich gar nicht.

Und dann merkt es auch Jack, das mit der Tankanzeige, und deshalb halten wir jetzt und tanken und dann fahren wir wieder weiter.
– Achtzig Franken irgendwas der Tank, wird teurer und teurer das Zeug, seufzt Jack.
– Warum?
– Ja warum ... Was weiß ich, eine Ölkrise vielleicht. Immer wenn die Konzerne die Preise erhöhen wollen, schreien sie: Krise. Und deshalb haben sie jetzt immer Krise. Dabei weiß gar niemand so recht, was das eigentlich sein soll, so eine Krise.

– Wie?
– Na ja, wenn das Rohöl teuer ist und die Nachfrage hoch, dann sagen sie: teurer, weil die Exportländer zu wenig fördern, also: Krise. Und wenn das Rohöl billig ist und im Überfluss vorhanden und der Dollar die ganze Zeit sinkt und die Nachfrage zurückgeht, dann sagen sie: Teurer, gerade weil die Exportländer zu viel fördern und zu wenig Benzin verbraucht werde und zu wenig geheizt mit dem Öl, weil sie selbst, also die Konzerne, noch auf dem teuren Öl säßen und das billigere nicht hinzukaufen könnten, weil es ja gar keinen Bedarf dafür gebe, und dann liefen auch noch die Raffinerien auf Sparflamme, und deswegen werde jeder Liter noch ein wenig teurer, und wenn sie dann zum nächsten Argument ansetzen, hast du schon alles vergessen, was man dir jemals über die Gesetzmäßigkeiten der Marktwirtschaft beigebracht hat, und du weißt gar nicht mehr, wo dir der Kopf steht und dann sagst du einfach Ja und Amen und bezahlst deine zwei Franken für den Liter, damit du ihnen nicht mehr zuhören musst, diesen Arschlöchern von Esso und Shell und BP und Agip und wie sie alle heißen.

Als wir bei Jack ankommen, gehen wir sofort in sein Zimmer. Also, wir ziehen die Schuhe aus und gehen durch den Flur und durchs Wohnzimmer und dann die Treppe hoch ins Obergeschoss. Und dabei sehe ich den Esstisch, auf dem so viele Leckereien auf dem Tisch stehen, dass man gleich wieder Hunger kriegt, wenn man das alles aufzählt, und deswegen tue ich das jetzt auch nicht. Aber ich freue mich schon, aufs Essen und alles.
Jedenfalls. Das hätte ein schöner Abend werden können und ein schöner Tag danach. Und das war es auch, muss man sagen, wenn nur dieser Nachmittag danach nicht

gewesen wäre. Als ich nämlich die Tür öffne von unserer Wohnung, sitzt da meine Mutter im Wohnzimmer, mit dem Rücken zur Tür. Sie dreht sich nicht um, obwohl sie mich ganz genau gehört hat. Mich hat sie gehört, wie ich reinkomme, und Jack muss sie gehört haben, wie er die Taschen in die Tür gestellt hat, und auch den Kuss muss sie gehört haben, den er mir auf den Mund gesetzt hat, bevor ich ihm bedeutet habe, er solle verschwinden, und zwar schnell. Das tue ich nicht, weil ich das will, sondern weil ich bereits ahne, dass jetzt das kommt, was dann auch wirklich kommt.
– Hei Ma!, rufe ich und lege in meine Stimme so viel Begeisterung, wie ich nur finden kann in mir. Das soll heißen, dass ich mich freue, sie endlich wiederzusehen, und nicht nur das: Es soll es ihr auch *zeigen*. Aber die Begeisterung hält nicht lange, denn sie ist ja aufgesetzt und vor allem: Irgendwas ist schief gegangen bei der ganzen Sache. Fragt sich nur, was.
Ich meine, der Plan war genial gewesen, mit dem Boot von Elba nach Frankreich, aber mindestens. Am Freitagmorgen hatte ich sie angerufen. Ich sagte ihr, meine Entlassung sei jetzt trotzdem verschoben worden, auf Sonntagnachmittag, ob sie mich vielleicht gegen fünf abholen würde. Ich habe Jack dann gesagt, er solle mich am Mittag schon nach Neuenhof fahren, um zu Hause wie aus dem Nichts aufzukreuzen. Meine Mutter wäre dann doppelt froh: Mich früher zu sehen und dass sie mich nicht abholen müsste. Genial. Sag ich doch.
– Wo warst du?
– Im Krankenhaus?
– Nein, das warst du nicht.
Ich schlucke leer.
– Doch.

Neuer Anlauf. Einfach weiter auf der Lüge beharren, bis sie wahr geworden ist. Ich meine, es wäre nicht der erste Versuch, bei dem es klappen würde, das mit der Wahrheit.

– Alba, verdammt. Das warst du nicht.

Und jetzt steht sie auf vom Sofa und ich sehe in ein Gesicht, das glatt ist und angespannt von den ganzen Grimassen, die sich vermischen in ihm. Es ist wie mit den Farben ein wenig, wenn man im Malkasten alle zusammenwirft: Eigentlich müsste alles bunt werden wie bei einer Ölpest das Wasser, aber dann wird es einfach nur braun. So ist das mit dem Gesicht von meiner Mutter gerade.

Und dann macht sie einen Schritt und noch einen und dann wieder einen, und ich sehe die rechte Hand, wie sie zuckt ein wenig, weil sie geladen ist mit Spannung bis zum Platzen. Und in diesem Moment schlüpft aus meinem Kopf ein buckliger Mann, stellt sich vor mir aufs Parkett, zupft sich die Krawatte zurecht und streicht sich die Ärmel glatt. Er hüstelt, fasst sich an seinen Schlapphut und sagt: – Ich bin dann mal weg, und verschwindet in der Küche.

Das ist mein Ich. Zurück bleibt eine schlaffe Hülle, die steht vor ihrer Mutter.

Die holt jetzt aus, aber in der Luft bleibt sie hängen mit dem Arm, der sich um den Hals legt von Alba, so plötzlich, dass die ihn abwehren will zunächst.

– Warum tust du mir das an?, fragt sie und liegt in diesen Armen, in die langsam wieder mein Gefühl zurückkehrt und ich. Sie weint.

– Hast du schon einmal darüber nachgedacht, was die Ärzte jetzt von mir denken sollen?, schluchzt sie. – Die denken doch jetzt, dass ich eine Rabenmutter bin, die

nicht mal ihr eigenes Kind aus dem Krankenhaus abholt. Das müssen die doch denken von mir.
– Die Ärzte und Schwestern?, müsste ich jetzt fragen, aber das tue ich nicht. Ich zittere am ganzen Körper. Tränen laufen mir bis unters Kinn.
– Und das alles nur, weil du immer nur an dich denkst, Alba.
Pause.
– Hat das etwas mit diesem René zu tun?
Ich schweige. Ich ziehe die Nase hoch und weine dabei und zittere.
– Bist du in ihn verliebt?
Ich weine noch immer. Ich sage nichts. Und ich weiß, dass ich keine Antwort geben muss, wenn ich so weiter mache jetzt.
Und dann finde ich mich irgendwann alleine in meinem Zimmer wieder und unter der Dusche schließlich.

Das heißt, bevor ich in die Dusche steige, gehe ich durch mein Zuhause. Oder nein. Ich packe meine Sachen aus. So. Ich setze mich auf meinen Stuhl am Schreibtisch, nehme den Bleistift von der rechten Seite und lege ihn auf die linke. Ich gehe ins Wohnzimmer und öffne den Käfig von Mister Sonntag, der verwirrt um sich schaut deswegen und ein bisschen mit den Flügeln flattert und nicht so recht aus weiß oder ein. Ich streichle ihn ein wenig, dann gehe ich wieder in mein Zimmer zurück, lege mich aufs Bett und denke an Jack, ein paar Minuten. Mein Blick wandert durch den Raum. Ich schaue mir die Dinge an, die da herumliegen, und ich weiß, dass es meine Dinge sind und aus meinem Leben stammen und aus meiner Vergangenheit, aber es fühlt sich nicht so an. Es fühlt sich an wie die Vergangenheit von jemand anderem.

Ich gehe erneut ins Wohnzimmer, lasse die Hand über die Raufasertapete streichen und die Tür, hinter der meine Mutter liegt oder sitzt, ich suche die Stelle in der Ecke, wo der Fernseher steht, und trete aufs Parkett, einmal, zweimal, dreimal, um dem Knarren des Spechts zu lauschen, der da wohnt unter dem Holz. Doch – es tut sich nichts. Noch einmal – aber noch immer: nichts. Und als ich genauer hinschaue, sehe ich, dass die Stäbe heller sind dort und milchig weißer Leim zwischen ihnen klebt, und das verengt mir die Kehle, weil ich weiß, dass er jetzt tot ist, der Specht, für immer. Ich starre auf den Boden und Wut steigt mir in die Finger, die schon zittern davon, und jetzt weiß ich, dass nur noch das Gas mir helfen kann in der Küche, und ich gehe dort hinein und drehe den Schalter um, und ich schaue hinaus durchs Fenster und bereite mich vor auf dieses Flüstern, das mir so vertraut ist, aber es klickt nur einmal in meinen Ohren und summt dann, und dann wird mir auch schon anders im Blick, den ich sofort schwenke auf den Herd, weil es ein Elektroherd ist, ein nigelnagelneuer Elektroherd, ein gottverdammter Elektroherd.

Und das ist jetzt der Moment, in dem ich in die Dusche steige. Ich dusche immer heiß und viel zu lange, muss man wissen, dass meine Haut rot wird wie bei den Hummern, wenn man sie ins brodelnde Wasser taucht, nachdem sie zum Abschied ein letztes Mal gewunken haben mit der Zange. – Lass das, sagt meine Mutter immer, das ist viel zu teuer, – oder willst du nächstes Mal die Stromrechnung übernehmen? Natürlich nicht, aber ich mach es eben trotzdem. Ich schließe die Tür hinter mir ab und drehe Secret Service auf oder *You'll Always Find Me in the Kitchen at Parties* von Jona Lewie oder *Stop the Cavalry* und während sich der Synthesizer nach und nach die Wände hochpiepst, lass ich das Wasser auf die Haut schießen. Und wenn dann meine Mutter gegen die Tür hämmert, dann bilde ich mir karibische Trommeln oder Backgroundsänger mit tiefen Stimmen oder sonst was ein, auch wenn ich weiß, dass das nur wieder Ärger bedeutet nachher. Aber es ist wie mit meinem Bauch und der Milch, ein bisschen. Ich liebe nämlich Milchreisauflauf und ich liebe Sahnesoßen, aber ich weiß, dass ich sie nicht essen darf, weil ich dann wieder Magenschmerzen habe den ganzen Tag und kotzen muss und auf der Schüssel sitze. Aber ich weiß auch, dass ich in dem Moment, in dem ich den Auflauf esse oder die Gorgonzolasoße, nichts davon spüre und es genießen kann und dass die Schmerzen erst dreißig Minuten später kommen und der Durchfall, und dass die Alba, die die Vanillekörner eins nach dem anderen zerbeißt und die Reisklumpen hinunterschluckt mit der rauen Oberfläche, dass die jedes Mal Rillen ziehen beim Herunterflutschen durch den Hals, dass die ich bin und die Alba, die sich danach krümmt vor Schmerzen, eine ganz andere.

Ich weiß nicht, ob es nur das Duschen selbst ist, das ich so gerne mag. Ich glaube, manchmal dusche ich einfach nur, damit danach meine Haut weich ist und die Härchen auf ihr, und ich dann darüber streichen kann mit meinen aufgeweichten Fingern, und wenn sie wieder trocken und hart und spröde geworden ist, dann dusche ich gleich noch einmal, den gesamten Nachmittag manchmal, wenn meine Mutter am Arbeiten ist oder draußen.

Jedenfalls liege ich danach eine ganze Weile auf dem Bett, und da ich mich so alleine fühle, denke ich an Jack, weil er mir gesagt hat, dass ich das tun soll, wenn mich wieder die Einsamkeit überkommt, aber das bringt überhaupt nichts. Ich fühle mich nämlich nur noch verlorener so und deshalb hole ich mir dann das Telefonbuch aus dem Wohnzimmer und lese darin für ein oder zwei Stunden, wie ich es immer mache, wenn ich glaube, nur ich sei noch geblieben auf der Welt und niemand anderes mehr.

So. Und jetzt kommt diese Ananas. Das ist das Erste, was ich sehe, als ich zum ersten Mal wieder in die Schule gehe nach langer Zeit. Du denkst, du siehst jetzt ein bekanntes Gesicht oder jemand springt dir an den Hals oder so etwas. Aber alles, was du siehst, ist eine gottverdammte Ananas. Ein ausgeblichener Ring, so einer aus der Dose von Del Monte, der in einer ausgetretenen Ecke des Rasens liegt, vorne bei der Schule.
Dann, auf der Toilette, entferne ich den Verband, rolle ihn sorgfältig zusammen und stecke ihn in meine Tasche, damit ich ihn wiederverwenden kann, später, wenn die Schule zu Ende ist. Die Narben sind breit unter ihm und das Gewebe über den Wunden dünn und durchsichtig und warm wie die Haut es ist auf heißer Milch. Alles ist empfindlich, die geringste Berührung lässt meine Hand wegspringen, als hätte sie einen Kuhdraht berührt. Dagegen tun kann man nichts, außer eben einen Verband tragen über den Narben. Aber genau das will ich ja nicht, und zwar deshalb, weil ich nicht will, dass mehr Leute nachfragen als unbedingt nötig.

Und dann sitzt man wieder in der Klasse, an seinem Tisch, den der Hauswart dann trotzdem nicht herausgenommen hat, weil man ja überlebt hat, und alles nimmt wieder seinen Lauf. In der ersten Stunde fragt dich noch einer, wo du denn so lange gewesen bist und wie es dir jetzt so geht, und in der zweiten vielleicht noch einer, und in der vierten wieder einer, der sagt, dass er vorher beim Arzt war, oder der wirklich da war, und dann fragt keiner mehr in der Klasse oder von den Lehrern, auch wenn sie dich zum ersten Mal sehen, weil das Gerücht das alles schon erledigt hat, das Beantworten der ganzen Fragen, meine ich. Und tatsächlich wissen die ja wirklich mehr über dich als du, ich meine, Rolf zum Beispiel. Da wussten die, dass er vom Vater geschlagen worden ist und sich deshalb von der Brücke gestürzt hat und dass der Vater gestorben ist aus Kummer oder umgekehrt, dass erst der Vater gestorben ist und dann Rolf gesprungen ist, weil er traurig war. Oder Jakob. Wir sind ja oft zum Stausee gegangen ein Jahr später oder zwei, zum Baden oder zum Rauchen, die, die geraucht haben, oder für eine Flasche Bier oder so. Und immer wenn es stark geregnet hat am Wochenende und die ganze Suppe aus der Kanalisation in den See übergeschwappt ist, dann war das Wasser so hellbraun und obenauf trieb Klopapier und Tampons und Pariser in weißen und grauen Schollen, dass es aussah wie von Riesenfröschen der Laich. Und die Jungs haben dann Mutproben gemacht, irgendeiner ist draufgekommen, da Pariser rauszuholen schwimmend, und sie sich dann überzuziehen, aber getraut hat sich trotzdem keiner, außer der Jakob eben. Und da wusste auch jeder sofort, dass der jetzt Hepatitis hatte, der Jakob. Und wenn man später über Jakob sprach, dann war das immer *der mit der Hepatitis*. Natürlich hatte er es nicht, damals. Das kam erst später und ein Pariser war dabei auch nicht im Spiel gewesen. Aber gestorben ist er trotzdem daran oder so ähnlich.

So ist das mit diesen Gerüchten in der Schule, und manchmal ist das nicht einfach, besonders wenn man nicht viele Freunde hat oder alleine ist. Aber ich, ich habe

ja jetzt Eulalia. Sicher, Eulalia ist nicht in derselben Klasse und auch Turnunterricht haben wir gerade nicht zusammen, weil ich noch nicht turnen kann mit meinem Arm und sie immer noch nicht so recht mit ihren, aber in der großen Pause sehen wir uns und manchmal auch in einer kleinen. Ich fühle mich sicher durch diese Freundschaft und stärker, weil sie da ist für mich, aber auch nicht, weil Eulalia andauernd nach Jack fragt und wie's ihm geht und was er so macht. Ich weiß, dass das nur nett gemeint ist, und ich weiß auch, dass Jack mich liebt und nicht Eulalia, aber es erinnert mich daran, dass das nicht so sein *muss* und nicht für immer und dass es jederzeit anders werden kann, und wenn ich daran denke, dann denke ich auch immer, dass es mir dann doch lieber wäre, Eulalia wäre nicht mehr da, aber sie ist es nun einmal.
– Das ist alles in deinem Kopf, sagt meine Mutter. – Das ist nur in deinem Kopf, sagt sie, und da hat sie natürlich recht und auch nicht, weil sie es ja nicht zu Eulalia sagt. Also zu mir und über Eulalia, sondern eben über etwas anderes und zu mir, aber im Grunde hat sie trotzdem recht. Ich kann ja Eulalia nicht einfach verschwinden lassen in meinem Kopf. Aber ich kann versuchen, nicht immer an das Schlechte zu denken, das sie tun könnte.

Das ist also der erste Schultag. Und als er vorbei ist am Nachmittag und ich die große Treppe hinuntergehe zur Bushaltestelle, da wartet Jack auf mich in seinem Käfer und fragt, ob wir noch zu ihm fahren oder so.
– Liebend gerne, sage ich, und ich glaube, Jack freut sich. Man sieht es ihm nicht so recht an, wenn er sich freut, weil sein Gesicht selten Regungen zeigt, außer den Grimassen, die er manchmal schneidet, aber auf die kannst du dich nicht verlassen.

Aber ich würde sagen, er freut sich wirklich jetzt.
– Aber ... ich kann leider nicht.
Jack sagt nichts. Er zuckt mit den Schultern.
– Okay, sagt er.
– Aber wir könnten telefonieren.
– Okay, sagt Jack.
– Also wenn du magst.
– Klar.
– Rufst du mich an?
Jack sagt wieder nichts. Aber er küsst mich. Ich glaube, das ist so etwas wie ein Ja.

Und dann gehe ich also nach Hause. Ich esse zusammen mit meiner Mutter und dann sitze ich in meinem Zimmer den ganzen Abend, außer die Stunde oder zwei, die wir telefonieren zusammen, Jack und ich. Ich spreche wirklich leise, als hätte ich mich verschluckt schon fast, weil ich nicht will, dass meine Mutter hört, was ich so sage zu Jack, aber auch, weil ich sie nicht stören will. Aber sie stellt den Fernseher lauter irgendwann und dann dreht sie sich auch noch um zu mir und reibt ihren Zeigefinger und ihren Daumen gegeneinander und schüttelt mit dem Kopf die ganze Zeit.
Ich bleibe an diesem Abend zu Hause und am nächsten Tag und am übernächsten und am überübernächsten. Ich sage Jack nicht, warum ich die ganze Zeit nicht kann, aber dann trotzdem den ganzen Abend mit ihm telefoniere, weil es mir unangenehm ist, ihm das zu erklären, und weil es eigentlich gar nicht so wirklich stimmt, dass ich nicht *kann*. Denn meine Mutter, die sagt ja nicht: – Du darfst nicht zu Jack, oder: – Heute Abend bleibst du aber zu Hause, oder so etwas. – Jetzt telefonierst du schon wieder mit Jack?, das sagt sie allerdings sehr wohl,

und: – Was habt ihr euch eigentlich die ganze Zeit zu sagen?, oder: – So viel kann man sich doch unmöglich zu sagen haben. Und ich weiß ganz genau, dass sie das noch viel häufiger sagen würde, wenn ich jetzt andauernd bei Jack schlafen würde oder den Abend lang weg wäre, obwohl sie wahrscheinlich noch nicht einmal etwas merken würde davon, wenn ich das Licht in meinem Zimmer brennen lassen würde zum Beispiel. Bis ich nach Hause käme zumindest, würde sie nichts merken davon, oder bis ich am Morgen nicht beim Frühstück wäre oder die Dusche nicht nass oder was weiß ich, jedenfalls merken tut sie es doch immer wieder und wird sauer und macht mir Vorwürfe. Das ist nicht gut, sagt sie dann, und der ist nicht gut, und was weiß ich nicht alles.
Also: Ich würde eigentlich nichts lieber tun als zu den Leteliers nach Hause zu gehen und da zu schlafen mit Jack, aber ich will Zeit gewinnen, damit meine Mutter nicht wieder gleich ausrastet, wenn ich mal zwei oder drei Nächte hintereinander bei ihm bleibe, nachdem ich ja gerade ein paar Wochen nicht zu Hause war. Das ist gar kein so schlechter Plan, muss man sagen, das Problem ist nur: Wenn du verliebt bist und drei Nächte lang jemandem zuliebe getrennt von deinem Freund verbringst oder vier, dann kommt dir das vor wie ein riesiges Opfer. Jede Stunde und jeder Tag sind genau das für dich, was sie nämlich sind: eine volle Stunde und ein voller Tag. Nur ist es so, dass für den anderen – also für meine Mutter – die drei Nächte oder vier, die du zu Hause verbringst, eben nichts sind im Vergleich zu den Wochen, die du gerade weg warst.

Zwölf

Und dann wird es also Samstag und wir fahren nach Zürich. Und dieser Tag war eigentlich gleich wie jener Montag, an dem ich gegessen habe bei Jack. Also nicht, dass dasselbe geschehen wäre wie an jenem Montag, weil – es ist nämlich gar nichts geschehen an dem Samstag, was auch an jenem Montag geschehen wäre, aber sie sind sich doch irgendwie ähnlich, diese beiden Tage. Warum das so ist, dazu komme ich gleich.
Jedenfalls habe ich Jack die letzten Tage ein paar Mal gefragt, ob er mich mal mitnimmt ins AJZ, aber jedes Mal hat er gezögert und rumgedruckst und das Thema gewechselt. Doch dann habe ich ihn einfach noch mal gefragt und er hat gesagt: – Okay.
Wenn ich an diesen Tag denke, dann kommt mir immer eine Herde alter Kühlschränke in den Sinn. Eine, die an einer Böschung weidet, irgendwie planlos und ziemlich leer.
Dabei fängt er überhaupt gar nicht an mit Kühlschränken, dieser Samstag.

Zuerst ist da nämlich meine Mutter, die sich wieder aufregt wegen irgendwas. Meine Mutter, so viel ist sicher, regt sich eigentlich immer auf über irgendwas, und seit Jack in mein Leben getreten ist und in ihres, hat sich das nicht unbedingt zum Besseren gewandt, eher im Gegenteil. Manchmal frage ich mich, wie Viktor das eigentlich ausgehalten hat mit meiner Mutter. Und dann fällt mir ein, dass er das ja gar nicht ausgehalten hat.

Jedenfalls keift sie schon herum beim Frühstück, als plötzlich wie so ein Epileptiker das Telefon losrasselt in seiner Ecke. Meine Mutter geht hin, hebt den Hörer vom Apparat und hängt gleich wieder auf. Dann geht das Gekeife weiter. Ich hab schon lange aufgehört, auch nur ein einziges Wort dazu zu sagen. Das ist, wie wenn du Motten hast in der Küche. Erst schlägst du die Dinger noch tot nach und nach, und irgendwann öffnest du die Schränke und siehst die Viecher plötzlich überall und ihre Larven und die Maden und die Eier. Ekelhaft. Da vergeht dir eins zwei die Lust am Töten.
Ich stopfe also das Müesli in mich hinein, kaue vor mich hin und schiebe mir irgendwelche Filme. Jedes Mal, wenn sich meine Mutter kurz unterbricht und mich anstarrt mit so einem Warten darauf in den Augen, dass ich jetzt meine Meinung dazu sage, schmatze ich besonders laut und zeige mit dem Finger auf meinen vollen Mund. Dann wartet sie einen Augenblick, aber weil ich noch immer keine Anstalten mache, aufzuhören mit dem Kauen und das Zeug endlich herunterzuschlucken, fängt sie einfach wieder an und ich stecke mir den nächsten Löffel in den Mund.
Keine zwei Minuten später jault das Telefon schon wieder.
Meine Mutter greift nach dem Hörer.
– Wer stört?
Sie verzieht ihr Gesicht und drückt sich die Muschel ans Ohr.
– Wer?
Sie überlegt. Dann dreht sie sich zu mir:
– Für dich. *Jack*.
Sein Anruf kommt genau rechtzeitig. Meine Mutter verzieht sich in ihr Zimmer.

– Jack?
– Hallo, schreit er, und dann schreit er noch etwas, aber man versteht kein Wort und hört jedes doppelt, und obwohl man nichts so recht versteht von dem, was er in den Hörer brüllt, begreife ich doch alles, bevor es überhaupt herausgekommen ist aus der Hörmuschel, als würde es mir einer vorsagen in meinem Kopf. Oder wie in den schlecht synchronisierten Ami-Streifen bei diesen Schauspielern, wenn sie etwas sagen und erst eine halbe Sekunde später ihren Mund bewegen dazu. So irgendwie. Ich weiß nicht, ich kann das nicht erklären.
Das Problem jedenfalls ist: Jack hält den Hörer so weit weg vom Mund, dass es klingt, als würde er aus der Ferne zu mir sprechen, von ganz weit weg. Aber das stimmt eben nicht. Als ich nämlich aus dem Fenster schaue, da sehe ich ihn zappeln unten an der Tankstelle, wo er so sehr ins Münztelefon brüllt, als hätte es ihm etwas angetan. Und jetzt kapiert man auch, wieso ich das alles doppelt höre, und ich tue es.
Ich reiße das Fenster auf und rufe nach ihm und mache Gesten.
– Jack!, rufe ich. – Jack, jetzt schau doch mal!
Der schaut verwirrt auf den Hörer, schüttelt ihn und zuckt mit den Schultern. Dann hält er ihn sich wieder ans Ohr und schreit hinein, als wäre nichts gewesen.
– Hallo, schreit er, – hörst du mich?
– Schau doch mal nach oben!
Und das tut er. Jack schaut hoch ins Tankstellendach. Manchmal ist es echt zum Verzweifeln mit ihm. Aber irgendwann sieht er mich dann doch und winkt und schreit, dass ich runterkommen soll.
– Okay, rufe ich, – soll ich was mitnehmen?
– Eine Jacke, schreit er, – und ein paar Klamotten vielleicht.

Und bei all dem hält er sich was weiß ich warum noch immer die Sprechmuschel vor den Mund.

Und erst dann fahren wir nach Zürich. Das sagt sich jetzt so leicht und eigentlich ist es das auch. In Neuenhof geht's auf die Autobahn, schön 130, bei Würenlos unter dem Fressbalken hindurch, Rangierbahnhof Spreitenbach, die blauen IKEA-Fassaden mit den Rippen und sechzig Meter hohe Hühnerbatterien aus Beton, Dietikon, schon wieder Möbelhäuser und Industriefassaden und Großbäckereien, und dann ist man auch schon da.
Jetzt ist es aber so, dass die ganze Zeit irgendeine Baustelle ist zwischen Neuenhof und Zürich. Seit ich denken kann, werkeln die da an dieser Autobahn herum, aber eine saubere Fahrbahn ohne Spurrinnen und Schlaglöcher und Fugen mit Teerschlangen darauf haben sie trotzdem nie hingekriegt. Seit ich denken kann, steht man hier im Stau und ist keinen Deut schneller als auf der Landstraße, und deswegen hätte man sich diese Autobahn auch sparen und einfach eine zweite Landstraße bauen können und man hätte auch keine Sprengladungen einbauen müssen in die Brückenpfeiler, wie sie es getan haben aus Schiss vor dem Russen, weil der nämlich auch nicht vorwärtskommen würde auf dieser dämlichen Autobahn, weil er nämlich die ganze verdammte Zeit im Stau stehen würde. Ich weiß, das gehört nicht hierher. Aber wahr ist es trotzdem. Und das sollte einem zu denken geben.

Und dann fließt plötzlich links die Sihl durchs Fenster und rechts hängt wie eine schiefe Ebene der Carparkplatz in ihm.

– Das ist es, sagt Jack, zeigt rechts zum Fenster raus auf meiner Seite und drückt aufs Gas.
– Das ist was?
– Das AJZ.
– Und warum fahren wir weiter?
– Wir parken oben bei der Uni.
Ich schaue Jack genauer an.
– Und dann?
– Und dann laufen wir zurück in die Stadt.
– Warum stellst du den Käfer nicht einfach da vorne hin?
Jack lacht.
– Bist du wahnsinnig? Die fackeln mir das Ding doch gleich ab.
– Hä?
– Na, die Leute vom AJZ.
– Aber das ist doch *dein* Auto. Du bist doch einer von ihnen.
Jack zuckt mit den Schultern.
– Na, wenn einer eine Demo lostritt und die Schmier aufkreuzt, dann kann das ganz schön schnell gehen. Ein Cocktail reicht und wir laufen nach Hause.
– Aber das ist doch *dein* Auto, sage ich noch einmal.
Jack schüttelt mit dem Kopf.
– Warst du schon einmal bei einer Demo?
– Nein.
– Also.

Gegen halb drei taucht der Präsident auf vor dem Hilton inmitten seiner Leibwächter und grüßt die Reporter, die schon warten auf ihn seit einiger Zeit. Die Leute jubeln und klatschen plötzlich Schüsse aus ihnen, peng peng peng peng peng peng, sechs hintereinander, und Reagan wird in die wartende Karosse gestoßen. Polizisten stürzen sich auf den Typen und Reporter und die

Leibwächter, und einer im grauen Anzug hält eine Maschinenpistole in den Himmel und schreit herum, und die anderen tun es und einander an. Und auf dem Gehsteig vornüber liegen ein Polizist und der Pressesekretär, und zwei Geheimagenten beugen sich über letzteren, um nach der Pistole zu greifen, die da immer noch liegt. Unterdessen fährt die Limousine mit dem Präsidenten zum Weißen Haus, weil der unverletzt zu sein scheint, aber irgendwann klagt der über Schmerzen und Blut hustet er auch, und im Krankenhaus, wo sie jetzt stattdessen hinfahren, bemerken sie die Rippen, die gebrochen sind beim Stoß in die Limousine, aber das Loch nicht im Lungenflügel, weil kaum Blut austritt und keiner was weiß von einem Einschuss. Erst der tiefe Blutdruck macht nachdenklich und führt zu den inneren Blutungen und der Kugel in der Brust, die sofort herausoperiert werden muss, weil später zu spät wäre.
– Please tell me you're all Republicans, sagt vor der Narkose der Reagan zu den Ärzten.
– We're all Republicans today, sagt der Arzt und jagt ihm die Narkose in die Adern.
Daran denke ich, während Jack und ich ins Niederdorf hinunterspazieren, und dass wir gemütlich Crevetten gegessen haben bei ihm zu Hause, während in Washington die schlimmsten Dinge passierten, ohne dass wir davon wussten. Und dann denke ich darüber nach, was alles da geschieht, wo ich gerade nicht bin, während ich mit Jack übers Kopfsteinpflaster gehe und nichts bemerke davon, und darüber werde ich traurig und ganz still.
– Alles okay?, will der wissen und stupst mich mit seinem Ellbogen in die Seite. Ich druckse herum. Ein paar Silben plumpsen aufs Pflaster, aber nichts Zusammenhängendes.

Jack klopft mir mit der flachen Hand auf den Rücken.
– Komm schon. Rück raus damit.
Ich erzähle Jack also von meinen Gedanken, doch der zuckt nur mit den Schultern.
– Der Reagan ist eh ein Arschloch, sagt er, und: – Verrückt ist der Typ nicht, weil er auf den Präsidenten geschossen hat, sondern weil er es *für* Jodie Foster getan hat.

Jack zeigt mir die Wohnung vom Lenin und das Geburtshaus vom Keller, dem mit dem grünen Heinrich, und vom Büchner und vom Goethe die Absteige und die Lieblingskneipe vom Keller und von den Dadaisten, und dann will er mir auch noch die Wohnung vom Joyce zeigen, aber das ist mir dann doch zu weit. Keller und Goethe und Büchner und Joyce, weil Jack Deutsch studiert und Englisch, und Lenin, weil er ihn gut findet. Warum einer das tut, also den Lenin gut finden, das muss man nicht verstehen und wahrscheinlich kann man das auch gar nicht. Aber das mit dem Bahnwagen war schon eine feine Sache, muss man sagen. Allerdings war die Idee jetzt auch wieder nicht von ihm, sondern von den Deutschen. Aber gut ist sie allemal. Wenn die Geschichte nicht von jemand anderem erfunden worden wäre, ich bin mir sicher, ich hätte das getan.

Ich bin immer gerne durch Altstädte gegangen. Die engen Gassen und die schiefen Häuser in ihnen. Wenn sie sich herabbeugen, um einem was zuzuflüstern, ganz im Vertrauen. Die Narben und Wunden und der Schmutz an den Wänden, für den sie sich nicht mehr schämen, wie bei Eheleuten, wenn ihre Beziehung in die Jahre gekommen ist. Die Nachbarn, die sich über dir die Hände reichen, einfach weil sie können und weil sie sich kennen. Die Gerüche, die

lange hängen unter einem Himmel von Mauern, und die unvorhersehbaren Wendungen in den Gassen.
Aber.
Zürich ist anders und das Niederdorf darin. Überall läuft man bleichen Gestalten über den Weg, an der Riviera vorne und beim Stadelhofen, aber vor allem am Hirschenplatz. Das ist so eine längliche Lücke in der Altstadt, wenn du vom Central zum Großmünster läufst oder zum See, und irgendwann wird dann die Gasse breiter ein wenig, und das nennen sie dann Platz. Jedenfalls ist das der Ort in Zürich, an dem die Leute stehen. Wenn du die Bahnhofstraße runtergehst oder den Rennweg am anderen Ufer, dann gehen da alle schnell, weil sie zu ihrer Bank wollen mit dem Aktenkoffer oder die Einkäufe nach Hause tragen oder so etwas, sogar die Tauben tippeln schneller und die Spatzen. Aber am Hirschenplatz und in den Gassen, die hinführen zu ihm, da lehnen weite Jeansjacken und Jeanshosen an den Hauseingängen und den Straßenecken und wenn du an ihnen vorbeigehst, wenn dein Ohr genau auf der Höhe der dunklen Fresse ist, die da oben rausschaut aus diesen Jeanskörpern, dann machen sie: – Sssst! oder: – Brauchst was? oder: – Coci, Sugar, alles!
Am Hirschenplatz kaufen die Typen Stoff und kochen ihn auf im Löffel und drücken in den Hauseingängen und in den Seitengassen oder im Malatesta auf dem Klo. Und irgendwann wird dir auch klar, dass das nicht einfach Müll ist, was da ab und an so schön glitzert zwischen den Pflastersteinen, sondern Stanniolklümpchen, die gefüllt waren mit weißem Pulver oder braunem und jetzt nicht mehr.
Ich sage nicht viel dazu, aber ich glaube, man merkt auch so, was ich denke.

– Wart ab, bis du das AJZ siehst, sagt Jack jedenfalls und löst mir mit seiner Rechten die Finger, die sich in seinem Unterarm festgekrallt haben.
Und dann taucht plötzlich wieder die Schmier auf und nimmt einen raus, vier oder fünf stehen um den Typen herum, in diesen blauen Overalls, die ein wenig aussehen wie die Ghostbusters, würde man denken heutzutage, aber natürlich ist es umgekehrt. Erst hat die Stadtpolizei die Overalls gehabt und danach erst trugen sie die Ghostbusters, so ist das. Jedenfalls stehen die Polizisten ein bisschen da wie bestellt und nicht abgeholt, aber dann auch wieder nicht, weil bestellt hat die ganz bestimmt niemand, und abgeholt wird jetzt der Typ von ihnen und nicht umgekehrt.
Auch Jack schauen sie etwas länger als nötig an, für meinen Geschmack zumindest, so lange tue ich das eigentlich nur, wenn ich etwas von ihm will am Abend zum Beispiel. Aber Jack ist auch ein bisschen selbst schuld, weil die Jeanshosen und die Jeansjacke, in denen er heute steckt, also das war wirklich keine gute Idee. Kann man ja gleich durch die Stadt laufen und überall herumposaunen, dass man Molotowcocktails versteckt hat in einem Schließfach am Bahnhof.

Irgendwann fällt Jack ein, dass er jetzt zur Bank muss. Wir gehen also hinein da und natürlich schauen auch hier wieder alle nur blöd, weil sie denken, dass einer mit einer Jeansjacke keinen Franken mehr haben kann als eben genau für diese Jacke und noch nicht einmal für den Friseur. Aber Jack stört das alles überhaupt gar nicht. Er geht zum Schalter und knallt sein Sparbuch und seinen Ausweis hin.
– Ich hätte gern mein gesamtes *Vermögen* abgehoben, sagt er und stemmt sich mit beiden Armen auf den Tresen.

– Gerne, sagt die Frau hinterm Schalter. Ihre Stimme, ihre Gesten, alles ist betont höflich, wie man es eben macht, wenn man es mit einem Bekloppten zu tun hat oder mit einem, von dem man weiß, dass er den anderen die ganze Zeit vorwirft, sie seien unhöflich zu ihm und ruppig, nur weil er so aussieht, wie er aussieht, weshalb man ihn dann besonders zuvorkommend behandelt. Aber ein Lächeln, so ein schiefes und ganz außen im Mundwinkel, das kann sie sich dann doch nicht verkneifen. Erst als sie meinen Blick bemerkt, weicht es wieder einer gläsernen Glätte. Dabei denke ich genau dasselbe wie sie: Der hat doch keinen roten Rappen auf dem Konto.
Aber dann werden die Augen plötzlich groß in ihrem Kopf wie bei einer Eule.
– Das ganze?
Jacks Arme sind abgespreizt von seinem Körper und die Handteller offen. Sein Blick geht von Schalter zu Schalter, und auf jedem verharrt er so lange, bis er auch wirklich sicher sein kann, dass man sein Grinsen bemerkt hat, das sich ihm tief ins Gesicht gefressen hat.
Er nickt.
– Wie möchten Sie die Summe denn gestückelt haben?
– Groß, sagt Jack weltmännisch und schnipst ein unsichtbares Staubkorn von seinem Ärmel. Als ob das noch darauf ankäme bei dieser Jacke.
Und dann zählt die Angestellte auch schon die Scheine auf den Tresen hinunter. Ich staune Klötze: Da fällt eine Ameise nach der anderen. Ich denke: Ich habe noch nie so viele Tausender gesehen in meinem Leben. Dabei habe ich überhaupt noch nie einen Tausender gesehen in meinem Leben.
– ... fünfzehn, sechzehn, siebzehn, achtzehn, neunzehn-

tausend … vierhundert, fünfhundert, sechshundert, fünfzig, und fünf dreißig, sagt die hinter dem Tresen und schiebt das Häufchen zu Jack hinüber.
– Neunzehntausendsechshundertfünfundfünzigdreißig, sagt Jack, einfach damit es gesagt ist.
– Möchten Sie einen Umschlag, Herr Letelier?
– Ist nicht nötig, sagt Jack und macht diese ausladende Bewegung mit der Hand, mit der dir die Schmier am Straßenrand ankündigt: Du hältst jetzt brav an und dann setzt es erst mal eine Buße für deine miese Fahrweise, Freundchen.
Er nimmt die Scheine in die Hand und die Münzen in die andere, nur um sie im selben Moment wieder auf den Tresen zu knallen.
– So, und jetzt möchte ich das Geld wieder einzahlen.
Die Angestellte schaut Jack an und dann schaut sie ihre Kollegin rechts an und ihren Kollegen links. Sie sagt nichts. Sie wartet, ob da jetzt noch was kommt. Aber da kommt nichts.
Also nimmt sie das Geld wieder an sich und verschwindet mit dem Kopf hinter dem Tresen.
– Was zum Geier?, frage ich Jack, als sich die Glastüren zusaugen hinter uns, aber ich benutze keine Worte dafür: Ich spreize nur meine Arme ab und reiße meinen Mund auf und dann schaue ich ihn an und wippe mit dem Kopf.
– Ich wollte nur schauen, ob sie meine Kohle noch haben.
– Warum?
– Erzähl ich dir später.
Aber das hat er dann irgendwie trotzdem nicht. Ist doch immer dasselbe, wenn die Leute so was behaupten.

Dreizehn

Wenn man vom Hauptbahnhof kommt, wo früher das Gleis 16 war und jetzt immer noch, nur dass es eben inzwischen was weiß ich warum Gleis 18 heißt – also, wenn man von da kommt und dann vom Sihlquai links in die Limmatstraße einbiegt oder von der Radgasse, dann war da früher ein großer Carparkplatz und gleich dahinter das AJZ, aber dann haben sie es abgerissen unter Polizeischutz, und jetzt ist da nur noch ein Carparkplatz, dafür doppelt so groß. Von den beiden Häusern das vordere, wenn man von der Sihl kommt und die Limmatstraße runterläuft, das war so ein Wohnhaus, wie es überall steht in Zürich und überall abgerissen wird andauernd. So ein zweistöckiges mit grünen Läden aus Holz vor den Fenstern und einem Dach aus Ziegeln, die auf allen Seiten ansteigen bis oben, fast ein bisschen gemütlich, wenn es nicht komplett verschmiert gewesen wäre innen und außen. Das hintere ist eine alte Fabrikhalle aus Backstein, die lang ist an der Limmatstraße und auch so ein Dach hat mit Ziegeln auf den Seiten und keinen Giebel. Und dann gibt es da noch ein paar Anbauten und einen Hof dazwischen mit einem Baum, und das ist jetzt also das AJZ, von dem alle gesprochen haben, solange es das gegeben hat und auch, als es das nicht mehr gegeben hat.

Wenn du die Limmatstraße heruntergehst oder sie hinaufkommst oder wenn du drüben auf einem der Parkdecks deine Karre stehen lässt, dann fallen dir zuerst einmal die ganzen Leute auf auf dem Dach. Auch wenn du schon im Hof bist, fallen sie dir auf. Ich meine, ist ja nicht so, als ob es nicht genug andere Plätze gäbe in

dieser Anlage, aber irgendwie zieht es die alle nach oben die ganze Zeit, als wären sie Ballongas oder so. Ich versuche, das nachzuempfinden, und Jack versucht es, aber es gelingt uns nicht. Ich habe Höhenangst und Jack hat sie noch viel mehr. Jack, hat er mir einmal gesagt, wäre lieber einen Kopf kleiner oder zwei, weil er sich schon in die Hose mache, wenn er einfach nur aufrecht gehe. Natürlich war das nicht ernst gemeint, aber auf einen Stuhl stellen kann er sich wirklich nicht, ohne es mit den Nerven zu tun zu kriegen.
Als Jack und ich auftauchen, so am frühen Abend, läuft da noch die Kreissäge und eine Mauer wird hochgezogen und irgendwo werden Leitungen verlegt und eine neue Treppe wird gezimmert aus ein paar Brettern, die ich gerade eben noch auf einer Baustelle gesehen habe vorhin, da bin ich mir sicher. Und wenn sie nicht von dieser Baustelle sind, dann sind sie von einer anderen.
– Das Ding steht kurz vor dem Einsturz, es muss alles neu gemacht werden, erklärt Jack.
Und dann geht es auch schon los, das mit dem Begrüßen. Überall kommen die Leute aus den Türen heraus und aus den Räumen und vom Dach herunter und schütteln Jack die Hand und klopfen ihm auf die Schultern, ein bisschen wie bei Reagan vor dem Hilton, nur dass keiner auf ihn schießt und keine Limousine wartet, in die er hineingestoßen werden könnte, wenn irgendwas schiefläuft.

In Zürich braucht jeder Sonnenschirm eine Baubewilligung. Und deswegen geschieht hier erst mal gar nichts, wenn einer eine Idee hat, und dann wird lange abgewartet und dann gibt es eine erste Planungsphase und eine zweite und danach eine Sitzung im Gemeinderat und manchmal gibt es auch noch eine Volksabstimmung, und wenn dann immer noch einer irgendwelche Einwände hat, kann man noch Beschwerden einlegen ein paar Mal und vor Gericht gehen durch alle Instanzen, und wenn endlich die Baumaschinen auffahren, hat jeder schon vergessen, was eigentlich repariert oder gebaut oder erneuert werden sollte. Das hat etwas Gutes: Man hat genug Zeit zu überlegen, ob er wirklich nötig ist, der Bau. Aber auch sein Schlechtes: Es entsteht einfach keiner, nie.

Doch im AJZ ist alles anders. Hier wird gehämmert und geklopft von jedem, der gerade herumsteht. Oder: Es steht eben niemand herum, nicht wie auf diesen Baustellen, wo fünf Arbeiter fürs Zuschauen bezahlt werden und fürs Besserwissen und nur einer arbeitet. Alle helfen mit hier, wo sie gerade denken, dass es nützlich ist, drehen eine Schraube rein oder befestigen einen losen Balken mit Kabelbindern oder machen mit Holzleim ein Geländer fest und mit Reißzwecken. Klar, bei jedem Nagel würde das Bauamt hier sagen und bei jeder Tür die Feuerpolizei: – Das ist brandgefährlich! Aber die haben eben nichts zu sagen hier.

Und wie Jack und ich so herumgehen, und er mir die Küche zeigt und die Frauenräume und die Bar und die Druckerei und das Matratzenlager und den Fixerraum, geht der Nachmittag auf den Abend zu. Und mit der Dunkelheit sind es auch mehr Leute geworden, und alle sehen sie aus, wie Kim Wilde oder wie Benny Andersson und der andere Typ von ABBA Frisuren tragen, diese als wären sie im Windkanal frisiert worden, und alle tragen Jeanshosen und Jeansjacken, und man fängt unweigerlich an zu zählen und zu rechnen, wie viele hunderttausend Dollar Levis und Wrangler hier wieder verdient haben.

Wenn ich zurückdenke an meinen ersten Besuch im AJZ, dann ist dieser Abend wie ein Fiebertraum, den ich einmal hatte als Kind, als ich abermals Angina bekam. Ich bekam als Kind andauernd Angina.
Jedenfalls raste ich mit so einer Seifenkiste durchs Weltall, das so ein wenig aussah wie bei diesen Star-Wars-Filmen oder Star Trek oder wie sie heißen, nur dass die Sterne nicht in ihrem traurigen Weiß vor sich hin leuchteten, sondern jeder für sich in einem ganzen Haufen Farben, weshalb der Himmel glänzte wie eine zersplitterte CD später. Und dabei hatte ich die ganze Zeit Lust auf Fenchel, der riesenhaft vor mir herflog mit Speckwürfelchen groß wie mein Kopf, den ich aber natürlich nicht zu schnappen kriegte. Dieser Traum kommt mir in den Sinn, wenn ich an diesen Abend zurückdenke, aber wahrscheinlich kann man sich nur etwas darunter vorstellen, wenn man ihn selbst geträumt hat.
Ich weiß nicht genau, was ich den ganzen Abend über getrunken habe, aber es war ziemlich viel, glaube ich. Ich kenne jemanden, der die ganze Nacht hindurch die Kronkorken sammelt in seiner Hosentasche, damit er am nächsten Morgen wenigstens den Grund noch weiß für seine Gedächtnislücke. Das Problem ist nur, dass das Zeug, was ich getrunken habe, keine Kronkorken hatte.
Jedenfalls: Jack verschwindet andauernd im Klo für ein paar Minuten oder in der Küche oder in die Gegend vom Fixerraum, und jeder will was von ihm, sogar diese durchsichtigen Typen, die wir heute in der Altstadt gesehen haben, oder ähnliche. Ich stehe währenddessen nur blöd in der Gegend herum und halte mich an meiner Dose fest, und wenn ich nach hinten zu kippen drohe, weil sie zu leer wird und zu leicht, dann hole ich mir einfach eine neue.

Ich werde die ganze Zeit angelabert von irgendwelchen Typen, kaum dass Jack weg ist, und das ist er ja meistens. Ich biete ihnen einen Schluck Bier an, aber die meisten winken ab oder strecken mir den Mittelfinger ins Gesicht. Reden will keiner.
So ungefähr habe ich auch Eddie kennengelernt. Eddie ist der einzige Mensch, den ich kenne, der beide Enden einer Banane gleichzeitig anschauen kann. Eddie wiegt ungefähr so viel wie ich, würde ich sagen, aber weil er mir nur gerade bis zum Kinn reicht, ist er das, was meine Großmutter mit *gut beisammen* meinte. Beim Essen öffnet Eddie seinen Gürtel und wenn währenddessen sein Mund verschmiert ist und man ihn darauf hinweist, dann nickt er und sagt: – Ich esse noch.
Und das mit Eddie ging so: Ich gehe auf Klo. Nicht weil ich unbedingt muss, sondern damit ich etwas zu tun habe, während Jack nicht da ist. Die Toiletten natürlich, die sind ganz schön widerlich im AJZ. Da wächst in ein paar Tagen mehr Urinstein heran als in der Geriatrie so herausoperiert wird im Jahr, und dann klebt da Zeug hoch oben an den Wänden, dass man ernsthaft an den Gesetzen der Schwerkraft zu zweifeln beginnt. Das Gute daran: Während du auf Klo bist, hast du ununterbrochen damit zu kämpfen, die Nase unterm T-Shirt zu halten und nichts zu berühren außer der Tür, weil da das Schloss nicht funktioniert und andauernd einer dagegen tritt. Und darüber vergisst du dann die Zeit und es wird unbemerkt später.
Als ich zurückkomme und Jack immer noch nicht sehe, beschließe ich, der Bar einen weiteren Besuch abzustatten.
– Was darf's denn sein?, fragt der Typ hinterm Tresen.
– Tob dich aus, sage ich, einfach weil ich das schon im-

mer einmal sagen wollte an einer Bar. Aber kurz darauf bereue ich's auch schon wieder.
– Okay, sagt der nämlich und mixt mir die halbe Karibik ins Glas. Die andere Hälfte ist Eis und von diesem widerlichen Büffelgraswodka.
– Kubakrise, sagt er und stellt den Becher auf den Tresen. Und genau so schmeckt's auch.
Und während ich mir von dem Typen die Zutaten geben lasse, die er mir zweimal wiederholen muss, weil ich jedes Mal den Anfang vergessen habe, wenn er beim Ende der Liste angekommen ist, werde ich plötzlich angelabert von der Seite und am Ärmel gezupft.
– Hast du Gras?
Ich drehe mich um zu dieser Stimme, die aus blassen Lippen herabkommt und einer großen Nase und aus blondierten Haaren, und langsam setzen sich die Haare und die Nase und der Mund zu einem Gesicht zusammen, das ich kenne: Marcel.
Ich werde blass, da brauche ich mich noch nicht einmal anzusehen, um zu wissen, dass ich jetzt blass werde in dem Moment, und wenn es Marcel nicht auch tut, dann nur deshalb, weil er es sowieso schon ist, so als hätte er gerade einen Toten gesehen oder als wäre er selbst einer oder so etwas Blödes.
– Was machst *du* denn hier?, fragen wir beide, und ich muss an den Brief denken, den ich ihm geschickt habe, und das tut er wahrscheinlich auch, diesen letzten. Wir haben einander lange nicht gesehen, erst bin ich ja krank gewesen und dann er ein paar Tage, und jetzt begegnen wir uns also vor der Bar im AJZ, zum ersten Mal seither. Marcel starrt mich an von oben, das weiß ich, und von unten machen das die Augen aus den Dielen, die aus Holz.

Aber Marcel fragt mich nicht nach dem Brief und meinen letzten Worten, die es dann doch nicht geworden sind. Er fragt einfach nur, wie es mir geht, und als ich ihm wieder ins Gesicht schaue, liegt da nicht mehr Überraschung in ihm, als es das normalerweise tut, wenn man jemanden zufällig irgendwo trifft, wo man es nicht erwartet. Wie es mir so geht, will er also wissen, und dann frage ich zurück, und dann tauschen wir aus, was man eben so austauscht, wenn man sich eine Zeitlang nicht mehr gesehen hat.

Und dann stellt er mir drei Freunde vor. Mütze ist das, der so heißt, weil er die ganze Zeit eine Schiebermütze trägt, und dann sind das auch eine junge Frau und ein kleiner Typ, die ich für ein Pärchen halte, so wie ich immer glaube, dass die ein Paar sind, wenn ich eine Frau und einen Mann zusammen sehe. Keine Ahnung, woher das kommt, vielleicht wünsche ich mir das irgendwie. Aber natürlich sind sie das gar nicht, ein Paar. Es sind einfach nur zwei Menschen, die gerade unterwegs sind zusammen. Domenica und eben: Eddie.

Ich strecke Mütze meine Hand hin und sage meinen Namen und er sagt seinen, und dann strecke ich Domenica meine Hand hin und sage meinen Namen und sie sagt ihren, und dann strecke ich Eddie meine Hand hin und sage meinen Namen und er sagt seinen, und dann sage ich, dass ich mich freue, und dann sagen sie, dass sie sich freuen.

Und als dieses Begrüßen und Vorstellen und alles vorbei ist, langt Mütze nach dem Wort. Ob es mir hier gefalle, will er wissen, und mit wem ich hier sei.

– Mit Jack, sage ich, und das löst ein großes Aha aus und irgendwer sagt oder zwei: – Mit dem wollte ich sowieso noch sprechen, und kriegt dabei ganz glitzerige Augen.

– Woher kennt ihr euch, Jack und du?
Und als ich es ihm erzähle, da strecken Marcel und Domenica und Eddie und Mütze ihre Köpfe weiter in die Runde, also spreche ich lauter, und da nicken alle, vor allem Mütze. Der nickt mindestens doppelt so oft wie die anderen und lächelt andauernd, wenn man irgendwas von dem, was ich sage, lustig finden könnte, und einmal schnipst er sogar mit den Fingern und tippt damit gegen seine Stirn: Er hat kapiert.
Am Anfang denkt man, Mütze ist eine Nervensäge, und dann, dass er sehr freundlich ist, oder umgekehrt. Irgendwann denkt man auch, er sei politisch sehr engagiert, aber dann merkst du, dass er weder eine Nervensäge ist noch freundlich noch politisch engagiert, sondern immer nur der Versuch, eine Nervensäge zu sein oder freundlich oder politisch engagiert, was eigentlich heißt, dass Mütze gar nichts von all dem ist. Und vielleicht ist das Mützes Haupteigenschaft, überhaupt seine einzige wirkliche Eigenschaft, dass er keine hat und jede annehmen und auch wieder ablegen kann, wenn er nur will. So ist Mütze. Andere würden sagen: nichtssagend. Und das stimmt auch. Allerdings nur, solange man das Wort zusammengeschrieben lässt.
Jedenfalls erzählt der Mütze jetzt vom Chaotikon, dieser Budenstadt am Seeufer, und zwar so, als wüsste jeder, was das ist, dieses Chaotikon, dabei tue ich das gar nicht. Und deshalb reißen sich ihm die Augen auf unter der Mütze und der Kopf schiebt sich nach hinten, als ich frage:
– Was tut ihr da eigentlich genau?
– Wir haben eine Budenstadt gebaut, sagt Mütze, verschränkt dabei wie ein Werktätiger die Arme und schaut mich an aus den hintersten Winkeln seiner Augen.

– Und jetzt?
– Und jetzt wohnen wir dort.
– Coole Sache, sage ich, und das meine ich wirklich ernst. Ich finde das nämlich irgendwie romantisch, weil ich bei Budenstädten immer an diese Filme aus dem Wilden Westen denken muss.
Und da Mütze darüber so glücklich ist, dass ich das gut finde, lädt er mich ein, mal ein bisschen länger in diesem Chaotikon vorbeizuschauen.
– Heizungen haben wir leider keine, dafür Seesicht.
Domenica nickt dazu, und Eddie tut es. Wahrscheinlich wohnen die auch da, denke ich, in diesem Chaotikon.
– Wie viele Jahre lebt ihr denn schon da?, will ich wissen.
Mütze kneift die Augen zusammen. Plötzlich ist er sich nicht mehr so sicher, ob ich das wirklich so toll finde, wie ich das gerade behauptet habe.
– Das ist eine Protestaktion, sagt er dann. – Irgendwie muss man ja auf die Wohnungsnot aufmerksam machen.
Ich denke: Wohnungsnot? Und ich denke an Viktor und an die Wohnungen, die wir in Zürich besichtigt haben. Ganz schön viele Rattenlöcher. Aber irgendwie bezahlbar. – Die wandern alle ab, hat Viktor damals gesagt. – Seit sie alle ein Auto haben, wandern sie ab in die Vorstädte. Wenn das so weitergeht, wird Zürich menschenleer sein in ein paar Jahrzehnten. Das hat er gesagt, der Viktor, und das hat mir ziemlich gut gefallen, diese Vorstellung von einem Zürich ohne Zürcher.
– Es gibt viel zu wenig Wohnraum in Zürich, fährt Mütze fort. – Für Junge und Familien ist kein Platz mehr. Die Spekulanten kaufen die ganzen Wohnhäuser auf und schmeißen die Mieter raus, und dann lassen sie die Häuser erst einmal leerstehen und dann reißen sie sie ab und dann ziehen sie Bürogebäude hoch oder Hochhäuser mit

Luxuswohnungen. Und was tut die Stadt? Die schaut seelenruhig zu. Und warum?
Ich habe da meine Ideen, weshalb sie das tut, und ich will auch gar nicht hinterm Berg halten damit, aber Mütze lässt es gar nicht so weit kommen.
– Ist ja klar, warum, sagt er. – Denen da oben sind Bonzen lieber als Arbeiter und Studenten. Weil die Steuern bezahlen, heißt's immer. Dabei bezahlen die gar keine Steuern mit ihrem ganzen Schwarzgeld, das sie irgendwo horten auf der Bank.
Ich höre mir das an, aber schon während ich das tue, merke ich, wie sehr es mich langweilt, dieses ganze Zeug. Ich habe das Gefühl, ich habe diese Phrasen schon hunderte Male gehört, in der Schule, in der Zeitung, im Radio vom Schawinski. Ich habe vor allem das Gefühl, ich hätte *genau diese* Phrasen schon hunderte Male gehört.
– Denkst du, das bringt was, so eine Aktion?
Mütze schaut mich lange an. Er fuchtelt mit den Händen. Er ist empört.
– Also ... sagt er und zündet sich dabei eine Zigarette an. Doch dann, als er einen Zug nimmt, hustet er erst mal vor sich hin. In der ganzen Aufregung hat er sie sich nämlich verkehrt herum in den Mund gesteckt und einfach mal schön den Filter geraucht. Ich hab's natürlich gesehen, aber gesagt hab ich trotzdem nichts.
– Also nicht.
Mütze will etwas sagen, da schält sich auf einmal Jack heraus aus der Menge und bleibt vor uns stehen, worauf die ganze Begrüßerei schon wieder anfängt. Und als er dann wieder weggezogen wird von irgendeinem Typen, ist das Gespräch bereits vergessen von eben. Aber eine Antwort braucht's auch gar nicht. Ich kann mir meinen Teil denken.

Unterdessen hat sich Eddie einen Ofen angezündet. Er behält den Rauch so lange in sich, als gehörte er ihm höchstpersönlich. Dann, als er wieder ausatmet, schleichen ihm wabernde Wolken aus der Nase.
Eddie hält das Ding in die Mitte. Ein Auge ist auf mich gerichtet, die andere Hälfte seines Blicks gilt Mütze.
Niemand sagt etwas. Eddie fuchtelt mit dem Joint vor meiner Nase herum. Um seinen Mund zucken die ganze Zeit die Lippen, so als würde er etwas sagen wollen, es sich dann aber jedes Mal im letzten Moment anders überlegen würde, wenn die Wörter ihm schon auf der Zunge liegen und den Lippen.
– Willst du jetzt oder willst du nicht?, fragt er. Sein Mund macht mümmelnde Bewegungen dazu. Ein bisschen wie vorher, als er nichts sagte, nur dass er jetzt etwas sagt.
– Du meinst mich?
Hätte er auch mal sagen können. Und Mütze findet's auch. Es verwirrt einen ungemein, wenn Eddie dich anschaut, weil er es immer nur zur Hälfte tut. So, als würde man ihn schon ein wenig interessieren, aber dann doch nur so halb.
– Du musst die Leute anschauen, wenn du mit ihnen sprichst. Und vor allem, wenn du nicht mit ihnen sprichst.
Mütze lacht ziemlich laut über seinen Spruch und Marcel lacht und nach einer Weile, als sie es endlich auch kapiert, lacht auch Domenica, hoch und schrill wie eine Kassette, wenn man sie vorspult. Ich lache auch, aber dann tut er mir auch leid, der Eddie, weil er ja nichts kann für sein Schielen und weil er auch nichts mehr erwidert, sondern nur so einen traurigen Blick aufsetzt.
– Gerne, sage ich und nehme den Ofen an mich, damit sich Eddie nicht so schlecht fühlt vielleicht oder weil ich schon betrunken bin oder ich weiß nicht warum.

Irgendwann zeigt Eddie auf die Tür und wir gehen alle raus in den Hof, da wo der Baum wächst und der Brunnen steht und seelenruhig vor sich hin plätschert, als wären wir alle gar nicht da. Ich schaue mich um in der Menge, die dichtgedrängt herumsteht, und während ich das tue, sehe ich: Die Leute hier, die gehören zusammen. Sie kennen sich und mögen sich auch irgendwie, aber wenn man an eine Gruppe gerät, die so zusammengehört, oder an eine Masse und nicht in sie hinein, dann fühlt man sich umso ausgeschlossener und abseitiger. Die Leute sind anders hier als in Neuenhof und in Baden, denke ich, und anders als ich, aber ich kann nicht so recht sagen, warum. Jedenfalls gehöre ich hier nicht dazu, aber vielen Frauen hier sieht man an und vielen Typen: Sie gehören nur hier dazu.

– Und was machst du so, Eddie?

Eddie hält sich die Hand ans Ohr, und Domenica und Marcel tun es. Nur Mütze, der nickt wie blöde, als hätte er meine Frage verstanden, und schaut dann auf Domenica.

Also brülle ich die Frage in die Runde, so laut ich kann, damit man meine Stimme hört inmitten des ganzen Gebrabbels, das von links auf uns einprasselt und von rechts und von vorne und von hinten. Eigentlich halte ich nicht viel davon, einfach lauter zu sprechen, nur weil es alle anderen tun, weil die ja dann auch wieder lauter und so weiter, und am Schluss ist es schrill und laut wie in einer Hühnerfabrik und keiner versteht keinen mehr, anstatt dass einfach alle leise sprechen würden und deutlich. Aber es ist ein wenig wie auf der Autobahn. Wenn einfach alle 130 fahren würden, dann gäb's auch keinen Stau, niemals. Aber irgendwer fährt dann eben trotzdem wieder nur 80 aus unerfindlichen Gründen, und dann

die anderen auch und dann find dieses Arschloch erst mal, das damit angefangen hat.
– Und was machst du so, Eddie?
– Lehre. (Zucken um den Mund.) Bei der Migros. (Schon wieder.)
– Wo?
– Wollishofen. (Immer noch so ein Zucken.)
– Wohnst du auch da?
Er überlegt. Dann sagt er:
– Ja.
– Macht's dir Spaß?
Er fixiert mich mit seinem rechten Auge. Das linke macht gerade Pause.
– Was denn?
– Na, die Lehre.
– Regale einräumen.
– Und dann?
– Und dann ist irgendwann Feierabend.
Ich nicke. Ich sage nichts. Ich warte ab, bis ich wieder dran bin mit Rauchen, und als ich wieder dran bin, rauche ich.

Und dann kommt mir plötzlich Jack in den Sinn und seine Eifersucht. Wenn er mich hier sieht alleine mit Eddie, gibt das wieder einen Riesenaufstand. Und deshalb will ich mich verabschieden, aber in dem Moment fragt mich der Eddie etwas.
– Was hast du heute so gemacht?
– Wir waren in der Altstadt, Jack und ich, im Niederdorf waren wir und am Hirschenplatz und dann haben wir Geld geholt bei der Bank und dann sind wir über den Bahnhof...
Schon während ich spreche, sind wieder diese Zuckungen

zu sehen um Eddies Mundwinkel, und alle Bewegungen verdichten sich zu zwei Wörtern oder drei:
– Wie? Geld geholt? An einem …
– Ja, genau. Und dann haben wir noch was gegessen, und danach haben wir ein wenig zugeschaut bei den Bauarbeiten hier …
Ich lege eine kurze Pause ein und dann tippe ich auf mein linkes Handgelenk. Eddie sieht mich immer noch an wie so ein Flusspferd.
– Ich muss jetzt mal nach Jack schauen. Vielleicht sehen wir uns später noch.
Ich gehe also wieder rein, um Jack zu suchen, und dabei frage ich mich, warum er eigentlich nicht bei mir ist den ganzen Abend. Und weil ich ihn schon wieder nicht finden kann, gehe ich auf Klo, und da sehe ich Jack im Vorraum und vor allem sehe ich mit ihm Eulalia, die auf einmal dasteht wie ein Traum für eine Sekunde oder zwei, und die dann, als sie mich erkennt, die Tür aufreißt neben sich und im Klo verschwindet. Und da ist mir auch schon alles klar. Meine Beine tun die paar Schritte zur Kabine, in der sich Eulalia versteckt hält, und dann sehe ich, wie meine Hände gegen die Tür schlagen und nach der Klinke greifen und sie aufdrücken und ab und auf und ab und auf einmal steht die Tür offen und ich stürze mich auf Eulalia, die aber gar nicht mehr drin ist in dem Raum, nur das Fenster ist offen über der Schüssel und ein kühler Wind zieht herein aus der Nacht und ein bisschen Regen und es stinkt nach Pisse.
Ich drehe mich immer und immer wieder wie im Heim die Hunde, wenn sie ihrem Schwanz nachjagen im Käfig, ich schaue zur Decke und zu Boden, aber es hat ja keinen Zweck. Eulalia ist abgehauen durchs Fenster. Wenn ich sie wäre, ich hätt's nicht anders gemacht.

Und dann, als ich zurückzucke, steht sie plötzlich hinter mir, groß und hager und ziemlich dunkel.
– Wen suchst du?
– Eulalia, schreie ich, – Eulalia, immer wieder schreie ich ihren Namen, und dann will alles raus aus mir, Tränen und Luft und meine Stimmen, und ich schlage ihr auf die Brust, weil ich mir jetzt sicher bin: Sie hat etwas mit Jack am Laufen und alles, was ich mir gewünscht habe, ist einfach krepiert, unsichtbar und lautlos.
– Sssscht, sagt sie und hält seinen Zeigefinger vor die Lippen von Jack, und langsam findet das Gesicht darum herum zurück zu seinem und die Haare werden kürzer.
– Sssscht, sagt er noch einmal und drückt mich an sich.
– Eulalia, stammle ich.
– Wer?
– Wo ist Eulalia?
– Sag mal, bist du besoffen?
– Eulalia ...
– Warum Eulalia?
– Sie ...
Aber dann sage ich nichts, weil es nichts bringen würde. Ist ja klar, dass er den Dummen spielt und alles abstreitet. Ich weine und schluchze und mein ganzer Körper weint und schluchzt immer und die ganze Zeit und dann sitzen wir irgendwann im Auto.

Vierzehn

Seit Wochen schon versucht Jack herauszufinden, was passiert, wenn man Katzen Marmeladenbrote auf den Rücken schnallt. Ich helfe ihm dabei.

Die Arbeitsteilung ist klar. Ich schmiere haufenweise Brote, Jack bindet sie den Katzen auf den Rücken. Er lässt sie auf den Boden fallen, ich führe Buch darüber. Nur die Küche räumen wir gemeinsam auf nachher und das Wohnzimmer, wenn sie nach einem Nachmittag vollgeschmiert sind von unten bis oben mit Marmelade und Brosamen und Katzenhaaren.

Angefangen hat das alles mit so einem chinesischen Sprichwort. Behauptet ein Waffenschmied, dass er die härtesten Lanzen im Reich herstelle. So hart, dass ihre Spitzen jeden Schild durchschlagen. Sagt derselbe Schmied, dass seine Schilde die sichersten der Welt seien. So sicher, dass kein einziger Pfeil sie durchdringen kann und kein Speer.

– Aber was passiert, wenn man eine seiner Lanzen auf einen seiner Schilde wirft?, fragt Jack und spreizt die angewinkelten Arme ab vom Körper.

Ich hebe die Schultern. Ich überlege. Dann sage ich:

– Was geschieht, wenn man Katzen Marmeladenbrote auf den Rücken schnallt?

– Was?

– Brote fallen immer auf die bestrichene Seite. Katzen immer auf ihre Pfoten.

Jack kneift die Augen zu schmalen Schlitzen zusammen und den Mund. Sein Kopf wippt hin und her wie am Rückspiegel der Tannenbaum in seinem Käfer. Er sagt nichts.

Das Ganze, würde ich sagen, hat uns einander wieder näher gebracht. Da waren nämlich einige Probleme davor und danach waren sie es auch noch. Aber die Sache mit den Katzen hat uns für eine ganze Weile abgelenkt davon.
Nach dem AJZ und meinem Besuch da haben wir eine Zeitlang nicht gesprochen, Jack und ich. Ich bin zur Schule gegangen am Montagmorgen und nach Hause am Abend und dann erst mal nicht mehr zu Jack. Und angerufen hat er mich nicht und ich nicht ihn.

Die Ruhe zwischen uns, sie hat mit einem Presslufthammer aufgehört. Es war ein ziemlich warmer Tag im Mai, glaube ich, und es war Abend, als Elisabeth anrief bei mir zu Hause. Sie erzählte irgendetwas vom Neu-Chaotikon, dass ja jetzt auf der Sihl, und dass die Polizei dann, und dass Jack und die anderen aus Protest mit einem Presslufthammer den Carparkplatz, und dass er sich bei der Verhaftung, und dass er jetzt gerade im Unispital.

Ich habe mir wirklich Sorgen gemacht. Aber schlimm waren sie nicht, die Verletzungen. Ein paar Quetschungen, eine Platzwunde über dem rechten Auge. Als mich Elisabeth abholte und wir zu ihnen fuhren, war Jack schon wieder auf dem Weg nach Hause.
– Presslufthammer?, wollte ich als Erstes von ihm wissen.
– Cool, oder?, sagte er stolz und streckte den rechten Daumen aus. – Auf dem Carparkplatz kann man jetzt Karotten pflanzen.
Und dann zeigte er mir ein paar Polaroids von diesem Neu-Chaotikon, das wie New York war ein wenig, weil es auf einer Insel lag mitten im Fluss und die Einhei-

mischen ziemlich bald dagegen waren, dass es das gibt. Es ist aus Hütten entstanden, die man aus Holz zusammengezimmert hat und auf Pfählen manchmal, und vor allem ist das neue schnell viel größer geworden und viel bekannter als das alte. Und jetzt sieht man also diese Pfahlbauten auf den Fotos, die über Stege miteinander verbunden sind und mit dem AJZ, man sieht Eddie und Mütze, wie sie mit Autoreifen und Flusskies Fundamente bauen für die Pfähle, dann noch einmal Eddie und Mütze und einen anderen, wie sie im Fluss stehen vor einem Holzgerüst, und dann sieht man auch noch den Carparkplatz, der wirklich aussieht wie ein frisch gepflügter Kartoffelacker, und darauf ist Jack ganz stolz und ich auch ein wenig auf ihn.
Und so war das, dass wir wieder zueinander gefunden haben, irgendwie.

Der Grund, weshalb wir nicht gesprochen haben die ganze Zeit, ist Eulalia gewesen. Eulalia und die Kotzerei am Abend nach unserem Besuch im AJZ und am Morgen. Kaum sind wir nämlich im Auto, da verlässt das Bier und da verlassen die ganzen Drinks meinen Magen wieder dort hindurch, wodurch sie hineingeflossen sind in ihn. Es reicht gerade noch, um die Tür aufzustoßen, und dann kotze und würge und kotze und würge und kotze ich nur noch, und jedes Mal, wenn ich denke, dass es jetzt vorbei ist, würge ich schon wieder eine Pizza auf den Gehsteig. Auf der Straße, die hochführt zur Uni, sieht es aus wie in einer neapolitanischen Großbäckerei an dem Abend, und so hat es wahrscheinlich auch bei Jack zu Hause ausgesehen am nächsten Tag, ich weiß es nicht, denn er ist keiner in meiner Erinnerung. Ich bin irgendwann gegen Mittag aufgewacht, mit ganz viel Fieber innerhalb meines Kopfs und ganz viel gelbem Brei außerhalb. Und irgendwann wache ich wieder auf, und da ist der Brei wieder weg und stattdessen sitzt Elisabeth da und löffelt mir Suppe ein, und ich stammle irgendwelche Entschuldigungen. Und als ich wieder aufwache, ist da Jack hinter mir und umarmt mich, und als ich ein weiteres Mal aufwache, ist es schon wieder Morgen.

Jack war sauer auf mich deswegen und ich war es. Aber ich war auch sauer auf Jack. Nur er war nicht sauer auf Jack.
Sauer auf mich war ich, weil ich mich übergeben hatte, und auf Jack, weil er nicht auf mich aufgepasst hatte den ganzen Abend. Und dann war ich auch sauer wegen Eulalia und weil sie im AJZ war. Ist etwas vorgefallen zwischen den beiden? Beweisen kann ich es nicht. Ich habe nur Eulalia gesehen und ich habe Jack gesehen im selben Raum, und dann habe ich gesehen, wie sie abgehauen ist in der Toilette. In einem Rechtsstaat würde das nicht ausreichen für eine Verurteilung. Aber mein Kopf ist kein Rechtsstaat.

Darüber geredet habe ich nicht mit Jack. Zuerst nicht, weil wir sowieso nicht miteinander redeten. Aber danach auch nicht, als wir es wieder taten. Ich wusste, dass er es ohnehin abstreiten würde. Davor hatte ich Angst. Und ich hatte Angst, dass er es vielleicht gar nicht abstreiten würde. Dass es wirklich wahr wäre. Und dass es dann die Möglichkeit nicht mehr gäbe, dass ich mir doch nur alles eingebildet habe.
Kein Wunder, wollte ich anfangs nicht mehr ins AJZ, weil – das hätte wieder alles aufgerissen, glaube ich. Aber irgendwann sind wir doch wieder ein paar Mal hingefah-

ren. Das heißt, Jack ist andauernd hingegangen, aber ich, ich war nur noch ein paar Mal dabei. Und erst nach ein paar Monaten wieder, als alles vergessen war, ein bisschen. Aber dort zu Hause gefühlt wie Jack, das habe ich mich nie. Ich habe mich mittlerweile nur noch bei Jack zu Hause gefühlt.

Jacks Mutter fragt sich, wohin all das Toastbrot verschwindet und all die Marmelade. Die Mütter im Dorf fragen sich, was nachmittags mit ihren Katzen passiert, und die Väter tun es. Doch es bleibt bei den Fragen. Wir machen das alles im Verborgenen.
Erst fällt der Verdacht natürlich auf Jacks Vater. Der mit dem größten Körpergewicht kann auch am meisten Brot vertilgen. Das macht Sinn.
Aber Walter streitet alles ab. Also stellt sie uns zur Rede. Jack.
– Wir *essen* das Toastbroat, sagt der.
Er sagt das wirklich, *Toastbroat*, und dann zeigt er auf mich:
– Alba isst das.
Das ist eine gute Antwort, weil sie sich Sorgen um mich macht, Elisabeth. Sie findet, ich sei zu dünn. Aber auch eine schlechte: Sie kriegt das Gefühl, sie habe zu wenig Essen zu Hause und zu wenig gutes.
Doch fürs Erste gibt sie sich zufrieden. Sie kauft einfach mehr Essen, aber natürlich fängt sie trotzdem zu rechnen an. Oder schaut einfach in ihren Einkaufswagen. Und merkt sofort: Nur tasmanische Teufel vertilgen im Monat zweimal ihr Körpergewicht. Wenn überhaupt.
Und dann bleibt uns nichts anderes übrig, als rauszurücken mit der Wahrheit, ein paar Tage später: Ja, wir machen Tierversuche.

Aber Elisabeth ist nicht sauer. Sie will einfach nur wissen, wozu das gut sein soll, das mit den Katzen.
Sie schaut mich an, dann schaut sie Jack an, und dann schaut sie wieder mich an.
Doch ich habe keine Antwort. Und darum schaue ich auch Jack an. Der wirbelt mit den Händen.
– Wozu wozu wozu, immer fragen die Leute, wozu.
Aha. Ich schaue Elisabeth an. Und die denkt natürlich genau dasselbe: Aha.
– Grundlagenforschung, sagt Jack und macht so etwas wie ein vielsagendes Gesicht. – Da braucht's keinen unmittelbaren Nutzen.
Seine Mutter verzieht das Gesicht. Aber Jack lässt sich nicht verunsichern.
– Was für einen Nutzen hat denn das Rad?, fragt er zurück.
– Was soll das jetzt? Dein Käfer zum Beispiel fährt auf Rädern. Die Eisenbahn. Kutschen. Also: Das Rad hat einen ziemlich großen Nutzen. Und einen ziemlich unmittelbaren obendrauf.
Jack ist bis zum Platzen gespannt vor Freude. Das sieht man ihm an. Wenn im Stadion der Ball aufs leere Tor zurollt, du aber noch nicht jubeln darfst, weil es noch kein Treffer ist. So.
– Falsch!, triumphiert er. – Ein Rad allein bringt gar nichts. Erst wenn vier davon ein Auto bewegen oder acht davon einen Eisenbahnwagen, hat das Rad einen Nutzen. Aber glaubst du, der Typ, der es erfunden hat, hatte schon die Dampflok im Kopf?
Ich schaue Elisabeth an. Und was macht die? Die schüttelt den Kopf. Der wird krebsrot jetzt. Ich weiß: Das ist die Situation, in der man zuerst eine Standpauke kriegt von seiner Mutter und gleich noch eine gepfeffert oben-

drauf. Aber dann – wird Elisabeth nur geschüttelt vom Lachen und gluckst.

Und dann haben wir einfach weitergemacht. Tag für Tag, Woche für Woche. Bis klar war: Marmeladenbrote fallen in aller Regel auf die bestrichene Seite, außer wenn man sie auf den Rücken einer Katze schnallt. Das hätte man sich vielleicht denken können. Aber bewiesen hat das bisher keiner.

Fünfzehn

Und so vergehen die Monate, das AJZ geht währenddessen zu und auf und zu und wieder auf, es wird Herbst und es wird Winter und es wird Frühling, und ich bleibe jetzt immer länger bei den Leteliers. Erst war es nur eine Nacht oder zwei, die ich bei ihnen schlief, dann drei am Stück, mittlerweile ist es eine Woche geworden. Manchmal gehe ich nach Hause für eine Nacht oder zwei, nur um danach wieder eine Woche bei Jack zu bleiben. Seine Eltern haben nichts dagegen, eher im Gegenteil. Irgendwann haben sie mir sogar Leas Zimmer überlassen, zu meinem Geburtstag war das und eine Überraschung, weil ich ja meine Ruhe brauche, wenn ich lerne, und damit ich Platz für meine Kleider habe, sogar einen Käfig haben sie hineingestellt und Vogelfutter gekauft. Aber Mister Wochentag, den habe ich nicht mitgenommen, weil ich glaube, dass das so etwas Endgültiges hätte für meine Mutter, als wäre ich ausgezogen, ein wenig. Ich meine, ich bin das ja auch, irgendwie, und das hat seine Gründe. Aber ich will nicht, dass meine Mutter das Gefühl hat, dass ich es wirklich sei, weil sie dann wüsste, dass das, was ich ihr vorwerfe, wirklich wahr ist: Dass sie nie für mich da ist.
Und deshalb lasse ich Mister Wochentag dort.
Als ob es auf diesen Vogel ankäme.

Jack und ich sprechen jetzt andauernd über das AJZ, weil Jack das will und weil es lange so ausschaut, als würde es wirklich zu Ende gehen mit ihm, und dann geht es wirklich zu Ende. Im März ist das, weil die Jungen aufgeben: zu viele Obdachlose, zu viele Drögeler, zu viele Dealer.

Und die Stadt, die zögert nicht lange: Innert Wochenfrist reißen sie das AJZ ab, bevor es sich jemand noch einmal anders überlegt.
Jack beklagt sich über den verlorenen Freiraum und die Jugendkultur und dann geht es ihm auch um Prinzipien und dass er seine ganzen Freunde jetzt nicht mehr alle an einem Ort treffen kann, sondern die ganze Stadt abklappern muss dafür. Aber ich muss an die ganzen armseligen Typen denken, die ihr Zuhause verloren haben und kein neues mehr finden.

Wenn wir aufstehen, Jack und ich, ist das Frühstück immer schon gemacht. Und wenn Jack manchmal früh raus muss, weil er Vorlesungen hat, aber ich noch etwas liegen bleibe, macht mir Elisabeth Frühstück und setzt sich zu mir an den Tisch, außer montags, weil sie montags arbeitet. Dann steht das Essen neben dem Herd und die Mokkamaschine auf ihm, sodass ich nur noch aufdrehen muss, wenn ich in die Küche schlurfe. Manchmal kommt mir das alles vor wie in einem dieser amerikanischen Streifen, wo eine glückliche Tochter vorkommt und eine glückliche Mutter, die zusammen Pfannkuchen mit Karamellsoße und Belgische Waffeln mit Puderzucker und winzigen Erdbeeren in sich reinstopfen am Tisch und plaudern miteinander und währenddessen ein bisschen fernsehen, und dann schaust du genau hin auf diesen Fernseher, in den die beiden schauen, und siehst, dass da eine glückliche Tochter und eine glückliche Mutter am Tisch sitzen, die zusammen Pfannkuchen mit Karamellsoße und Belgische Waffeln mit Puderzucker und winzigen Erdbeeren in sich reinstopfen am Tisch und plaudern miteinander und währenddessen ein bisschen fernsehen, und dann drehst du dich um und siehst ein

Kamerateam hinter dir und dann merkst du, auch wenn dir das alles etwas seltsam vorkommt: Das bin ich, dieser Film, jetzt.

Hin und wieder fahren wir zu Lea, Jack und ich. Es ist nicht so, dass wir das nur zusammen machen würden, aber wenn ich bei ihm bin, dann gehe ich mit. Und weil ich fast nur noch bei ihm bin, gehe ich fast immer mit auf den Friedhof, wenn Jack hinfährt. Wir stehen dann eine Weile da und schweigen, und Jack schließt die Augen. Ich starre meistens den Grabstein an, lese immer wieder *Lea Letelier*, ihren Geburts- und ihren Todestag, und versuche, an sie zu denken, obwohl ich sie ja gar nicht gekannt habe, selber. Aber das Einzige, was mir dazu in den Sinn kommt, ist, dass da ganz schön viele Es und Ls vorkommen in ihrem Namen, und dass auf Leas Grabstein und den Grabsteinen ringsum und überhaupt auf allen Grabsteinen die einzigen beiden Tage im Leben des Verstorbenen angegeben sind, die der nicht vollständig erlebt hat, und dass er vorher tot war und nachher, und dass der Bindestrich in der Mitte *Leben* bedeutet. Und weil ich dann langsam die Schnauze voll habe von diesen saublöden Gedanken, schiele ich zu Jack rüber, aber der hält die Augen meistens immer noch geschlossen, und deshalb fange ich an, in der Gegend herumzuglotzen, zum Krematorium hinüber oder zum Friedhofsgärtner oder zu den jungen Typen, die da irgendwo im Gras liegen und picknicken und Bier trinken und Hasch rauchen, und dann frage ich mich, ob es denn in dieser Stadt keinen anderen Platz gibt, wo die jungen Leute hinkönnen, um zu picknicken und zu rauchen und ihr Bier zu trinken, aber dann fällt mir ein: Nein, das gibt es nicht mehr.

Ich habe schon einige Menschen verloren in meinem Leben, und wenn man meiner Mutter Glauben schenkt oder meinen Lehrern, dann ist mein Leben noch nicht allzu lang. Ich glaube, das mit der Länge kommt auf den Standpunkt an, ich jedenfalls finde es ziemlich lang und das habe ich schon immer gefunden, und ich glaube, dass jeder *sein* Leben lang findet, egal, wie alt er gerade ist. Außer vielleicht, er stirbt gerade oder steht kurz davor, dann nämlich findet er es zu kurz. Aber das ist jetzt überhaupt nicht wichtig.
Was ich sagen will, ist, dass ich zwar viele Menschen verloren habe, meine Schwester zum Beispiel und Viktor, aber dass ich nach der Beerdigung nie wieder hingegangen bin zu ihren Gräbern. Ich habe dieses Traritrara nie verstanden, das da veranstaltet wird um diese zugeschütteten Löcher, und es leuchtet mir auch nicht ein, was diese blöden Steine mit den lieben Leuten zu tun haben sollen, die durch meine Erinnerung tanzen. Wenn ich an meine Schwester denken will oder an Viktor, und das mache ich ziemlich oft, dann tue ich das auch, und zwar an der Bushaltestelle oder im Lateinunterricht oder unter der Dusche, aber dafür brauche ich keinen Stein. Meine Mutter findet das gar nicht gut, sie findet nämlich, dass diese Gräber gepflegt gehören und dass sie besser und schöner bepflanzt sein müssen als die daneben, weil man sonst denken könnte, dass wir unsere Toten nicht gut pflegen. Dabei ist es meiner Schwester und Viktor doch vollkommen wurscht, wie diese Gräber aussehen, jetzt sowieso und früher wäre es ihnen das auch gewesen. Und dann findet meine Mutter auch, dass wir dahin gehen *müssen* jeden Sonntag oder wann sie eben frei hat, obwohl sie sich ja eigentlich schämt für Viktor, aus einem Grund sind wir schließlich umgezogen nach

seinem Tod, und das war überhaupt nicht das Geld, von dem wir ja schon immer zu wenig hatten. Sie schämt sich, weil er sich umgebracht hat und es Getuschel gegeben hat in der Nachbarschaft, weil sie ja die ganze Zeit von einem Unfall gesprochen hat, aber ich nicht. Für meine Mutter nämlich kommt das gar nicht in Frage, Selbstmord, das passt gar nicht in ihr Denken, weil sie sich Sorgen machen würde, was die Leute dann wieder sagen könnten, dabei ist dir doch gerade das, was die anderen sagen, scheißegal, wenn du dich für den Tod entscheidest, so ist das und nicht anders.

Aber meistens bleiben wir einfach nur zu Hause, Jack und ich, liegen im Bett herum und denken über irgendwelche Dinge nach. Wir träumen davon, diesem *links-konservativen Bürgertum* zu entfliehen. Das heißt, vor allem er träumt davon, weil ich ja gar nicht von dort komme, sondern nur Jack, jedenfalls behauptet er das. Woher ich stamme oder wie man das nennt, weiß ich selbst nicht so recht, ich weiß nur, dass ich von dort wegmöchte und dass es sicher kein links-konservatives Bürgertum ist, weil ich das nämlich mag, jedenfalls, was ich bis jetzt davon kenne, und das ist Jacks Familie. Wenn ich Jack wäre, würde ich nicht wegwollen von da, aber weil ich das nicht bin und er es will, will ich es auch.
Also planen wir die Flucht aus diesem Bürgertum, und die fängt immer gleich an: Wir verdienen einen Haufen Geld, im Gegensatz zu den Links-Konservativen, die immer nur gerade so viel verdienen, dass es für ihr Einfamilienhäuschen reicht mit Vorgarten und zwei Kindern. Und mit diesem Geld wollen wir uns ein riesiges Weingut in der Toskana kaufen. – Dort wird alles voller Trauben sein, sagt Jack, – Trauben, so weit das Auge reicht.

– Alles?, frage ich.
– Na ja, vielleicht nicht ganz alles.
Ich male mir das ganz wunderbar aus. Wir werden ein wenig arbeiten, aber vor allem werden wir herumliegen, eigentlich wie jetzt, nur dass eben die Rebberge der Toskana zu unseren Füßen liegen und nicht die Pressspanplatte am Bettende. Wir werden unseren eigenen Wein haben und unsere Ruhe, Jack vor der Gesellschaft und dem *Bürgertum* und seinem *Repressionsapparat*, ich vor meiner Mutter. Nur dass seine Eltern nicht dabei sein werden, das finde ich ein wenig schade.
– Werden sie uns wenigstens besuchen kommen?
– Vielleicht.

Natürlich ist das alles nur geträumt und ein bisschen dahergesagt von uns, aber dann kommt der Sommer und die Ferien und wir fahren wirklich in die Toskana. Ganz beiläufig wird der Vorschlag unterbreitet, an einem Wochenende ist das, draußen scheint die Sonne mit dem Mond um die Wette, und wir sitzen am Frühstückstisch, das weiß ich noch ganz genau. Sie hätten mal gedacht, sie wüssten nicht, und vielleicht hätte ich ja, oder ob ich schon mal in der, und so weiter, und ich nicke die ganze Zeit mit dem Kopf, weil es mir gar nicht schnell genug gehen kann, bis ich endlich Ja sagen darf. Jack soll fahren und seine Mutter, die werden sich am Steuer abwechseln nach ein paar Stunden, so sieht der Plan aus. Walter und ich dagegen sollen das tun, was wir am besten können: Die Klappe halten auf der Rückbank und nachdenklich in die Landschaft hinausschauen und ab und zu, wenn es am wenigsten passt, einen schlauen Spruch in die Welt hinausposaunen.
– Warum fährst du eigentlich nicht, Walter?, frage ich,

und zeige was weiß ich warum auf die Straßenkarte, die Jack aus dem Regal geholt hat und die er jetzt mit Elisabeth ganz genau studiert auf dem Tisch.
– Ich hatte kürzlich einen Unfall auf dem Nachhauseweg. Hab einen über den Durst getrunken im *Bären*.
Ich mache große Augen. Elisabeth blickt auf, nickt mir zu und reißt ihrerseits die Augen auf. Das heißt so viel wie: Ja, ganz recht. Aber der Walter, der winkt ab.
– Nichts Schlimmes. Aber zwei Dinge gleichzeitig tun, das konnte ich noch nie. Deshalb konzentriere ich mich jetzt eher auf den Alkohol und lass das mit dem Fahren bleiben.

Ich war noch nie in Italien. Ich war noch nie am Meer. Ich bin aufgeregt deswegen. Ich finde kaum mehr Schlaf, so sehr flimmert meine Haut, wenn ich daran denke. Wie wenn man zu wenig atmet oder viel zu viel.
Doch die Toskana ist für meine Mutter das, was es für mich bedeuten würde, Mister Wochentag mitzunehmen zu Jacks Eltern, wenn ich meine Mutter wäre: ein Schritt zu weit. Ich glaube, bei jedem liegen die Grenzen woanders. Vor allem anderswo, als die anderen denken, dass sie liegen.
Ich weiß das, und deshalb fürchte ich mich vor dem Gespräch. Aber hinter mich bringen muss ich es trotzdem, und dafür fahre ich wieder einmal für eine Nacht nach Hause. Und damit fängt's ja schon an: nach Hause fahren, um deiner Mutter zu sagen, dass du für zwei Wochen in den Urlaub fahren willst, und zwar nicht mit ihr. Ganz schön bekloppt, wenn man mich fragt. Aber das tut ja niemand.

Als ich die Haustür aufsperre, schwebt da eine Föhnfrisur über dem Sofa. Blondes Deckhaar, drunter schwarz, jede Menge Haarspray. Es ist Sonntagmorgen. Manchmal frage ich mich, für wen sie das eigentlich tut, meine Mutter.

Kaum ziehe ich die Tür hinter mir zu, fängt Mister Sonntag an zu pfeifen und zu jubeln in seinem Käfig. – Alba, Alba, Alba!, krächzt er.

Meine Mutter dreht sich nicht einmal um. Sie sitzt einfach nur da und starrt gegen die Wand.

– Bist du auch wieder einmal zu Hause?, fragt es aus der Föhnfrisur. Ich sage nichts dazu. – Die Frau Meier hat schon nach dir gefragt und der Herr Gigax.

– Wer ist das?

– Ob du dir ein Zimmer genommen hast, wollten sie wissen. Nein, habe ich gesagt. Meine Tochter wohnt bei mir, habe ich gesagt. Viel zu tun hat sie, habe ich gesagt. Wegen der Schule, habe ich gesagt. Gymnasium. Da hat er große Augen gemacht, der Herr Gigax. Weil seine Söhne nämlich, die machen nur eine Lehre.

– Wer soll das sein, diese Frau Meier und dieser Herr Gigax?

– Deine neuen Nachbarn, Alba. Wenn du einmal hier wärst, würdest du merken, dass die Mieter manchmal wechseln.

– Und was wollen die von mir?

– Alba, seufzt meine Mutter, – Alba.

Aber dann sagt sie nichts mehr dazu.

Auf dem Sofa liegt eine leere Flasche. Grün ist sie und die Artischocke auf ihr. Ich stelle sie auf den Tisch und setze mich.

Meine Mutter senkt die Lider.

– Ist von gestern Abend, murmelt sie. Sie hält sich die

Hand vor den Mund, als müsste sie gähnen oder niesen. Aber das muss sie nicht.

– Woher hast du dieses Kleid?, fragt sie und mustert mich von Kopf bis Fuß. Dann greift sie nach dem Stoff, den sie reibt zwischen den Fingern wie Falschgeld.

– Gekauft, sage ich.

– Dieser René?

– Seine Mutter.

– Aha?

– Geschenkt.

Meine Mutter sagt nichts und ich sage nichts. Ich denke zurück an den Nachmittag, als wir nach Zürich gefahren sind, Elisabeth und ich, und die Bahnhofstraße abgeklappert haben zusammen. Ich wollte einfach nur schauen in den Läden, aber nur mit Schauen ist noch niemand durch den Sommer gekommen, hat Elisabeth gesagt, und dann hat sie mir ein paar Schuhe gekauft und ein Kleid, und zwar nicht das billigste, sondern das, was mir am besten gefallen hat.

– Du musst es ihr zurückzahlen.

– Hörst du mir eigentlich zu? Es ist ein Geschenk, habe ich gesagt.

– Alba, das geht so nicht.

– Und warum nicht?

– Ich kann doch wohl noch mein Kind mit Kleidern und Essen versorgen. Was sollen denn die Eltern denken von diesem René?

Ich bin ... also ich weiß nicht ... Ich will etwas ... aber ...

Und dann sage ich:

– Es ist ein Geschenk!

Meine Mutter winkt ab. Sie steht auf und holt ihr Portemonnaie. Sie zieht ein paar Scheine heraus, einen Fünfziger, glaube ich, und einen Zwanziger.

– Wie viel ist es?
– Dreihundertfünfzig, vielleicht auch vierhundert.
Sie kräuselt die Stirn, pfeift leise durch die Zähne und sagt irgendwas vor sich hin. Sie zögert einen Augenblick, steckt das Geld wieder zurück ins Portemonnaie und packt es weg.
– Du musst arbeiten gehen.
– Warum?
– Damit du das zurückbezahlen kannst.
– Okay, sage ich.
Aber natürlich verschwende ich keine Sekunde an den Gedanken. Elisabeth würde mich auslachen und der Walter würde es. Oder noch schlimmer: Sie würden sich gekränkt fühlen.
– Du bist nie zu Hause.
Meine Mutter nimmt die Flasche vom Tisch, schraubt sie auf und dann schraubt sie sie wieder zu.
– Du auch nicht.
– Ich arbeite.
– Und ich bin in der Schule.
– Du bist bei diesem René. Und bei seiner Mutter.
Ich zucke mit den Schultern.
– Und jetzt?
– Schläfst du mit diesem René?
Sag mal.
– Das geht dich gar nichts an.
– Und ob mich das was angeht. Du bist meine Tochter.
– Das sagen Elisabeth und Walter auch.
Natürlich stimmt das nicht so ganz. Die Wörter *wie* haben sie benutzt und *neu*. Aber wenn ein Krieg bevorsteht, nimmt's keiner so genau mit der Wahrheit. Gefreut hat's mich trotzdem, das mit Elisabeth und Walter, meine ich.

Meine Mutter sieht mich an, mit einem Flackern unter den Lidern und einem Zucken ganz außen zwischen den Lippen. Ja, genau.
– Wer ist das?
– Jacks Eltern.
Und dann sackt das Fenster weg aus meinem Blick und der Fernseher und etwas explodiert in meinem rechten Ohr.
Ich springe auf. Mir flimmert die Wange und in meinem Kopf pfeift es.
Als ich die Augen öffne, sehe ich: Meine Mutter weint.
Ich schreie:
– Ich fahre mit den Leteliers in die Toskana! Zwei Wochen, nur dass du's weißt!
Und dann stapfe ich in den Flur und ziehe mir die Schuhe an.
– Wohin gehst du?, fragt meine Mutter und wischt sich die Tränen von der Wange.
Ich sage:
– Zu Jack. Und: – Die schlagen mich wenigstens nicht.
Meine Mutter sagt nichts. Sie fängt von neuem an zu weinen. Ein bisschen tut sie mir leid, eine Sekunde vielleicht spiele ich mit dem Gedanken, zu ihr zu gehen und sie zu umarmen. Aber dann öffne ich die Tür. Meine Mutter räuspert sich.
– Alba?
– Was?
– Aber du musst sie ihnen zurückbezahlen, die Ferien.

Natürlich habe ich das nicht getan. Aber eine Arbeit habe ich trotzdem gefunden. Der Eddie nämlich, den ich ja im AJZ kennengelernt habe vor einiger Zeit, hat mir eine Stelle besorgt, und das ging so: Ich gehe in Zürich über

den Bürkliplatz, weil dort gerade wieder dieser Flohmarkt ist, und plötzlich sehe ich den Eddie, wie er mit seiner Jeansweste gegen den Pavillon lehnt in der Mitte und mit einem Auge um die Ecke schielt, so als suchte er etwas. Und wie sich herausstellt, tut er das auch wirklich.
Eddie: – Ich suche jemanden, der Arbeit sucht.
Ich: – Und ich suche Arbeit.
Am nächsten Tag konnte ich anfangen: Zwei Tage die Woche in einer Fischzucht. Ich hab sie ziemlich gemocht diese Arbeit, und die Fische, die sowieso. Auch wenn sie mir natürlich leid taten, wie sie da in ihren Becken gewartet haben darauf, endlich herauszukommen, und sich damit den Tod gewünscht haben, ohne es zu wollen.
Na ja, vielleicht hat es sich auch nicht genau so abgespielt mit Eddie und der Arbeit. Aber: Als wir im nächsten Februar mit Jacks Familie eine Woche in den Skiurlaub gefahren sind, konnte meine Mutter nichts mehr dazu sagen oder dagegen. Auch wenn Jacks Eltern noch immer nichts wissen wollten vom Geld.

Sechzehn

Aber zuerst waren wir ja im Urlaub, Elisabeth und Walter und Jack und ich. Mein erstes Mal am Meer. Wir fahren durch die Schweiz und dann fahren wir durch Italien, und als es nicht mehr aufhören will, dieses Italien, sind wir da.

Als wir am Strand stehen nach dem Abendessen und dieses Meer so daliegt, beobachten wir alle vier, wie der Abend zur Nacht kommt. Elisabeth legt ihren Arm über meine Schultern und fragt:
– Und was sagst du, Liebes?
– Irgendwie enttäuschend, sage ich.
Man würde jetzt denken, dass alle irgendwie eine blöde Schnute ziehen, nachdem ich das gesagt habe, weil sie mich für undankbar halten oder so etwas. Aber das tut keiner. Elisabeth schaut mich nur von der Seite an ein wenig, was so viel heißen soll wie: Ich höre dir zu.
Und dann erzähle ich, dass ich eben dachte, dass das irgendein Gefühl in einem auslöst, man zu einem anderen Menschen wird, wenn man das Meer sieht, was weiß ich. Aber das stimmt nicht. Man ist immer noch derselbe Mensch, nur dass jetzt eben dieses Meer vor einem liegt. Ich denke, wenn die Leute *Meer* sagen, dann meinen sie es gar nicht. Sie meinen den Strand und sie meinen das Essen und sie meinen die Pinien und sie meinen die Eidechsen, die faul herumliegen in der Sonne. Und vor allem meinen sie die guten Leute. In meinem Fall sind das die Leteliers.
Das sage ich ihnen.

Am nächsten Tag fahren wir in die Stadt. Wir wohnen ziemlich nah am Strand, in einem Ort, den es eigentlich gar nicht gibt. Aber ganz in der Nähe liegt eine Stadt, Grosseto heißt die, aber sie ist ungefähr halb so groß, wie ihr Name glauben macht. Viel gibt es da nicht, ein paar riesige Gebäude, wenn man in die Stadt hineinfährt, die nur aus weißem Stein und aus Schatten gebaut sind und die ein bisschen aussehen, als wären sie für eine Welt ohne Menschen geschaffen worden, allerdings stimmt das nicht so ganz. Sie sind für eine Welt ohne bestimmte Menschen geschaffen worden.

Dann gibt es auch ein paar chaotische Gassen in der Stadt, ziemlich viel heiße Luft und Stadtmauern aus Ziegeln mit diesen herzförmigen Bastionen, was ich ein bisschen romantisch finde, aber dann auch wieder blöd, weil die unmöglich auf ein Foto passen, das ich mir so vorstelle: Jack und ich liegen in der Mitte im Gras, und um uns sind diese Mauern, die ein Herz bilden, und das fotografiert dann einer.

– Da müssten wir ein Flugzeug mieten, sagt Walter.

– Okay, sage ich.

Natürlich ist das nur so dahergeplappert, aber als ich zu Jack rüberschaue, macht der mit seinem Kopf hin und her wie eine von den Tauben mit den verkrüppelten Füßen, die durch die Straßen tippeln hier. Das soll wohl heißen, dass er gerne fliegen möchte wie ein Vogel, oder vielleicht auch nur: Find ich klasse, die Idee. Und auch Elisabeth findet sie ziemlich gut, und deswegen mieten wir dann tatsächlich ein Flugzeug drei Tage später. Natürlich bleiben Jack und ich nicht am Boden dabei.

Ich bin noch nie geflogen vorher, und ich wusste auch nicht, ob das geht mit meiner Höhenangst, aber jetzt kann ich sagen: Doch, das geht. Ein bisschen weiche Knie hatte ich allerdings schon, aber nicht wegen der Höhe, sondern wegen der Maschine. Die ist nämlich so ein einmotoriger Seelenverkäufer, der ziemlich unsicher durch die Luft wackelt, wie ein Pinguin, der gerade erst flügge geworden ist. Und dann merkt: Scheiße, das kann ich ja gar nicht. Die Maschine sackt nämlich andauernd ab, zehn Meter, zwanzig, das kann man nicht sagen in der Luft, und wenn du den Piloten dann anbrüllst, sagt er dir auch nur irgendeine Zahl in Fuß. So was ist auch nur in einem Cockpit möglich, denke ich dann, in Mathe hätte diese Antwort eiskalt Abzug gegeben, da kennt der Wullschläger gar nichts, wenn du die Sorten vertauschst. Aber dann, als die Maschine wieder absackt, sind diese Gedanken verflogen in meinem Kopf, überhaupt verfliegt einem der ganze Körper dabei und man fühlt sich ein wenig wie Gott in diesem Moment: nicht existent.

Wir fliegen über die Ebene und den Fluss, und dann kommt ein Berg und Wald dazwischen und dann wieder eine Ebene und ein Fluss, und dann kommt eine Insel, die schon überall ins Wasser gerutscht ist, nur von einer Brücke wird sie noch an Land zurückgehalten und an zwei Stellen von einem schmalen Streifen Strand, der ziemlich doof aussieht, weil da Meer ist und dann dieser Strand und dann ein bisschen Wiese dahinter und dann kommt schon wieder Meer, als hätte jemand einen Strand bauen wollen und dann hätte er mittendrin aufgehört damit, weil plötzlich Freitagabend war.

Ich denke: So wird eine Insel geboren.

Und dann sage ich das.

Elisabeth nickt, aber Jack schüttelt mit dem Kopf.

– Das ist genau umgekehrt, brüllt er. – Früher war's eine Insel, jetzt ist es Festland.

– Ich weiß, rufe ich, aber dann denke ich an so eine Doku vor ein paar Monaten, die sagt, die Welt sei ein Gewächshaus, und dann bin ich mir nicht mehr sicher.
Auf dem Rückweg fliegen wir weiter durchs Landesinnere, über ziemlich runde Seen, die in tiefen Kratern schwimmen, und die aussehen wie die Pickel Italiens, wenn sie ausgedrückt sind, einfach viel schöner und blau. Und wir sehen endlich die Weinberge, von denen wir ja einen kaufen wollen, Jack und ich. Ein Gutshaus sieht man und einen Weg sieht man da auch, der sich sanft den Hügel runterschlängelt oder hoch, und ein paar von diesen grünen Nadeln, die untätig am Wegrand stehen, ein bisschen im Wind schwanken und ab und an eine Wolke piksen, wenn ihr Flug zu tief geraten ist.
Als wir landen, bin ich wirklich froh, dass wir das gemacht haben. Allerdings bin ich auch froh, dass wir wieder festen Boden haben unter den Füßen.

Sonst liegen wir am Strand herum und in unserem Zimmer, Jack und ich, wir essen Crevetten zu jeder erdenklichen Tageszeit und ab und an fahren wir auch ins Hinterland, alte Ruinen schauen wir uns an und Steinhaufen und dann auch so eine etruskische Totenstadt. Das klingt jetzt ziemlich langweilig, aber eigentlich, denke ich, sollte das jeder von uns einmal tun, dann würden vielleicht unsere Friedhöfe nicht so aussehen, wie sie aussehen, nämlich bekackt. Die Etrusker, die ja eine Sprache gesprochen haben, die man gar nicht versteht, haben sich unter solchen Hügeln begraben lassen, die mit Gras bewachsen sind und ein bisschen aussehen wie weibliche Brüste, außer meine. Das gefällt mir ziemlich gut, das mit den Hügeln. Warum das so ist, überspringe ich jetzt. Man muss ja auch nicht alles zu Tode erklären.

Aber von all dem erzählt man seiner Mutter nicht, wenn man wieder zu Hause ist. Man erzählt überhaupt nichts.
Oder doch.
Das vom Meer erzählt man, und dass es enttäuschend war. Und wenn sie dann ein wenig lächelt, erzählt man noch von den Meeresfrüchten, die man gegessen hat die ganze Zeit, und wenn sie schon wieder die Mundwinkel hängen lässt deswegen, setzt man nach, dass man es genau so gemacht hat, wie sie immer gesagt habe: Meeresfrüchte nur am Meer, und davon ist sie dann wieder ein bisschen beruhigt.
Aber sonst erzählt man nichts.

Irgendwann kam Eulalia wieder ins Spiel, aber ich weiß nicht mehr wann. Manche meiner Erinnerungen sind wie die Straßen unter den Leuchtkegeln, die von den Laternen hängen: hell und klar, aber viel zu sehr für sich und dazwischen nichts außer Dunkelheit.
Lange hatten wir nicht mehr darüber gesprochen, Jack und ich, und das hat mir Sicherheit gegeben und etwas Ruhe.
Aber ich meine: mein Oberschenkel. Wie lange kann man so etwas verbergen?
Länger als man denkt.
Aber kürzer, als man möchte.

Jedenfalls: Nachdem er es gesehen hat, fragt Jack immer häufiger nach Eulalia. Das heißt, Jack behauptet, dass das die Ursache war. Zum Beispiel. Wenn der Meeresspiegel steigt, dann ist das Klimaerwärmung. Wenn der Wasserspiegel in der Badewanne steigt, ist das keine Klimaerwärmung. Es hat einfach nur jemand reingepinkelt.

Jacks Fragerei bewirkt natürlich das genaue Gegenteil davon, was er sich wünscht: Ich erzähle überhaupt nichts mehr von Eulalia.
– Wenn du das unbedingt wissen willst, sage ich, dann frag sie doch einfach selbst.
Aber in Gedanken nehme ich das sofort wieder zurück: Ich will nämlich nicht, dass die sich treffen. Natürlich hat es keinen Zweck, dass ich das nicht will, denn: Treffen tun die sich doch schon lange. Aber nicht, dass wir

deswegen seltener geschlafen hätten miteinander. Das wäre vielleicht besser gewesen. Oder so.
Ja.
Da ist nämlich meine Matura im Sommer und danach kommen die unbeschwerten Tage, in denen ich frei habe und Jack frei hat, und wir trampen nach Spanien, so ohne alles. In Barcelona gibt es ja diese blöde Kirche, die einfach aufhört hinter der Fassade, und weil ich das nicht glaube, dass es so etwas Dummes gibt, will ich sie unbedingt sehen. Aber dann verfahren wir uns und geraten in so ein Kaff, und nachdem wird unser Zelt aufgeschlagen haben am Fluss, gehen wir nicht mehr weg von dort. Es ist heiß wie lange nicht mehr und wir sind alleine und deshalb laufen wir herum ohne alles und baden ohne alles und schlafen ohne alles und überhaupt machen wir alles ohne alles.

Zwei Monate später gehe ich zum Arzt. Frauenprobleme. Das heißt, das eigentliche Problem begann erst damit, dass die Probleme ausgeblieben waren.
Eine Bekannte von mir hat panische Angst vor Kindern. Nicht vor allen, aber vor denen, die sie nicht hat. Und nun geht sie also nach Großbritannien. Sieht in der Apotheke, wie billig die Schwangerschaftstests sind, und füllt ihren Koffer bis zum Rand. Jeden Monat macht sie einen Test. Der Erfolg ist bisher nie ausgeblieben.
Als ich ihr von meinen Problemen erzähle, gibt sie mir prompt einen aus. Aber natürlich ist ausgerechnet der positiv. Einer aus dreihundert Schachteln. Das muss man sich einmal vorstellen.

Achtzehn

Die Arme und die Beine und der Kopf. Sie sind ein Hühnerstall, wenn der Fuchs eingedrungen ist in ihn: Alles will woanders hin.
Gerade eben noch neben mir auf der Scheibe: der Regen, der einen Vorhang aus Perlschnüren aufs Glas spannt, und mein Blick, der sich nicht sattsehen kann daran. Dann klafft da plötzlich eine gezackte Lücke und kopfüber und schräg bricht ein Krankenhaus hinein in den Blick und eine Straße, auf der sich Autos heranhangeln und Menschen, die aus ihnen steigen.
Ich spüre den Regen, der jetzt gegen den Unterboden schlägt, sehe die Leute, die heranrennen und ich weiß, dass Fragen aus ihren Mündern kommen, aber ich höre sie nicht. In meinem Kopf pfeift ein Teekessel, und keiner ist da, um ihn von der Herdplatte zu nehmen.

– Achtung Schlaglöcher, ruft Jack, und: – Festhalten!
Stimmt nicht. Es waren Bodenwellen und er hat *Untiefen* gesagt, aber bevor ich das richtigstellen konnte, hat's auch schon geknallt.
In der Krankenhauskurve.
Das ist keine Kurve, die man so nennt, weil die Leute so viele Unfälle bauen in ihr. Wie eine Todesstrecke oder eine Friedhofsstraße. Es ist einfach nur die Kurve vor dem Krankenhaus.
– Irgendwie ganz praktisch, dass wir uns vor der Notaufnahme überschlagen haben, sagt Jack, als ihm der Arzt die Glassplitter aus dem Gesicht zieht, genug um ein kleines Kaleidoskop zu füllen damit. – Ich hab ein Gespür für's Praktische.

Hat er nicht. Wenn es danach ginge, hätte er den Wagen vor dem Friedhof in den Straßengraben gesetzt. Dann hätten wir Eulalia gleich dort lassen können.
Eulalia brauchte das Krankenhaus vor dem Unfall, nicht danach.

Am Morgen hat mich Jack abgeholt zu Hause.
– Wohin fahren wir?
– Überraschung, sagt Jack.
Mehr sagt er nicht.
– Komm schon, sage ich und tippe mit dem Zeigefinger gegen seine Rippen.
Da bin ich noch guter Laune.
Doch Jack will nicht herausrücken mit der Sprache.
– Überraschung, sagt er immer nur, – Überraschung.
– Jetzt sag schon, verdammt noch mal.
Jack zieht eine Schnute. Natürlich. Aber das kann ich auch. Ich verschränke meine Arme und schaue so sehr aus dem Fenster, wie man aus einem Fenster nur schauen kann. Wir haben gerade die Hauptstraße verlassen und schlängeln uns durch die engen Straßen am Schlossberg.
Jack druckst noch immer herum, keine Frage. Aber sein Widerstand, der wird allmählich schwächer.
– Komm schon, sage ich.
– Also gut. Wir drei fahren nach Italien.
Drei? Wenn du durch den Wald gehst und erschrickst, weil du einen Haufen Müllbeutel mit Körperteilen am Wegrand siehst, aber noch nicht richtig weißt, ob da wirklich Körperteile drin sind in den Beuteln, weil du dich nicht traust hineinzuschauen und es auch lieber nicht tust – so hat mich das getroffen, als er sagte: Wir drei.

Ich zögere. Ich zähle noch einmal nach: Jack, ich und ... Ich schaue herab an mir. Ich sage nichts. Ich schaue ihn fragend an.
Aber bevor Jack eine Antwort geben kann, steht diese am Straßenrand, mit einer schwarzen Sporttasche neben sich: Eulalia.
Das hat mir gerade noch gefehlt.

Trotzdem. Ich umarme Eulalia und löse mich sogleich wieder von ihr, um sie dreimal zu küssen auf ihre Wangen, und dann umarme ich sie abermals. Aber an meiner Schläfe ist ihr Kopf hart wie eine Marionette und kühl spüre ich ihren Atem an meinem Hals.
Ich beobachte, wie sie sich umhalsen, Jack und Eulalia, und sich an den Händen halten für einen Augenblick. Ich beobachte auch, wie Jacks Finger an einer Haarsträhne ziehen, die in Unordnung geraten ist, und sie zu den anderen legt, die aufrecht und schwer vom Scheitel herab und neben den Wangen stehen wie Fäden.
Warum Eulalia?
– Wir haben ja noch gar nie was zusammen gemacht, flüstert er.
Wenn du mit *wir* uns drei meinst, denke ich, dann stimmt das. Wenn du euch beide meinst, dann ist das gelogen.
– Da dachte ich, ich überrasche dich mal, schiebt er nach.
– Na, das ist dir gelungen.
– Ich wollte dir eine Freude machen.
Ich schiebe meine Brauen zusammen, so weit es geht, und reiße den rechten Mundwinkel nach oben. Das ist der Versuch, befremdet auszusehen. Oder so, wie ich mir vorstelle, dass einer aussieht, wenn er befremdet ist. Eigentlich finde ich das überhaupt nicht befremdlich,

sondern einfach nur scheiße. *Dir* wolltest du eine Freude machen, denke ich, aber das sage ich nicht. Ich sage gar nichts. Ich weiß nämlich nicht, was ich sagen soll.
– Ich dachte, dann sind wir nicht so alleine.
– Aber ich *wollte* alleine sein, sage ich. – Mit dir.
In meinem Kopf ist es jetzt schwarz vor Gedanken. Ich schaue aus dem Fenster. Die Wolken, die hie und da nach Westen ziehen über uns, sehen nach nichts aus. Es sind einfach nur Wolken. Am Himmel hängt irgendeine Sonne, die überhaupt nichts zu tun hat mit mir.
Ich sage nichts mehr. Auch Jack sagt nichts, und deshalb schweigt auch Eulalia, die hinter mir auf der Rückbank sitzt.
Irgendwann nehme ich ein Buch hervor und lese in ihm, um mich auf andere Gedanken zu bringen. Ich versuche es zumindest. Das mit dem Lesen, meine ich. Jack fährt nämlich so schnell und bremst andauernd so scharf und aus völlig unerfindlichen Gründen, dass die ganze Zeit Buchstaben aus den Zeilen rutschen und Wörter. Wir sind noch keine zwanzig Minuten gefahren, da ist das ganze gottverdammte Buch leer und im Fußraum stapeln sich überall die Wörter und die Buchstaben.
Vielleicht merke ich deswegen lange nicht: Da, wo wir hinfahren, das ist nicht Italien. Bözberg, Frick, Rheinfelden, Basel. Deutschland vielleicht, oder Frankreich.
– Warum fahren wir nach Westen?
Jack druckst herum.
– Na ja, also ... Wir fahren nach Frankreich.
– Frankreich? Ich dachte, Italien.
– Ja, erst Frankreich, dann Italien.
Sag mal.
– Und was wollen wir in diesem Frankreich?
– Essen.

– Und in Italien gibt's das nicht?
– Hab an Muscheln gedacht.
Ich warte. Jack lächelt verlegen.
– Zum Muschelnessen fährt man nach Frankreich, sagt er halb zu mir und halb zu sich selbst. Wie einer, der den Schmu, den er gerade erzählt hat, selber nicht so recht glaubt und sich darum erst mal selbst überzeugen muss, dass das, was er da gerade gesagt hat, vernünftig ist.
– Muscheln? Wer mag schon Muscheln? Ich mag keine Muscheln. Magst du etwa Muscheln?
Und noch bevor Jack aus den Wortbrocken, die ihm aus dem Mund plumpsen, eine Antwort zusammengeschustert hat, weiß ich, was hier gespielt wird. Rasch drehe ich mich nach hinten und dann wieder zurück zu Jack:
– Aber Eulalia mag Muscheln. Alles klar.
– Was ist klar?, versucht's Jack noch einmal.
Aber das hat keinen Zweck.
– Wir fahren gar nicht wegen mir nach Frankreich, sondern wegen Eulalia, hab ich recht?
Jack schüttelt mit dem Kopf. Er sagt nichts. Aber das ist auch etwas, nichts zu sagen.
Die Gedanken sind jetzt viele und stehen so eng nebeneinander in meinem Kopf, dass nicht einmal mehr Platz dazwischen ist für ihre Schatten. Ich möchte hinausfahren aus meiner Haut, aber das sagt sich leichter.

– Willst du nicht wenigstens probieren?, fragt Jack, legt die Menükarte auf den Tisch und greift nach meiner Hand, bricht die Bewegung aber ab in der Hälfte.
Eulalia küsst ihre Fingerspitzen, wie es Spitzenköche nie tun, wenn ihnen die Soße gelungen ist in der Pfanne. Sie verkündet:
– Sind wirklich *exquisit*.

Als ob mich das überzeugen würde.
Ich meine: Muscheln. Garnelen, Crevetten, Krebse, Tinten- und Thunfische: Ja. Aber Muscheln? Wenn ich etwas essen will, das wie Algen schmeckt, esse ich Algen. Und dann haben die Tiere noch nicht einmal Augen. Pfui Deibel. Es heißt nicht umsonst, dass man nichts ohne Augen essen soll.
– Man isst, was man ist, sage ich und schlage mir mit der flachen Hand auf den Bauch. – Deshalb esse ich Fleisch.

Und das mit Recht. Ich habe nämlich keine Bauchkrämpfe gekriegt nachher. Gut, Jack auch nicht. Aber Eulalia. Die dafür umso mehr.
Wir fahren gerade durch irgendwelche Dörfer im Elsass, da wird Eulalia plötzlich ganz still hinten und ebenso plötzlich wird sie es nicht mehr. Sie fängt nämlich zu wimmern an und zu heulen wie so ein Lastwagen von denen, die andauernd an uns vorbeibrettern. Jack sagt, sie solle sich doch nach vorne setzen, aber das finde ich keine so gute Idee. Ich meine, sie hat Bauchschmerzen. Ist ja nicht so, als ob sie gleich kotzen müsste.
Trotzdem. Ich halte den Mund und tausche mit Eulalia die Plätze. Aber als ich auf der Rückbank sitze, wird alles nur noch schlimmer. Als hätte ich nicht gewarnt davor.
– Geht's?, fragt Jack andauernd und andauernd schaut er hinüber zu ihr.
Aber das bringt nichts. Eulalia gibt kaum mehr Antwort, wimmert nur noch. Ihre Bauchschmerzen sind so heftig, dass mir der Bauch plötzlich auch wehtut. Wie wenn sich einer übergeben hat und dir dann auch schlecht wird davon.
– Wir fahren jetzt in die nächste Stadt und suchen ein Krankenhaus, sagt Jack.

Nächste Stadt ... Ja, was heißt denn hier Stadt? Erst mal kommt hier gar nichts. Und: Es kommt alles zusammen. Es fängt zu regnen an und die Scheibenwischer gehen kaputt.
Und dann sag ich's. Vielleicht ist das keine gute Idee, ihm das jetzt zu sagen, da alles zusammenkommt, aber das wäre es vorher nicht gewesen und danach auch nicht. Vielleicht sage ich es auch gerade jetzt, *weil* alles zusammenkommt.
– Wir sind vier, sage ich und lege dabei meine Hände auf den Bauch, und Jack schaut mich an im Rückspiegel und den Bauch und dann fährt er zusammen. Danach schaut er Eulalia an neben sich und dann dreht er sich um und schaut zu mir nach hinten. Er stammelt irgendwas vor sich hin und gräbt nach einer passenden Miene in seinem Gesicht, und als er keine findet, ist er wieder still.
Und dann sagt er das mit dem Festhalten und den Untiefen und dann lacht Eulalia und dann ist sie auch schon tot.

Zusammen mit den Glassplittern haben sie Jack fünf Tage aus dem Kopf gepult. Andauernd muss ich ihm unsere Fahrt nach Frankreich erzählen. Er kennt die Geschichte, nur was er dabei für eine Rolle spielt, das weiß er nicht mehr. Jack hat sich selbst vergessen.
Was er noch weiß, ist mein Name.
– Eulalia, sagt er die ganze Zeit zu mir, – Eulalia.
Und dann noch mal:
– Eulalia, ich liebe dich.
Und dann ist es auch schon raus, das mit ihm und Eulalia.

Als ich Jack verlasse, kann er es nicht glauben. Wie der geheilte Blinde, der im Unispital aus dem Fenster schaut und nicht mehr aufhört, mit dem Kopf zu schütteln, während er immer wieder vor sich hin stammelt: – So hässlich habe ich es mir aber nicht vorgestellt.
Er ruft mich die ganze Zeit an, steht so lange vor der Haustür, dass meine Mutter mit der Polizei drohen muss. Und irgendwann platzt mir der Kragen. Ich gehe hinaus ins Treppenhaus und sage Jack alle Schande. In einer Ecke meines Kopfes liegt ein ganzer Haufen mit Dreckwasser vollgesaugter Lappen, die ich auswringe, wenn ich genug habe.
Eine Weile steht Jack da, die Arme hängen ihm reglos vom Körper und der schmale Kopf drückt viel zu schwer auf seine Schultern. Er sagt nichts. Seine winzigen Augen gehen ins Ungefähre, sein Kopf nickt langsam und verloren, wie betäubt von der Gewalt dieses einen Schlages, der ihm auch noch den Rest fortnehmen wird davon, was ihm wichtig war. Und dann geht er.
Jetzt bin ich wieder allein, denke ich. Fast.
Ich gehe hinein. Ich denke nichts. Ich spreche mit meiner Mutter.
Und dann lasse ich den Eingriff machen. *Wir* lassen ihn machen.
Jetzt bin ich wieder allein. Oder ein paar Monate später.
Je nachdem.

Lange höre ich nämlich nichts von Jack. Auch nach ein paar Monaten höre ich nichts von ihm. Ich höre es von seiner Mutter. Ich muss nachdenken, als ich Elisabeths Stimme höre. Es ist ziemlich lange her, dass ich zum letzten Mal mit ihr gesprochen habe.

Ob Jack bei mir sei, fragt sie, und ich weiß nicht, was diese Frage eigentlich soll, denn offenbar weiß sie selbst viel besser, wo er ist. Er hat ihr Auto genommen, sagt sie, und ist damit hinausgefahren, und dann hat er es gegen einen Baum gesetzt, den einzigen auf der Strecke.
– Auf der Fahrbahn waren keine Bremsspuren zu finden, sagt sie, und: – Sie haben auch keinen technischen Defekt gefunden am Wagen und keine Medikamente im Blut, keinen Alkohol und keine Drogen.
Und dann:
– Nur ein Abschiedsbrief hat sich gefunden. Er hat dich erwähnt, Alba.
Ich hänge auf, denn ich will nicht, dass es jetzt weitergeht, dieses Gespräch.
Ich gehe hinaus, und fange an zu rennen, wie damals, als das mit der Polenta anfing, an jenem Nachmittag, bevor sich Viktor erhängte.
Und dann denke ich, dass es seltsam ist, dass ich bei meinem Stiefvater gerannt bin, *bevor* er sich umgebracht hat und bei Jack *danach*, und frage mich, was das jetzt bedeutet für mich und für die Welt.
Und dann denke ich immer weiter, ich denke vieles, alles dreht sich, aber immer wieder um einen Gedanken. Wäre Jack doch früher gestorben, denke ich, wäre er doch früher gestorben, ein Jahr oder zwei Jahre, was weiß ich, einfach bevor das mit Eulalia anfing, damals wäre er mein Toter gewesen, meiner, und nicht irgendeiner und schon gar nicht Eulalias Toter. Es gäbe dann einen Ort für meine Trauer und einen für meine Erinnerungen, es gäbe eine Berechtigung für das, was ich jetzt fühle, aber jetzt höre ich die anderen, die anderen und mich, immer nur sagen: – Ach, was hast du eigentlich, er war doch gar nicht mehr dein Freund.

Also gut. Das mit Eulalia, das ist vielleicht gar nicht so schlimm. Und das mit Jack – auch nicht. Wenn ich den Leuten meine Geschichte erzähle, dann lasse ich einige Wahrheiten weg und füge andere hinzu.
Eulalia war schon immer tot. Zumindest schon lange. Und dieser Unfall – es hat ihn nie gegeben. Oder doch. Aber am Steuer saß nicht Jack, sondern mein Stiefvater Viktor. Und Eulalia heißt auch nicht Eulalia, sondern Anna.
Schuld am Tod meiner Schwester war Viktor, weil: Er ist gefahren. Das hat meine Mutter gesagt, erst nur in zweideutigen Nebensätzen und manchmal, dann fast bei jedem Essen und ausdrücklich. Sie haben sich gestritten, Viktor und meine Mutter, und dann haben sie sich wieder versöhnt, nur um sich von neuem in die Haare zu kriegen.
Mit den Vorwürfen aufgehört hat meine Mutter erst, als der Richter gesagt hat, dass Viktor unschuldig sei. Also, das hat er nicht so gesagt, sondern dass der Lastwagenfahrer schuldig sei und dass er Anna fahrlässig getötet habe.
– Das bringt mir meine Tochter auch nicht mehr zurück, hat meine Mutter gesagt.
Und Viktor hat es auch nicht mehr zurückgebracht, der ja irgendwann den Kopf hat hängen lassen auf dem Dachboden und für immer.
Und Jack?
Der wollte einfach nichts mehr von mir wissen, nachdem ich es ihm gesagt habe. Ist einfach abgehauen ein paar Tage danach. Nach unserer Fahrt ins Elsass. Einfach so.

Aber das, das glaubt dir ja keiner, wenn du sagst: Einfach so.

Also: Wenn ein Zauberkünstler nach dem Tuch greift auf dem gedeckten Tisch, daran zieht mit einem Ruck, und auf einmal sind alle Teller weg und alle Gläser darauf und das ganze Besteck. So plötzlich und unerwartet ist damals Anna verschwunden.

Anna war meine große Schwester, bis auf die letzten beiden Jahre, da war ich sie. Das war auch gut so, weil Anna sehr klein war und ich endlich ihre Sachen nicht mehr nachtragen musste.

Anna war der Meinung, dass unsere Namen zu ähnlich seien. – Anna – Alba, hat sie gesagt, – verstehst du? Und als ich genickt habe, da hat sie beschlossen, dass wir meinen Namen ändern und dass der fortan Dido ist, weil sie ja zuerst da gewesen war und ihr Name schon immer.

Zu Weihnachten hat sie mich jedes Mal überrascht und sie war immer die Erste, die mir zum Geburtstag gratuliert hat, und einmal auch nicht zum Geburtstag. Sie war damals als Au-pair in Neuseeland für ein Jahr, das weiß ich noch ganz genau, weil meine Mutter gar nicht oft genug herumerzählen konnte in der Nachbarschaft, wie besonders das jetzt sei, aber ich fand es einfach besonders traurig. Jedenfalls hat mich Anna am Tag vor dem 11. Februar angerufen, um mir zu gratulieren, kurz nach dem Mittagessen.

– Du hast Geburtstag, Dido, wo du gar nicht bist. Ich trinke ein Glas Champagner auf dich, das steht in der Karte geschrieben, die du heute erhalten wirst, aber leider stimmt das nicht. Gerade ist nur Bier da.

Lange habe ich gedacht, dass Anna meinen Geburtstag einfach vergessen hatte oder verwechselt, weil sie betrunken war, und darüber war ich wirklich traurig. Erst als mir Viktor irgendwann erklärt hat, dass Anna in der Zukunft gelebt hatte, habe ich den Sinn begriffen ihres Anrufs, aber damals war alles schon zu spät.

Wenn ich vorher damit beschäftigt war, irgendwie zu leben, dann habe ich in jenem Sommer nichts anderes gemacht, als nicht zu sterben. Es war unerträglich heiß und unerträglich kalt war es in mir drin, sodass in meinem Körper das Softeis nicht geschmolzen ist, das ich gegessen habe die ganze Zeit und als einziges. Aber wie viel ich auch in mich hineingestopft habe davon und wie schnell, das Loch wollte sich einfach nicht schließen, das Anna aufgerissen hatte in mir.
Tagelang bin ich in meinem Zimmer geblieben. Hinausgegangen ist nur das, was ich im Magen hatte, und die Traurigkeit, die jetzt überall war, im Spiegel, wo mir ein Mädchen aus Augen entgegenstarrte, die schwarz gerahmt waren wie in der Zeitung die Todesanzeigen, vor dem Fenster, wo die Blumen ihre Köpfe hängen ließen und die Bäume ihre Krone, im Fernseher, wo zwischen schwarzen Balken Menschen ihren Beschäftigungen nachgingen und ihren Nichtbeschäftigungen. Ich habe lange geweint und viel damals, und ich habe erst aufgehört damit, als alles ausgetrocknet war von mir und hart geworden wie Stein.

Meine Mutter hat nicht gewusst, was sie anfangen soll mit mir. Sie war verzweifelt. Sie hat gesagt: – Die Zeit heilt alle Wunden.
Aber ich wusste: Das ist eine Lüge. Die Zeit heilt über-

haupt nichts. Vergehen, das ist alles, was sie kann. Und nicht einmal das kann sie besonders gut.

Anna war für mich so was wie meine Mutter, weil meine Mutter nicht wie meine Mutter war und leider auch nicht wie meine Schwester. Als Anna gestorben ist da auf dem Asphalt, habe ich mich gefühlt wie dieser Regenwurm, den ich als Kind in unserem Garten entzweigeschnitten habe aus Versehen. Weil ich nicht aufhören wollte zu weinen damals, hat mir meine Mutter gesagt, dass ich nicht traurig zu sein brauche, weil jetzt einfach zwei Würmer daraus würden. Natürlich stimmte das nicht, in Wirklichkeit ist nur der eine Teil überlebensfähig und der andere nicht. Und ich fühlte mich wie der andere.
Und jetzt weiß man auch, warum ich mich so alleine gefühlt habe die ganze Zeit. Wenn meine Mutter vorher keine Liebe übrig hatte für mich, weil sie mit dem Wenigen, zu dem sie fähig war, meine Schwester besprenkelte, dann war nachher keine mehr da, weil Anna die ganze mitgenommen hatte ins Grab.

Zwanzig

– Dreihundertachtzig Gramm, sagt es von hinter dem Mundschutz der Assistentin, und dann wird eine Braue hochgezogen über ihm und bis unters Haarnetz und während all dem wiegt prüfend eine rechte Hand den Plastikbeutel, der blutig ist in seinem Innern und durch sein Äußeres durchsichtig.
Und das, was da drin ist in diesem Beutel, sind die Trümmer eines Kindes, das schon nicht mehr meines ist in diesem Moment, auch wenn es sich noch so fühlt.
Aber weil ich nicht daran denken will, denke ich eben darüber nach, woher die Assistentin das so genau wissen will mit dem Gewicht.
– Dreihundertfünfundsiebzig Gramm, sagt sie dann und hebt den Beutel von der Waage. – Ich hab's doch gesagt.
Und das ist jetzt der Punkt, an dem ich sie frage, woher sie das so genau weiß.
– Zwanzig Jahre Erfahrung, antwortet sie und schaut dabei ziemlich zufrieden zu, wie ihr die Schulter getätschelt wird von einer Linken, die ihre eigene ist. – Zwanzig Jahre Fleischfachverkäuferin.

– Eine Abtreibung muss man sich wie eine Ketchupflasche vorstellen, erklärt mir der Doktor, bevor es geschehen soll. – Erst kommt gar nichts und dann kommt alles auf einmal.
Da sind weiße Fliesen hinter ihm, als er das sagt, und als er kurz danach verschwindet im Hinterraum, sind sie vor ihm. Wie in einer Metzgerei, denke ich mir, aber dann legt er von einer halbierten Gebärmutter so eine Ansichtstafel auf den Tisch mit seiner fettigen Flosse,

die mich irgendwie an einen geschlachteten Truthahn erinnert, und dann denke ich: Nicht *wie* in einer Metzgerei.
Als ich am Abend nach Hause komme, ist alles wie betäubt in mir und schwer, weil die Narkose noch wirkt, und auch, als sie nicht mehr wirkt. Aber als ich mich dann im Bad auf die Waage stelle, wird klar: In Wirklichkeit bin ich leichter.

Geschehen ist die ganze Sache in irgendeiner Hinterhofpraxis in Zürich. Das sage ich nicht, weil ich darauf anspielen will, dass das alles verboten gewesen wäre, sondern weil die Praxis wirklich in einem Hinterhof gelegen hat. Allerdings will ich damit auch nicht sagen, dass das alles nicht verboten gewesen wäre.
Dieses Illegale hat seine Nach-, aber auch seine Vorteile. Schlecht zum Beispiel ist, dass man alles selbst bezahlen muss, in bar und im Voraus. Gut dagegen ist, dass man die Fristen nicht zu beachten braucht mit den Wochen, weil: Illegal ist es so oder so.

Zu Beginn hatte das Kind keinen Namen. Wie alles, wovon wir in dieser Zeit nicht gesprochen haben, sondern darüber und hinweg.
– Wenn du ihm einen Namen gibst, hat meine Mutter nämlich gesagt, fällt's dir nur schwerer.
Und weil es mir das sowieso schon genug tat, haben wir einfach nur *es* gesagt.
Wie *es* überhaupt dazu kommen konnte.
Wie man *es* nur tun kann und ungeschützt.
Wo man *es* wegmachen lässt.
Wann *es* soweit sein wird.

Zu seinem Namen ist es erst später gekommen. Renate habe ich es genannt. Ich weiß, das ist irgendwie albern, andererseits muss man sagen: Wenn keiner mehr tun würde, was er für albern hält, wie sähe dann diese Welt aus?
Eben.
Unwirklich gut.

Die Zeit nach der Abtreibung ist wie so ein chinesischer Böller von den billigen: Du zündest ihn an, rennst in Deckung, wartest, und dann – passiert einfach nichts. Und wenn du danach wieder näher kommst und dich über ihn beugst, dann reißt es dir das halbe Gesicht weg.
Die nächsten Tage und Wochen nämlich schleppen sich hin wie am Strick. Alles fühlt sich wie leer an in ihnen und in mir und wie betäubt, aber das fühle ich eben nicht. Ich weiß zwar: Man hat mir das Kind genommen. Und: Darüber müsste ich traurig sein. Aber das fällt mir nicht nur schwer, es fällt mir nicht einmal ein. Und das ist schon das Nächste, worüber ich traurig sein müsste.

Wochenlang liege ich in meinem Bett nach dem Eingriff. In meinem Kopf hängt eine schwache Glühbirne, die immer stärker zu flackern anfängt, wenn ich denke. In diesen Momenten kann man die ganze Dunkelheit sehen in mir. Ohne Glühbirne könnte man das nicht. Man würde einfach nichts sehen.
Manchmal springe ich aufgeregt auf in den Tag, aber wenn ich dann stehe, habe ich schon wieder vergessen, warum. Wenn meine Mutter ins Zimmer kommt, erkenne ich sie nur nach und nach, wie einen ertrunkenen Freund, dessen Körper allmählich aus der Tiefe steigt.

Wenn sie mir einen Kuss auf die Stirn setzt, spüre ich ihn im Mund.

Und dann höre ich auf zu essen. Das ist der Punkt, an dem meine Mutter anfängt, sich wirkliche Sorgen zu machen um mich. Ich werde immer dünner und immer kleiner, und alles tritt die Flucht an aus mir. Meine Beine spüre ich unter dem Bett und im Schrank, meine Arme auf dem Tisch und neben dem Fenster, während ich an der Decke gehe und auf meinen Bauch hinunterschaue und auf meine Mutter, als die ins Zimmer hereinkommt und mich anstarrt wie einen Albtraum.

– Was ist eigentlich dein Problem?, fragt sie.

Von irgendwoher zeigt eine Hand auf meinen Bauch.

Meine Mutter schürzt die Lippen.

– Das existiert alles nur in deinem Kopf.

– Du verstehst meine Probleme nicht.

– Niemand versteht deine Probleme.

– Doch.

Meine Mutter schnaubt etwas heftiger durch die Nase, als es tatsächlich nottäte, und sagt:

– Jeder, der etwas von deinen Problemen versteht, existiert nur in deinem Kopf.

Und dann sammelt sie meine Glieder zusammen, räumt sie eins ums andere ins Auto und bringt sie weg, um sie wieder zusammensetzen zu lassen und mich.

Das ist auch der Grund, weshalb sich alles so lange hingezogen hat mit dem Studium. Eigentlich habe ich schon im Herbst anfangen wollen, und ich habe mich ziemlich gefreut darauf. Doch dann kommt diese Abtreibung dazwischen und dann geht es mir nicht so gut und als ich nach ein paar Monaten wieder zurück bin, ist das erste Semester schon vorüber und das zweite halb. Zum nächsten Herbst aber, da schreibe ich mich für Geschichte ein und für Germanistik, und ich studiere sogar neunzig Minuten Philosophie im Nebenfach. Ich gehe hin zu dieser Vorlesung, *Logik I* ist das, und nach anderthalb Stunden ist mir klar: Jeder hat seine eigene Logik.

Aber Geschichte. Ich mochte das. Weil ganz schön viel Unsinn passiert in der Zeit. Und weil dir ziemlich schnell klar wird, dass es gar nicht um die Wahrheit geht, sondern darum, wer sie dir als solche verkauft und wie.
Und dann war da auch der Folien-DJ. Mein Lieblingsprof. Mittelaltergeschichte. Hat in neunzig Minuten auf dem Hellraumprojektor mehr Folien durchgezogen als an einem Tag das gesamte AJZ zusammen, als es das AJZ noch gab. Aber dem Folien-DJ seine Sucht, das waren die Merowinger. Die mit den bescheuerten Namen. Ragnarich. Chlothar. Chilperich. Dagobert I. Die Pippiniden. Wo du jedes Mal denkst: Okay, den Namen hat er jetzt gerade erfunden. Aber irgendwann schaust du nach später und siehst: Den hat's wirklich gegeben. Und darüber musst du dann lachen ein wenig und ein wenig wirst du auch traurig, weil es das wirklich gegeben hat, Menschen, die so bescheuerte Namen tragen mussten, ihr Leben lang.

Aktionen wie solche, von denen Jack erzählt hat früher, sieht man kaum an der Uni. Natürlich gibt es noch ab und an einen Streik, eine Handzettelverteilaktion oder eine Hausbesetzung, von den Unverbesserlichen. Aber die meisten gehen mittlerweile ihrer eigenen Beschäftigung nach, und oft sind das zwei. Eine davon ist Heroin.
Die Stimmung unter den Studenten, könnte man sagen, ist ziemlich gedämpft. Außer bei Vincent. Und der liefert auch gleich die Erklärung dafür.
– Dafür gibt's doch Stimmungsaufheller, sagt er.
– Stimmt, sage ich. Weil: Vincent ist wirklich immer guter Laune.
– So gut, flötet Vincent und legt sich den Handrücken auf die Stirn wie so ein Fieberkranker, – dass ich nur noch mit Valium schlafen kann.

Vincent. Er ist einer dieser Menschen, die nur deshalb einen Kunstpelz tragen, weil das Wort *Kunst* in ihm steckt. Er trägt das Haar wasserstoffblond und so kurz und so gekämmt, dass immer die gebräunte Kopfhaut zu sehen ist unter ihm. Seine Finger sind lang und dünn wie von den Laubrechen die Zinken, und die Zigaretten sind es, die für gewöhnlich in ihnen klemmen und in so einem langen Halter, wie in den Schwarzweißfilmen die Damen aus der Unterwelt sie rauchen.
– Was hat zwei Augen, vier Finger, schnalzt und steht auf dich?, hat er in einer der ersten Vorlesungen gefragt.
– Boh, habe ich gesagt.
Und dann hat Vincent ein L gemacht mit dem Daumen und dem Zeigefinger seiner beiden Hände und ein Auge zugekniffen und geschnalzt dazu, und alles war auf mich gerichtet: Seine Finger und seine Stirn und sein

einäugiger Blick, und das hat mich ein wenig an Eddie erinnert und dann auch wieder nicht.

Und dann sitzt er einmal in der Pause vor mir. Das heißt, zuerst schwirrt er von einer Reihe zur anderen und flattert mit seinen Armen wie so ein Kolibri, und dann, als der Prof schon im Saal steht und Vincent endlich den Sitz heruntergeklappt und die Beine übereinandergeschlagen hat, dreht er sich zu mir um und hält seine rosa Federboa hinter den Kopf und fragt mich wie vertrauensvoll:
– Na, Schätzchen, wie findest du mein neues Haustier?
– Hat dir noch niemand gesagt, dass die nicht zu deinem orangen Pulli passt?
Vincent schaut an sich herunter und dann wieder zu mir hoch und bringt dabei seine Kiefer nicht mehr zusammen.
– Arsch, sagt er, und aus seiner rechten Hand schießt eine unsichtbare Kugel auf mich, und dann kichert er ganz laut und hält mir die Hand hin, die eben noch eine Pistole war, und zeigt mit der anderen drauf, bis ich endlich einschlage, und dann erzählt er das erst mal seinen Nachbarn und denen, die vor ihm sitzen, und kichert während der ganzen Vorlesung und zeigt immer wieder auf mich und macht dabei ein Gesicht wie einer, der seine Brille verlegt hat und dann ganz plötzlich merkt: Sie sitzt auf seinem Zinken.
Und dann wird mir irgendwann klar, dass Vincent nicht auf mich steht und es nie wirklich tun wird, und so werden wir irgendwann Freunde.

Vincent und ich, ich würde sagen, unser Kopf hat denselben Innenarchitekten gehabt. Oder vielleicht nicht

denselben Innenarchitekten, aber bei beiden sind die Möbel von IKEA.
Da ist manchmal diese Langeweile, zum Beispiel. Jeder geht anders damit um, natürlich. Hat der Verkehr Langeweile, tötet er Menschen. Langweilt sich der Regen, fällt er nicht. Die Zeit: vergeht schneller. Und wir, wir rauchen eben unsere Öfen unten auf der Rentenwiese. Rupfen ein paar Linien in irgendeinem Klo. Oder gehen zu diesen Partys, wo jeder Vincent kennt. Das ist nicht weiter verwunderlich, das mit den Partys und dem Kennen, Vincent kennt ja auch jeden. Er hat nur ihre Namen vergessen.
– Das ist das Valium, das du dir die ganze Zeit reinpfeifst, Vincent, sagt der Gastgeber, der mit seinen ausgebeulten Jeans und seinem verwaschenen Pullover ziemlich lässig gegen die Bar aus Fleisch lehnt. Ein Haus groß genug für eine halbe Postleitzahl und dann ausgebeulte Jeans und ein verwaschener Pullover. Das muss man sich einmal vorstellen.
– Der Launenweber ist so stinkreich, sagt Vincent, als ich seinen Wagen eine halbe Stunde vorher durch die hässlichen Dörfer der Goldküste jage, – der muss niemandem mehr was beweisen.
Ich versuche mir was darunter vorzustellen, unter diesem Launenweber, meine ich, aber ich bin zu aufgeregt dazu. Und ich weiß nicht, ob die Goldküste daran schuld ist und die Party, zu der wir fahren, oder die Tatsache, dass ich – wie mein Stiefvater immer so schön sagte, *de facto* – gar keinen Führerschein habe und deshalb hinter jeder Straßenecke die Schmier vermute mit Blaulicht und dem ganzen Tamtam. – *De jure* hast du keinen, besserwissert Vincent vom Beifahrersitz herüber, aber fahren will er dann trotzdem nicht, auch wenn er sowieso schon die

Hälfte übernehmen muss davon: Ich kann nämlich nicht schalten.
– Viel zu gefährlich, flötet er und brabbelt wie ein Wasserkocher irgendwas von Valium und Pastis heute Morgen und dass deswegen doch lieber ich und dann höre ich ihm auch schon nicht mehr zu.
Und nun stützt sich also dieser Launenweber, dessen Namen dem Vincent gerade entfallen ist, auf einen der Hinterschinken, aus dem sie den Bartresen gemacht haben, und beklagt sich genau darüber.
– Jetzt übertreibst du aber, sagt Vincent und presst vor sich mit gespreizten Händen die Luft gen Boden, als würde er Liegestützen machen auf ihr. Das ist jetzt wohl eine dieser Gesten, die man *beschwichtigend* nennt. Doch der Launenweber denkt gar nicht erst daran, sich beschwichtigen zu lassen oder so was in der Art.
– Ach ja? Wie viel hast du denn so genommen die letzten Wochen?
– Ja, äh, also ... Das müsste ich jetzt Alba fragen.
Aber ich habe mich bereits abgewandt zur Bar, wo ein Kleinwüchsiger mit einer riesigen Veuve Clicquot über den Tresen stiefelt und ein paar Typen links von uns die Gläser füllt und rechts.
– Krass, sage ich.
– Ja, nicht?, freut sich in etwa unverblümt der Launenweber. – Lieferengpässe hatten die nämlich. Das muss man sich auf der Zunge zergehen lassen. Einen *Lieferengpass*. Kein Scherz. Ich bin Zürcher, ich mache keine Scherze, sagt er und brüllt los und schlägt sich dabei andauernd auf seine ausgebeulten Hosen.
Als er sich wieder gefangen hat, räuspert sich der Launenweber. Er sagt:
– Jedenfalls. *Lieferengpass*, haben sie mir am Telefon ge-

sagt. Ich hab das natürlich nicht geglaubt. Lieferengpass?, habe ich gefragt. Und dann hat er es einfach noch einmal gesagt, der Typ am Telefon. *Lie-fer-eng-pass*. So.
Der Launenweber verzieht sein ganzes Gesicht zu einem Haken, mit dem er nach meinem Mitleid angelt. Aber dann schnüffelt er an seinem Glas, und das Wissen um den Champagner darin bessert schlagartig seine Stimmung. Stolz verkündet er:
– Habe *Himmel und Hölle* in Bewegung gesetzt, um ein paar Dutzend anständige Fläschchen zusammenzukriegen, sagt er, und dann will er noch etwas sagen, aber stattdessen hält er den Mund und fährt sich mit der Hand durchs Haar, das aussieht, als käme er gerade aus dem Bett. Aber das stimmt natürlich nicht. Seine Pupillen sagen nämlich: Der Typ war da seit Tagen nicht mehr.
– Was darf's denn sein für euch Hübschen? Auch ein Tröpfchen Champagner?
Während ich die Rosen anschaue, die zu Hunderten von der Decke hängen und am Stiel, überlegt Vincent laut neben mir. Dann sagt er eine Weile nichts und dann kreischt er plötzlich, reißt den Mund auf und tippt auf seine Uhr.
– It's Cointreau' clock, Alba!
Und weil ich keine Spielverderberin sein will, hebe ich den Daumen, worauf Vincent gleich zwei bestellt – für jeden von uns. Und während wir darauf warten, taucht aus der Menge plötzlich eine Erscheinung, die genauso aussieht wie Vincent, und tut das, was sie am besten kann: Sie erscheint unter großem Aufsehen an der Bar – großes Hallo, Umarmung, Küsschen Küsschen – und verschwindet genauso schnell mit Vincent in der Menge, wie sie alleine aufgetaucht ist aus ihr. Der Launenweber meint:

– Roy.
Ich schaue ihn an. Mein Gesicht verzieht sich zu einem Fragezeichen. Zumindest glaube ich das. Jedenfalls nickt der Launenweber jetzt und erklärt:
– Vincents Zwillingsbruder.
Und ist, bevor ich nachfragen kann, gleichfalls weg.
Nachdem ich die vier Cointreaus alleine getrunken habe, lasse ich mich durch die ganzen Räume treiben, wo sich immer wieder Menschen zusammentrauben, um ein riesiges Champagnerglas herum zum Beispiel, aus dem grüner Schaum quillt, den die Leute beständig ablöffeln von oben. Auch mir reicht man einen Löffel: Schmeckt wie Erbsensuppe.
– Das ist es auch, weiß einer der vier Typen, von denen der Löffel gekommen ist und die allesamt zu gut angezogen sind, um sie *heruntergekommen* zu nennen, die aber zu heruntergekommen sind, um nicht *heruntergekommen* genannt zu werden.
– Und wie machen die das?
– Aquariumsbelüfter, sagt ein anderer und zeigt auf den Plastikschlauch, der hineinhängt ins Glas und vor sich hin ruckelt, wie es eigentlich nur ein Plastikschlauch von einem Aquariumsbelüfter kann.
Dann hält er mir einen Spiegel hin mit Pulver drauf und einem violetten Röhrchen. Und als ich eine Linie gerupft habe, merke ich, dass sie plötzlich über den Tod angefangen haben zu reden oder so etwas. Nein: Über das Erbe und wer es kriegen soll. Von den Typen der älteste, dem die ergrauten Brusthaare die obersten zwei Hemdknöpfe weggesprengt haben, gibt sich als Italiener zu erkennen oder als Grieche oder so etwas.
– Bei mir ist es besonders schlimm, sagt er und macht eine Spannungspause.

– Meine ganze Familie sitzt schon in den Startlöchern. Und auch nicht meine Familie.
Allgemeines Kopfschütteln. Einer rümpft sogar die Nase und zieht sie hoch deswegen. Na ja, vielleicht auch nicht genau deswegen.
– Aber ich – er hebt den Zeigefinger – habe schon ein Testament verfasst.
Große Ahs und Ohs, aber auch ein wenig Kopfschütteln und Mitleid in vereinzelten Gesichtern: Dass man so was heutzutage schon in so jungen Jahren muss, ein Testament verfassen.
– Und?, fragt der, der mir den Spiegel gereicht hat vorhin.
– Ich vermache mein gesamtes Erbe an eine einzige Person.
– Und an wen? Deine neueste Errungenschaft?
Der Italiener oder Grieche oder so schüttelt mit dem Kopf.
– Dem, der mir meinen letzten Wunsch erfüllt.
– Und willst du uns auch verraten, was das ist, dein letzter Wunsch?, fragt der mit dem Spiegel und glänzenden Augen wieder.
– Dass der Erbe meine Leiche verspeist.

Eine halbe Stunde lang gehe ich dann von Raum zu Raum, und immer, wenn ich glaube, ich hätte alles gesehen, tut sich irgendwo eine weitere Tür auf. Doch völlig egal, wie viel Koks du geladen hast, irgendwann macht so was müde. Ich beschließe, frische Luft zu schnappen auf der Terrasse, und prompt treffe ich wieder auf die vier heruntergekommenen Typen von vorhin. Sie schwenken gerade ein Cocktailglas mit Weißwein drin oder so etwas, in dem ein mit jedem Mal kleineres Kügelchen kullert.

Schnell holt einer ein Glas und mich in die Runde. Ich schnuppere daran und starre dabei auf den Zürichsee fünf Swimmingpools unter uns, der dunkel und krumm daliegt wie eine gigantische Gurke. Und während ich darüber nachdenke, was das jetzt wieder heißt für mich, sticht es mich kalt in der Nase.

– Igitt, sage ich. – Das Zeug riecht ja wie Essig.

Der mit dem Koks vorhin nickt und schwupp, lässt er eine rosa Schmuckperle in mein Glas fallen.

– Wie soll sie sich denn sonst auflösen?, fragt er und lächelt sehr komplizenhaft.

Tja. Das weiß ich auch nicht. Und schwenke mein Glas und warte, bis das Kullern allmählich leiser wird, und dabei sprechen wir über Gott und die Welt, vor allem über meine.

– Aus Neuenhof kommst du?, fragt der mit dem Koks vorhin und macht keinen Hehl daraus, dass er angemessen beeindruckt ist deswegen. Auch die anderen schürzen ihre Lippen und drücken so was aus wie Anerkennung.

– Neuenhof, Mann, sagt er noch einmal. – Hart.

Er mustert mich von oben bis unten.

– Gibt es da überhaupt Häuser, in denen man wohnen kann?, kichert er und stupst mir seinen Ellenbogen etwas zu brüderlich in die Rippen. Und dann, als wäre er sich plötzlich nicht mehr sicher:

– Das ist doch ein Scherz, das mit Neuenhof, oder?

– Klar, zögere ich immer weniger und presse schließlich ein Lachen heraus. – Aber du hast es geglaubt, oder?

Der mit dem Koks vorhin schlägt sich auf die Schenkel und kriegt sich nicht mehr ein.

– Der war gut, brüllt er, und auch die andern japsen länger nach Luft, als es wirklich nötig wäre.

Nur ich weiß nicht so recht, was lustig sein soll daran.
Und trinke das Glas aus.
Ekelhaft.

Jetzt ist mir nach Vincent, den ich deswegen suche zwischen den Leuten und schließlich vor einer Statue finde aus Marmor. Sie steht in der Ecke, und der Vincent und der Launenweber tun es davor. Also stehen, meine ich.
– Frisch und Dürrenmatt, sagt der nun, das sind die klügsten Menschen, die jemals gestorben sind.
Und da sagt Vincent das, was ich gerade auch denke, nämlich dass die doch gar nicht tot sind, und lacht dabei ziemlich dreckig, was der Launenweber überhaupt nicht witzig findet. Und dann sagt Vincent noch etwas, und weil ich die ganze Zeit diese Statue anschaue, die einen Frauenkopf hat und einen Pferdehals und Federn am ganzen Körper und Tigerpranken und einen Fischschwanz, merke ich erst ziemlich spät, dass das überhaupt gar nicht Vincent ist, der da neben mir steht. Es fällt mir nämlich erst auf, als der wirkliche Vincent über die marmornen Fliesen ausgeschritten kommt und den Zwillingsbruder in den Nacken beißt.
Bei dem Tumult, der jetzt entsteht zwischen den beiden, wendet sich der Launenweber an mich und deutet eins nach dem anderen auf die Bilder, die an den Wänden hängen in ihren Rahmen. Ich finde: Es sieht aus wie in einer riesengroßen Hotellobby.
Und weil er wahrscheinlich schon vermutet, dass ich das denke, sagt er: – Alle original.
Und dann schüttelt er mit dem Kopf und will noch etwas sagen, aber weil Vincent und der Nicht-Vincent jetzt auch noch damit anfangen, den Launenweber zu kneifen

und in den Nacken zu beißen, kneift der kurz und höflich zurück, verdünnisiert sich dann aber in Richtung Bar.

Sofort nehmen mich die beiden in ihre Mitte, dass ich mich auf einmal sehr symmetrisch fühle. Ich starre noch immer diese Statue an.

– Toll oder?, klappert mir der Nicht-Vincent in den Ohren. – So viele Geschmacklosigkeiten an einem Platz, es gibt einfach immer etwas zu entdecken hier.

– Ja, sage ich. – Habt ihr den Kleinwüchsigen gesehen auf der Bar?

– Wie?, fragt Vincent. – Ach der. Den hatten sie letztes Mal schon. Einfach nur passé.

– Schnee von gestern, flötet der Nicht-Vincent.

– Das lockt keinen Hund mehr hinter dem Ofen hervor, sagt Vincent.

– Da kräht kein Hahn mehr danach, sagt der Nicht-Vincent.

– Kalter Kaffee, flötet Vincent.

– Ein alter Hut, sagt der Nicht-Vincent.

– Abgenudelt, fügt Vincent an.

– Epigonenhaft, sagt Nicht-Vincent.

Und so geht das weiter, bis sie, die Hand des einen jeweils auf dem Hintern des anderen, davonzotteln und verschwinden in Richtung Klo.

Natürlich liegt mir jetzt eine Frage auf der Zunge. Aber ich habe mich nie getraut, sie zu stellen.

– Dafür bin ich viel zu selbstverliebt, hat Vincent einmal gesagt, als jemand eine Andeutung gemacht hat in diese Richtung.

Ich weiß allerdings nicht, ob das meine Frage beantwortet hat.

Als ich wieder zur Bar komme, hängt da immer noch der Launenweber rum. Er stellt mir eine junge Frau vor, die irgendwas Kreatives macht.
Und dann reicht er einen Teller mit haufenweise Koks drauf, von dem sich jeder so viel abzweigen kann, wie er will. Normalerweise ziehe ich mir nicht so viel rein, aber weil ich mich gerade etwas müde fühle, mache ich dann doch mit.
Dabei bemerke ich gar nicht, dass es immer dichter wird um uns und gedrängter, und als ich mich endlich einmal umdrehe, ist da eine Menschentraube und in ihr so eine Leiter, auf der man normalerweise Zimmer streicht, und auf ihr steht so ein nackter Typ und der schneidet sich jetzt mit der Rasierklinge die Arme auf und den Bauch, und weil ich gerade nicht glaube, dass das wirklich passiert, schaue ich viel zu lange hin.
– Bravo, höre ich jemanden rufen und ein paar Frauen neben mir fangen zu applaudieren an auf ihrem Handgelenk und die junge Kreative neben mir hält das für sehr existenziell.
Doch mir wird einfach nur speiübel dabei und deshalb dränge ich mich raus und suche nach dem Klo, das ich so lange nicht finde, dass es mich ablenkt von meiner Übelkeit und ich gar nicht mehr kotzen muss, als ich endlich vor ihm stehe. Aber die Tür öffne ich dann trotzdem, weil es ja schade wäre, wenn ich jetzt nicht auf Klo gehen würde, da ich es schon so lange gesucht habe, und da drin sehe ich auf einmal Vincent, der mit irgendeinem Typen rummacht, den ich noch gar nicht gesehen habe heute Abend.
Ich schlage die Tür zu, aber Vincent reißt sie gleich wieder auf. Hinter ihm schleicht der Typ raus und flüstert im Vorbeigehen:

– Wir sind auch nur Menschen.
Vincent entschuldigt sich, aber ich finde: Das muss er überhaupt nicht.
– Ich habe nur das Klo gesucht, sage ich.
Vincent packt mich bei den Händen.
– Komm, du fährst mich jetzt nach Hause.
Aber ich will nicht fahren, ich will reden.
Also schließen wir uns im Klo ein zu zweit und dann holt er einen Ofen aus der Innentasche seines polentafarbenen Sakkos und zündet ihn an, und ich sitze währenddessen auf der Schüssel, und als ich rauche, setzt er sich auf die Schüssel und ich stehe auf, und als er wieder an die Reihe kommt, setze ich mich wieder, weil: Wer nicht raucht, darf sitzen, und wer raucht, der muss stehen.
– Was war das für ein komischer Typ?, frage ich und spüre, wie mich das Rauchen wieder runterbringt.
– Komisch?
– Na ja, der sah irgendwie ... abgeranzt aus.
Vincent schaut mich an und irgendwas durchfährt sein Gesicht, aber ich kann nicht so recht sagen, was es ist.
– Die Leute glauben, sagt Vincent dann, – ich wolle immer was Besseres. Aber das stimmt nicht. Ich will immer etwas anderes. Anders als das, was ich zwei Stunden vorher wollte.
Ich glaube nicht, dass das die Antwort auf meine Frage ist. Aber das tut nichts zur Sache. Viel wichtiger ist: Ich kenne dieses Gefühl.

Zweiundzwanzig

Und dann kommt diese Zeit, in der die Uni zu sprechen beginnt mit mir. Anfangen tut das an jenem Tag, an dem ich mir beigebracht habe, mit einer Hand zu klatschen, das weiß ich noch ganz genau. Die Uni sagt zu mir: Das Jetzt hört nie auf. Das ist außergewöhnlich, das mit dem Ganzgenauwissen, weil ich mich nicht mehr an viele Dinge erinnere aus diesen Wochen. Außer an Jack und das ungeborene Kind, und die waren ja gar nicht da.

Ich erzähle Vincent von den beiden, und dass ich jeden Tag aufs Neue versuche, nicht an sie zu denken, aber irgendwie klappt das nicht, wenn ich mir das vornehme, weil: Sobald ich das tue, denke ich natürlich an sie. Und dann sind da ja auch Jacks Haare in meinem Zimmer überall, auf dem Kissen und auf dem Teppich und dann wieder in einem meiner Bücher, und das kommt mir seltsam vor, denn das ist jetzt zweieinhalb Jahre her und vor allem: Jack war eigentlich gar nie in meinem Zimmer.
Ich erzähle Vincent, dass ich damit angefangen habe, nach der Uni in die Stadt hinabzufahren, um diesen Hinterhof zu suchen und die Praxis in ihm, von der ich vergessen habe, in welchem Häuserblock sie liegt, und dass ich jedes Mal müde und erschöpft und enttäuscht nach Hause gehe, weil ich sie nicht finden kann, aber dass ich nicht weiß, ob ich nicht mindestens so müde und erschöpft und enttäuscht wäre, wenn ich sie finden würde.
Ich erzähle Vincent, dass ich mich jeden Abend, wenn ich die Suche aufgegeben habe, unter die Wartenden reihe an irgendeiner Haltestelle und ein paar Trams vorbeifahren

lasse, um dieses Gefühl etwas länger auszukosten, ein bisschen weniger allein zu sein.
Ich erzähle ihm vor allem, dass ich am Anfang keine Leere gefühlt habe oder am Ende, sondern nichts. Erst allmählich hat sich alles mit Leere gefüllt, so als hätte einer die Reihenfolge verdreht, als hätte ich zuerst vergessen, mich an etwas zu erinnern, um mich dann zu erinnern, dass ich etwas vergessen hatte: Weil ich zuerst gar nicht an die Abtreibung gedacht habe und fast nicht an Jack, und dass ich jetzt fast immer an die Abtreibung denke, außer, wenn ich an Jack denke.
– Nichts – Leere, das ist doch dasselbe, meint Vincent.
Ich schüttle den Kopf.
– Leere ist, wenn du dich leer fühlst, und nichts, wenn du nichts fühlst.
– Und danach?, fragt Vincent.
Ich sage:
– Danach beginnt sich die Leere mit Trauer zu füllen und mit Hass, Tropfen für Tropfen. Eine Weile behältst du das noch für dich, aber irgendwann nicht mehr.
Vincent schaut mich an und nimmt meine Hand in seine und sagt:
– Es ist gut, hast du es nicht mehr für dich behalten.
Ich zögere ein wenig und sage:
– So meine ich das nicht.

Und dann sitze ich also in dieser Vorlesung zum Schweizer Söldnerwesen, und Vincent tut es. Sie ist voll bis zum letzten Platz und darüber hinaus, die Leute sitzen sogar auf der Fensterbank und auf den Treppen an der Seite, und das ist seltsam, weil sich eigentlich keiner für Schweizer Geschichte interessiert, aber das interessiert sie. Dass das ein einträgliches Geschäft war für einige Familien, sagt der Folien-DJ, für die, die die Leute ins Ausland verkauft haben, und dass es auch einträglich war für die eigenen Familien oder zumindest notlindernd, wenn die Söhne ins Ausland gegangen sind, weil diese Familien nämlich gar nicht genug Geld und nicht genug Land hatten, um so viele Söhne durchzufüttern, wie sie in die Welt gestellt haben, und dass deshalb gar nicht so wenige von ihnen ganz erleichtert darüber waren, wenn ihre Kinder dann endlich fielen in Frankreich und Italien und Holland und Schweden und England und Österreich und Preußen und Portugal und Südafrika und Indien. Und jetzt kommt der Exkurs vom Folien-DJ, da kannst du die Uhr danach stellen, immer in der Mitte kommt der Exkurs vom Folien-DJ, und er sagt, dass das jetzt unter Strafe stehe, man nicht einmal mehr zur Fremdenlegion zugelassen werde, wo die Leute hingegangen sind im letzten Jahrhundert und in diesem, wenn sie zu viel Scheiße gebaut hatten zu Hause oder arm waren oder Liebeskummer hatten und sich umbringen wollten und dann trotzdem nicht, und dass diesen Wegen nun endgültig ein Riegel vorgeschoben worden sei vom Gesetz. Und in diesem Moment merke ich, wie alles zittert in mir, wie die Hände zittern und der Mund und der Kopf, weil in ihm so viele ungesagte Gedanken übereinander herfallen und über den Magen und die Röhren in meinem Hals und sich in ihm stauen, und deshalb muss ich raus aus dem Raum, ich stolpere durch die Reihen, – Tschuldigung Tschuldigung Tschuldigung, murmle ich und trete den Leuten auf die Füße und gegen ihre Taschen, und das ist ganz gut so, weil ich mich dann auf meine Beine konzentrieren muss und darüber meinen Magen ein wenig vergesse und das, was raus will aus ihm. Ich renne zu den Toiletten, als ich endlich draußen

bin, fünfzig Meter, sage ich mir, das schaffst du, vierzig noch, dreißig, zwanzig, zehn.
Und als da mein Inneres in Trümmern liegt vor mir und in der Schüssel und sich stattdessen die Leere breitmacht mit jedem Atemzug in mir, da tauchen sie auf vor meinen Augen, verschwimmend wie hinter Butzenglas, die tanzenden Buchstaben. *Das Jetzt hört nie auf*, steht da an der Klowand, und darunter steht: *Jetzt jetzt jetzt jetzt jetzt*, und dann denke ich, dass ich das auch denke, und dass ich das war, die das da hingedacht hat, an diese Wand.
Als ich zurückgehe über den Flur und in den Bogenfenstern zu meiner Linken der riesige Hof auftaucht mit seinen vier Stockwerken und verschwindet und auftaucht und verschwindet und auftaucht und mein Blick über die übereinandergestapelten Bogenfenster strauchelt, wird mir auf einmal alles klar. Ich weiß plötzlich, was die ganzen Studenten an ihren Tischen unten im Hof bedeuten unter dieser Glocke aus Glas, unter der sie gefangen sind und ein falscher Himmel. Ich weiß plötzlich, was diese Reliefs bedeuten an der Wand, auf denen steht *Vom Nordfries des Parthenons* und *Vom Westfries des Parthenons* und *Vom Südfries des Parthenons*, ich weiß, was diese Reiter bedeuten auf ihnen, die mit den sich aufbäumenden Pferden auf einem schmalen Absatz balancieren, die aber alle nach links sprengen, freudig und eifrig und schnell nach links reiten, und wenn man nach links schaut, weil man sich fragt, wo die eigentlich alle hin wollen so schnell, dann sieht man: Da ist eine Wand und davor der Abgrund und die Leere, acht Meter oder sechs. Und jetzt weiß ich auch, weshalb ganz rechts die Stiere sich weigern, weshalb sie den Pferden vor ihnen nicht folgen wollen, weshalb sie nach rechts ausbrechen, und ich begreife jetzt, weshalb auch auf der rechten Seite

hinter dem schmalen Absatz nur der Abgrund lauert und eine Mauer. Und jetzt ist mir auch plötzlich klar, an was er mich erinnert, dieser Innenhof mit seinen Bogenfenstern, an den Turm zu Babel nämlich von diesem Maler da, nur dass hier das Äußere nach innen gekehrt ist und das Innen nach außen, sodass man nicht mehr herauskommt aus diesem Sprachgewirr, das durch die Gänge blubbert, und dann erstaunt mich gar nichts mehr.
Vor der Tür des Saals steht Vincent und hinter ihm steht sie offen. Ich kann gar nicht sagen, wie lange das gedauert hat auf dem Klo, aber die Vorlesung scheint zu Ende zu sein. Vincent vertäut mich in seinen Armen wie im Hafen das Schiff. Er kämmt mit seinen Fingern durch mein Haar und dabei sagt er irgendwas, aber ich höre ihm nicht so recht zu. Ich habe das Gefühl, einer dieser Pfeiler zu sein oder dieser Gewölbekappen, die herabschatten auf Vincent und Alba, und an den Wänden denkt es währenddessen und im Boden: Das Jetzt hört nie mehr auf.

Alles ist dumpf wie Schmerz im Schlaf, wie das Pochen in einer Wunde, wenn sie mit Gaze verpackt ist und mit Watte, alles funktioniert nur noch in mir die nächsten Tage, nur ich nicht. Ich bin mir irgendwie abhandengekommen, setze einen Fuß vor den anderen und bleibe zurück, finde mich immer wieder in den Mauern und Pfeilern und Lampen und Türen und den grässlichen Gipsstatuen mit ihren eingefrorenen Grimassen wieder, und dann klackt auf einmal der Lautsprecher in meinem Kopf und aus ihm schallt es, was ich schon lange denke: Ich bin die Universität. Das denke ich, es ist zwei Tage später, und ich bin wieder auf dem Weg zum Klo. Plötzlich geht eine Tür auf vor mir und die Spiegel erscheinen

an den Wänden zur Linken und eine blasse Fratze. Über dem Waschbecken, da steht in großen Lettern *Verrichte dich selbst*, und daneben hat einer so einen Kackhaufen gezeichnet mit einer kreisenden Fliege darüber, und dann übergebe ich mich in irgendein Klo, und als ich wieder herauskomme, sehe ich, dass das *Vernichte dich selbst* heißt auf dem Spiegel und dass das eine Spritze ist daneben.
Als ich Vincent davon erzähle, der bei den Tischen vor dem Rondell auf mich wartet in seinem Kunstpelz, schaut er mich verwirrt an und lächelt ein wenig und schüttelt den Kopf und dann kichert er hysterisch und sagt:
– Besser, die Leute bringen sich selbst um, als: sie bringen sich gegenseitig um.

Und dann stehen zwei Teller auf dem Tisch und rund und stumm wie in der Sauna die Flusskiesel dampfen zwei Pellkartoffeln vor sich hin auf ihnen. Das ist das Nächste, was ich erinnere, und wie einer sagt: Ich habe gekocht.
Dieser Eine, das ist meine Mutter, und die streckt jetzt ihren rechten Arm nach dem Stuhl aus. Weiß leuchtet ihre Handfläche vor mir. Es sieht ein bisschen aus, als würde sie einen Hitler grüßen, der gerade in die Küche hereinspaziert kommt an der Decke, zu der ich jetzt den Blick hebe deswegen, aber da ist natürlich keiner.
– Wie war dein Tag?
– Ja, sage ich. – Und deiner?
Vor mir stochert eine Gabel in einer Kartoffel herum. Sie zerbröckelt und zerstäubt zum Mehl, aus dem sie besteht. Meine Mutter hält sich die Faust vor den Mund, räuspert sich und schluckt ein zwei dreimal, dass man deutlich sieht: Sie schluckt.

– Warum isst du nichts?
– Keinen Hunger.
– Warum hast du keinen Hunger?
– Keine Ahnung.
– Ich kann dir sagen, weshalb du keinen Hunger hast. Weil du nichts tust den ganzen Tag, deshalb hast du keinen Hunger.
– Was?
– Du sitzt den ganzen Tag an einem Tisch und studierst an irgendwelchen Sachen herum. Das ist alles, was du tust.
Ich sage nichts.
– Habe ich etwa nicht recht?
– Du hast noch nie eine Uni gesehen, oder? Von innen, meine ich.
– Komm mir nicht so, Alba. Vergiss nicht, dass ich es bin, die dir das ermöglicht hat. Ich ganz alleine. Nur weil ich die ganze Zeit arbeite, kannst du dir das überhaupt leisten, so herumzufaulenzen.
– Wie könnte ich das vergessen?
– Na also.
Ihr Gesicht hellt sich auf ein wenig. Zufrieden verschränkt sie die Arme.
– Hast du schon mal was vergessen, was nie passiert ist?
Meine Mutter zieht Luft, aus ihrem Gesicht verschwinden die Falten.
– Weißt du, was du bist?, ruft sie.
– Ja, und ich weiß auch, was *du* bist.
Meine Mutter stößt den Stuhl zurück, dass der umkippt hinter ihr, wirft das Kinn nach vorn und schreit:
– Was bin ich denn?
Ich zögere einen Moment, und dann sage ich das, was ich schon die ganze Zeit denke:

– Eine Mörderin.
Ein Zucken fährt ihr durchs Gesicht, das jetzt auf- und abtänzelt eine Handbreit vor mir.
– Sag das noch mal.
– Eine Mörderin!, höre ich mich schreien, und im selben Moment höre ich, wie mein linkes Ohr taub wird und mein rechtes, und ich sehe die Handfläche aufzucken meiner Mutter, dass mein Blick erzittert davon.
Doch mein Körper bleibt aufrecht, fängt einen Schlag nach dem anderen ein und geht nicht zu Boden. Und plötzlich fühle ich ein fremdes Gesicht gegen meine Faust prallen und sehe, wie es zurückgeschmissen wird und gegen den Boden. Aus einem weißen Auge und einem roten starrt mich meine Mutter an und hält sich wie eine Spinne die Hand unter die Nase, aus der rot das Blut tropft und aus dem Mund.
Es schaut und schaut und schaut aus ihr, und ich schaue hin und dann schaue ich weg weg weg, aber das, was da ist auf dem Küchenboden, das lässt sich nicht wegschauen.
– Raus! Ich will dich nicht mehr sehen! Nie mehr!, schreit es vom Boden, und: – Hau ab!
Ich bleibe für einen Moment stehen, dann drehe ich mich um. Ich gehe in mein Zimmer, werfe ein paar Sachen in eine Tasche, ein Buch und eine Hose und den Kaktus vom Fenstersims und ein Foto von Anna und mir und eins von meinem ungeborenen Kind in mir, während Mister Werktag draußen im Wohnzimmer krächzt vor Aufregung. – Mörderin, Mörderin, Mörderin, krächzt er, dreimal krächzt er es, ich höre ganz genau, dass er das krächzt. Und dann höre ich auch, wie vom Käfig die Gitter zittern und die Luke aufächzt, und dann krächzt es noch einmal, und dann höre ich ein lautes Knacken und dann höre ich nichts mehr.

Ich renne raus ins Wohnzimmer und sehe Mister Werktag in seinen Federn liegen, und in diesem Moment höre ich, wie hinter mir das Schloss zuklappt von der Schlafzimmertür meiner Mutter, und renne durch den Flur, barfuß renne ich durch ihn hindurch und greife nach den Schuhen. Als ich sie mir anziehen will, höre ich, wie sich die Tür wieder öffnet vom Schlafzimmer und deshalb reiße ich die Wohnungstür auf vor mir und renne die Treppen hinunter und auf die Straße hinaus, und erst, als ich beim Fluss vorne bin oder über ihm, da halte ich an und steige in die Schuhe, und dann gehe ich einfach weiter, am Kloster vorbei und über die Gleise am Bahnhof und hinein in die Stadt. Und als ich dort mein Spiegelbild sehe in den Schaufenstern, wie es alleine durch die Straßen huscht, steigen ihm Tränen in die Augen, die mir warm über die Wangen rinnen und dann wieder kalt, und dabei flüstert mir der Asphalt Dinge zu die ganze Zeit. Ich denke an Mister Werktag, der tot ist jetzt, und dass ich meine Mutter hasse dafür, aber dann denkt es auch in mir, dass er jetzt erlöst ist von seinem Leben in diesem Käfig, aus dem er ja doch nie anders herausgekommen wäre. Das denke ich und dann denke ich noch ziemlich viel anderes Zeug, und als ich damit fertig bin, steht Gerold vor mir, der nichts sagt, der mich einfach nur umarmt oder ich ihn, denn es gibt nichts zu sagen.

Dreiundzwanzig

Als ich zu Hause rausgeschmissen werde und bei Gerold einziehe, befinden wir uns gerade in der Phase, in der man die Klotür nicht mehr abschließt, wenn man pinkeln geht, sich zusammen aufs Sofa setzt, um fernzusehen, und dann wirklich fernsieht, und *Ich liebe dich* mit einer Selbstverständlichkeit sagt, mit der man den Abfall runterbringt: Nie und mit einer Mischung aus Gleichgültigkeit und Widerwillen.

Ich ertappe mich immer wieder dabei, wie ich in seiner Küche stehen bleibe und mindestens zehn Minuten überlege, ob ich jetzt eigentlich *in unserer Küche* sagen müsste. Ich starre die Postkarten an, die dort überall hängen und in der Garderobe beim Eingang, und frage mich, ob ich sie abhängen und durch meine eigenen ersetzen darf. *Das geht auch vorbei* oder *Bevor ich mich jetzt tierisch aufrege, ist es mir lieber egal*. Oder: *~~Hätte~~ ~~würde~~ ~~könnte~~ ~~sollte~~ machen!* Oder: *Du bist wie guter Wein: Mit dem Alter wirst du besser* steht da nämlich, und irgendwie regen mich diese Motivationspostkarten jedes Mal auf, wenn ich sie lese. Vielleicht, weil ich mich selbst nicht so recht motivieren kann für irgendwas.

In letzter Zeit habe ich mir Spaziergänge angewöhnt, die mich immer wieder an dieselben Orte führen. Meistens unternehme ich sie alleine, aber nach und nach haben sich mir verschiedene Persönlichkeiten angeschlossen. Da ist diese amerikanische Dogge, die mich jedes Mal an der Ecke Seminarstraße/Utostraße erwartet mit einem Lächeln um die Lefzen. Von weitem starrt sie mir aus schwarzen Kugeln entgegen und ihre Gedanken gehen Englisch. Ich treibe dann ein wenig Konversation mit ihr,

Hi und *How are you, darling* sage ich und kommentiere ein paar Begebenheiten am Wegrand mit *gorgeous* und *hilarious* und *outrageous* und *wonderful* und *amazing*, und jedes Mal nickt die Dogge ganz einverstanden. Hinter dem Schwimmbad taucht oft dieses Paar auf, das mit jedem Mal frischer verliebt wirkt und das mir bis zum Kloster folgt oder auf einer Bank sitzen bleibt irgendwann, und das so sehr mit sich selbst beschäftigt ist, dass es mich nicht zu bemerken scheint, mich nicht und auch diese Alte am Stock nicht, die sich uns bei der Eisenbahnbrücke anschließt und diesem Paar jedes Mal ganz ungläubig mit den Augen folgt, weil es sie daran erinnert, dass sie das auch wieder gerne einmal wäre, frisch verliebt, und am liebsten für immer. Und dann stellt sie fest, dass sie es jedes Mal, wenn sie dieses Paar sieht oder ein anderes frisch verliebtes, für ein Wunder hält, dass es so etwas gibt. Aber wenn sie selbst mit ihrem Mann unterwegs ist und angestarrt wird, weil sie ihn küsst, dann kommt es ihr weder wie ein Wunder vor, noch denkt sie, dass jemand, der sie und ihren Mann gerade beobachtet, so über sie denken könnte, weil: Dazu müsste man verliebt sein und all das, aber da steht eben so viel Ungesagtes zwischen ihnen, das endlich einmal auf den Tisch müsste, und so viel Gesagtes, das weg müsste von ihm. Das denkt die Frau an ihrem Stock so lange, bis sie das Paar aus den Augen verliert und ich merke, dass diese Gedanken eigentlich mir gehören.

Das kommt jetzt vielleicht alles etwas plötzlich mit Gerold, könnte man denken, aber das tue ich nicht. Solche Dinge kommen schleichend wie die Kilos auf den Rippen des anderen: Wenn du ihn die ganze Zeit siehst, merkst du nichts davon. Aber wenn dir dann ein Foto in

die Hände fällt von vor zwei Jahren, dann trifft dich der Schlag.
Zwei Jahre. So lange dauerte das mit Gerold bereits. Seit dem Frühling, der so heiß war und so sonnig, als hätte er kurzerhand beschlossen, sich selbst abzuschaffen. Der Frühling, in dem alles etwas anders gelaufen ist, als es sollte.
Gerold hat mich oft besucht, als es mir nicht so gut ging wegen der Abtreibung, und das hat mich an Jack erinnert, wie ich ihn kennengelernt habe im Krankenhaus, aber irgendwie auch an Gerold, den ich ja auch dort kennengelernt habe und alles.
Gerold fand die Sache halb so schlimm. Ich glaube, das hat mir geholfen damals. Wenn alle um dich herum behaupten, du seist verrückt, aber einer hält dich für normal im Kopf, dann glaubt doch jeder, der noch ein bisschen bei Verstand ist, demjenigen, der einen nicht für verrückt hält, auch wenn du weißt, dass der Typ wahrscheinlich selbst verrückt ist, weil er dich sonst nämlich nicht für normal halten würde.

Gerold und ich. Als es anfängt, weiterzugehen mit uns, verabreden wir uns nicht. Wir telefonieren manchmal, ja, und schreiben uns Briefe. Aber wenn wir uns treffen, dann geschieht das zufällig.
In einem der Briefe, die ich ihm schicke, erwähne ich beiläufig, dass ich am liebsten ins *Disler* gehe am Stadtturm, wenn mir die Nachmittage lang werden, und in der Antwort stellt sich dann zufällig heraus, dass das schon immer Gerolds Lieblingscafé gewesen ist. Ein paar Briefe lang wird das nicht mehr erwähnt, bis Gerold eines Tages ganz beiläufig schreibt, dass er einen Freund habe, dessen Adresse er vergessen habe und die Telefonnummer.

Aber glücklicherweise sei der oft im *Disler* anzutreffen, und deshalb wolle er am nächsten Tag nach der Arbeit dort sein Glück versuchen. Als ich den Brief am nächsten Mittag lese, erinnere ich mich, dass ich schon seit Tagen vorhatte, genau zu dieser Uhrzeit ins *Disler* zu gehen, und zufällig sitzt dann auch Gerold da und sein Freund natürlich nicht.
– Hast du den Brief erhaltn, ja. Ich wollt n Freund treffn hier, ja.
– Ich habe noch keinen Brief erhalten, lüge ich.
– Was fürn Zufall, ja.
– Ja.
Natürlich wissen wir beide, dass es das nicht ist. Aber wir brauchen diesen Glauben, weil wir uns gegenseitig sagen können wollen: Das Schicksal hat uns zusammengeführt.
Weil ich das sagen können will.

Danach kommt das, was die Leute *Kennenlernen* nennen, und zwar so lange, wie sie sich nicht eingestehen wollen, dass sie gerade daran sind, sich zu verlieben. Auch wir nennen das so, obwohl wir es eigentlich schon lange hinter uns haben. Trotzdem lassen wir nichts aus: Vor jedem Kuss ziert man sich, als wär's der erste. Man schläft mit dem anderen, aber nicht bei ihm: Das könnte schon zu viel bedeuten. Man ruft viel zu lange nicht zurück und wenn der andere anruft, geht man nicht ran. Ruft er wieder an, hebt man den Hörer erst nach dem fünften oder sechsten Klingeln ab, damit es nicht so aussieht, als hätte man gewartet darauf.
Wunderbar, keine Frage. Wenn es nach mir ginge, könnte es immer so weitergehen. Nur Gerold, der findet *dieses Getue* irgendwann albern.

– Das machen die Leute eben, wenn sie glücklich verliebt sind, erkläre ich ihm.
Gerold schüttelt den Kopf.
– Das machn die Leute in deim Kopf, wenn sie glücklich verliebt sind, ja.

Am Anfang finde ich alles toll, was Gerold macht. Da ist zum Beispiel dieses Boot, an dem er seit Jahren baut. Er hat sogar einen Parkplatz gemietet und eine kleine Garage, in der er nächtelang an seinem Boot herumschraubt. Ich lasse mir dann von ihm erzählen, was dieses Ding so alles können wird, und mit jedem Mal kann ich es weniger erwarten, endlich den Zürichsee unsicher zu machen mit ihm. Aber irgendwann merke ich, dass er es jedes Mal, wenn es fast fertig ist, wieder auseinandernimmt und von neuem anfängt, und plötzlich wird mir klar: Gerold will gar nicht fertig werden, weil man dann von ihm erwarten würde, dass er damit auch wirklich herumfährt. Und dafür müsste er zuerst einmal die Bootsprüfung ablegen und seine Wasserscheu.
Beeindruckend finde ich auch, dass er Unmengen von Lakritzschnecken vertilgt, selbst wenn mir natürlich schon vom Zuschauen mulmig wird. Ich meine: Schnecken sind schon eklig, aber dann auch noch solche aus Lakritz. Ich habe einmal von Leuten gehört, die allergisch sind auf Erdnüsse, und die man mit einem einzigen Kuss töten kann, wenn man nur darauf achtet, vorher genügend Erdnüsse zu futtern. Bei mir ist es nicht ganz so schlimm und dem Lakritz. Wenn Gerold mich dann küsst, fühlt es sich eher an, als würde ich seit Stunden rückwärts Zug fahren.
Auch wenn es nicht um Lakritz geht, ist Gerold der Meinung, dass zu viel von etwas gerade genug sei, und das

nimmt er ziemlich wörtlich. Er spricht verdammt viel und manchmal geht einem das gehörig auf die Nerven. Andererseits ist man dann auch wieder froh, weil man es ansonsten selbst tun müsste, reden. Bei Gerold nämlich ist das nicht so einfach, und zwar nicht nur, weil er einem kaum Zeit dazu lässt, sondern auch, weil er meine besten Geschichten mit einem bloßen Schulterzucken quittiert.

Ich erzähle: Mit ihren Flossen schaufeln Fische andauernd Wasser weg unter ihren Körpern. Wenn sie stranden in einer Bucht, dann wissen sie: Sie haben zu viel geschaufelt. Oder: Eine Witwe, die ihren Mann verloren hat im Krieg, trauert Tag und Nacht um ihn und auf dem Friedhof. Ihr Magen verweigert die Nahrung und die Witwe ist sogar froh darüber, weil: So kommt sie schneller zu ihrem Gatten ins Grab. Nicht weit davon bewacht ein Soldat einen Fahnenflüchtigen, der immer noch am Galgen baumelt zur Abschreckung, und bemerkt irgendwann die Witwe in seiner Nähe. Und wie es eben so kommt, verliebt er sich in sie, und da Liebe ja durch den Magen geht, bringt er ihr fortan Essen vorbei. Und wie er nun mit jedem Tag mehr Zeit bei der Witwe verbringt und immer weniger bei seinem Galgen, merkt er viel zu spät, dass man ihm eines Nachts die Leiche stiehlt. Todunglücklich und aus Angst vor dem Kriegsgericht will er sich umbringen, aber die Witwe, gar nicht blöd, hat einen Einfall, wie sie ihrem Geliebten den Strick ersparen kann: Sie reicht ihm die Leiche ihres Gatten als Ersatz, und das sorgt für gehöriges Aufsehen in der Stadt und am nächsten Tag. Noch nie vorher nämlich hat man gesehen, dass sich ein Toter freiwillig an den Galgen gehängt hätte.

Keine Frage: Jack hätte das aus den Socken gehauen, zu-

mindest an den Tagen, an denen er welche getragen hatte. Aber was macht Gerold? Der sagt:
– Geht bei mir links rein und rechts wiedr raus, ja.
Und zeigt auf die ausgefransten Armlöcher in seiner Jeansweste.
Am Anfang habe ich gedacht, das ist sein Versuch, cool zu wirken und geheimnisvoll. Aber dann habe ich gemerkt, dass es ihn einfach nicht interessiert.

Manchmal bringe ich Vincent mit am Abend, nachdem ich ihn kennengelernt habe im Winter, und das tue ich genauso selbstverständlich, wie ich ihn noch nicht mitgebracht habe, als ich ihn noch nicht gekannt habe.
Oft macht sich Vincent lustig über Gerold, aber das wundert einen auch schon gar nicht mehr, weil er sich ja über alle lustig macht, der Vincent.
– Du solltest einmal ein Buch ohne E schreiben, Georges, hat Vincent an einem Sommerabend zu ihm gesagt, als wir wieder einmal zu dritt auf dem Balkon saßen bei Gerold und mit ein paar Patronen Lachgas.
– Warum?, fragt der und schenkt sich anderthalb Glas Schnaps ein, wovon ein Drittel überläuft.
– Weil du eh schon fast alle davon e-liminierst, sagt Vincent, keckert wie so ein verletztes Schaf und kriegt sich nicht mehr ein.
Ich pruste los und kriege einen ziemlich heftigen Husten davon, weil ich zu viel Gas eingeatmet habe oder verschluckt oder so, und dabei verschütte ich vom Gras die Hälfte, weil mir das Mischpult runterfällt zwischen den Beinen. Während ich die Krümel auf dem Boden zusammensuche mit dem Feuerzeug, zischt Vincent:
– Pass doch auf, du Tollpatsch!

Aber Gerold, der hängt immer noch dem Spruch nach von vorhin. Er spuckt übers Geländer und fragt:
– Is jetzt son Studiertnwitz von euch, ja.
Und dann fährt er sich mit dem Zeigefinger ein paar Mal über die Lippen und macht:
– Blblblblbl.
Vincent und ich lachen schon wieder, doch Gerold findet das überhaupt nicht lustig.
– Wenn das so is, ja, kann ich ja gehn, ja, sagt er. – Ach nein, ich hab's fast vergessn, ja: Is meine Wohnung, ja. Also könnt *ihr* gehn, ja.
Vincent zieht einen Joint aus seinem Pelz, den er auch jetzt trägt, obwohl die Nacht immer noch fünfundzwanzig Grad hat, und sagt:
– Beruhig dich, Georges, alles okay, und klopft ihm dabei auf die Schulter, während ich zu Vincent sage:
– Hättest ja auch mal sagen können, dass du einen fixfertig unterm Latz hast.
– Was hast eigntlich mit diesm Schorsch die ganze Zeit, ja, murmelt Gerold, schüttelt langsam den Kopf und schenkt sich wieder ein Glas Schnaps ein.
Das macht mir ein bisschen Sorgen, weil Gerold echt viel trinkt in letzter Zeit, aber dann zündet Vincent den Ofen an und dann vergesse ich wieder, dass ich eigentlich etwas besorgt sein sollte.

Schwierig zu sagen, wann das angefangen hat mit Gerold und mit dem Schnaps, ob das schon damals im Krankenhaus war und in der Zeit danach oder ob das erst mit ihr begonnen hat. Das Zeug jedenfalls, das er trinkt, schmeckt wie Pinselreiniger und steht in solchen Fünf-Liter-Flaschen in der Küche herum. Und weil Gerold Angst hat, dass dieser Rachenputzer den Plastik

durchätzt nach einer Weile, trinkt er ihn auch weg so schnell wie möglich.
Der Fusel stammt von seinem Großvater, der ihn selber macht, und ganz offenbar in rauen Mengen. Wenn man ihn besuchen geht, dann dauert es ewig, bis er in der Tür steht oder liegt oder wie man das auch immer nennt, was er da macht mit seinem Buckel. Auf seiner Nase hängt eine Brille mit riesigen Gläsern, die so dick sind und gewölbt wie die Böden der teuren Glasflaschen, die er nicht verwendet. Und wenn er dich anschaut aus ihnen, dann schiebt er jedes Mal seinen Unterkiefer nach vorne gleichzeitig, als würde er deswegen besser sehen oder so etwas.
– Denkst sichr, dass das 'n bisschn seltsam is mit meim Opa, ja, sagt Gerold, der dabei auf seine Augen zeigt. Aber ich, ich finde das überhaupt nicht seltsam. Wenn es Schnaps gibt, der blind macht, denke ich, dann wird es auch Blinde geben, die Schnaps machen.

Jedenfalls. Ich glaube, Gerold mag Vincent trotzdem ganz gerne, weil er irgendwann gemerkt hat, dass Vincent nicht nur ihn aufzieht, sondern jeden und immer. Probleme hat er eher damit, dass Vincent schwul ist und damit noch nicht einmal hinterm Berg hält.
– Hättest du weniger Probleme, frage ich ihn, – wenn ich an der Uni mit jemandem rumhängen würde, der auf Frauen steht?
– Hm, sagt er, und ich spüre sofort: Irgendwie gefällt mir diese Antwort nicht. Er müsste Ja sagen, oder Nein, aber ich bin hin- und hergerissen, was ich lieber hätte, weil das eine gegen Vincent spricht und das andere gegen mich. Nur *Hm*, das spricht eben gegen beide.

Vierundzwanzig

Es gibt zwei Gelegenheiten im Jahr, in denen Familien wirklich solche sind: Das ist Weihnachten und das ist der Urlaub.
Der Heiligmorgen zum Beispiel. Die Stunden vor den Stunden, bevor der Besuch kam oder bevor er nicht kam. Die, bevor es hektisch wurde mit Tischdecken und Kochen und Badputzen, damit die Gäste dann ein saubereres Klo hatten als wir das ganze Jahr. Wir haben immer auf dem Sofa gesessen dann, mit Viktor und mit Anna, die Hände um die heiße Tasse mit dem Kakao drin, den ich gar nicht trinken konnte, weil ich immer Bauchschmerzen gekriegt habe davon, aber gut angefühlt hat es sich trotzdem. Und da wir uns alle einig waren, dass sich das umso besser anfühlt mit dem Kakao in den Händen, je kälter es ist um uns, hat der Erste, der aufgewacht ist am Morgen, die Heizung im Wohnzimmer heruntergedreht auf null. Und dann saßen wir also da, und Viktor hat uns eine Geschichte nach der anderen erzählt.
Anna hat immer gefragt: – Wann war das? Oder: – Wo geschieht denn bitte so was?
Dabei war das doch völlig egal, wann das war und wo.
Aber Viktor hat das nie gesagt.
– An Pflaumenpfingsten, hat er gesagt, während seine Finger durch Annas Haar gefahren sind, oder: – Zur Zeit, als Zar Erbse mit den Pilzen im Kriege lag.

Aber weil gerade keine Weihnachten sind, sondern eher das Gegenteil davon, wünsche ich mir, dass wir in den Urlaub fahren. Und weil Gerold ja jetzt meine Familie ist, muss er mit.

– Familie, ja. Gehörn da nich noch Kindr dazu, ja.
– Ja, sage ich und nicke.
Und dann spüre ich, wie sich mir ein feiner Draht um die Kehle schnürt und die Tränen herausquetscht, die sich dort gesammelt haben die ganze Zeit.

Sicher: Etwas in mir drin fragt, ob das überhaupt möglich ist mit Gerold, ein Familienurlaub oder meinetwegen ein Pärchenurlaub, und dann denke ich an die Fahrt in die Toskana mit Jacks Eltern und an unsere Fahrt nach Spanien nach der Matura, und weiß: Doch, das ist möglich.
Aber ich will nicht nach Italien und auch nicht nach Spanien, weil mich alles an Jack erinnern würde dort, und auch, weil es viel zu viel zu sehen gibt und zu machen in diesen Ländern, die die ganze Geschichte über nur damit beschäftigt waren, jeden ihrer Winkel mit Sehenswürdigkeiten vollzustopfen. Ich denke nämlich: Je weniger es gibt um uns herum, desto mehr Zeit haben wir, uns mit uns selbst zu beschäftigen – ganz wie es sich gehört für ein glückliches Paar oder eines, das es wieder werden will. Deswegen fahren die ganzen Frischverheirateten doch immer auf diese Sandbänke im Meer, weil es davon keinen Baedeker gibt, der ihnen in alphabetischer Reihenfolge ein schlechtes Gewissen macht, wenn sie den ganzen Tag nur im Bett liegen wollen.
Wir denken also darüber nach, in die Berge zu fahren. Man kann sie ja schon auf Gerolds Hochhaus sehen vom Dach, und je näher man ihnen dann kommt, desto langweiliger werden sie. Der ideale Ort für so einen Urlaub, wie er mir vorschwebt. Aber leider sind die Schweizer Alpen nicht nur stinklangweilig, sondern auch mindestens so teuer. Also überlegen wir einen Moment länger und

kommen schließlich auf Österreich, das ja mindestens so langweilig ist wie die Schweiz, aber dazu noch viel billiger mit diesem Schilling. Und als dann noch herauskommt, dass Gerold Familie hat im Tirol, ist das schon beschlossene Sache.

Es hätte sogar noch besser kommen können und billiger, aber weil Gerolds Karre wieder mal den Geist aufgegeben hat im entscheidenden Moment, fahren wir schließlich mit dem Zug. Der windet sich durch die engen Täler wie so ein Fieberkranker, und noch bevor wir den Arlberg im Tunnel durchquert haben, habe ich schon zweimal in den Abfalleimer gekotzt. Das hat den Vorteil, dass sich das Abteil ziemlich schnell leert, sodass es jetzt jede Menge Gelegenheit gäbe für so romantisches Pärchenzeug und schmutziges. Aber leider ist mein Magen momentan der Einzige, der Schmutz macht im Abteil.

Der Zug hält inmitten von Feldern, auf denen zu viele Häuser stehen und zu große, um das Ganze noch Land zu nennen, aber zu wenige, um das alles als Teil einer Stadt durchgehen zu lassen. Und das ist jetzt also eine der größten Städte im Tirol, und da wissen wir auch, dass es das gar nicht wirklich gibt hier, Städte.

Eine Straße führt weg vom Bahnhof und zu einer riesigen Zigarrenfabrik, vor der unscheinbar und eingemauert und zugepflastert der türkisblaue Inn fließt, an den man gar nicht herankommt, weil es keine Promenade gibt und keinen Fußweg zum Spazieren, und wahrscheinlich würde man das auch gar nicht tun wollen, weil sie nämlich nur die allerhässlichsten Gebäude an den Fluss geklebt haben. Das gefällt mir, diese Haltung. Eine Stadt, die diesen leuchtend blauen Fluss einfach

links liegen lässt, die spuckt auf diese Schönheit und diese Postkartenidylle gar nicht nötig hat, die einfach selbstzufrieden im Schatten eines Berges hockt und sich einen Dreck darum schert, was andere über sie denken, das ist genau nach meinem Geschmack.
Und dann, als wir über die Brücke gehen und hineinkommen in die winzige Altstadt und an der Stadtkirche vorbei, die groß ist für zwei, da traue ich meinen Augen nicht. Hier sieht alles wirklich genauso aus wie in der Schweiz: die bunten Häuser, die sich um die Gasse drängen, die Berge dahinter mit ihren weißen Spitzen und dem Tannenwald darunter und den Alpweiden und den Hütten, die einsam Wache halten auf ihnen, und alles ist völlig unbeeindruckt davon, dass wir jetzt hier sind, Gerold und ich.

Ich bin etwas traurig, dass uns seine Familie nicht abholen kommt, aber das sage ich ihm nicht. Ich meine, ich hatte das erwartet, aber erwarten kann man das nicht. Und als wir endlich ankommen bei diesem Haus, wird auch klar, warum man das nicht kann: Es ist komplett leer. Kein Mensch lässt sich blicken und kein Lebenszeichen gibt es von einem solchen, selbst die Mäuse sind nur aus Staub.
– Wo ist deine Familie?
– Was.
– Es ist niemand zu Hause.
– Ja.
– Wann kommen sie zurück?
– Wer.
– Deine Familie, verdammt.
– Welche Familie, ja.
– Das ist doch das Haus deiner Familie.

– Ja. Das Haus meinr Familie. Ein Ferienhaus, ja.
– Also keine Familie?, frage ich, und ich weiß gar nicht, warum, denn die Antwort, die kenne ich doch schon.
Gerold winkt ab.
– Wo denkst du hin, ja.

Also doch kein Familienurlaub. Im ersten Moment bin ich ziemlich niedergeschlagen deswegen. Einfach weil es nicht das war, was ich mir ausgemalt habe: eine rüstige Oma mit apfelroten Wangen, die gerade den dampfenden Kaiserschmarren auf den spitzenbedeckten Holztisch stellt, während uns Gerolds Tante die Tür öffnet. Ein pfeiferauchender Opa, der sich zu seinen Enkelkindern in die Eckbank drückt und jedes Mal die Hosenträger schnappen lässt, wenn er einen Witz zum Besten gegeben hat. Und so weiter.
Gerold sagt: – Kaisrschmarrn kann ich auch. Und: – Wir hamn 's ganze Haus für uns, ja.
Und dann greift er nach meinen Haaren, und indem er sie auf seine beiden Zeigefinger aufrollt, zieht er mich langsam zu sich ran und küsst mich so, wie er das viel zu selten tut in letzter Zeit.
Und dann treten wir zusammen ans Fenster und schauen in den Abend hinaus, in dem es sich ein Licht nach dem andern gemütlich macht, sehr unter uns geschieht das und sehr über uns, und zwischen allem stehen leise und dunkel die Berge. Und als sich nach einer Weile der Mond übers Dach schiebt und in den Himmel über uns, starre ich ihn stumm an und er starrt stumm zurück, und dann starren und starren und starren wir beide, bis der Schwächere endlich seinen Blick senkt, und das ist der Mond.
– Vielleicht gfällt's dir ja trotzdem, sagt Gerold, als der

Mond seine letzten Lichtgarben einholt von hinter dem Berg.
– Ja, sage ich.

Gerold will nach Innsbruck fahren in den nächsten Tagen oder nach München, er will sich ein Fahrrad mieten und zu so einem skurrilen See radeln in der Umgebung oder wandern im Zillertal. Er sagt, dass man gut essen kann dort, Softeis gebe es da, sagt er, und weil er weiß, dass er jetzt noch einen oben drauf setzen muss, sagt er: – Dieses Weihnachtslied, ja. *Stille Nacht, heilige Nacht*, ja, nich. Hamn sie da erfundn, ja.
Und damit hat er mich. Aber nachdem ich ein bisschen nachgedacht habe, hat er mich nur noch fast, und als ich noch ein wenig länger nachdenke darüber, sage ich:
– Ich möchte lieber hierbleiben mit dir und im Bett herumliegen und so.
Gerold sagt:
– Hättn wir genauso gut zu Hause machn könn, ja.
Ich sage:
– Hätten wir aber nicht.

Diese Sehenswürdigkeiten und Freizeitaktivitäten. Ich habe das nie verstanden. Da hat man endlich ein paar Tage seine Ruhe von der Arbeit und Zeit für sich, und dann füllen die Leute sie sich mit Wandern und Spazieren und Fahrradfahren und Klettern und anderem Zeug, das mindestens so anstrengend ist wie die Arbeit, die sie gerade nicht machen müssen, und dann werden sie noch nicht einmal bezahlt dafür. Ich meine, wir können ja auf dem Weg zum Bäcker ein Buch kaufen oder einen Reiseführer, und dann lesen wir ein wenig über die Geschichte und die Stadt und das Tal und stellen uns

das alles vor, während wir auf dem Bett liegen nebeneinander und an die Decke starren.
Aber Gerold findet das albern. Er ist der Meinung, leere Tage sind zum Füllen da. Und weil wir das nicht gemeinsam tun, füllt er sie eigenhändig. Und sich die Lampe.

Es fängt an damit an jenem Tag, an dem wir nicht wandern gehen im Zillertal. Er hat einen Kasten Bier aus dem Keller geholt und will ein Trinkspiel spielen. Weil ich das keine gute Idee finde, schlage ich vor, zusammen die Badewanne auszuprobieren, aber Gerold sagt:
– Nachdem wir n ganzn Tag nich gemacht hamn, was du nich wolltest, könntn wir jetzt auch mal nich tun, was ich nich tun möcht, ja.
Und deshalb spielen wir nun also dieses blöde Spiel, und da wir nur einen einzigen Würfel haben dafür, geht das so: Immer, wenn eine gerade Zahl fällt, muss Gerold trinken. Wenn sie ungerade ist, trifft es mich.
Jedes Mal, wenn Gerold trinken muss, schlägt er die Hände über dem Kopf zusammen und schüttelt sich vor Lachen. Und wenn ich trinken muss, schlägt er auch die Hände über dem Kopf zusammen und schüttelt sich vor Lachen.
Nach ein paar Runden habe ich genug. Doch Gerold schüttelt heftig mit dem Kopf. Er sagt:
– Mittndrin aufhörn, ja. Geht doch nich, ja.
Also spielen wir weiter, und dann geschieht das, was immer geschieht, wenn Leute miteinander spielen und zu lange: Es gibt Streit.
Als es nämlich so dunkel wird, dass man vom Würfel die Augen nicht mehr sehen kann und vom andern, kommt er auf unsere Vergangenheit zu sprechen. Oder sagen wir: die.

– Wir ham uns doch schon im Krankenhaus kennglernt, ja, sagt Gerold. – Vor fünf Jahrn, ja.
Ich schaue in die Richtung, in der ich Gerolds Gesicht weiß, aber ich sehe ihn nicht. Es ist, als säße mir niemand gegenüber. Als wäre es die Dunkelheit, die mit mir spricht.
– Vor gut fünf Jahren, ja, wiederhole ich und hoffe, Gerold will eine Bemerkung darüber machen, wie ungeheuer viele Jahre das doch mittlerweile seien, wie viel länger sich das doch anfühle oder wie viel kürzer. Aber insgeheim weiß ich, dass es ihm nicht darum geht, einfach ein paar Allgemeinplätze auszutauschen über die Zeit und wie sie verrinnt.
– Fünf Jahre, ja. Aber richtig zusamm sind wir erst seit zwei.
– Ja.
Eine Weile sagt er nichts, und ich tue es nicht. Es ist so still um uns, dass man hören kann, wie im Tal der Wind nicht weht.
– Warum, ja ... Also ... Du ...
Eine Weile sage ich nichts. Dann sage ich etwas. Ich sage:
– Ich war doch mit Jack zusammen.
– Mit Jack, ja, aber wir ...
– Lass uns über was anderes reden.

Am nächsten Abend will Gerold das Spiel wieder spielen, aber nach allem, was am Tag zuvor geschehen ist, habe ich erst recht keine Lust.
– Komm, ja. Sonst muss ich die Ungradn auch noch trinkn, ja.
– Lass doch die Ungeraden aus, sage ich.
Gerold legt sich den Zeigefinger auf die Unterlippe. Er sagt:

– Hast recht, ja.
Und so steige ich alleine die Treppe hoch ins Obergeschoss, schließe mich im Bad ein und öffne das Fenster. Ich zünde mir eine Zigarette an, und während mein Blick dem Inn folgt, der heute weder eisblau ist noch grün noch wild, sondern sich zäh und langsam und braun durch sein schlammiges Bett quält wie erkaltete Bratensoße, denke ich an Jack und die Zeit mit ihm, vor allem an die ersten Wochen und Monate. Ich finde, die erste Liebe oder fast die erste, das ist wie eines von diesen Liedern von a-ha oder Blondie. Wenn du es die ersten Male hörst, kannst du dir gar nicht vorstellen, jemals wieder was anderes hören zu wollen. Und dann, nach hundert, nach zweihundert Mal hat sich der erste Eindruck so sehr abgenutzt und das Gehör ist so stumpf geworden, dass dieses eine Gefühl, dieses Gefühl vom allerersten Mal, nicht mehr zurückkommt, so sehr man auch will. Und man will natürlich umso mehr, je eher man weiß, dass es das nicht mehr tut, und man hört sich das Lied dann umso häufiger an, aber es hilft alles nichts. Und da wird mir plötzlich bewusst, was verkehrt läuft mit Gerold und mit mir und dann wünsche ich mir das, was ich mir schon häufiger gewünscht habe, nämlich dass man einfach ein Wässerchen trinken könnte oder eine Pille schlucken, und dann wäre man wieder genauso glücklich wie früher, auf einen Schlag.

Fünfundzwanzig

Eddie behauptet, er wisse nicht, wo er am Tag der Mondlandung gewesen sei. Ich schaue ihn an. Sein Gesicht glimmt rosa, als hätte er sein ganzes Leben nur Crevetten gegessen. Keine Frage, das macht ihn sympathisch, trotz seiner albernen Behauptung. Solange zumindest, bis ich merke, dass ich mir das ja nur ausgedacht habe mit den Crevetten.

Wir tauschen Blicke. Einen ziemlich ungläubigen, unter meinen Augenbrauen hervorgezogenen gegen einen halb vertrauenerweckenden von ihm. Die andere Hälfte seines Blicks schlittert irgendwo durch Vincents Wohnung, weil er ja schielt, der Eddie.

– Aber jedes Kind weiß das doch, widerspreche ich.

Und in dem Moment, in dem ich das sage, erkenne ich meinen Fehler. Damit bestätige ich nämlich erst recht, dass er etwas Einzigartiges ist. Und das sagt er jetzt auch:

– Ich bin der einzige Mensch, der nicht weiß, was er am Tag der Mondlandung getan hat.

Und macht Anstalten, seine Finger lässig durchs Haar gleiten zu lassen. Aber dann wird ihm klar: Das sollte er mal lieber nicht tun. Seine Mähne ist starr und hart, weil er sich so viel Brillantine hineingeschmiert hat und sich so sehr gekämmt hat danach, dass sein Kopf glänzt wie eine Schallplatte, wenn man sie zum ersten Mal aus der Hülle zieht.

Ich verdrehe die Augen. Er lächelt und zwinkert mir zu. Und dann merke ich: Das war genau sein Ziel, das mit dem Augenverdrehen.

Vincent wohnt in einem Haus, das schief ist und unaufhörlich dem Boden entgegenwächst, sodass ich jedes Mal, wenn ich ihn besuche, das Gefühl habe, es sei wieder ein Stockwerk niedriger als letztes Mal. Es steht an der Badenerstraße, aber nicht im Kreis 4, wie er jedes Mal aufs Neue betont, weil die Leute sofort mit den Augen rollen, wenn er seine Adresse sagt, sondern im Kreis 3, auch wenn es an dessen Grenze und in einem Bereich liegt, der mit dem streng bürgerlichen Kern des Kreises allenfalls noch eine Sache gemeinsam hat, und das ist die Postleitzahl. Wenn man aber eine halbe Stunde im flackernden Neonlicht des pissklebrigen Eingangs stehen und die Leute beobachten würde, die da mit schmatzenden Schuhen ein- und nach zehn Minuten meistens wieder ausgehen, würde man sofort sehen, dass das Haus eigentlich in den Kreis 4 gehört. Und das weiß auch das Haus selbst, das nicht müde wird, sich nach vorne über die Badenerstraße zu neigen und hin zum Kreis 4, der hinter der Mittellinie beginnt mit seinen Kontaktbars und Videokabinen und leichten Mädchen.

In Vincents Wohnung verstreicht die Zeit unmerklich, weil die Uhr an der Wand und über dem Sofa immer nur Tick-Tick-Tick macht und Tag und Nacht fünf vor zwölf anzeigt. Im Wohnzimmer ein fleckiger Spannteppich, der sich zum Sterben niedergelegt hat. Eine ungefähr türkische Hängelampe ertränkt alles in einer gummibärchenbunten Dämmerung.

Als Eddie und ich von der Arbeit in der Fischzucht kommen, sitzen alle schon da, nur Vincents Zwillingsbruder nicht, der steht, und zwar in der Küche, wo er mit über die Schulter geworfener Lederkrawatte und mit einem

kühlen Lächeln auf den Lippen irgendwelche teuflischen Drinks zusammenmischt.
Vielleicht war es auch umgekehrt: die Drinks kühl und sein Lächeln teuflisch.
Vincent umarmt mich, als hätten wir uns seit Tagen nicht mehr gesehen, und dann grüßt er auch Eddie, der ganz betreten auf Vincent schaut mit einem Auge und mit dem anderen auf die Keller-Jule, die ihren Arsch nicht hochkriegt vom Sofa, um uns richtig Hallo zu sagen. Ich indessen schaue etwas verdutzt, als ich in den Spiegel zu Vincents Linker blicke und in die Ecke dahinter. Auf einem Stuhl sitzt da nämlich ein langer Lulatsch, der groß ist wie ein Raum und viel größer als ich, und das, obwohl er sitzt. Zugegeben, ich bin nicht die Größte, eher so Napoleon, aber so etwas habe ich noch nie gesehen. Von seinem Stuhl und durchs halbe Wohnzimmer reicht er mir eine seiner Hände, die groß sind wie Wiener Schnitzel und dünn.
– Bruno, höchst erfreut.
– Alba.
Ich frage mich, wo zum Teufel Vincent und sein Bruder den wieder aufgelesen haben.
– Apropos Auflesen, schnattert der, als wir in die Küche gehen, um seinem Bruder Hallo zu sagen. – Hast du schon gesehen? Bruno hat so lange Arme, dass er sich noch nicht einmal von seinem Stuhl beugen muss, um die Zigaretten vom Boden aufzuheben.
– Welche Zigaretten?
– Das ist es ja, sagt Vincent. – Schade, dass er nicht raucht, nicht wahr?
– Der wird trotzdem sterben, sagt Roy, während er mich umarmt und mir links rechts links drei Küsschen auf die Wangen haucht.

– Entzückend siehst du aus, Alba, nein wirklich. Dieser Flechtgürtel, nein aber auch. Woher hast du den denn? Vielleicht leihst du ihn mir mal aus? Nachher vielleicht? Ja? Sag ja!
Und schmiegt sich an mich wie ein Kätzchen.
Ich frage:
– Sterben? Das tun wir doch alle.
– Früh, Liebes, früh.
Und zeigt auf Brunos viel zu lange Knochen. Dann streicht er sich mit dem Zeigefinger über die Gurgel und entstellt sein Gesicht, als wären darin Mienen explodiert.

Und dann fängt also Eddie an, mit dem Lulatsch über die Mondlandung zu reden, und zwar deshalb, weil er nicht mit der Keller-Jule reden will, die er trotzdem im Auge behält oder deswegen. Und jetzt fällt mir ein, dass Eddie und die Keller-Jule letztes Jahr dreißig oder vierzig One-Night-Stands gehabt haben.
Die Keller-Jule heißt nicht etwa so, weil Keller ihr Nachname wäre, sondern weil sie zum Lachen in den Keller geht. Der Spruch ist nicht witzig, ich weiß, aber er ist auch nicht von mir. Jedenfalls will ich jetzt mit der Jule quatschen, als der Lulatsch sagt, dass er nicht verstehe, dass der Mensch zwar imstande sei, zum Mond zu fliegen, aber noch immer keinen Joghurtbecher erfunden habe, bei dem der Deckel nicht sofort zerreißt, wenn man ihn abziehen will.
Ich schaue ihn an und denke: Na gut, bei *den* Händen.
Und das ist jetzt der Moment, in dem Eddie das mit der Mondlandung behauptet und dass er nicht wisse, was er damals gemacht habe.
Natürlich glaubt ihm das keiner.
– Wo warst *du* am Tag der Mondlandung?, frage ich

Vincent, der plötzlich neben mir steht und sich bei mir einhängt und in der Rechten ein unsichtbares Feuerzeug hält, mit dem er ein ebenso wenig in seinem Mund steckendes Lungenbrötchen anzünden will.
– Vor dem Fernseher natürlich, sagt der, zupft aufgeregt an meinem Ärmel und zeigt auf die Balkontür.
– Aber in deiner Wohnung darf man doch rauchen, sage ich.
– Ja. Aber wenn ich dich so auf den Balkon bekomme, kann ich es auch kurzerhand verbieten, flötet er.

Draußen fragt mich Vincent über Gerold aus, weil er weiß, dass mich das bedrückt irgendwie. Vincent merkt immer, wenn mich etwas bedrückt und was. Ich erzähle lange und Vincent nickt die ganze Zeit, außer wenn er raucht, dann raucht er.
– Tja, man kann nicht immer Glück haben, sagt er, und dann kommt gleich noch mal so eine Binsenweisheit:
– Männer. Man kann Spaß haben mit ihnen. Aber dann hat man auch andauernd Probleme mit ihnen.
Ich sage nichts, denn dazu gibt es nichts zu sagen.
– Und immer, wenn es das gibt, Probleme mit Männern, muss ich an Stalin denken.
– An Stalin?, frage ich.
Vincent nickt.
– Ein Mann, hat der gesagt, ein Problem. Kein Mann, kein Problem.
Gerade will ich etwas sagen, als sein Bruder auf den Balkon platzt.
– Na, ihr Heten? Störe ich? Scherz. Ich störe nie. Ihr stört mich, hahahahaha.
Roy ist wie ein Wirbelsturm: Egal wohin er gerade geht, er dreht sich immer um sich selbst. Auf seinen beiden

Arschbacken, hat mir Vincent einmal gesagt, hat Roy je ein W tätowiert. Wenn er nackt ist und sich bückt, sagen die Leute: – Wow.
Daran muss ich denken, als er uns beide umarmt und fragt:
– Na, wer möchte mit mir spielen?
– Gleich, sagt Vincent und schiebt ihn beiseite. – Wir haben hier noch was zu besprechen.
Aber dann sprechen wir gar nicht mehr über mich und Gerold, sondern nur noch über Roy. Dass er der Ältere von beiden ist. Dass sie früher immer gleich angezogen waren, weil ihre Mutter das so wollte. Dass Vincent gerne einmal etwas ganz für sich gehabt hätte.
– Aber du siehst es ja: Nicht mal schwul sein kann man alleine.
Und weil wir gerade dabei sind, stell ich die Frage, die ich schon immer stellen wollte:
– Verwechseln sich Zwillinge eigentlich untereinander auch?
– Klar, sagt Vincent.
Und erzählt: Wenn er in den Spiegel schaut, dann sieht er dort Roy.
– Was?
– Klar. Das ist auch nicht weiter erstaunlich, schließlich ist bei Zwillingen alles spiegelverkehrt. Also: Wenn ich ein Foto von mir sehe, sehe ich mich. Wenn ich in den Spiegel schaue, sehe ich Roy. Kapiert?
Ich tippe mir mit dem Finger gegen die Schläfe und denke mir meinen Teil. Wenigstens hat er nicht behauptet, dass alles punktsymmetrisch sei bei ihnen. Und dann stelle ich mir das vor. Vincent steht da und grinst dich an und Roy steht auf dem Kopf und grinst dich von dort unten an.

Als wir wieder ins Wohnzimmer kommen, haben die anderen schon angefangen mit – ja, mit was denn eigentlich? Während Eddie sich auf dem Sofa den Arm abbindet mit seinem Gürtel, kocht die Keller-Jule so ein gelbbraunes Zeug auf im Löffel und über einer Kerze. Roy wäscht gerade eine Spritze aus in der Küche.
– Wer nicht kommt zur rechten Zeit, der muss nehmen was übrig bleibt, singsangt er. – Zum Glück ist heute euer Glückstag – haha, doppelt gemoppelt –, und es ist noch ordentlich was da.
Es muss ein ziemlich verzweifelter Blick sein, den ich da aufsetze, vielleicht noch mit etwas Angst gemischt in ihn, weil: Vincent schaut mich voller Mitleid an und auch ein bisschen aufmunternd: Hei, das schaffen wir schon. So in etwa.
Ich weiß trotzdem nicht so recht. Aber dann denke ich an meine Großmutter. Die hat immer gesagt: Bringt's nichts, so schadet's auch nichts.
Vincent zeigt mir, wie viel Pulver man in den Löffel geben muss, wie viel Wasser und wie viel Zitronensaft, wie das funktioniert mit dem Filter und dem Aufziehen in die Spritze, aber als ich dann Reste von Eddies Blut an ihr sehe und überhaupt: die Nadel, ist da dieses Gefühl wieder des dünnen Fadens an meiner Gurgel und das Hämmern im Hals und an seinen Seiten. Ich denke: Scheiße. Und sage:
– Ich kann mir das nicht selbst machen.
Roy stellt seinen rechten Arm auf und knickt die Handfläche nach hinten.
– Wer A sagt, muss auch B sagen.
Und während ich auf die Uhr an der Wand schaue, die Tick-Tick-Tick macht, erinnere ich mich an das letzte Mal Angina und den Doktor, der mir den Hals hinunter-

geschaut hat, und denke: Nein, man kann auch immer nur A sagen.

Als Vincent die Spritze auf meinem Unterarm ansetzt, schaue ich weg, oder vielmehr: Ich schaue Eddie an, der zurücklächelt oder auch nicht zurück. Und plötzlich fühle ich so etwas wie das Gegenteil eines Schlages in meinem Kopf: Wenn dir jemand eine Ohrfeige aus dem Gesicht zieht und mit ihr die ganzen Schmerzen wegnimmt, und zurück bleibt nur viel zu viel Glück, um es zu fassen. So ungefähr.
Von einem Moment auf den anderen weiß ich: Das ist es, wonach ich gesucht habe die ganze Zeit.

H ist wie eine lange Umarmung, einfach ohne das ganze Anfassen. Du verlierst das Interesse nicht, nie. Nicht wie bei einer Jugendflamme oder so, die du liebst und dann doch nicht mehr. Im Gegenteil. Du liebst es immer mehr. Wenn du an die Zeit deiner ersten Liebe zurückdenkst und denkst, wie schön das doch war, und dann dieser Moment kommt, in dem dir einfällt, dass es davor noch eine erstere Liebe gab, und dass die noch viel besser war. Genau so.
Ich frage mich, warum das nicht jeder nimmt, Heroin, meine ich. Und dann schaue ich umher in der Wohnung und merke: Aber sie tun es ja alle.
– Außer der Lulatsch, sagt Eddie und klappt seinen Daumen nach ihm aus.
– Dir steigt die Höhenluft wahrscheinlich zu Kopf, ha?, fragt ihn Roy.
Bruno sagt nichts. Er zuckt nur mit seinen riesigen Schultern und schaut auf uns herunter von dort.

Also. Die Nerven machten nicht mehr mit. Aber wie fängt so was an? Es beginnt damit, dass wir aufhören wollen, Vincent und ich. Draußen ist ein schöner Tag, einer, an dem es noch kühl nach Laub riecht, aber nicht mehr nach Regen oder Schnee. In meinem Kopf ist dieser Tag ein Waschbrett, an dem sich meine Erinnerung blutig scheuert, wenn ich an ihn denke.

Als ich Vincent sehe vor der Uni, bin ich ziemlich guter Stimmung, aber vor allem bin ich zu spät. Und das sagt er mir auch direkt, während er drei Küsschen auf meinen Wangen andeutet.
Ich sage: – Tschuldigung. Und: – Hat überzogen.
Aber Vincent winkt ab. Er sagt:
– Diesen Tag lassen wir uns nicht verderben, Alba. Hast du die Eisen?
– Ja, sage ich, – zwei, und darüber bin ich stolz ein wenig, denn: Normalerweise ist es Vincent, der das Zeug besorgt. Ich für meinen Teil konzentriere mich darauf, ihm mit dem Drücken zu helfen.

Ich habe es ganz schön mit den Nerven zu tun bekommen, als ich heute Morgen am Bahnhof den Ausgang im Shopville angesteuert habe, den beim Landesmuseum. Wie bei einer Schnitzeljagd einer dieser Sägemehlflatschen liegt da ein Drögeler in seiner Soße oder auch nicht in seiner, dann stehen da ein paar schmierige Typen und dann wieder welche und dann noch mal einer, und je näher du dem Ausgang kommst, desto mehr werden es, sodass du weißt: Hier bin ich richtig.

Ich gehe am Landesmuseum vorbei und in den Park, und dann rechterhand immer der Limmat entlang, bis die Toiletten kommen und die Spritzenabgabe, wo sich schon die Junkies drängen davor. Eine Studentin oder zwei geben Tupfer ab und Pariser und Spritzen, und alles gibt's gratis und anonym. Das ist ziemlich besonders, weil: Sugar oder Koks oder Speed oder Hasch, das kannst du auch in Basel oder Bern oder Luzern kaufen oder in St. Gallen, aber Spritzen für lau und anonym, das gibt's nur in Zürich und nur am Platzspitz. Und deshalb kommen sie her von überall, um ihre Pumpen zu holen und dann fahren sie wieder zurück. Darauf ist man ziemlich stolz in Zürich.
Ich stelle mich in die Traube oder Schlange oder was das ist, und als ich endlich dran bin und zwei Spritzen haben will, sitzt da eine Studentin, die nicht viel älter ist als ich oder jünger, und die schüttelt mit dem Kopf und mustert mich ganz genau und ein wenig, als hätte sie noch ein wenig Mitleid über für mich, dabei will ich das gar nicht, sondern nur zwei Eisen.
– Nur gegen gebrauchte, sagt die und zeigt auf den Eimer neben ihr.
– Aber ..., fange ich an, doch weiter komme ich nicht, weil die Studentin nicht aufhört, mit dem Kopf zu wackeln wie Gerold manchmal.
Und dann drängen von hinten auch schon die nächsten nach und mich aus der Schlange, und dann zieht mich auch noch eine Hand hinaus von dort.
– Wie viele brauchst du?, fragt eine Männerstimme, die aus einem weißen Gesicht kommt, in dem sich der Mund nicht recht bewegt und die Zähne nicht, und zwar, weil sie fehlen. Ich schaue auf seine Linke, die zur Faust geballt ist und in der fünfzehn Spritzen stecken oder zwanzig.

Ich sage nichts.
– Ein Stutz das Stück, sagt er.
Ich nicke, drücke ihm einen Zweifränkler in die Hand und greife nach den Spritzen, nur um sie ein paar Minuten später wieder in den Eimer zu werfen bei der Studentin, die mich jetzt spöttisch anschaut und so von oben herab, obwohl sie sitzt und kleiner ist als ich, eigentlich. Dann gibt sie mir endlich die Pumpen und zeigt auf die Auslage vor ihr, und ich nehme noch ein bisschen Watte und einen Pariser, einfach, weil ich das kann.

Vincent parkt vorne bei der Rentenanstalt. Wir schlendern durch den Park und als wir am See sind, breiten wir eine Decke aus auf einem Stein und setzen uns drauf. Wir machen es uns gemütlich, denn: Das ist der letzte Knall, den wir uns setzen. Danach ist Schluss. Und deshalb hat Vincent besonders guten Stoff besorgt heute und deshalb auch die Decke und der See und alles, denn morgen fängt ein neues Leben an oder wieder unser altes. Das heißt, wir machen das vor allem wegen Vincent. – Ich will aufhören, bevor es zu spät ist, sagt er immer.
Und jetzt ist es kurz vor dem Moment, in dem es anfängt, zu spät zu werden.

Und weil das Aufhören so schwer ist alleine, mache ich mit. Ich meine, ich bin nicht süchtig oder so, aber als Gerold das Besteck in meiner Tasche gefunden hat vor ein paar Wochen – also, das muss wirklich nicht sein.
– Ist von Vincent, habe ich ihm gesagt, und ich glaube, er hat's mir abgekauft. Hat ja auch gestimmt, irgendwie. Aber als mein Arm irgendwann mal blau war und ein bisschen rot, weil ich ja immer noch eine blutige Anfängerin war, da hat er den Braten dann schon gerochen.

– Impfung, habe ich gesagt, und Gerold hat gezappelt vor mir und mit dem Zeigefinger gegen seine Schläfe geschlagen, und dabei hat er auf meinen linken Unterarm gestarrt und seinen Mund verzogen.
– Also, Blutabnehmen, sage ich und schaue zu Boden.
– Warum nimmst du das, ja.
– Du trinkst doch auch ...
– Is keine Antwort, ja.
Ich überlege. Ich schaue ihn an für eine Weile. Ich sage:
– Weil ... Ich denke, es lässt mich vieles vergessen. Und es lässt mich auch vergessen, dass ich vieles vergessen habe.
– Dann hast du sichr auch vergessn, dass du mir noch Miete schuldst seit Dezembr, ja.

Ich überlege den ganzen Tag, wie ich mir dieses Geld beschaffen soll, aber eine Lösung fällt mir erst am Abend ein, als ich alleine bin in der Wohnung. Wie ich mich nämlich aufs Bett werfe, gibt da plötzlich eine Latte nach unter meinem Knie, und als ich die Matratze hebe, um die Latte wieder in die Löcher zu drücken, ist da auf einmal diese Zigarrenschachtel auf dem Boden. Und weil da ein paar Hunderter drin sind in ihr, weiß ich auf einmal, wie ich Gerold einen Teil von der Miete zahle, später, wenn er nach Hause kommt.

Ein paar Tage später, als *ich* nach Hause komme, lässt sich die Haustür nicht öffnen. Gerold hat den Schlüssel im Schloss vergessen, denke ich, aber nachdem ich drei, vier Minuten geklingelt und geklopft habe an der Tür, da wird mir klar: Gerold hat den Schlüssel nicht im Schloss *vergessen.*
Aber ich bleibe und höre nicht auf zu klingeln, und nach einer halben Stunde klackt es plötzlich im Schloss, ein-

mal, zweimal, dreimal, und dann öffnet sich die Tür einen Spaltbreit. Ich sehe: Da stehen zwei Taschen mit meinen Sachen drin.
– Gerold.
– Mach, dass du wegkommst, ja, sagt er, und stellt die Taschen vor mir auf den Boden.
– Gerold ...
– Du bist süchtig, Alba, sagt er, – und klaun tust du auch noch.
– Unsinn, sage ich, denn: Wenn dir das jemand sagt, der selbst süchtig ist, zählt das nicht.
Aber Gerold hört nicht mehr zu. Er schließt die Tür, dreht den Schlüssel um im Schloss, und dann werden hinter der Tür seine Schritte immer leiser.

Vincent drückt mir einen Löffel in die Hand und holt ein Briefchen aus seiner Jacke. Behutsam tippt er das Pulver in die Höhlung, und dann holt er eine gelbe Plastikflasche hervor, die aussieht wie eine Zitrone, wenn die in Flaschenform wachsen würden, schraubt den Deckel ab und gibt ein paar Tropfen dazu. Ich drehe schon am Rädchen und lasse Gas ausströmen vom Feuerzeug, weil ich nervös bin ein wenig und mich freue zugleich, und dann mache ich Anstalten, das Feuerzeug unter den Löffel zu halten, aber Vincent sagt:
– Halt.
Und gibt noch ein paar Tropfen Wasser hinzu.
Dann halte ich die Flamme unter den Löffel und warte darauf, dass es sich auflöst und braun Blasen wirft wie Karamell in der Pfanne. Danach ziehe ich den Sud durch den Filter, der golden schimmert im Plastik, und lege die Spritze beiseite. Vincent klöpfelt ein weiteres Häufchen in den Löffel, und jetzt geht alles wieder von vorne los.

– Ich bin schon ziemlich gespannt drauf, sage ich.
– Ja, aber jetzt wart doch mal.
– Okay.
– Wir wollten doch beide gleichzeitig, schon vergessen?

Und dann ist es endlich so weit. Wir binden ab und dann legt jeder an an seinem Unterarm. Man sucht die geschwollene Vene, die bläulich schimmert unter der Haut, legt die Nadel drauf in Richtung Herz und sticht langsam zu. Erst weicht die Haut noch zurück ein wenig, aber dann gibt sie nach auf einmal und stülpt sich um die Nadel. Jetzt sauge ich an und sehe: alles gut. Das Blut ist dunkel und ruhig. Ich schaue zu Vincent hinüber, und der ist auch so weit. Er nickt: Es kann losgehen.
– Auf das letzte Mal, sagt Vincent, und dann fangen wir an zu drücken.
Drei. Zwei. Eins. Pam.

Als wir das Schönste hinter uns haben nach ein paar Minuten, stehen wir auf, werfen die Spritzen in den See, umarmen uns und klapsen uns gegenseitig auf den Arsch. Das machen wir immer so, wenn uns irgendetwas Großartiges widerfährt.
Und in diesem Moment weiß ich, dass alles wieder gut wird. Dass ich fortan nicht mehr so viel Geld brauche, dass ich nichts mehr von Gerold klauen muss und dass ich deshalb wieder zurückkann zu ihm.
Alle Probleme sind vorbei, auf einen Knall.

Ein Student kommt jeden Tag zu spät zu den Vorlesungen. Als er in einem Monat gleich viermal rechtzeitig kommt, bietet ihm der Prof eine Stelle an. Genau so läuft das bei mir, einfach umgekehrt: Jahrelang habe ich zusammen mit Eddie in dieser Fischzucht gearbeitet, habe zweimal die Woche Punkt neun Uhr auf der Matte gestanden und bin acht Komma zwei Stunden plus Mittagspause später wieder gegangen. Und dann verpasst man ein paar Mal das Tram, und prompt flattert einem die Kündigung in den Briefkasten. Das Dumme an der Sache ist: Ich habe gar keinen Briefkasten in dieser Zeit.

Nachdem mich Gerold zum zweiten Mal rausgeschmissen hat, schlafe ich meistens bei Eddie, nur wenn Sandra bei ihm übernachtet, dann schlafe ich nicht bei Eddie. Zusammen mit seiner Bindungsangst und einer Vorliebe für tiefsinnige Fragen bewohnt Eddie anderthalb Zimmer in einem dieser Häuser, die man zwischen Langstraße und Neufrankengasse abbruchreif gegen das Gleisfeld gesetzt hat. Die Wände dort sind so dünn, dass man wie durch Wurstpapier hindurchschauen kann durch sie, und überall hört man Stimmen, die miteinander sprechen und gleichzeitig. Keine Frage, in meinem Kopf erinnert mich das alles an ihn selbst, sodass der weiß: Ich bin da.
Eddie kocht manchmal für uns am Abend, und wenn er kocht, heißt das immer dasselbe: Dick wie die Tischplatte schneidet er eine Scheibe ab vom Butterzopf, belegt sie mit Scheiblettenkäse und schiebt das Ganze in den Ofen, bis es braune Blasen wirft von der Hitze. Dann

teilen wir uns zusammen eine Nadel vor dem Schlafengehen und die Nacht nach ihm, anderthalb auf zwei Meter Dunkelheit für mich sind das und anderthalb auf zwei Meter davon für Eddie, und dazwischen, so dünn wie alle anderen, eine Wand aus berauschtem Schweigen, die brüchiger wird von Minute zu Minute. Und wenn das Glück dann abgeklungen ist in unseren Köpfen und in die Adern zurücksickert, wenn jeder auf seiner Matratze liegt und das Wissen darum allmählich zurückkehrt in den Kopf, starren wir bis zum Einschlafen hoch zur Decke und von der Decke starrt es auf uns zurück.

Wenn ich an Menschen denke, dann denke ich immer nur an Teile von ihnen. Bei Sandra zum Beispiel sind das die Brüste, die so groß geraten sind, dass man wahrscheinlich ständig und andauernd starren würde auf sie, wäre sie nicht tätowiert bis zum Halsansatz, von wo einem aus schattigen Löchern ein Totenschädel entgegenschaut. Immer wenn ich seinem leeren Blick begegne, muss ich an die Säuglinge denken, die Sandra als Hebamme so zu Tage fördert, und dass die als Erstes in ihrem kurzen Leben gleich einmal gezeigt kriegen, wie das alles endet, wenn sie nicht aufpassen und auch, wenn sie aufpassen. Jedenfalls: Sandra ist die Vorarlbergerin, die nicht die Freundin von Eddie ist. Und weil sie das nicht ist, während sie jedes Wochenende bei ihm schläft und manchmal auch nicht am Wochenende, muss ich mir für diese Tage eine neue Bleibe suchen. Wenn er und Sandra zusammen wären, könnte ich nämlich auf der Matratze nebendran schlafen, weil sie dann nur eine bräuchten, aber weil sie das eben nicht sind, brauchen sie zwei, erklärt mir Eddie.
Als wäre ich schwachsinnig oder so etwas.

Was die Arbeit angeht, so nehme ich alles, was ich kriegen kann. Aushilfe im *Dicken Fang*, wo vom Güterbahnhof die halbe Arbeiterschaft ins Netz geht und nach ein paar Gläsern Hausmarke leckschlägt, die ich aus den Resten vom Vortag zusammenmische. Bei einem kasachischen Zahnarzt, der seinen Patienten, wenn sie regungslos und mit aufgesperrter Röhre unter dem geschwollenen Blick seiner wodkaflaschenbodendicken Brille liegen, stolz und mit einem vielleicht etwas zu serbischen Akzent, um wirklich als Serbe durchzugehen, verkündet, er habe sich das Handwerk selbst beigebracht. In diesem Laden beim Lochergut, inmitten von Tausenden von Uhren, die um einen herum ticken und andauernd nachgehen, sodass mich beim Nachstellen jedes Mal das unangenehme Gefühl beschleicht, meine Zeit vergehe schneller als die von anderen.
Diese Arbeiten, so verschieden sie auch sind, haben alle eins gemeinsam: Sie sind so mies bezahlt, dass der gesamte Tageslohn durch ist, wenn ich am Abend vom Platzspitz zurückkomme und manchmal schon am Morgen, und meistens behalte ich die Stelle nicht länger als die Patienten das Amalgam, wenn sie sich beim Kasachen für einen Hunderter die Zähne machen lassen.

Heroin zu knallen, das muss man sich in etwa so vorstellen: Angenommen, einer würde über unser Leben schreiben an seinem Schreibtisch. Kriegt ja kein Geld dafür, oder viel zu wenig. Er weiß: Zum Überleben muss ich was Richtiges machen. Aber irgendwann ist er angefixt, kann nicht mehr loslassen, hängt die ganze Zeit mit uns herum, in seinem Kopf, meine ich. Rundherum bricht die Welt zusammen, aber ihn interessiert das nicht mehr.

So stelle ich mir das mit dem Heroin vor. Das heißt, wie's mit dem Heroin ist, weiß ich ja.
– Ist jetzt aber sehr theoretisch gesprochen, findet Vincent.
– Ich weiß nicht.
– So schlimm ist es mit uns noch nicht gekommen.

Vincent hat gut reden: Wenn ich das Studium irgendwann aufgegeben habe, weil am Ende des Tages immer zu wenig Geld da war, hat er es geschmissen, weil er viel zu viel hatte davon.
Vincent hat nämlich ein kleines Geschäft aufgezogen in seiner Freizeit, ein *Business*, wie er es immer nennt, weil das Wort sich eher den Regeln seiner rauchigen Aussprache unterwirft und gleichzeitig ein Hauch von Professionalität mitschwingt in ihm. Man mag halten davon, was man will, aber der Erfolg gibt ihm recht: Dieses *Business* nämlich läuft genau seit jenem Zeitpunkt so gut, da er es so nennt. Damit angefangen hat er ungefähr zehn Sekunden, nachdem er an den Rändern eines glücklichen Augenblicks voller afghanischem Sugar, den er auf dem Frauenklo (das Männerklo war wie immer besetzt) im *Dicken Fang* voll ausgekostet hat, jenen genialen Einfall hatte, der damals, also zehn Sekunden vorher, noch *Geschäftsidee* hieß.
Vincent macht sprichwörtlich Geld aus dem Nichts, und zwar so viel, dass du ihm dreihundert Franken für zweihundertfünfzig abkaufen kannst. Wenn du mehr nimmst, wird es billiger, sechshundert für vierhundert und achthundert für fünfhundert, und ab tausend kriegst du die Hälfte geschenkt. Fein säuberlich abgezählt und in Plastiktüten verpackt gibt er die Zehner und die Zwanziger raus, sogar mit einer hübschen Banderole und dem ganzen Schnickschnack. Nur zusammen-

knüllen und für ein Stündchen oder zwei im Schwarztee köcheln lassen, das musst du dann schon selbst tun.

Keine Frage: Man muss die richtigen Leute dafür kennen beim Orell Füssli und vor allem sollte man wissen, dass der nicht nur Geld mit Büchern macht, sondern auch einfach Geld. Auch das richtige Papier muss man haben und die richtige Tinte, und das ist alles gar nicht so einfach, aber darüber ist Vincent eigentlich ganz froh.

– Sonst würde das ja jeder machen, sagt er, im Gesicht ganz blank vor Entsetzen, und reißt die Augen weit auf, sodass man sieht: Sie schimmern gelb an ihren Rändern.

Achtundzwanzig

Wenn ein Zauberkünstler nach dem Tuch greift auf dem gedeckten Tisch, daran zieht mit einem Ruck und auf einmal sind alle Teller weg und alle Gläser darauf und das ganze Besteck: Ungefähr so habe ich René wiedergesehen. Plötzlich und unerwartet, wie wenn einer zweimal dasselbe sagt und dann noch nicht einmal eine Miene verzieht dabei.

René ist zu einem geworden, der dir zwar immer noch die Tür aufhält, dann aber kurzerhand selbst zuerst durchgeht. Sein rechter Unterarm ist tätowiert, heißt Hektor und verliert viel zu schnell die Geduld. Auch die Knarre sitzt ihm ziemlich locker, sagt er, und ein Blick auf seinen ziemlich losen Gürtel macht deutlich, dass seine Behauptung keine solche ist.

Ich habe René am Platzspitz wiedergetroffen in Zürich, damals, als er nicht mehr Jack hieß.

Wenn man vor dem Hauptbahnhof steht und sich das Landesmuseum wegdenkt, das sich einem in den Blick stellt, wenn man nach Norden schaut, und in den Weg, wenn man nach Norden geht, dann fängt da der Platzspitz an. Jetzt kann man das natürlich nicht, das Landesmuseum wegdenken, meine ich, und weil es einem die Sicht aufs Schlimmste nimmt, will man es auch gar nicht, und deshalb fängt der Platzspitz eben erst dahinter an.

Der Platzspitz, muss man wissen, das war früher mal so ein blöder Park und dann war's ein Schießplatz, und das ist er ja heute immer noch, irgendwie, nur dass die Schüsse nicht mehr aus der Pistole kommen oder so.

Wobei, so genau stimmt das jetzt auch wieder nicht.
Und wenn man sich jetzt links am Landesmuseum und den ganzen Dealern am Eingang vorbeizwängt oder rechts am Landesmuseum und den ganzen Dealern am Eingang vorbeizwängt und hineingeht in den Park, dann kommt da zuerst das Rondell in der Mitte, wo sich die ganzen Drögeler tummeln, und die Spritzenabgabe, die sie ins frühere Toilettenhäuschen gesetzt haben, sodass es dort kein Klo mehr gibt und überhaupt: im Park. Das ist weniger schlimm, als man vielleicht denken möchte mit dem Klo, denn der ganze Park ist ja jetzt eins.
Gut, und da gehe ich jetzt also hinein auf einem Kiesweg und nach hinten, wo die kahlen Bäume etwas dichter stehen auf der Erde und die Junkies etwas weniger dicht, weil: Die meisten von ihnen liegen auf ihr. Immer tiefer gehe ich in den Park hinein, der immer schmaler wird zwischen Limmat und Sihl, und als ich am tiefsten drin bin in ihm, hört er plötzlich auf. Bei all dem schiebe ich mein Fahrrad neben mir her, das es noch gar nicht war vor ein oder zwei Stunden. Ich bin in den Keller gegangen bei Eddie im Haus, wieso, das weiß ich gar nicht mehr so genau, aber da stand plötzlich dieses Rad vor einem Abteil. Und weil es nicht abgeschlossen war, bin ich davon ausgegangen, dass sein Besitzer wollte, dass ich es mitnehme. Und jetzt versuche ich also, es auf dem Platzspitz zu verkaufen, und das ist auch ganz einfach, denn: Jeder macht das so. Allerdings macht es das auch wieder schwer, dass das jeder macht, denn das ist natürlich auch der Grund, dass die Preise eben doch da bleiben, wo man in der Regel die Fahrräder holt.

Jedenfalls bin ich jetzt an der Spitze angelangt, wo die Flüsse zusammenfließen sollten, es dann aber trotzdem nicht tun, weil genau dort das Stauwehr anschließt und der Letten. Eigentlich will ich jetzt einbiegen in den Steg, der über die Limmat führt rechts und zum Hotel Zürich hinüber, aber das geht nicht. Mitten auf der Brücke, das sehe ich von hier, ist wieder mal einer zusammengeklappt. Quer über dem Steg liegt er, und man kann nur über ihn hinwegsteigen oder: eben nicht. Ich denke: Hat sich sicher irgendeinen Scheiß andrehen lassen, und: Ich weiß ja, weshalb ich mein Zeug immer beim selben Typen hole. Aber dann, während ich da so stehe und wie ein Eddie hinüberschiele zum Bewusstlosen, da fällt mir ein: Das tue ich ja gar nicht.

Und wie ich jetzt also vor diesem Steg stehe, starre ich aufs Wasser hinaus und aufs andere Ufer unter den Bäumen. Und dort fällt mir diese flamingofarbene Visage auf, aus der ein tätowierter Typ Drohungen herausschreit, und diese Drohungen macht er keine zehn Sekunden später wahr: Er packt den anderen dort, wo sich bei anständigeren Leuten das Revers finden würde, und dann hievt er ihn einfach über die Quaimauer und schmeißt ihn in den Fluss, und dieser andere, das ist jetzt René. Und während der nun langsam von rechts nach links treibt im teegrünen Wasser und mit den Armen rudert und irgendwas Unverständliches herumposaunt, kommt mir René plötzlich aus dem Park entgegen, und da bemerke ich, dass ich nur wieder Unsinn denke.

Über Renés Schultern schlingert eine viel zu weite Lederjacke mit grünen und roten und gelben Stoffdreiecken, und sein Gesicht sieht aus wie zehn Jahre Bürgerkrieg. Weiß die Haut und weiß darauf und lang und scharfkantig wie von den Hockeyspielern die Spuren im Eis leuchtet da ein Haufen Narben über den Wangen, und zerfurchte Lippen liegen um den Mund und braune

Zähne zeigen sich darin, manchmal auch nicht. Über seiner Nase balanciert eine Kinderschänderbrille wie vom Ferrari bei der letzten Festnahme, in der sich grünlich die Welt spiegelt um ihn herum und kaputt.
– Was tust du denn hier?
René fährt sich mit Daumen und Zeigefinger durch den Schnurrbart. Seitlich löst sich ein Tropfen Spucke und fliegt in weitem Bogen über das Geländer, setzt weiß auf auf dem Wasser und schaumig und wird weggetrieben nach rechts.
– Am Platzspitz?
– Auf der Welt.
René lächelt ein bisschen. Ein Goldzahn blitzt auf zwischen den Lippen.
– Begrüßt man so einen alten Freund?
– Verabschiedet man sich so von seiner Freundin?
René schaut nach links, schaut nach rechts, schaut nach links, als hätte er die Hoffnung, dort irgendwo eine passende Antwort zu finden. Aber dann merkt er: Die gibt es nicht.
Und hält die Klappe. Ich sage:
– Ach so, fast hätt ich's vergessen: Du hast dich ja gar nicht verabschiedet.
René presst ein Lachen durch die Zahnlücken. Eine Weile sagt er nichts.
– Wie geht's ihm?
– Wem?
– Dem Kind?
Ich starre ihn an mit offenem Mund, und das weiß ich deshalb so genau, weil meine Zähne zu frieren anfangen von der Kälte. Das soll ungefähr so viel heißen wie: Bist du vollkommen bescheuert, eigentlich?
Ich schüttle den Kopf. Ich sage nichts. Dann sage ich:

– Also, ich muss weiter.
Aber René, der ist noch nicht fertig mit mir. Er hält mich zurück an der Schulter und zieht ein Tütchen aus dem Mund mit hellbraunem Pulver drin. Eine Augenbraue muss sich mir mindestens nach oben gezogen haben, vielleicht habe ich auch noch erstaunt den Kopf zurückgelegt, jedenfalls: Er sieht sich zu einer Erklärung gezwungen.
– Gerade war die Schmier im Park, sagt er und wischt das Tütchen mit dem ganzen Sabber an seinem Ärmel ab, dass der ganz dunkel wird davon.
Und jetzt leuchtet mir auch ein, wozu sie gut sind, diese ganzen Zahnlücken.
René hält mir den Stoff hin. Meine Augen fangen zu leuchten an, das sehe ich in seiner Brille, wo sie sich so hell spiegeln, dass ich sie prompt wieder zukneifen muss deswegen.
– Das ist mindestens n Hunderter wert, sage ich.
– Geschenkt.
– Woher hast du das?
René zittert mit dem Kopf und reißt die Brauen hoch. Das soll jetzt wieder so etwas wie Verwunderung ausdrücken, dabei ist er das gar nicht, verwundert, sondern einfach nur ein Volltrottel.
– Woher? Ich verkaufe das Zeug.
– Aber du nimmst es auch.
– Warum?
– Weil dein Gesicht zerfällt wie die Sowjetunion gerade.
Eine Weile starrt mich René an und überlegt, was er sagen soll. Wieder spuckt er seitlich aus ins Wasser, in eleganter Bahn. Das muss ihn Jahre gekostet haben, denke ich, das so perfekt hinzukriegen mit der Spucke.
Er schnaubt durch die Zähne.

– Sagen wir so. Ich muss ja die Qualität testen ab und zu. Aus beruflichen Gründen.
– Ja.
– Und irgendwann habe ich meinen Beruf eben zum Hobby gemacht.

Und so habe ich ihn also wiedergesehen, nach Jahren. Einfach so. Danach, also mit René, passiert nichts, würde ich sagen: Jeder geht weiterhin seinen Gewohnheiten nach am Platzspitz, und das sind immer dieselben. Er verkauft H, und ich, ich kaufe welches. Auch sonst bleibt alles beim Alten. Nur dass ich ihn nicht nur sehe ab und an, wie ich ihn wahrscheinlich schon vorher gesehen habe andauernd, sondern dass er mir jetzt auch auffällt dabei. Wenn du zum hundertsten Mal in ein Gesicht schaust, und du plötzlich dieses Zucken im rechten Lid wahrnimmst, das unkontrolliert und immer wiederkehrt, und du dir gar nicht mehr vorstellen kannst, dass du es jemals nicht bemerkt hast: So ist das ein bisschen mit René und am Platzspitz.
Viel ist es jeweils nicht, was er abgibt an Stoff, aber immerhin: Für einen Schuss oder zwei reicht es immer. Für René ist das Mückendreck. Kinkerlitzchen. Kleine Fische. Pillepalle. Petitessen. Aber für mich bedeutet das: An manchen Tagen reicht das Geld für H *und* für Essen.
Allerdings ist das Geschäft für die Dealer auch nicht mehr das, was es einmal gewesen ist, zumindest wenn man ihnen Glauben schenken darf. Natürlich darf man das nie und auf keinen Fall. Wenn die nämlich behaupten, dass da kein Strychnin drin ist in deinem H, dann kannst du Gift drauf nehmen, dass es das garantiert ist. Das Praktische daran: Das Gift wird dir gratis mitgeliefert.

Aber bei René, da kann man eine Ausnahme machen, mit dem Glauben schenken, meine ich. Der ist ja ein Freund oder so. Ein Bekannter. Na ja, so genau nimmt's hier niemand. Außer wenn's ums Geld geht.
Und damit kommen wir zu Renés Problem.
Der klagt nämlich andauernd über die Albaner, die plötzlich überall sind seit ein paar Monaten und den Markt überschwemmen mit billiger Ware, und vor allem klagt er in letzter Zeit häufig über die Blüten, die immer wieder auftauchen am Platzspitz und auch nicht mehr nur am Platzspitz.
Für einmal bin ich froh, dass ich ohnehin nicht viel zu tun habe mit Geld.
– Tja. Man kann nicht immer gewinnen, sage ich. – Die einen tun es, die anderen verlieren. Ich würde sagen, wir sind die, die verlieren.
Jack verzieht sein Gesicht.
– Ich finde das nicht witzig, sagt er.
Ich schaue ihn an, den René, und dabei fällt mir auf, dass ihm die Adern dicker geworden sind im Gesicht und blauer, das fällt mir wirklich auf. Oder vielleicht, denke ich jetzt, ist einfach nur seine Haut dünner geworden. Natürlich. Verträgt ja keinen Spruch mehr, der René.
Und dann denke ich: Neun Jahre oder zehn. Solange ist das schon her, dass wir uns kennengelernt haben. Ein Drittel meines Lebens. Das alles kommt mir vor, als wären es zwei andere gewesen damals im Krankenhaus, und seien nun, auf unerklärliche Weise, die geworden, die wir jetzt sind.
– Ich finde das wirklich nicht witzig.
Ich sage nichts. Aber ich denke: Die Bundespolizei findet das auch nicht mehr witzig mit dem Falschgeld. Seit Tagen nämlich lungert die schon hier herum. Bullen in

Zivil, unauffällig gekleidet. Das wiederum finde *ich* ein bisschen witzig. Unauffällig heißt nämlich: In *weißen* Trenchcoats. Das muss man sich einmal vorstellen.
René schaut mich an, mit ganz anderen Augen.
– Hast du etwas damit zu tun?
Ich schüttle heftig den Kopf. Und weil ich ja schon immer schlecht war im Lügen, platze ich jetzt vielleicht etwas schneller als nötig heraus:
– Nein!
Das macht ihn misstrauisch, fast wie einen dieser Männer im Trenchcoat.
– Sicher?
– Ganz sicher.
– Hm.
Er lässt ein paar Sekunden, zieht ein prall gefülltes Päckchen aus der Jacke und hält es mir hin.
– Fünf-Gramm-sicher?
– Ja.
– Sechs-Gramm-sicher?
– Ich glaube.
– Sieben?
– Vielleicht.
Sieben Gramm, überschlage ich im Kopf, das sind viertausendzweihundert Stutz auf der Straße oder: mehrere Wochen Glück.
Ich lange nach dem Päckchen vor mir und dann höre ich, wie etwas aus mir sagt:
– Vincent ist es, der die ganzen Blüten druckt.
Natürlich versuche ich, die Lippen aufeinanderzupressen, aber die Worte plumpsen einfach so heraus und ich, ich kann nichts tun dagegen.

Dann geht's nicht mehr allzu lange, und die ganze Chose fängt an, ziemlich seltsam zu werden.

Ich bin zu dieser Zeit beschäftigt damit, mich mit Sandra gutzustellen, und wie immer, wenn ich mich in diesen Jahren mit jemandem gutstelle, ist Heroin im Spiel. Das heißt, bei Sandra ist es das eben nicht gewesen, und ich glaube, darin lag das eigentliche Problem.

Wir haben in der Küche bei Eddie gestanden, und dann hat sie irgendeine Nazi-Geschichte erzählt, in der ein gutes Dutzend chinesischer Neujahrsböller, ein Schnurrbart im Viktor-Emanuel-Stil und ein fünfundneunzigjähriger Regenbogenhummer die Hauptrolle spielen, aber so genau habe ich ihr nicht zugehört, wie eigentlich immer, wenn Sandra redet.

Sandra, sollte man wissen, gehört zur Sorte Mensch, die an jeder Ecke Hitler begegnet. In der Politik sowieso, und die Schmier: keine Frage. Aber auch sonst wimmelt die Welt nur so von Nazis. Eine Freundin von ihr, die Susi, ist ein Radiernazi, weil sie die ganze Zeit radiert. Der Tschudi aus ihrer WG ist ein Karotten-Eichmann, weil er an einem einzigen Tag sämtliche Möhren in der Küche vernichtet hat. Sophie, die Belgierin, gehört wegen ihres landestypischen Frühstücks zur Waffel-EssEss.

Und weil ich ihr wieder einmal nicht zuhöre, merke ich gar nicht, dass wir irgendwann über Heroin angefangen haben zu reden und wie.

– Wie fühlt sich das an?, will sie wissen, und weil man den Leuten, die es noch nie genommen haben, gar nicht erklären kann, wie sich das anfühlt im Innern, sage ich:

– Wie die Lösung all deiner Probleme. Auf einmal.

Sandra schaut mich an, und der tätowierte Totenkopf tut es von ihrem Hals.

– Klingt, wie wenn ein Verzweifelter von Selbstmord spricht.

– Genau so.

– Genau so?

– Wie Selbstmord. Nur besser.

Das erinnert Sandra jetzt wieder an Hitler und Himmler und Göring und noch so einen Verrückten, weil die sich ja alle umgebracht haben, und sagt, dass sie sich alleine schon deshalb niemals umbringen würde. Dann sagt sie noch etwas und noch etwas und dann noch etwas und dann noch irgendetwas anderes. Und irgendwann fragt sie mich, ob ich ihr nicht mal ein Briefchen H mitbringen könne. Ich finde das keine so gute Idee, jetzt so objektiv betrachtet, meine ich. Doch Sandra lässt sich nicht abbringen davon. Sie kommt mit irgendwelchen Parolen und Erkenntnissen und Theorien, denen man nicht so recht folgen kann und ich schon gar nicht, aber nach und nach wird mir klar, dass sie findet, Heroin sei die perfekte Ausstiegsdroge.

Na ja, denke ich, aber dann denke ich auch, dass sie schon selbst sehen wird, dass das nicht zum Spaßen ist, und ziehe also noch am selben Abend los, um mit Sandras Piepen was zu holen am Sihlquai und für mich natürlich auch.

Und das ist jetzt der Abend, an dem Vincent verhaftet wurde.

Erfahren habe ich es am nächsten Morgen von Eddie oder von Roy, so klar ist das nicht, die beiden haben nämlich eine ganze Weile gleichzeitig gesprochen, aber nach und nach hat sich die Erkenntnis herausgebildet,

dass Vincent von der Schmier mitgenommen wurde und mit ihm die ganzen Druckapparate und das Papier und all die schönen Scheine.
Und damit fangen die Befragungen an von der Schmier, die natürlich ganz genau weiß, wen sie sich einmal genauer ansehen sollte. Gut, dass wir alle etwas auf dem Kerbholz haben, dafür braucht man eigentlich nur unsere Unterarme anzuschauen, die aussehen wie so eines. Ob ich etwas mit dem Papier zu tun hätte, das aus der Orell-Füssli-Druckerei verschwunden ist, wollen die wissen. Ob ich Botengänge im Auto ausgeführt hätte für ihn. Und so weiter.
Ich streite alles ab. Und je beharrlicher ich das tue, desto schuldiger fühle ich mich. Ich meine, wenn dein bester Freund in U-Haft sitzt und du dafür irgendwie verantwortlich bist – natürlich gibt einem das zu denken. Und während ich immer weiterdenke und immer trauriger werde da auf der Wache, kommt mir in einer Pause meines Denkens das H von René in den Sinn, das ich irgendwo bei Eddie unter einer Matratze versteckt habe. Als ich mir am Abend endlich eine ordentliche Ladung verpasst habe davon, reduzieren sich nach und nach meine Schuldgefühle darauf, was hier eigentlich Sache ist: Hätte Vincent kein Falschgeld gedruckt, wäre er auch nicht festgenommen worden. So einfach ist das.
Das ist eben auch Heroin. Es lässt dich wieder klar sehen. Oder sagen wir: Es verengt deinen Blick aufs Wesentliche.

Für eine Weile durften wir Vincent nicht sehen und besuchen und nicht mit ihm telefonieren, weil die Schmier Angst hatte, dass wir uns absprechen würden für dann vor Gericht, und das nannten sie *Kollisionsgefahr*, glaube ich.

Als nach ein paar Wochen das Besuchsverbot aufgehoben wurde, war mir klar: Ich würde Vincent wiedersehen. Zumindest dachte ich das, als Roy mir davon erzählte. Aber der – oder Vincent, so genau weiß ich das nicht – hielt nichts davon.
Natürlich habe ich Roy vorgeschlagen, einen Kuchen zu besorgen mit einer Feile drin, den er dann reinschmuggeln sollte zu Vincent wie in diesen Filmen, aber Roy tippte sich wie so einen Specht den Zeigefinger gegen die Schläfe:
– Du tickst wohl nicht richtig, Schätzchen.
Na ja. Also habe ich ihn einfach hingefahren und dann draußen gewartet in seinem Wagen, aber insgeheim habe ich natürlich trotzdem gehofft, dass er eine Feile mitreinnimmt. Musste ja meinetwegen auch nicht mit Kuchen sein.

Als Roy endlich herauskommt, sieht er ziemlich mitgenommen aus und abgekämpft. Klar, den eigenen Bruder im Knast zu besuchen, das ist nicht ohne, und dann auch noch in Untersuchungshaft, mit der ganzen Ungewissheit und der Angst vor der Verhandlung. Ich habe es ja schon fast nie geschafft, meine Schwester auf dem Friedhof zu besuchen, und dabei gab es da ja noch nicht einmal mehr diese Ungewissheit.
Roy steigt hinten ein. Und kaum hat er Platz genommen, klappert er bereits los wie eine von diesen falschen Schlangen. Dass der Fraß zum Kotzen sei im Gefängnis und immer der gleiche und die Schmier Arschlöcher und dass die in der Wäscherei keinen Weichspüler benutzen würden, und dass das frische Bettzeug deshalb genau so rieche wie vorher, nämlich alt und nach Schweiß, mit dem einzigen Unterschied, dass es vorher nur nach einem selbst gerochen habe und hinterher nach allen.

Ich höre zu und nicke die ganze Zeit, und jedes Mal, wenn ich vor einer roten Ampel stehen bleibe, nehme ich mir vor, endlich einmal eine Frage zu stellen, aber Roy denkt gar nicht daran, mit dem Quatschen aufzuhören. Das macht mich etwas stutzig, auch wenn ich gar nicht weiß warum, weil: Roy quatscht ja eigentlich immer und ununterbrochen. Aber dann schaue ich in den Rückspiegel, und im Rückspiegel sieht er genau so aus, wie Roy eben aussieht.
Und jetzt geht es
drei
zwei
eins
Nämlich: Im Rückspiegel müsste Roy wie Vincent aussehen, wenn es wirklich Roy wäre. Weil die beiden ja spiegelverkehrt, und wenn der Typ wie Roy, muss es Vincent, der da – ja was denn eigentlich? – in Roys Klamotten auf dem Rücksitz nervös vor sich hin- und herplaudert.
Ich drehe mich um und mit mir das Lenkrad, weshalb ich fast den Citroën von der Nachbarspur dränge, sodass der hupt wie so ein Trottel, dessen Citroën gerade von der Spur gedrängt wird.
– Pass doch auf!, schreit Roy, von dem ich jetzt sehe, dass er das gar nicht ist.

Zwei Dörfer weiter lässt mich Vincent vor so einem Kiosk anhalten und geht hinein. Und während ich auf ihn warte und dabei halb auf dem Gehsteig und halb auf der Straße stehe, kommt natürlich – wer hätte das gedacht – die Schmier angefahren, und der passt jetzt wieder nicht, dass ich da stehe, und deshalb soll ich wegfahren. – Ich warte auf jemanden, sage ich, und die Schmier will wissen, auf wen, und ich sage, dass ich das nicht sagen kann, und dann sagen die: – Dann kann es auch nicht so wichtig sein. Und da ich nicht will, dass die jetzt meinen Fahrausweis kontrollieren, weil das in solchen Situationen immer Reibereien gibt, wenn man keinen hat, fahre ich weg und zuckle durchs Dorf, einmal am *Bären* vorbei, am *Sternen* und am *Hirschen*, und als ich die Runde fertig habe, warte ich wieder vor dem Kiosk. Aber der Vincent, der kommt und kommt nicht heraus.

Und dann wird mir irgendwann klar: Der ist längst verschwunden.

Das Jahr 1991 war ein ziemlich chaotisches am Platzspitz. Manche Leute, wenn sie *Platzspitz* sagen, denken immer nur an diesen einen Sommer, der unserer war oder – je nachdem, wer das sagt – ihrer. Aber natürlich gab es auch die Jahre davor und die danach – gab es nicht mehr.
Jedenfalls ist das dieses Jahr, in dem ein Staat nach dem anderen den Warschauer Pakt verlässt, die Sowjetunion Schiffbruch erleidet und Jugoslawien, und deswegen gibt es jetzt kein Halten mehr. Von überallher strömt das Heroin zu uns und nur vom besten, und dasselbe kann man von den Fixern behaupten und von den Dealern. Na ja, vielleicht nicht die besten, aber von überallher, das schon. Es wird immer internationaler im Park, Deutsche kommen her zum Fixen und Österreicher, sodass man manchmal das Gefühl kriegt, es gebe jetzt plötzlich fünfzig Sandras oder hundert, wenn man durch den Park geht.
Auch drüben am Sihlquai sind es mehr geworden von denen, die H verkaufen und Koks und was du eben so brauchst, mehr Giovannis und mehr Luigis, nur dass die natürlich nicht mehr Giovanni und Luigi heißen, sondern wie Albaner normalerweise heißen und Libanesen, die jetzt nämlich das Sagen haben dort. Und die sagen:
– Das Gramm kostet jetzt nicht mehr sechshundert, sondern gerade noch hundertfünfzig.
Freundschaftspreis. Ein Leben lang.

Mehr Dealer und mehr Stoff und tiefere Preise, das heißt zunächst einmal: weniger Schulden und weniger klauen.

Du denkst: Großartig. Also, ich habe das gedacht. Weil: H ist zwar ein unendlicher Spaß, aber eben auch ein teurer. Und: Das Geld wächst schließlich nicht auf den Bäumen. Seit Vincents *Business* aufgeflogen ist, zumindest nicht mehr.
Und deswegen habe ich jetzt mein eigenes aufgemacht. Da fließt zwar nicht so viel Kohle, eher im Gegenteil, aber Sugar dafür umso mehr. Einen Tisch aufgebaut habe ich nämlich, mit einem Brett von denen von der Baustelle und einem Gepäckwagen vom Hauptbahnhof, und darauf biete ich alles an, was du so brauchst, um dir einen ordentlichen Schuss zu setzen. Ascorbinsäure, mit der du das H auflöst im Wasser, und saubere Löffel, in denen du das machst, und Feuerzeuge und Kerzen natürlich, denn: Aufkochen tut sich das ja nicht von selbst. Und dann kriegst du auch Filter, um das Zeug in die Spritze aufzuziehen, und am Ende, wenn du durch bist, kriegst du sogar einen Alkoholtupfer für die Einstichstelle, denn: Sauberkeit wird großgeschrieben bei mir.
Wobei, das wird es natürlich auch sonst.
Auf alle Fälle: Nachdem du abgedrückt hast, lässt du mir den Filter da, und wenn das noch neun andere getan haben, dann koche ich die Rückstände darin auf, und schon habe ich einen Schuss für lau. Und jetzt weiß man auch, warum sie mich Filterlifixerin nennen und die anderen, die dieselbe Idee gehabt haben.

Jedenfalls hängen da am Tag Tausende Süchtige rum am Platzspitz und manchmal auch nicht am Tag, und Hehler gibt es auch noch und Dealer, und der eine oder andere ist auch alles zusammen. Und wie immer, wenn so viele Leute an einem Ort zusammenkommen und auseinandergehen und wieder zusammenkommen, ent-

stehen jede Menge Gerüchte, und die, die laufen dann alle bei uns Filterlifixern zusammen.
Zum Beispiel: Auf dem Flughafen haben sie zehn Kilo gefunden am Zoll. Und schwupp, schießen die Preise in die Höhe.
Oder: Die Schmier will den Park schließen. Und alle verschieben ihr Versteck zum Letten, in die Bäckeranlage oder zur Rentenwiese.
Oder auch: Heroin lässt sich neuerdings aus Klatschmohn gewinnen. Und von heute auf morgen werden die Blumenläden überrannt von Fixern, die Migros und der Coop verkaufen plötzlich zehnmal so viel Früchtetee, Morgen für Morgen finden die Bauern zertrampelte Weizenfelder vor.

Keine Frage: Auch ich mische da mit und Eddie. Gemeinsam klappern wir die Läden einen nach dem anderen ab. Einmal sogar fahren wir hinaus und mähen ein ganzes Feld nieder. Irgendwo bei Rapperswil ist das und wunderschön: Noch hängen hie und da Fetzen von Morgennebel über den Halmen, zwischen denen die Kornblumen leuchten und eben: der Mohn. Drei Stunden oder vier pflücken wir die Blüten, und als schneebedeckt die Alpen aufsteigen aus dem Dunst, sind wir fertig. Zum Frühstück genehmigen wir uns ein Bier im Dorf und dann sogar ein zweites, denn der Sack mit den Blüten unter dem Tisch gibt uns die Sicherheit: Für H brauchen wir bald kein Geld mehr auszugeben.
Ja.
Und dann frage ich am Filterlitisch einen Chemiedoktoranden, wie man jetzt genau Heroin gewinnt aus diesem Klatschmohn. Und kapiere: Das hätte ich mal lieber vorher getan. Der nämlich denkt, ich will ihn verarschen.

Und als er merkt, dass ich das ziemlich ernst meine, sagt er:
– Du solltest mal ein ernstes Wörtchen mit deinem Dealer reden. In dem H, das du dir da spritzt, ist garantiert nicht nur Koffein drin und Paracetamol.

Ich frage mich, wer mir das mit dem Mohn eigentlich erzählt hat, und ich frage Eddie. Ich will auch Sandra fragen, doch die habe ich seit ein paar Tagen nicht mehr gesehen, und dann frage ich ein paar andere, die vorbeikommen, und irgendwann frage ich ein paar Freunde von denen, und alle sagen:
– Sandra.
Und da weiß ich auch, weshalb die auf einmal nicht mehr auftaucht im Park.

Ein paar Tage später beschließe ich, mal bei ihr vorbeizuschauen. In der WG allerdings, da versichern die mir: Die Sandra wohnt schon seit einiger Zeit nicht mehr da, und zwar deshalb, weil sie *komisch* geworden sei, nachdem sie mit den Drogen angefangen habe. Ich denke: Erst, seitdem sie mit den Drogen angefangen hat? Aber ich kapiere, dass das jetzt unpassend wäre, so was zu sagen. Ich lasse mir die neue Adresse geben. Das dauert ziemlich lange, bis sie den Zettel finden, aber in ihre Wohnung lassen sie mich nicht unterdessen. Sie schauen mich nur an von Kopf bis Fuß, während ich in der Tür warte, und mit etwas Mitleid tun sie das, das ich gar nicht brauche, sondern nur Sandras Adresse.
Als ich schließlich klingle dort, kommt Sandra nicht zur Tür. Überhaupt kommt niemand, als ich ihren Namen brülle, und deshalb brülle ich auch ein paar andere Namen, doch das hilft nichts: Meine Rufe verlieren sich

irgendwo in einem Rauschen und in der Stille dahinter. Am nächsten Abend: dasselbe. Am übernächsten: auch. Die Tage darauf: sowieso. Also sage ich Eddie, er solle mal vorbeischauen, aber der hat auch keinen Erfolg. Und da bin ich mir sicher: Wir werden Sandra nicht wiedersehen.

Einunddreißig

Ziemlich genau so, wie Vincent verschwunden ist, ist er auch wieder aufgetaucht. Aus einem Kiosk heraus, vor dem ich gewartet habe, und vor allem: plötzlich. Doch dann ging es nicht mehr lange, und er hörte auf, zum Platzspitz zu kommen. Das hieß, dass er immer weniger da war und immer seltener, wenn man ihn brauchte. Das hieß auch, dass Vincent immer häufiger dort war, wo man ihn nicht brauchte: in seiner neuen Bleibe, die ihm ein Bekannter zusammen mit seiner Krankheit hinterlassen hatte.

Das Eigenartige an der Sache war: Dass Vincent nicht mehr zum Platzspitz kam, hat man eigentlich gar nicht gemerkt. Gut, würde jetzt sicher wieder irgendwer sagen, auf dem Platzspitz merkt sowieso niemand irgendetwas, aber darum geht es ja jetzt gar nicht. Das mit Vincent ist deshalb nicht aufgefallen, weil die Lücke, die er hinterlassen hat, von Roy mehr als recht ausgefüllt wurde, und das meine ich ganz wörtlich. Während Vincent immer dürrer geworden war in der letzten Zeit, hatte der Roy nach der U-Haft so viel Gewicht zugelegt, dass er als Vincent und sich selbst gleichzeitig durchgehen konnte.

Eigentlich hatte sich Roy nur mal das Zinnfigurenmodell im Landesmuseum anschauen wollen. Murten, die wichtigste Schlacht der jungen Schweiz, sagt man. Aber Roy, der geht einfach hundert Meter weiter und bekommt ein echtes Schlachtfeld zu Gesicht. Überall Müll am Boden und Spritzen und faulende Decken und andauernd stolpert man, weil: So viele Fixer liegen da in ihrem eigenen Blut oder was das ist, dass du aufpassen musst, wo du hintrittst, und überall stinkt es nach Er-

brochenem. Kurzum: Wenn du keinen Stoff geladen hast, kommt es dir sofort hoch. Und das ist wahrscheinlich der Grund, weshalb Roy augenblicklich angefangen hat, H zu rauchen.
Natürlich habe ich ihm gesagt, dass das die reinste Verschwendung ist, Rauchen. Aber am Anfang haben die Leute ja noch Geld und meinen, sich das leisten zu müssen. Ich will darüber jetzt auch gar nicht urteilen, auch wenn ich es natürlich saublöd finde. Aber irgendwann, da steigen sie dann eben doch alle auf die Pumpe um, weil: denselben Knall im Kopf für weniger Kohle, wer würde da schon Nein sagen?
Eben.

Jedenfalls steht Roy jetzt vor meinem Tisch am Rondell und quatscht ein bisschen oder sagen wir: ziemlich viel. Da tritt plötzlich eine Mutter dazu, das siehst du sofort, dass das eine Mutter ist. Erschöpft sieht sie aus und alles an ihr, sogar der Lodenmantel hängt ihr schlaff von den Schultern. Und die will jetzt wissen, ob ich oder Roy eine Laura kennen.
Wir schütteln den Kopf.
– Wirklich nicht?
Ich überlege.
– Nein.
Ratlos steht sie da für eine Weile, diese Mutter. Über die Süchtigen, die herumstehen ums Rondell, gleitet ihr Blick, über die Spritzenverpackungen, die blutigen Nadeln und die blutigen Tupfer, über das Wesen auch, das mit fahrigen Bewegungen nach einer Vene stochert in einer eitrigen Wunde an seiner Leiste. Und dann sieht sie das verklebte Haar und den verkrümmten Rücken einer Frau, die im Gras liegt mit ihrem Gesicht.

– Laura, flüstert sie, ganz für sich, und wird rot dabei um die Wangen. Die Augen werden glasig und der Atem geht flach. – Laura.
Langsam und irgendwie unsicher, als müsste sie sich zu jedem Schritt neu entscheiden, bringt sie die paar Meter hinter sich bis zu den Büschen, zögert ein wenig, und während sie sich über die Liegende beugt, schaut sie zurück zu mir und zu Roy. Dann kauert sie sich hin und streckt ihre Hand aus nach der Schulter von Laura, die sich plötzlich umdreht, und schreckt vor ihr zurück.
– Hau ab, du Sozi-Tante, schreit die Nicht-Laura, und ihre Nicht-Mutter hält sich ein Taschentuch vor die Nase und vor den Mund, hinter dem es zu zittern anfängt und zu schluchzen.
– Herzzerreißend, sagt Roy. Und streicht sich aus dem Auge eine Träne, von der ich nicht so recht weiß, ob sie jemals da gewesen ist.
Ich reiche ihm einen Wattetupfer. Etwas anderes zum Reichen habe ich nicht.
– Verdammte Mücken, sagt er. Und dann sagt er noch ganz viele andere Dinge, deren einziger Zusammenhang der ist, dass es zwischen ihnen überhaupt keinen gibt.
Als ich aufschaue, ist die Mutter weg. Aber am Baum, da fällt mir ein Plakat auf: *Laura, komm zurück*, steht da, *Deine Mutti und Sarah.*
Und das ist jetzt der Moment, in dem Roy sich von mir eine Folie geben lässt, um das H zu probieren, das ihm einer für lau und als Müsterchen gegeben hat am Eingang.

Zweiunddreißig

– Man müsste sie alle abknallen.
Langsam dreht meine Mutter den Kopf und starrt mir in die Augen. Wie nach einem Erdrutsch sieht es aus in ihrem Gesicht: Aufgequollen und verzogen und schief hängt die linke Hälfte über dem Kiefer.
Dass meine Mutter aufgedunsen wäre wie eine Wasserleiche, das habe ich nicht erwartet. Wo früher eingefallene Wangen waren, wölben sich jetzt feiste rote Backen wie in den Schaufenstern der Obstläden diese Wachsäpfel, die einfach nicht schrumpelig werden wollen und braun von der Zeit. Unter ihrem Kinn hängt jede Menge Fleisch und unter ihrem neuen grauen Kunsthaarmantel, den sie damit vollkommen ausfüllt, tut es das.
Ich schaue hinunter auf ihre beaujolaisroten Samthosen und die weichen Hirschlederstiefeletten und die braunen Ausrufezeichen, die der Schlamm gesetzt hat auf sie.
Man müsste sie alle abknallen.
Meine Mutter hat sich in eine weiche Schale geworfen, aber darunter lauert noch immer dieser harte Kern.

Die Sonne steht schon tief, als sie in den Park kommt, und ein paar Wolken schieben sich gelangweilt über den flachen Himmel. Es ist Frühling, glaube ich, oder vielleicht ist es auch Herbst. Das spielt keine Rolle, wenn du Heroin nimmst, weil nämlich nur etwas eine Rolle spielt, wenn du Heroin nimmst, und das ist Heroin.
Es läuft schlecht am Tisch, Fixer kommen vielleicht fünf oder sechs, und von einem verschwindet auch noch der Filter. Eisteebeutel habe ich gerade einmal vier verkauft, Schokodrinks zwei.

Doch auf einmal bricht Hektik aus, denn Regen liegt in der Luft. Plötzlich wollen alle gleichzeitig. Sie können gar nicht genug Wattetupfer kriegen und Löffel und vor allem: Eistee und Schokodrinks. Also hole ich Nachschub im Shopville unterm Hauptbahnhof, während Eddie die restlichen Beutel verkauft an meinem Tisch.
Als ich zurückkomme, sehe ich, wie jemand vielleicht vier oder fünf Meter von meinem Tisch entfernt nervös auf- und abtritt auf dem schlammigen Kies. Und trotz der Haare, die jetzt grau sind und kurz, denke ich sogar noch: Sieht ein bisschen aus wie meine Mutter.
Als ich endlich merke: Das *ist* meine Mutter, bleiben mir noch genau fünf Sekunden, bis sie sich zum Gehen entschließt. Und weil ich die nicht nutze, um augenblicklich Reißaus zu nehmen, sondern sogar noch unschlüssig bin, ob ich mich darüber freuen soll oder ärgern, muss ich jetzt diese Begegnung über mich ergehen lassen.
– Alba, haucht sie, mit einer tiefen, kratzigen Stimme, die ich gar nicht kenne an ihr.
Sie geht zwei Schritte auf mich zu, um dann wieder stehenzubleiben und mich genau zu vermessen mit ihrem Blick und aus einer Entfernung von drei, vier Metern. Ihre Augen werden glasig und es fällt ein verlorener Blick aus ihnen. Während sie mich umarmt, schluchzt sie und heult und schnappt schließlich in kurzen Zügen nach Luft, nur um dann abermals zu heulen und zu schluchzen.
– Alba, sagt sie. – Alba, ich bin gekommen, um dich nach Hause zu holen.
– Was?
– Du brauchst kein schlechtes Gewissen zu haben. Ich habe dir verziehen, Alba. Der Herr lehrt uns, dem Nächsten zu vergeben.

Ich verstehe gar nichts.
– Wer?
– Jesus Christus im Himmel, Alba. Er ist am Kreuz gestorben, um alle Sünden der Menschen auf sich zu nehmen. Auch deine, Alba.
Ich habe vorhin gesagt, dass ich nicht erwartet hatte, meine Mutter so aufgedunsen vorzufinden, aber was ich noch viel weniger erwartet hätte, ist, dass sie auf einmal religiös wäre. Und nicht nur das: Sie ist auch noch Katholin geworden. Zwingli würde sich im Grab umdrehen. Zum Glück hat der keins.
– Komm, Alba, pack deine Sachen. Wir gehen.
Ich bin sprachlos. Mein Blick hat sich selbständig gemacht und hängt nun an der Papiertasche voller Eisteebeutel, die im Morast steht und sich langsam mit Feuchtigkeit vollsaugt, und dann denke ich, wie viele Zweifränkler mir jetzt wohl gerade durch die Lappen gehen, weil ich hier stehe und quatsche und nicht an meinem Tisch.
– Das geht nicht, sage ich.
– Natürlich geht das. Du musst nur dran glauben. Alle Dinge sind möglich dem, der da glaubt. Hier steht's, sagt sie und hält mir zum Beweis eine Bibel unter die Nase.
Mir kommt dieser Mönch in den Sinn, der in seiner braunen Kutte fast jeden Tag wie auf unsichtbaren Schienen durch den Park gleitet und den Leuten Erlösung verspricht von ihren Qualen. Aber einhalten tut er dann trotzdem nichts davon. Jedenfalls weiß ich von niemandem, dem er auch nur ein einziges Gramm geschenkt hätte.
– Das hier ist mein Zuhause.
– Sei nicht so stur. Du wirst diese Dämonen los. Glaub

mir. Du brauchst nur auf Gott zu hören. Auf die Stimme in dir.
– Die Stimmen in mir sagen was ganz anderes.
Meine Mutter schaut mich an. Ihr Mund fällt aus seinen Winkeln. Sie zieht fiepend Luft, dreht ihren Kopf, leert ihren Blick aus über dem Platz. Hinter ihr lehnt mit geschlossenen Augen ein Fixer gegen den Baum und noch steckt die Spritze im verschmierten Arm.
– Igitt, sagt meine Mutter, und wieder: – Man müsste sie alle abknallen.
Und dann dreht sie ihren Kopf zurück, zieht den Mund in die Breite und schaut mich eindringlich an oder so etwas. Sie sagt:
– Außer dich, Alba. Bei dir gibt es noch Hoffnung. Die anderen soll der Teufel holen. Die haben dich hier reingezogen.
– Dich müsste der Teufel holen. Deinetwegen bin ich doch hier gelandet.
Ihr Gesicht zerknittert und ihr Blick wird finster.
– Immer sind die anderen schuld.
– Ich ...
– Jetzt hör mir mal zu: Du musst dir deine Fehler eingestehen. Du bist schwerstabhängig. Schau dich einmal an. Wunden an den Händen, im Gesicht Kratzer, blaue Flecken am Hals. Deine Haare sind verfilzt. Du bist kreidebleich. Du hast dich nicht mehr unter Kontrolle.
Bitte? Hat gerade noch gefehlt, dass ich mir jetzt von meiner Mutter eine Predigt anhöre.
– Moment jetzt mal. Ich?
– Mir kannst du nichts erzählen. Ihr verreckt einer nach dem anderen in eurem eigenen Dreck. Für eure Dummheit müsste man euch alle wegsperren, für immer. Aber der Herr sagt mir: Bei Alba gibt's noch eine Chance. Du

musst dich auf deinem Weg nur immer fragen: Was würde der Herr dazu sagen?
– Jetzt hörst du also auf den Herrn ...
– Was?
– Früher hast du doch immer auf die anderen gehört.
Meiner Mutter kräuseln sich die Lippen und die Augen schließen sich zu winzigen Schlitzen.
– Du bist immer noch dieselbe wie früher. Du hast dich kein Stück verändert. Immer noch verantwortungslos und frech.
Stimmt, denke ich. Ich bin immer noch dieselbe. Ich habe mich wirklich nicht verändert. Das Heroin kapselt dich ein in der Vergangenheit. Du bleibst hier, und die Zeit zieht an dir vorbei. Es ist wie Fliehen, nur umgekehrt. Alle anderen gehen, du bleibst.
Das denke ich, aber ich sage es nicht. Ich sage:
– *Ich* hätte Verantwortung übernommen damals.
Meine Mutter starrt mich an.
– Alba, sagt sie und schüttelt den Kopf. – Alba.
Einen Moment schaut sie zu Boden und sagt nichts. Sie seufzt und holt tief Luft, nachher. Dann sagt sie:
– Hier. Das ist für dich. Denk dran, dich stets zu fragen: Was würde Jesus tun?
Sie streckt ihre Hand aus nach meiner Wange und fährt darüber, drückt mir eine Bibel in die Hand und wendet sich ab.
– Ma, sage ich. – Warte.
Langsam dreht sich ihr Kopf.
Mit einem Blick schaut sie mich an, den man jetzt wahrscheinlich traurig nennen würde oder hoffnungsvoll. Ich weiß nicht.
– Ja?
– Hast du vielleicht ein paar Münzen über?

Sie sagt nichts. Sie dreht sich um. Ein paar Sekunden bleibt sie so stehen, dann fängt ihr Kopf zu zittern an und ihr grauer Mantel. Es ist das Letzte, was ich von ihr sehe. Dann wende ich mich meinem Tisch zu. Als ich nach einer Weile wieder aufschaue, ist sie weg.

Bald sollte die Karawane weiterziehen. Es hat schon im Januar Nachtschließungen gegeben am Platzspitz und unter dem Hauptbahnhof im Shopville, weil sie die Drögeler nicht mehr schlafen lassen wollten dort, aber ernst gemacht hat die Schmier erst Anfang Februar. Mit einem Großaufgebot ist sie aufgefahren, die korbgeflochtenen Schilde am linken Arm und das Gummischrotgewehr in beiden, und dann hat sie uns rausgeschmissen aus dem Park und rausgezerrt. Die Spritzenabgabe hat man dichtgemacht und die Suppenküchen, und am nächsten Tag war keine Menschenseele mehr hinter den Gittern und unter den Bäumen.

Jetzt ist alles vorbei, hat die Schmier gedacht und die von der Politik haben das.

Aber das stimmte nicht.

Die Szene hat die Stadt geflutet an diesem Abend. Alles, wofür du vorher extra in den Park gekommen bist und von weither, gab's jetzt direkt vor deiner Haustür. Wenn du wolltest und auch, wenn du nicht wolltest. Im Gehen wurde jetzt gespritzt aus Angst vor der Schmier und im Bus, auf den S-Bahn-Klos und auf den Kinderspielplätzen. In den Hinterhöfen wurde gevögelt und gedealt in den Hauseingängen. Alles war nervös und hektisch, die Dealer, weil sie ihre Kunden aus den Augen verloren hatten, die Fixer, weil sie nicht wussten, wo sich ihre Dealer herumtrieben. Wir Filterlifixer mussten die Arbeit einstellen und uns nach einer neuen umsehen.

Das alles hat Vincent nicht mehr miterlebt. Der war nämlich viel zu beschäftigt damit, nicht zu sterben an dieser

Krankheit, mit der er sich unter falschem Namen die anderthalb Zimmer teilt im Kreis 4. *Leukämie* nennt er sie, wenn man ihn fragt im Treppenhaus, allerdings ist da selten einer im Treppenhaus und Vincent meistens auch nicht.

Aus einem Durcheinander von Jogginghosen, Pullovern, Tablettenschachteln, Decken und Kissen schaut Vincents Kopf. Am Boden rascheln Zeitungen und von den Spritzen die Verpackungen, dass man Angst kriegt davor, in eine Nadel zu treten. Wie draußen eigentlich, nur dass ich dort Schuhe trage auf dem Boden.

Meine Finger greifen nach der Kurbel für die Rollos. In Streifen fällt milchig der Tag herein und in dunklen nicht. Ich heble die Balkontür auf mit meinem Ärmel. Bei allem, was ich tue, folgen mir aus gelben Äpfeln Vincents erloschene Pupillen. Er schweigt.

– Roy kommt nur selten vorbei, sagt er dann.

In der Wohnung gegenüber schreien sich zwei Verrückte an. Eine Frau schreit, und dann schreit ein Mann. Dann schreien sie gleichzeitig.

– Was?

– Roy kommt nur selten vorbei, hab ich gesagt. Und alleine krieg ich die Wohnung nicht mehr sauber. Und Roy, also der macht nur hie und da mal was.

Ich nicke.

Vincent fixiert irgendeinen Flecken auf dem Teppich. Eine Weile sagt er nichts. Dann sagt er etwas. Aber drüben geht das Geschrei wieder los und die dumpfen Schläge. Ich versuche, herumzulauschen um den Lärm.

– Was?

– Lass uns die Zeit nicht verschwenden.

– Welche Zeit?

– Die Zeit, die du noch hier bist.

Das sagt er. Aber ich weiß, in Wirklichkeit meint er: die Zeit, die *er* noch hier ist.
Vincent streckt seinen Arm aus nach mir und fährt mir durchs Haar, und dabei schaut er mich mit halbgeschlossenen Augen an. Er sagt:
– Alba. Hei, Alba.
Ich schnappe nach Luft, und während ich mir die Tränen von den Wangen wische, steigen mir schon wieder neue vor den Blick. Ich vermisse ihn jetzt schon.
– Hör auf zu weinen.
– Geh nicht, Vincent.
– Keiner kommt hier lebend raus.
Vincent atmet schwer, als er das sagt, und er tut es noch viel mehr, als er nichts mehr sagt. Die Worte haben ihn angestrengt, das sieht man ihm an.
Ich nehme seine Hand. Ich sage:
– Alles wird gut.
Vincent nickt.
– Ja, wiederholt er leise, – alles wird gut.
Und dann atmet er tief ein und wieder aus und nicht wieder ein.

Vierunddreißig

Wenn du aus einem Albtraum aufwachst und dann merkst: Die Wirklichkeit ist noch viel hässlicher. Das war der Letten. Hier fing alles wieder von vorne an, nur schlimmer.

Der Letten, das ist erst einmal ein stillgelegter Bahnhof auf der rechten Limmatseite. Der Letten ist aber auch die Kornhausbrücke aus Beton, unter der der harte Kern sich sammelt im Winter, wenn es schneit und wenn es regnet oder windet im Sommer, und auf der ich nicht gerne hinübergehe in den Kreis 5, weil es so tief hinabgeht zu den Seiten und weil in der Mitte, wo eine wie ich eigentlich gehen müsste mit ihrer Höhenangst, die Autos fahren. Der Letten ist vor allem auch die achthundert, manchmal tausend Fixer, die sich unter dieser Brücke, hinten in den Hauseingängen, auf den Gleisen oder oben zwischen den Bäumen einen Knall in die Venen jagen. Der Letten ist die Razzien, bei denen auf der Kornhausbrücke zu Zwanzigen die Lederjacken gegen das Geländer gestellt werden von der Schmier, die dann aber trotzdem alle im Sand verlaufen. Der Letten ist die aufgebrachten Anwohner, die sich in den Garderoben des Freibads gegenüber verstecken mit ihrem Sturmgewehr und ein Exempel statuieren an einem Dealer oder zwei, und von denen nachts eine Bürgerwehr durch die Straßen zieht, um zu vermeiden, dass es zum Schlimmsten kommt, dabei ist es mit ihnen genau dazu gekommen. Der Letten ist aber auch die vergitterten Schaufenster und die Pausenplätze mit Stacheldraht, die verbarrikadierten Hauseingänge und das blaue Licht in den Garagen und Klos. Der Letten ist die beständige Angst, in Spritzen zu treten und vor Aids, die schon die Fünfjährigen im Schlaf verfolgt und auch nicht im Schlaf. Er ist der Drögeler, der auf einen Baum geklettert ist nach dem Schuss oder vorher, und den wir erst bemerkt haben, als es zu stinken anfing und zu tropfen aus der Krone. Kurzum, was der Chef der Schmier einmal gesagt hat über den Platzspitz, das gilt nach seiner Schließung noch vielmehr und für den Letten: Das ist staatlich tolerierter und geförderter Selbstmord.

Selbstverständlich erinnert einen das an die ersten Jahre, als man den Apotheken verboten hat, saubere Spritzen rauszugeben. Und dann, als die Statistiken schwarz auf weiß verkündeten: Zürich hat die höchste Aidsrate der Welt und Hepatitis: großes Augenreiben, denn: Wir haben doch immer Gummis benutzt auswärts.

Ich meine, ich verstehe ja nichts von Politik. Aber eins habe ich verstanden: diese Politiker, die tun es genauso wenig.

Das ist beruhigend irgendwie. Irgendwie ist es das aber auch nicht.

Aber dieser Letten. Wenn es wahr ist, was man über Zürich sagt, nämlich dass es hier nicht so sehr darauf ankommt, was du kannst, sondern wen du kennst, dann trifft das auf den Letten noch viel mehr zu, und zwar deshalb, weil hier sowieso niemand irgendetwas kann.

Zum Glück kenne ich eine ganze Menge Leute hier, und wenn man bedenkt, dass von denen andauernd welche verschwinden und dann wieder auftauchen, dann ist das auch notwendig. Am Letten brauchst du mindestens doppelt so viele Freunde wie sonst.

Na ja – Freunde.

Apropos Auftauchen. Das tut jetzt nämlich Eddie, der ganz aufgeregt auf- und abtippelt bei mir am Bügelbrett, das er so lange anschaut mit einem Auge und so sehr, als hätte es ihm irgendetwas angetan. Das Problem an der ganzen Sache ist nur: Ich bin gar nicht da. Und deshalb hält er mit dem anderen Auge Ausschau nach mir zwischen den ganzen Gleisen und den Junkies zwischen ihnen. Er raucht eine Zigarette nach der anderen, das sehe ich schon von der Brücke aus, die unter mir die Limmat überquert, während ich das gerade tue auf ihr.
– Da bist du ja endlich, sagt er, als ich die Taschen hinstelle mit den Beuteln. – Wo warst du?
– Eistee holen und Schokodrinks.
Ich zeige auf die Papiertasche, aber Eddie, den interessiert das überhaupt gar nicht. Ich sehe: Ihm brennt was auf der Zunge, und zwar deshalb sehe ich das, weil er sie im Mund herumschiebt wie wenn verbrannt.
– Rate mal, sagt er dann.
– Was?
– Nein: Rate mal, was passiert ist?
– Jetzt sag schon.
– Heute Morgen hab ich Sandra gesehen.
– Was? Das glaub ich nicht.
Eddie grinst wie ein Apfelschnitz oder so etwas Blödes.
– Wo war sie?
– Mann, jetzt rate doch endlich.
– Eddie. Rück einfach raus mit der Sprache.
Er seufzt.
– In der Klapse.
– Was?
Eigentlich müsste ich mir Sorgen machen jetzt, aber das tue ich nicht. Ich bin erleichtert. Ich denke nämlich: Sandra lebt noch.

– Ja. Irgendwas ist bei ihr nicht in Ordnung gewesen.
Eddie tippt sich mit dem Zeigefinger gegen die Schläfe und macht Anstalten, ihn hineinzudrehen dort. Aber er lächelt auch ein wenig, und deshalb weiß ich: Da kommt noch was.
– Sie hat drei Monate lang das Wasser laufen lassen in der Dusche und im Waschbecken. Dreieinhalb Millionen Liter. Ein paar Tausend wollten die fürs Wasser und mindestens nochmals so viel, weil es irgendwann durchgelaufen ist beim Nachbarn drunter.
– Dreieinhalb Millionen Liter? Und dann?
– Und dann hat sie die Schmier da rausgeholt.
– Was?
Eddie nickt.
– Das war so ziemlich die sauberste Delinquentin, die sie jemals verhaftet haben.

Und eine Stunde später steht Sandra tatsächlich vor mir. Sie sieht viel größer aus als in meiner Erinnerung und besser beisammen. Von weither habe ich sie kommen sehen, in Riemchensandalen und all die Leute umtänzelnd, fast als hätte das alles gar nichts mehr zu tun mit ihrem Leben. Und als ich in dieses Gesicht schaue, was das ist, was die Leute meinen, wenn sie *gesund* sagen und *frisch* – also: Mascara, Rouge, Ombré und die ganze Palette – da merke ich: Das hat es auch nicht mehr. Nur dass sich in ihrem Gesicht die Nase rümpft, macht deutlich: So hoch, dass vom Boden der Gestank nicht mehr zu ihr hochsteigen würde, trägt sie sie noch nicht.
Ich will Sandra gar nicht mehr loslassen. Aber irgendwann mache ich es trotzdem, einfach, um sie abermals zu umarmen. Sie erzählt ziemlich viel Zeug, aber das kann ich mir nicht alles merken. Erst nach und nach be-

greife ich, dass sie einen Entzug gemacht hat. Und jetzt in einer kleinen Wohnung lebt, irgendwo da, wo die Stadt ausfranst an ihren Rändern und unmerklich übergeht in eine andere.

Und dann berichtet sie von der Klapse. Von den miesen Aquarellen, die da überall an den weißen Wänden hängen auf den Fluren, sodass man das Gefühl hat, als ginge man durch das Wartezimmer einer Arztpraxis, das irgendwer unendlich in die Länge gezogen hat.

– Irgendeiner vor mir, sagt Sandra, – der hat sich für einen französischen Maler gehalten. Hat sämtliche Bilder signiert, vom fünften Stock bis in den ersten.

Eddie grinst.

– Hast du ihn gekannt?

– Sag mal, hast du was an den Ohren? Ich hab doch gerade gesagt: Irgendeiner *vor* mir.

Doch Eddie lässt nicht locker.

– Und woher willst du wissen, dass der sich für einen französischen Maler gehalten hat?

– Woher woher woher. Sandra rudert mit den Armen wie am Meer ein Kind, wenn es möglichst viel Wasser aufwerfen will und Schaum. Nur, dass weit und breit keins zu sehen ist, ein Meer, meine ich. – Na, weil mir das eine Patientin gesagt hat.

– Wie nannte sich der Maler denn?, fragt Eddie.

– Dido.

– Kranker Typ, findet Eddie.

Sandra zuckt mit den Schultern.

– Was glaubst du denn? Das war in der *Klapse.*

Als der Abend anbricht, gehen wir hinüber zur Langstraße, weil Sandra uns ein Bier ausgeben will, dem Eddie und mir. Und als wir nun die Brücke überqueren,

da gucke ich nach rechts, damit ich nicht nach links gucken muss, wo ich den Abgrund unter uns weiß und die Limmat. Und weil Eddie links von mir geht und rechts von mir Sandra, schaue ich sie von der Seite an, und wirklich: Auch von der Seite her betrachtet wirken ihre Beine kräftiger und ihre Arme. Und unter dem tätowierten Schädel am Hals zeichnen sich die Sehnen nicht mehr ab, und um die Augen tun es dafür die weicher gebetteten und tieferen Fältchen vom vielen Lachen. Kurzum: Sie ist gesund.
Wirklich, ich habe nicht erwartet, dass Sandra *wie neu* aussähe, wenn ich sie wiedersehen würde. Natürlich, ich habe ohnehin nicht erwartet, sie jemals wiederzusehen. Aber wenn, dann würde sie *anders* aussehen, habe ich gedacht, und *anders* hieß für mich: abgezehrter, hagerer und bleich. Immer wenn ich mir nämlich die Leute vorstellte beim Entzug, sah ich riesige Kliniken vor mir und lange Flure und weißgraue Wände und fast nicht die blassen Wesen vor ihnen, die sich kaum auseinanderhalten ließen voneinander und von den Wänden. In rußschwarzen Höhlen sah ich erloschene Augen und zu schattigen Kuhlen zusammengefallene Wangen, ich sah hängende Hemden und die Schlitze an ihren Rücken, durch die sich einzeln die knotigen Wirbel zählen ließen. Ich habe immer geglaubt, dass die Leute, wenn sie einen Entzug machen, durch die Hölle gehen.
Aber vielleicht habe ich mir das auch nur eingeredet oder jemand anders.

Die Kneipe, in die Eddie uns führt, heißt *Loch*, was natürlich wieder eine dieser augenzwinkernden Koketterien mit der Halbwelt ist, mit denen – ja wer eigentlich? – darüber hinweggetäuscht werden soll, dass es sich bei der

Kneipe tatsächlich um nichts anderes handelt als das, womit sie bezeichnet wird: um ein Loch. Gerade hat der Feierabend angefangen und um den Tresen herum ist es schon so voll, dass du sofort weißt: Die waren alle schon vor dem Feierabend hier. Aber weil sie Eddie ausgewählt hat, die Kneipe, erstaunt das auch keinen von uns, dass das so ist, und die anderen Gäste, ja, die erstaunt sowieso nichts mehr.
Das *Loch* platzt vor Italienern und Albanern und Spaniern, dass man sein eigenes Wort nicht mehr versteht und das der Gäste auch nicht. Aber hinten am Fenster, da mache ich jetzt einen Tisch aus, an dem bisher nur ein paar Fliegen sitzen, die auf eine Handbewegung hin großzügig den Platz räumen für uns: – Wir wollten sowieso gerade gehen. Und stieben davon in die Rauchsäulen, die aufsteigen über all den Köpfen.
– Wenn einer ein scharfes Messer dabeihätte, könnte man sich eine ordentliche Scheibe abschneiden lassen davon und mit nach Hause nehmen, spottet Sandra und drückt sich so etwas wie ein Hüsteln in die Faust.
Eddie, der sichtlich beleidigt ist deswegen, meint:
– Jeder hier hat ein scharfes Messer.
Und das ist das Einzige, was er zu dieser Sache beisteuert.
– Ach Gottchen, sagt Sandra und setzt zu irgendeinem Spruch an, der was mit scharfen Messern und Leberwurst zu tun hat, aber dann lässt sie es bleiben.
Während Sandra sich mühsam in Richtung Tresen arbeitet, schaue ich ihr nach und denke: Die hat's jetzt also geschafft von uns, und das, obwohl sie bekloppt ist. Vielleicht aber auch, denke ich dann, hat sie's als Einzige geschafft, *weil* sie bekloppt ist. Und da ich gerade so dabei bin, denke ich noch viel mehr, zum Beispiel: Dass Sandra mir einmal gesagt hat, dass es dieses Dorf gibt im

Vorarlbergischen, aus dem sie kommt, und das Satteins heißt wie der Fernsehsender. Man glaubt ihr das natürlich nicht, aber dann sieht man doch einmal nach auf der Karte und merkt: Doch, das gibt's. Jedenfalls schaue ich, solange ich sie sehe, der Sandra hinterher und denke an dieses Fernsehdorf und dass dort wahrscheinlich eine Mutter auf sie wartet und ein Vater, und dabei hoffe ich, dass die das Warten noch nicht aufgegeben haben, denn: Es hätte sich gelohnt. Und dann ist irgendwann Sandra zurück mit dem Bier, und ich höre auf zu denken.

Wir sprechen ein bisschen über dies und das und dann wieder über dies, wie es immer geschieht, wenn einer etwas Wichtiges sagen will am Tisch, aber es nicht tut, weil er auf den richtigen Augenblick wartet. Und da ich weiß, dass das Sandra ist und dann aber auch noch Eddie am Tisch sitzt, mit dem sie ja mal was hatte und, denke ich auf einmal, vielleicht jetzt wieder, da wird mir schlagartig klar: Sandra ist schwanger. Aber weil sie keinerlei Anstalten macht, das auch zuzugeben, sondern vielmehr anfängt, die Beziehung, die sie und Eddie nicht geführt haben, bis ins kleinste Detail durchzugehen, beginne ich irgendwann, aus dem Fenster zu schauen. Und weil das einfach kein Ende nimmt mit diesen Spitzfindigkeiten und Geistreicheleien, stehe ich auf und gehe auf Klo, um die Zeit sinnvoller zu nutzen.

Ich gehe zu den Frauen, natürlich, aber das ist völlig überfüllt. Normal, könnte man sagen. Nicht so normal daran ist, dass alles voller Männer ist dort, während es im Männerklo überhaupt keine Männer gibt und auch keine Frauen. Das macht mich wütend: Warum pinkelt ihr eigentlich nicht in eure Pissoirs, denke ich, statt in unseren Kabinen, aber dann wird mir klar: Die pinkeln da überhaupt gar nicht.

Wie ich aus der Kabine herauskomme danach, sieht die Welt schon wieder ganz anders aus und ich in ihr. Als ich mir nämlich den Unterarm wasche am Becken, fällt mir plötzlich dieses Gesicht auf, das mir da in Stücken entgegenstarrt aus dem geborstenen Spiegel und mit Grimassen, die aussehen, als fänden sie in einem anderen Gesicht statt.
– Und in welchem?, will Sandra wissen, die plötzlich hinter mir steht und vor dem Waschbecken.
– Was weiß ich, sage ich, und: – Die Farbe in ihm. Sie sieht falsch aus.
Sandra nickt.
– Das ist, weil Weiß keine Farbe ist.

Als wir wieder am Tisch sitzen, quatschen die beiden einfach weiter, und die ganze Zeit will Sandra einfach nicht sagen, dass sie schwanger ist, und zwar deswegen, wie mir immer klarer wird, weil sie das überhaupt gar nicht ist. Sie will aber was anderes sagen, und das tut sie jetzt auch:
– Schaut euch doch mal um. Spritzeninfekt, Aids, Überdosis. Um euch herum sterben sie wie die Fliegen.
Ich schaue mich um und zur Decke, und sehe: Das stimmt doch überhaupt nicht. Und deshalb sage ich das jetzt:
– Das stimmt doch überhaupt nicht.
– Natürlich stimmt das, sagt Sandra. – Ihr bringt euch alle um. Gegenseitig oder selbst.
Ich denke: Pustekuchen. Und vor allem: Mir doch egal.
Eddie ist ganz meiner Meinung: Er zuckt mit den Schultern. Aber Sandra, die redet einfach weiter in uns hinein. Und man sieht ihr an: Sie meint es ernst.
– Wenn ihr nicht aufhört damit, dann geht das einfach so weiter mit dem Sterben, und irgendwann seid ihr dran.

Und glaubt nicht, irgendeiner wird euch helfen, wenn's dann zu spät ist. Denen da draußen, denen ist das nämlich vollkommen egal, wenn einer krepiert von euch oder zehn. Die reiben sich sogar die Hände und denken: wieder einer weniger.
Eddie fragt:
– Und was willst du jetzt von uns?
Sandra schaut ihn ziemlich lange an, holt Luft und vorarlbergert dann los, dass sich einige umdrehen nach ihr von den Kreaturen, die an der Bar langsam vor sich hin wanken wie Wasserpflanzen.
– Sag mal, was läuft eigentlich mit dir verkehrt? Dass ihr aufhört, will ich, und zwar sofort.
Eddie verwirft die Hände und rollt mit den Augen. Er sagt:
– Pff, und: – Tja, und noch so unverständliches Zeug, und dann sagt er nichts mehr.
Auch ich sage nichts, weil: Es fällt mir nichts ein dazu. Meine Arme liegen reglos auf dem Tisch und auf meinem Hals der Kopf und auf dem Kiefer unten der von oben. Ich bin wie querschnittsgelähmt, einfach umgekehrt: vom Hals aufwärts.
Und plötzlich geht mir auf, was das eigentlich bedeutet, wenn die Leute draußen sagen, dass das Heroin jeglichen Willen zersetzt in dir. Es bedeutet: Das Heroin zersetzt jeglichen Willen in dir.

Und dann habe ich diese Träume die ganze Zeit.
Es ist Nacht und Winter vielleicht am Letten. Ich stolpere die Gleise entlang und durch die Bäume oberhalb und suche jedes Erdloch ab mit einer Kerze und jede Ritze nach Stanniolkügelchen oder Plastiktütchen oder: Vielleicht hat ja jemand ein Eisen zwischen den Abfall fallen lassen mit dem Sud noch drin. Und dann sehe ich auf einmal diesen Typen, der kauert an einem Baum mit einem Bein angewinkelt und dem anderen nicht, und der starrt mir jetzt entgegen von da. Aus tiefen violetten Höhlen tut er das und mit weißen Augen, als ich ihm die Kerze entgegenhalte, mit riesigen weißen Augen und einer blutverschmierten Visage und blutverschmierten Zähnen. Als er sieht, dass ich nichts tue, außer dazustehen und ihn anzusehen, da geht er wieder seiner Beschäftigung nach, als wäre nichts gewesen: Er rammt die Kiefer in seinen rechten Oberarm und zerrt am Fleisch, das unter dem Ellenbogen und am Unterarm fein säuberlich abgenagt ist bis auf die eiweiße Elle und die Speiche. Als ich wieder vorbeigehe am nächsten Morgen, ist nichts mehr übrig von ihm als eine Lache auf dem Erdboden, eine riesige und dunkle und ausgetrocknete Lache.
Und seither träume ich davon.

Als ich René davon erzählen will zwei Tage später oder drei, schaut mich der gerade noch so mit dem Arsch an und aus einem Taschenspiegel. Er hat sich einen Schuss parat gemacht bei mir am Bügelbrett und dann einen von den Spiegeln aufgeklappt, um seine Venen besser zu erahnen am vernarbten Hals, und jetzt schaut mich aus

diesem Spiegel also ein Augenpaar an, das aussieht, als wäre es das gar nicht.
– Scheiße, du bist noch halb so unterhaltsam wie früher.
Mit einem Seufzer zieht er Luft in die Lunge und von seinem Blut ein wenig in die Spritze, und dann seufzt er schon wieder, als der Stoff ankommt in seinem Kopf, aber anders jetzt. – Ssssst, macht er erst und dann macht er: – Tshaaaa.
Und dann sagt er dasselbe noch einmal:
– Scheiße, du bist noch halb so unterhaltsam wie früher.
Ganz im Ernst, das sagt er. Und weil er offenbar vergessen hat, wie das so läuft, wenn man mir blöd kommt, gebe ich ihm gleich einmal eine Kostprobe davon, was ihn noch so erwartet, wenn er weiterhin herumpöbelt wie so ein Asozialer.
– Das ist, weil ich dich nicht mehr ranlasse, du Arschloch.
Mit großen Augen glotzt er mich an, der René. Dabei könnte er sich das eigentlich sparen mit dem Glotzen und vor allem das mit diesen großen Augen, aber das kommt eben davon, wenn man so blöd ist und andauernd Sachen vergisst. Sicher, herumliegen, das tun die Erinnerungen auch in meinem Kopf ziemlich ungeordnet. Wie in diesen Geräteschuppen von den Schrebergärten die Sachen, wenn man einbricht oder in den Wohnungen, nachdem man in sie eingebrochen ist. Aber vergessen tue ich nichts.
Jedenfalls: Ich lehne das Koks ab, das er mir angeboten hat vorhin. Ich habe versäumt, das zu erwähnen, aber das ändert nichts daran, dass er das getan hat und dass ich das jetzt ablehne. Letzteres lässt ihn ganz verdutzt zurück, und als ich jetzt noch zu etwas anderem ansetze, da sieht er sich zu einer Rechtfertigung gezwungen.
– Was? Nein. Das meinte ich doch gar nicht. Wobei ...

– Denk gar nicht erst dran.
Wir schweigen eine Weile. Er reicht mir den Eistee, den er mir abgekauft hat vorhin, und wartet dann ein wenig, weil er wahrscheinlich hofft, meine Wut würde sich etwas abkühlen dadurch und im feuchten Nebel. Dann sagt er:
– Ich meinte: Du erzählst keine Geschichten mehr. Die von früher: Anekdoten, so was.
– Hm.
– Warum nicht?
Was weiß ich. Vielleicht, weil sich alles in der Gegenwart abspielt hier. Weil nicht zählt, was woanders passiert oder in deiner Vorstellung. Weil all die Dinge, die hier Tag für Tag geschehen, zwar Stoff für Geschichten hergeben, aber eben keine sind. Sie sind eine endlose Reihe von Ereignissen, die jeweils Teil einer Geschichte sind, meistens ihr letzter.

Natürlich denkt man irgendwann auch selbst ans Aufhören. Eigentlich schon nach dem, was mit Vincent passiert ist. Und wenn dir das nicht reicht, dann kommt einfach noch so was. Und noch einmal. Und wieder.
Zum Beispiel Roy. Ich habe nichts mitbekommen davon, habe nur bemerkt, dass er nicht mehr zu finden war unter den Süchtigen und seit ein paar Tagen. Sonst kein Wort.
Erfahren habe ich es von Eddie. Wir sitzen gerade in der S-Bahn und fahren hinaus aus der Stadt, in der wir nicht mehr wohnen, nachdem er vor einiger Zeit seine Bleibe verloren hat.
Ein Monat ist abgelaufen seit dem letzten Mal, und das heißt: Wir dürfen wieder in die Notschlafstelle. Das ist immer so: Dreißig Tage kannst du in der Notschlafstelle

bleiben, *damit du deine persönliche Situation regeln kannst*, dann musst du wieder einen Monat warten. Dreißig Nächte später kriegst du wieder einen Monat, *um deine persönliche Situation zu regeln*, wenn du nicht tot bist inzwischen oder einsitzt. So geht das: Sechs Monate im Jahr versucht hier jeder, seine persönliche Situation zu regeln. Und die anderen sechs tut er alles dafür, um sich wieder in die Scheiße zu reiten.

Also: Es ist eigentlich ein guter Tag heute. Doch dann erzählt Eddie das von Roy.

Hinter der Kronenhalle, wenn man zum Stadelhofen läuft, hat er ihn noch gesehen. Eine Ratte und er wühlten sich durch einen Haufen leerer Kaviardosen und Hummergehäuse, friedlich jeder und jeder sehr für sich.

– Ich war auf dem Weg zum Letten, will die S-Bahn, hatte länger nichts mehr, du weißt schon ... Ich denke mir, wenn jetzt dann nicht gleich, dann ... Und sehe plötzlich den Roy da hinterm Restaurant. Und ich so zu ihm: Ob er was braucht, aber er schaut mich nur an und sagt nichts. Als ich zurückkomme, ist er tot.

Ich schaue Eddie an. Ich denke: Schon wieder jemanden verloren. Aber dann denke ich auch: Wenn ich etwas kann, dann ist es das: Niederlagen wegstecken. Und: Ich bin die geborene Verliererin.

Das alles müsste einem Angst machen. Aber das tut es nicht, denn: In den entscheidenden Momenten nimmt dir das Heroin die Angst. Auch in den nicht so entscheidenden. Aber du, du nimmst das alles nicht mehr so wahr. Du nimmst es hin. Das Rumgerenne in der Nacht und die Müdigkeit und der Schlaf am Tag nehmen dir die Zeit, um nachzudenken. Die immer stärkeren und immer häufigeren Dosen nehmen dir die Traurigkeit, aber auch die Freude. Überhaupt: Sie nehmen dir alles. Aber du weißt: Du bist gefangen in dieser Mühle, und du erinnerst dich daran, was Vincent gesagt hat: Hier kommt keiner mehr lebend raus. Du denkst: Verdammt. Und: Ich muss aber. Und wenn du das nächste Mal auf Entzug kommst, wirst du wahnsinnig deswegen, du weinst und schwitzt und wimmerst und zitterst, und dann denkst du, dass es dir einfach nicht gelingen wird, obwohl du weißt: Du musst. Und dann, wenn du dir den nächsten Kick gibst, ist wieder alles besser, du wirst ruhig, die Sorgen sind weg, und du bist sicher, dass du es schaffen wirst.

Das ist auch Heroin: Wenn du alle Hoffnung verloren hast, gibt es dir die Überzeugung, dass du den Ausstieg schaffen kannst. Nur gibt es dir nicht die Kraft, ihn ohne Heroin zu schaffen.

Sechsunddreißig

Und dann ist es wirklich so weit. Am elften Februar hatte ich Geburtstag. Ich habe ziemlich viele Jahre verschwendet am Platzspitz und am Letten und bin um ziemlich genau doppelt so viele Jahre älter geworden, würde ich sagen. Aber, hat mein Stiefvater immer gesagt, irgendwann ist Schluss. Dieses Irgendwann ist jetzt, und deshalb höre ich jetzt auf. Aber weil ich weiß, dass das alles nicht so einfach ist, hole ich Hilfe, und die sieht so aus: Ein Meter siebenundfünfzig, ölschwarze Haare, die glänzen wie frisch gewaschen oder eben schon lange nicht mehr, und ein Gesicht wie der Kommunismus, den es nicht mehr gibt: Rot überall, Grübchen auf den Wangen wie kleine Sicheln und eine Nase, die oben lang ist wie ein Hammer und unten breit.

Sandra wohnt in Spreitenbach. Das ist eines von diesen Käffern im Tal, die zu groß sind, um noch als Dorf durchzugehen, aber dann doch wieder zu klein, um als Stadt zu gelten. In Spreitenbach gibt es viel Platz überall: Zwischen den ganzen Arbeiterschließfächern ist viel Platz und zwischen den geriffelten Industriefassaden ist viel Platz und zwischen denen und den Straßen ist viel Platz, und auch auf den riesigen Straßen ist viel Platz, und überall gibt es Parkplätze mit viel Platz dazwischen, damit jeder vor seinem Hochhaus parken kann und mit dem Auto zur Arbeit fahren und zum Einkaufen und zum Arzt, und nie muss er im Stau stehen oder einen Parkplatz suchen, weil es sie einfach überall gibt, Parkplätze, und nirgends Stau. Kurzum, die perfekte Autostadt haben sie da gebaut. Das Problem ist nur: Die Leute, die da hinziehen müssen, die können sich das gar nicht leisten, ein Auto.

Und hier kann ich jetzt also wohnen, allerdings unter einer Bedingung:
– Keine Drogen. Kein H, kein Koks, keine Scheißbarbiturate, kein Rohypnol, kein Gras.
Ich will etwas sagen. Ich öffne meinen Mund, aber weil Sandra so unverfroren hineingafft in ihn, schließe ich ihn wieder und sage nichts. Das tut sie dafür jetzt:
– Nein, auch kein LSD, kein Ecstasy, keine Methamphetamine.

Ich meine: Das ist echt hart am Anfang. Methadon, also wenn du das mit Heroin vergleichst. Das ist ungefähr wie die Wellchen, wenn du einen Stein in den Zürichsee wirfst, während du die Wirbel und das Getose am Stauwehr gewohnt bist beim Platzspitz, die dich runterreißen und nicht mehr auftauchen lassen.
Und dann deine Leute. Na ja, deine ... Aber trotzdem, etwas fehlt dir. Am Letten ist immer was gegangen. Sicher: Wenn du drin bist und drauf, dann merkst du nichts davon. Aber wenn du dann zurückschaust, fehlt es dir eben, dieses Nichts. Und: Es erscheint dir besser als das, was dich gerade umgibt. Du denkst: Einmal die S-Bahn für eine Viertelstunde und das Tram zum Limmatplatz, und schon geht's wieder los. Jeden Tag denkst du das. Aber du beißt dich durch. Du gehst täglich zur Abgabestelle und pfeifst dir das Methi rein. Du kommst ziemlich auf den Hund dabei. Aber irgendwann geht's dir ein wenig besser, und dann besorgt dir Sandra sogar noch eine kleine Arbeit. Nichts Großartiges, bisschen Arbeit in einem Altersheim, aber du musst Tag für Tag hinfahren mit der S-Bahn und zur selben Zeit da sein, und du hast geregelte Abläufe. Neun-Uhr-Pause, Mittagessen, Vier-Uhr-Pause. Du lernst ein paar neue Leute kennen, auch Alte. Du siehst: Sie sehen gesün-

der aus als du und jünger. Aber du schaffst das. Und das sagen sie dir. Und plötzlich, als das Methadon ein bisschen runtergesetzt wird, merkst du: Mann, da gibt es Vögel auf den Bäumen, die pfeifen. Und Bienen, die summen, als gäbe es kein Morgen mehr. Und die Blätter, die rauschen in den Kronen. Alles ein bisschen, als hätte man sich einen LSD-Trip geschmissen. Aber eben nicht.

Und dann kommt es noch besser. Das letzte Mal jetzt, dass ich zum Letten fahre. Ich suche Eddie. Was ich geschafft habe, sage ich mir, das kann der auch.
Und tatsächlich, unter der Brücke erwische ich ihn, und augenblicklich höre ich mich den ganzen Quatsch herunterleiern, den die von draußen die ganze Zeit predigen, und zwar einfach deshalb, weil sie's können. Aber das können sie ja nur, weil sie nicht süchtig sind, aber du, du kannst dir das nicht anhören, und Eddie, der kann das auch nicht so recht. Aber weil wir Freunde sind oder so etwas, hört er mir trotzdem zu. Er sagt:
– Warte, ich kann mich nicht konzentrieren.
Und dann warte ich, bis er sich einen Knall gesetzt hat, und natürlich: Ein Kribbeln verspüre ich dann schon in den Beinen, als wären sie eingeschlafen. Aber ich bleibe hart. Und Eddie hört mir zu. Und irgendwann habe ich ihn so weit, dass er mitkommt. Obwohl die beiden mal was hatten miteinander, ist Sandra einverstanden, dass er bei ihr wohnt.
– Bis ihr beide eine eigene Bleibe habt, sagt sie. Und:
– Alba.
– Ja?
– Denk dran: Kein H, kein Koks, keine Scheißbarbiturate, kein Rohypnol, kein ...
Ich nicke.

Als das Schlimmste vorbei ist nach zwei Wochen oder drei und der Sommer dieses elenden Jahres beginnt, in dem die Jugos schon wieder anfangen, sich gegenseitig abzumetzeln, da weiß ich: Jetzt wird alles gut.
Zum Beispiel. Wir fahren zum Hallwilersee. Da gibt es Familien, die liegen am Ufer und baden, und wir, wir tun das auch. Weiß und dünn wie Frühlingszwiebeln legen wir uns auf die Wiese und lassen unsere zernarbten Körper in der Sonne brutzeln, und wenn es zu heiß wird, lassen wir uns in dieses schlammbraune Wasser gleiten am Ufer und schwimmen raus zum Sprungturm. Und als der See endlich klarer wird um uns, grüner und kälter auch und mich plötzlich vom Grund diese metertiefen Wasserpflanzen kitzeln am Knie, da schaue ich zurück auf die Wiese am Ufer, wo die Leute auf ihren Handtüchern dicht nebeneinanderliegen wie auf dem Friedhof die Gräber, und denke auf einmal an den Letten und dass der vom Freibad gegenüber genauso aussieht: wie ein Friedhof. Und dann denke ich: Scheiße.
Eddie prustet das Wasser raus und zieht sich die Stufen hoch. Aber er macht nicht halt auf der Zwei-Meter-Plattform, sondern klettert hoch auf den Sieben-Meter-Turm, und als er oben ist, winkt er, ich solle raufkommen. Und als ich das getan habe, da starren mich alle an, weil ich die einzige Frau bin, glaube ich, und vielleicht auch, weil ich so aussehe, wie ich aussehe. Da stehen so ein Zwölfjähriger und so ein Achtjähriger und so ein Sechsjähriger, der Zwölfer mit schwarzen Haaren, der Achter mit braunen und der Sechser mit blonden, aber man sieht sofort: Das sind Brüder, und zwar deshalb sieht man das, weil der Sechsjährige und der Achtjährige gleich aussehen im Gesicht und weil die wiederum haargenau gleich reden wie der Zwölfjährige, wobei man das natürlich nicht

sieht, sondern hört. Und die haben auch eine Schwester, eine neunjährige Blonde, und eine Mutter und eine Oma, die jetzt im Schatten hocken, und das weiß ich alles deshalb so genau, weil sie unter dieser Birke liegen an der Treppe und weil ich gelauscht habe vorhin.

Und da passiert es. Ich denke: Mann. Und: Als der kleine Winzling, der jetzt hier so viel labert vor seinen Brüdern und eine große Klappe hat, dass er gleich vom Siebener springen wird – als der geboren wurde, da hat es ungefähr angefangen bei mir auf dem Platzspitz. Und jetzt ist der Kleine also sechs Jahre alt. Das alles ist an mir vorbeigezogen, denke ich, du bist an mir vorbeigezogen, genau so schnell, wie er jetzt hinunterfällt die sieben Meter, und wir machen alle nur große Augen auf dem Sprungturm und klatschen, und dann kommt er gleich wieder hoch, und da begreifen Eddie und ich, dass er ein Eis versprochen bekommen hat von seinem ältesten Bruder, wenn er springt, und das schlägt mir Eddie jetzt auch vor und springt zuerst, aber ich, ich bleibe noch. Nicht weil ich Angst habe, nein, sondern weil ich sehen will, was jetzt geschieht. Weil ich auch mal eine ältere Schwester hatte und weiß, wie schön das ist, aber ich genau so weiß, wie nervig Geschwister sein können, und dieser Zwölfjährige sagt jetzt natürlich auch:

– Ich hab gar nichts gesagt von einem Eis.

Und:

– Das war ein Scherz.

Und dann springt der Winzling einfach noch einmal, und als er weggeschwommen ist unten, springe ich auch. Auf dem Weg zum Ufer hole ich ihn ein. Ich sage:

– Hei.

– Hei, prustet er.

– Ich kauf dir das Eis.

– Was?
– Ja. Was du willst.
Wir gehen an seiner Familie vorbei, und der Knirps zeigt auf mich und sagt seiner Mutter, dass wir jetzt ein Eis holen gehen, und die Mutter schaut mich ziemlich lange an durch ihre große Sonnenbrille, und sagt:
– Na gut.
Und jetzt gehen wir also über die Wiese zusammen, und während wir das tun und sehr vorsichtig, damit wir auf keine Biene treten und nicht gestochen werden, sprechen wir über Gott und über die Welt. An den, erzählt er mir jetzt, glaubt er allerdings gar nicht, und von der Welt weiß er auch nicht allzu viel, aber das erzählt er mir nicht, das merke ich einfach nur.
Ich lache und ich weiß: So einen will ich auch.
Und ich denke: Hoffentlich passiert ihm das nicht, was mir passiert ist. Nie.
– Wie heißt du?
– Alba, sage ich. Und: – Die *Weiße* heißt das.
Sein Blick geht hoch von unten, und dann geht er wieder dorthin zurück.
– Das stimmt, sagt er.
Er nimmt das Eis entgegen, schaut mich an mit seinen blauen Augen und umarmt dann meine Beine.
– Wie heißt du? frage ich.
– Demian.
Ich küsse ihn auf den Kopf.
Dann rennt er davon.

Als ich unten bin, steigt Eddie aus dem Wasser. Er wirft sich aufs Handtuch.
– Fühlt sich gut an, sagt er.
– Was?

– Das alles.
Ich lache ihn an.
– Jetzt ein bisschen Koks.
– Sscht, sage ich. – Du kennst unsere Regeln.
Eddie nickt. Und dann geht er hoch ins Restaurant und holt sich ein Softeis. Und mir.
Softeis, Mann. Das fühlt sich besser an als alles andere. Und während ich das Eis in mich hineinschaufle wie früher, da spüre ich plötzlich die Tränen, wie sie mir über die Wangen laufen. Und dann merke ich, wie der Knirps von vorhin seinen Kopf ein wenig neigt und mich lange anschaut und neugierig. Und dann winkt er mir zu und lacht, und ich winke zurück. Nur zurücklachen, das kann ich nicht.

Oder.
Wir wollen etwas Sonne abkriegen, Eddie und ich, und deswegen gehen wir spazieren. Das ist ein Morgen im Sommer und das ist in Zürich die Bahnhofstraße. Die liegt ja auf der Sonnenseite des Bahnhofs, und das meine ich ganz im Ernst: Die Bahnhofstraße führt ja von diesem nach Süden zum See und liegt in ihm. Also im Süden, nicht im See, der kommt erst dahinter.
Wir gehen also diese Straße lang, die das auch ist und auch breit, und weil da überall Schaufenster sind rechts und links, wirkt sie das sogar ungefähr doppelt so sehr wie sie es eigentlich ist. Es gibt ziemlich viele Leute auf ihr und ziemlich viele von ihnen spazieren auch, weil die Bahnhofstraße ja auch so schön asphaltiert ist und es Bäume gibt am Rand und keine Autos und ab und an ein Tram bimmelt, und dann gibt es ja auch so sündhaft teure Straßencafés und Uhrengeschäfte und Luxushotels und Banken, und jetzt versteht man auch, warum die Bahnhofstraße vor Nerzen und Polarfuchsmänteln so grell leuchtet und so sehr, dass mir jedes Mal die Augen schmerzen, wenn ich nur daran denke.
Wir gehen an der Globuswiese vorbei und hinauf bis zur Seitenstraße, in der ja jetzt der Orell Füssli ist, und als ich deswegen an Vincent denken muss und an sein Falschgeld, da fällt mir, bevor ich darüber richtig traurig werden kann, so ein Typ auf, der die Haare vorne lang trägt und hinten ziemlich kurz, und der Nacken von ihm, der ist schön sauber ausrasiert. Ein Nazi, würde die Sandra jetzt sagen oder das hätte sie früher, doch das ist er nicht. Aber ein Deutscher, das schon, das sehe ich so-

fort. Wobei, so genau sehe ich das auch wieder nicht, und eigentlich ist es mir auch vollkommen egal, ob das ein Deutscher ist oder nicht. Jedenfalls trägt der jetzt so ein Jackett und von diesen grünen Wachsjacken so eine, dass man sich ernsthaft Sorgen machen muss um den, weil: Es sind mindestens achtundzwanzig Grad im Schatten, und in dem geht er noch nicht einmal.

Das sage ich jetzt alles, weil ich erklären will, warum mir auffällt, was er dann tut, nämlich eine angebrochene Zigarettenschachtel auf den Tisch legen von einem Straßencafé. Wirklich: Er legt die Schachtel einfach so hin und im Vorbeigehen und ziemlich unauffällig, und dann verschwindet er, als hätte er gar keine Zigarettenschachtel hingelegt, aber ich hab's ganz genau gesehen. Und weil dem Eddie natürlich auch schon lange aufgefallen ist wie so einem Chamäleon, was da einerseits läuft am Tisch und wer da andererseits wegläuft von ihm, holt er sich die angebrochene Schachtel vom Tisch. Und dann, als wir immer noch beim Orell Füssli stehen und gemütlich die Zigaretten rauchen von dem Typen, da kommt der auf einmal zurück nach zehn Minuten oder fünfzehn und stiert auf ein paar junge Banker runter, die sich mittlerweile an den Tisch gesetzt haben und um diese Uhrzeit schon Bier trinken mit diesem ekelhaften Grenadinesirup drin, und die man später noch am Letten sehen würde für den Mittagsfix, mal angenommen, man würde das tun, zum Letten gehen. Jedenfalls schaut der mit der Wachsjacke jetzt auf diese Banker herab, und weil einer von denen auch noch raucht, glaubt der mit der Jacke tatsächlich, dass das seine Zigaretten sind, das sieht man ihm an, dass er das tut, weil er nämlich ganz rot wird im Gesicht. Und dann, als man denkt, dass es gleich losgeht mit der Schlägerei, da wendet er sich plötzlich ab und verschwindet einfach und taucht nicht mehr auf.

Und das ist jetzt also der Tag, an dem dieses Kind verschwindet am Platzspitz. Das glaubt jetzt sicher wieder irgendwer nicht, aber es ist doch immer so hier: Immer verschwinden irgendwelche Kinder und immer glaubt das irgendwer nicht. Wenn ich einer von der Schmier wäre, dann würde ich genau den einmal genauer unter die Lupe nehmen, der das nicht glaubt, weil meistens haben nämlich die was damit zu schaffen, die am meisten so tun als ob nicht, das ist die Wahrheit. Aber gut, darum geht es ja jetzt gar nicht.
Auf alle Fälle haben die die kaputten Bäume gefällt auf dem Platzspitz und die verätzten Büsche von der ganzen Pisse, und die obersten drei Zentimeter von der Erde haben sie abgetragen, weil alles voll mit Pumpen war bis oben hin, und danach haben sie ihn wieder aufgemacht, den Platzspitz.
Und jetzt war also dieser dreizehnjährige Junge dort und dann nicht mehr. Stand in allen Zeitungen danach. Vor zwei Jahren, denke ich, hätte das vielleicht nicht für mehr als ein Schulterzucken geführt, aber jetzt.
Überall haben sie nach ihm gesucht. Die berühmte Suche nach dem Strohhalm im Nadelhaufen, hätte jetzt Eddie gesagt, wenn er es gesagt hätte. Aber der, der taucht eben auch nicht mehr auf am selben Abend.
Natürlich habe ich das getan, was man in solchen Fällen immer tut: Ich habe am Letten nachgeschaut und am Limmatplatz. Aber dann dachte ich zurück an Jack und sagte mir: Wäre nicht das erste Mal, dass einer wortlos verschwindet. Allerdings auch nicht, dass der dann einfach wieder auftaucht wie so ein blöder Jesus.

Also: Die Polizeitaucher legen sofort los, als tags darauf die Meldung eingeht von dem Jungen. Und finden unten beim Freibad am Letten gleich den Toten. Zunächst allerdings große Verwirrung: Der ist aber groß. Und sieht dem Dreizehnjährigen auch sonst nicht ähnlich: Vorne lange Haare und hinten ziemlich kurz, und der Nacken, der ist ausrasiert. Aber was einem von der Schmier vor allem auffällt: Jackett, ja, aber überhaupt keine Wachsjacke. Na ja, vielleicht fällt ihm das auch nicht auf. Aber immerhin weiß man jetzt, warum ich mich vorhin an das mit den Zigaretten erinnert habe an der Bahnhofstraße. Tja. Unverhofft kommt oft, hat Viktor immer gesagt und die von der Schmier sich wahrscheinlich selbst. Und suchen weiter, weil: Solange sie andere Leichen finden, ist der Junge noch nicht tot.
Und siehe da, im Rechen, zwischen Ästen und dem Laub und dem ganzen Abfall, taucht schon der Nächste auf. Beziehungsweise: eben nicht.
Und dieser Nächste, stellt sich heraus, als man ihn endlich loskriegt vom Rechen, das ist jetzt Eddie.

Natürlich habe ich das erst Tage später erfahren, zufällig und aus einer alten Zeitung, die herumlag bei Sandra im Treppenhaus. Rumgefragt habe ich schon vorher, aber viel rausgekommen ist da nicht. Und wenn's die Szene nicht weiß am Letten, wen willst du dann noch fragen? Die Schmier etwa?
Eben.
Und der Dreizehnjährige? Das lass ich mal lieber. Weiß doch jeder, wohin die ganzen Kinder verschwunden sind die Jahre, bevor sie den Ferrari eingebuchtet haben und auch danach.

Bleiben also noch René und Sandra. Ich bin ziemlich traurig und ziemlich niedergeschlagen nach der ganzen Sache und wegen ihr, und zum ersten Mal bereue ich, zusammen mit Eddie aufgehört zu haben mit dem Heroin, weil: Dann müsste ich jetzt nicht wieder anfangen und nicht alleine.
Und so bin ich ab und an wieder zum Letten gegangen, tagsüber. Und manchmal auch nachts.
Allerdings: Ich habe mich am Riemen gerissen, denn ich wusste: Ein paar Knälle, um über Eddie hinwegzukommen, das ist okay, aber dann musst du wieder weg. Es gibt Leute, die dich brauchen. Im Altersheim zum Beispiel. Die haben mir jeden einzelnen Tag einen Grund geliefert, warum ich dahin muss. Der Letten nicht. Die brauchen mich nicht da. Die brauchen nur ihre tägliche Dosis.

Und das ist jetzt mein Glück: diese kleine Vorarlbergerin aus ihrem Privatfernsehdorf. Sandra gibt mir eine zweite Chance. Weil sie an mich glaubt. Sie und das Altersheim, wo sich die alten Leute an mich gewöhnt haben und Vertrauen geschlossen haben zu mir. Man glaubt es kaum. Und ich auch nicht.
Ich sage mir:
– Alba, wenn du das jetzt verkackst, dann ...
– Dann was?, fragt etwas zurück in mir.
– Dann hast du verschissen.
Oder so.
Jedenfalls: Ich habe durchgehalten. Ich habe dem Arzt gesagt, was Sache ist. Ich hab ihm keine gepanschten Urinproben untergeschoben oder so, ich habe einfach alles erklärt und dann gesagt: – Ich brauche nochmals mehr Methadon.

Und der Doktor hat geantwortet:
– Weil Sie so ehrlich sind, Frau Doppler. Ein Auge drücke ich noch zu.
Und ich drücke also auch eins zu. Und weiß: Dabei muss es bleiben, denn wer beide zudrückt, der ist tot.

Achtunddreißig

Das ist die beste aller möglichen Welten, denke ich, und dann denke ich: Und das ist das Schlimme daran.
Vor ein paar Tagen ging das Telefon. René hängt am anderen Ende, und das ist in einer Telefonkabine beim Letten.
– Alba, komm, sagt er. Und: – Ich liebe dich. Und: – Ich brauch dich. Und noch mehr von diesem Geflunker. Aber vor allem: – Du musst mir helfen.
Sandra schaut mich an aus der Küche und schüttelt heftig den Kopf.
– Wenn du jetzt zum Letten fährst, zischt sie, – wohnst du nicht mehr hier.
Ich zögere ein wenig, weil etwas nachdenkt in mir. Und als das fertig ist, da höre ich mich in die Muschel sagen:
– Es tut mir leid.
Und dann hänge ich auf oder René gehen die Münzen aus, so genau weiß ich das nicht mehr.

Ich habe einen Tag gewartet darauf, dass er mich nochmals anruft, weil: Ich wollte wissen, dass es ihm gut geht. Aber weil er das nicht tut, fahre ich tags darauf zum Letten. Nicht, um mir wieder einen Schuss nach dem anderen zu setzen, sondern um René zu finden und zu sehen: Es geht ihm gut. Um seine Stimme zu hören und seine Stiefel aus Rindsleder, die bei jedem Schritt knarren, wenn er über den Schotter geht zwischen den Gleisen und auch, wenn er nicht über den Schotter geht.
Aber unter der Brücke: Fehlanzeige. Oben bei den Bäumen: Nö. Am Steig: Auch nicht. Und die Dealer? Die wollen dir sowieso nur ihren Scheiß verkaufen.

Auch die Fixer, die mich anglotzen, als wär ich nie eine von ihnen gewesen, wissen nichts. Mir fällt auf: Sie sind alle jung. Dreißiger wie mich, davon gibt's nicht mehr viele. Das Heroin hat sie verjüngt, könnte man sagen. Also: Nicht die einzelnen Leute. Aber den Bestand.
Und die Filterlifixer? Selbst die haben keine Ahnung. Und wenn die es nicht wussten, wer hätte es mir denn sonst sagen sollen?
Sein Vater sicher nicht. Der taucht nämlich jetzt mit dem Sturmgewehr am Letten auf und fragt herum, wer René die letzte Lieferung verkauft hat. Dann stellt er auf Fleischsalat und entleert das Magazin über unsere Köpfe hinweg.

Der Limmat entlang gehe ich zurück zum Bahnhof, aber bevor ich den Zug nehme, setze ich mich eine Weile auf den Gehsteig. Auf der Bahnhofbrücke ist das, und von dort schaue ich flussabwärts auf den Platzspitz und manchmal hoch zur Uni und flussaufwärts zum See und in die Stadt hinein, in der alles angefangen hat. Ich sage in mich hinein: Jetzt ist Schluss, und etwas aus mir heraus sagt: – Ja.
Und je länger ich da warte, desto mehr weiß ich, dass diese Stimme recht hat in mir, und jetzt kehrt eine tiefe Ruhe in mich zurück, als hätte ich tatsächlich geknallt ein wenig, nur dass ich eben sauber bin bis auf das Methadon, das sich langsam abbaut in mir und von dem ich weiß: Jetzt brauch ich das nicht mehr.
Was ich jetzt viel eher brauche, ist eine Zigarette. Oder: Feuer. Denn Zigaretten, die habe ich noch. Ich gehe hinüber zum Bahnhofplatz, zur Tramhaltestelle unter dem taubenverschissenen Bronze-Escher, der immer noch unbeirrt die Bahnhofstraße hochglotzt, als hätte sich nie was verändert zu seinen Füßen.

Ich haue einen Nadelstreifenanzug an, der mir sofort auffällt in der Menschenmenge, und zwar deshalb, weil er heraussticht aus ihr. Wirklich, er ist mindestens zwei Köpfe größer als die beiden Frauen, die neben ihm gehen, und zwar als die beiden zusammen.
– Hast du Feuer?
Er schüttelt den Kopf und schneidet eine Grimasse.
– Ich rauche nicht.
Und macht sich daran, weiterzugehen.
– Wir kennen uns doch.
Der Lulatsch mustert mich für ein, zwei Sekunden und denkt nach, das sieht man ihm an. Und als ich denke: Jetzt erinnert er sich, da schüttelt er heftig den riesigen Kopf. Ich sage:
– Roy. Vincent. Weißt du noch.
– Nein.
– Die Zwillinge.
Er schüttelt seinen Kopf noch heftiger und holt schnell die beiden Frauen ein, die weitergegangen sind inzwischen und jetzt ein paar Meter weiter vorne auf ihn warten. Und dann verschwindet der Lulatsch in der Bahnhofstraße mit ihnen und mit ihm sein riesiger Anzug. Ich habe nie wieder so lange Nadelstreifen gesehen.

Als der Zug endlich in Spreitenbach hält, steige ich aus und in den Nebel. *27. Oktober 1993 18:50* leuchtet es rot von einer Anzeige, und ich denke: Jetzt wird alles gut. Natürlich verpasse ich den Bus, und deshalb gehe ich die letzten Meter zu Fuß. Und weil das mindestens eine halbe Stunde dauert, weiß ich, bevor ich überhaupt ankomme, dass Sandra schon raus ist für die Nachtschicht. Ich gehe ins Bad und dusche heiß, bis meine Hände ausgetrocknet sind unter dem Wasser. Dann gehe ich wieder hinaus, die feuchten Handtücher um meinen Leib und um meine Haare, und hinein in die Küche, um schon einmal zwei Tabletten zu schlucken, damit ich nachher nicht die ganze Zeit herumliege mit offenen Augen. Aber dann gehe ich nicht in mein Zimmer, nein, ich bleibe in der Küche und mache den Backofen an. Ich drehe das Gas auf, und weil das so vertraut klingt und schön, muss ich zurückdenken an früher und wie das damals war mit Mister Wochentag und wie es jetzt wäre, wenn Mister Mittwoch noch bei mir wäre. Und weil dabei das Gas die ganze Zeit rauscht und säuselt um mich herum und mir Dinge zuflüstert, habe ich ein Lächeln auf den Lippen, das einfach nicht mehr weggeht von mir.

Ich danke:

Für Geschichten: Pascal Gomez, Simon Lienhard, Enrico Pegolo und den Namenlosen vom Platzspitz.
Für all das, wofür hier zu wenig Platz ist: Brigitte Lienhard.
Für einen Haufen Lebensweisheiten: Heidi Rohrer.
Für die Stunden, Wochen, Monate: Alba Doppler.
Für Stammtischgespräche: Oliver Humbel.
Für Adleraugen und skurrile Briefwechsel: Nadya Hartmann.
Für Gespräche über Literatur, undichte Dächer und glutenfreie Nudeln: Anna Pijper.
Für Kaffee und Gespräche über gerissene Kreuzbänder: Sascha Garzetti.
Für die Literatur: Cristián Geisse Navarro.
Für wertvolle Hinweise zu Laden- und Banköffnungszeiten, Haarmode und Gleisnummerierungen: Corinne Hügli Schlegel.
Für das Blatt, das es vor deinem Mund nicht gibt: Diana Wozniok.
Für ungestörte Schreibzeit: Willi Gösweiner, Hannes Köchel und Margarita Wanitschek.
Für historisches Bildmaterial und Reisen zu den Unorten dieser Welt: Benjamin Thommen.
Für den Senf: den Teilnehmenden der Kölner Schmiede 2017.
Und Eva Semitzidou. Natürlich.

Der Autor dankt dem Aargauer Kuratorium und
der Stadt Baden für die Unterstützung.

AARGAUER
KURATORIUM

STADT BADEN

FSC
www.fsc.org
MIX
Papier aus verantwortungsvollen Quellen
FSC® C014496

Lektorat © Frankfurter Verlagsanstalt
Umschlaggestaltung: Daniela Weichenberger
unter Verwendung eines Motivs von Plasteed/shutterstock.com
Herstellung: Laura J Gerlach
Satz: psb, Berlin
Druck und Bindung: GGP Media GmbH, Pößneck
Printed in Germany
ISBN 978-3-627-00260-2